Maluna Asteria

# Lost in his Darkness

FSC
www.fsc.org
MIX
Papier aus verantwortungsvollen Quellen
FSC® C083411

# Impressum

Maluna Asteria
c/o autorenglück.de
Franz-Mehring-Str. 15
01237 Dresden

1. Auflage



Lektorat: gylgamesh2satyagraha
Umschlagdesign: Jennifer Schattmaier von Schattmaier-Design
Innengestaltung: Maluna Asteria, unter Verwendung von Canva Pro und Adobe Stock

ISBN: 978-3-7579-8384-0

Herstellung und Druck über tolino media GmbH & Co. KG, München.
Printed in Germany

MALUNA ASTERIA

# LOST IN HIS *Darkness*

## GEFÄHRLICHES VERLANGEN

Dark Romance

# WARNUNG

Bevor du dieses Buch anfängst zu lesen, möchte ich dir ein paar Worte mit auf dem Weg geben. Diese Geschichte enthält einige Szenen, die dich eventuell triggern könnten. Deshalb lege ich es dir sehr zu Herzen, die Triggerwarnungen durchzulesen.
Und an diejenigen, die keine Warnungen brauchen: Seid brav und spreizt die Buchseiten.

**Mögliche Inhalte, die dich ggf. triggern und spoilern könnten:** Gewalt in jeglicher Hinsicht, explizite Sexszenen, vulgäre Sprache, Age Gap (15 Jahre), Deepthroat, Squirting, Dominanz, Selbstverletzung, Angstzustände Rauschmittelmissbrauch, Sensible Gedanken/Handlungen, Drogensucht, Breath Play, Waffen, Sexuelle Übergriffe, Obsessives Verhalten, Explizit ausgeschriebene Folter, Tod, Mord, Psychischer Missbrauch, Kindesentführung, Alkoholkonsum, Mobbing, Traumata, Erwähnung einer Krankheit wie HIV, Demütigung.

**Achtung!**

Das Thema Vergewaltigung wird in dieser Geschichte nicht behandelt. Es wird kurzzeitig aufgegriffen, allerdings nicht weiter thematisiert!

Passe auf dein Herz auf und viel Spaß beim Lesen, kleiner Engel.

Die Menschen um uns herum sind grausam, brutal und rücksichtslos. Es ist naiv zu glauben, dass die Güte belohnt wird.

Ich bin aber nicht derjenige, der die Absicht prägt, dir wehtun zu wollen.

# PROLOG

## Kian

*Weißt du, wie wunderschön du dort oben aussiehst? Wie verflucht sexy du deine Kurven bewegen kannst. Dein süßer Hintern in diesem kurzen Minirock, der jedes Mal hervorblitzt, wenn du dich bückst. Deine prallen Brüste, die in diesem hauchdünnen Stoff fast herausquellen und deine Nippel, die sich steif unter dem dünnen Stoff hervorheben. Deine vollen Lippen, die von dem Lipgloss glänzen, wobei ich mir vorstelle, dass es mein Saft ist, der an ihnen klebt.*

*Verdammt, es ist dein Verdienst, dass es in meiner Hose eng wird. Dieser unschuldige Blick, den du jedem in diesem Raum bietest, macht mich verrückt. Dabei weiß ich, dass du alles andere als unschuldig bist. Da ist eine Seite in dir, die nur ich in dir wecken werde.*

*Aber was mir an dieser Situation überhaupt nicht gefällt, ist, dass diese Bastarde sich an dir aufgeilen, während du dich an dieser gottverdammten Stange räkelst. Sie ficken dich mit ihren bloßen Augen und wünschen sich, deine süße, kleine Pussy lecken zu dürfen. Ich muss wohl jeden umlegen, der es auch nur einmal wagt, in deine Richtung zu schielen, um klarzustellen, zu wem du gehörst. Zwar hast du keinen blassen Schimmer, wer ich bin, aber bald wirst du es herausfinden. Dafür werde ich sorgen, versprochen.*

*Ich werde dich zu* meinem *machen.*

*Ich werde dich mit meiner verdorbenen Seele beflecken, sodass wir zu einem werden. Heilige Scheiße, du wirst mich anflehen, dich zu beanspruchen. Dein Verstand wird sich dir widersetzen, aber dein Herz will nichts anderes außer mich.*

*Ich weiß, dass du anders bist. Du bist etwas Besonderes und nur* ich *kann es sehen. Ich beobachte dich wie ein aufmerksamer Adler. Und langsam verliere ich die Geduld zu warten, denn deine Anwesenheit macht mich süchtig. Viel zu lange betrachte ich dich aus der Ferne, jetzt* muss *ich dich einfach haben.*

*Fuck, ich kann es kaum abwarten, dich fühlen zu lassen, was du zuvor noch nicht einmal kanntest. All diese kleinen Schwänze wissen nicht, wie man eine Frau wie dich richtig zu behandeln hat. Aber keine Sorge, kleiner Engel. Ich bin hier, um es dir zu zeigen. Jedoch warne ich dich, denn ich bin nicht dein Retter in der Not. Das werde ich nie sein, weil ich nicht zu den Guten gehöre. Doch eines kann ich dir versprechen — ich bin dein Schatten und folge dir, wohin du auch immer gehen wirst.*

Mein Blut rauscht mir in den Ohren, gleichzeitig kann ich mein schnelles Atmen wahrnehmen. Ich renne so schnell ich kann und versuche dabei, nicht über meine Schulter zu blicken. In meinem Kopf schreit mich meine innere Stimme an, ich soll schneller laufen. Nur kann ich langsam nicht mehr. Meine Lungen brennen höllisch und das Atmen fällt mir unglaublich schwer, als würde mir jemand die Luftröhre zuschnüren. Ich will aber nicht aufgeben, weshalb ich mich dazu zwinge weiterzulaufen und nicht nachzugeben.

»Du entkommst uns nicht, kleine Perkins«, höre ich hinter mir dieses Arschloch rufen, während ich mich darauf konzentriere, nicht über meine eigenen Beine zu stolpern, die sich nebenbei schwer wie Blei anfühlen.

Keine Ahnung, wie lange ich schon durch die Gegend haste, aber es kommt mir vor, als sei ich einen halben Marathon gelaufen.

Bis zur Wohnung meiner Mutter sind es noch zehn Minuten Fußweg. Dennoch ist es kein sicherer Ort mehr für mich, denn sie wissen genau, wo sie mich finden würden. Schließlich ist einer von ihnen der Dealer meiner Mutter, der sie fast täglich mit ihrem Stoff ernährt und sich aus dem Grund mehrere Male in unserem Apartment aufgehalten hat. Ein Vorteil für ihn, ein Nachteil für mich, weil ich sonst nicht weiß, wohin ich gehen soll, ohne dass sie mich finden.

Außerdem ist mir nicht klar, was sie unbedingt von mir wollen. Und genau genommen möchte ich es auch gar nicht wissen. Ich will mit dem Scheiß, den meine Mutter sich eingebrockt hat, nichts zu tun haben. Weder ihre beknackten Drogen noch ihr widerwärtiger Dealer.

Irgendwie hat Denver, der Drogendealer, herausgefunden, wo ich arbeite und mich vor dem *Pink Paradise Club* abgefangen, nachdem ich meine Schicht beendet habe. Überraschenderweise ist es mir gelungen ihn abzuhängen, und seitdem bin ich auf der Flucht vor ihnen.

»Verpisst euch!«, rufe ich keuchend zurück, doch ich weiß genau, dass diese Aussage nichts bewirkt. Sie wollen etwas und das hat definitiv mit Mom zu tun. Nur ist sie seit einigen Tagen verschwunden und ich weiß nicht genau, wo sich diese verdammte Frau aufhält. Es ist üblich, dass sie mal woanders ihre Nächte verbringt und erst nach ein paar Tagen zurückkehrt, als sei sie nie weg gewesen. Vermutlich schnorrt sie sich irgendwo bei irgendjemanden ihre nächste Line.

Bedauerlicherweise fallen ihre Probleme auf mich zurück und ich darf sie ausbaden. Dankbar bin ich ihr deswegen nicht. *Scheiß Sucht.*

Dicht hinter mir höre ich diesen Wichser lachen. »Na, na ... Nicht so vorlaut, Kleines.«

Gott, ich hasse ihn. Seitdem ich weiß, wie sein mickriger Schwanz aussieht, fühlt er sich besonders wohl in meiner Nähe. Dieser Dreckskerl nutzt gerne meine Mutter aus, wenn sie zugedröhnt ist. Mehrere Male hatte ich sie auf der Couch beim Ficken erwischt, das erste Mal mit vierzehn. Etwas, was ein Teenager nicht unbedingt sehen möchte, vor allem nicht die eigene Mutter.

Weil ich für einen kurzen Moment den Fokus verloren habe, werde ich unerwartet an meinen Haaren gepackt und gegen eine Hausmauer geschleudert. Schmerzerfüllt verziehe ich mein Gesicht und spüre, wie mein Hinterkopf dagegen knallt. Dann presst sich eine maskuline Brust an meinen zierlichen Oberkörper und erschwert mir damit den Sauerstoff in mich aufzunehmen.

»Lass mich los, du Schwein!«, krächze ich unter schwerer Atmung.

Es ekelt mich an, dass Denver es nicht lassen kann, mich ständig zu bedrängen. Aber dann, als ich hochsehe, erkenne ich schnell, dass es nicht Denver ist, der mich festhält, sondern sein komischer Laufbursche. Ein hochgewachsener Mann mit glattrasierter Glatze und einem tätowierten Totenkopf am Hals. Wie heißt er doch gleich? Rex oder Baxter?

»Daxton, mein Freund. Unsere kleine Prinzessin bekommt noch Angst vor dir, also etwas sachter«, spottet

Denver und setzt sein schamloses Grinsen auf. *Dick und Doof haben sich gefunden.*

»Fick dich, Denver!«, presse ich wütend hervor.

So wie er sich gerade prächtig amüsiert hat, werden seine Gesichtszüge in nächster Sekunde steinhart. Dieser Daxton greift plötzlich nach meiner Kehle und drückt fest zu, sodass mir die Luft wegbleibt. Währenddessen kramt Denver in seiner schwarzen Jackentasche und holt etwas heraus, was ich nicht ganz zuordnen kann. Dann höre ich aber ein aufklappendes Geräusch und mir wird augenblicklich bewusst, dass er sein geliebtes Klappmesser dabeihaben muss. Eine Walther Black Tanto — ich kenne sie nur, weil er oft herumgeprahlt hat.

Das Blut in meinen Adern gefriert, und ich bekomme innerlich Panik, als ich zu ihm herüberschiele und ihn dabei beobachte, wie er mir mit diesem Ding näherkommt. Zu wissen, dass sie mich hier und jetzt wie ein Tier in einem Schlachthof ausbeuten könnten, versetzt mich in eine Art Schockstarre. Dennoch will ich ihnen nicht die Genugtuung geben und versuche keine Miene zu verziehen. *Bleib cool, Saphira.* Schließlich brauchen sie etwas von mir, denn sonst würde Denver nicht lange zögern.

Zwar habe ich ihn noch nie in Rage gesehen, sein Ruf in Fallbridge ist jedoch sehr bekannt für seine grausamen Taten.

»Was … wollt … ihr?« Ich versuche unter Daxtons Griff an meiner Kehle deutlich zu sprechen, spucke ihm die Worte viel zu scharf entgegen und achte dabei gar nicht auf meinen abfälligen Ton. Ja, womöglich bin ich gerade doch zu lebensmüde und realisiere noch nicht richtig, dass Denver mit einem Messer auf mich zukommt und der andere mich strangulieren will. Oder der Schlag auf meinen Hinterkopf war etwas zu stark und meine Gehirnzellen arbeiten wie gewollt. Vielleicht auch beides …

»Hast du das gehört, Dax? Die Kleine hat echt Feuer unterm Arsch. Jetzt will ich sie erst recht durchficken«, sagt er herablassend, als sei ich irgendeine Scheißstraßennutte. Als sei ich nichts wert.

Fuck, wieso muss es denn immer mich erwischen? Wie kann sich auch eine 1,64 m große Frau gegen diesen breiten Gorilla und dem anderen Soziopathen schon wehren?

Ich huste und keuche, versuche durch die Nase zu atmen, aber vergebens. Der Sauerstoff wird knapp und ich spüre, wie meine Lungen zu brennen anfangen. Daxtons Pranke klammert sich immer noch um meinen schlanken Hals und je mehr ich versuche dagegen anzukämpfen, desto fester drückt er zu. Meine Sicht verschwimmt zunehmend und durch den Tränenschleier erkenne ich nur noch Denvers Silhouette, die nun direkt vor mir steht. Sanft streicht er mir eine blonde, verirrte Strähne aus dem Gesicht, um mir tief in die Augen schauen zu können.

Er platziert das kalte Metall an meinen Bauch, der durch mein hochgerutschtes Oberteil freiliegt, und streift es leicht über meine blasse Haut. Ein unangenehmer Schauer durchfährt meinen zitternden Körper und in diesem Moment wünschte ich mir, mehr tun zu können. Ich fühle mich machtlos und ihnen ausgeliefert, etwas, was ich nie sein wollte. Mir fehlt die nötige Kraft, mich aus Daxtons Griff loszureißen. Eine Fluchtmöglichkeit ist aussichtslos und ich verabscheue meine Mutter dafür, dass sie mich in diese beschissene Lage gebracht hat.

Schnell und unvorhersehbar gleitet Denver mit der messerscharfen Klinge in mein weiches Fleisch und schneidet mit Bedacht in meine zarte Haut. Es ziept fürchterlich, wobei ich meine Lippen zusammenpresse und den aufkeimenden Schrei herunterschlucke. Dieser Schmerz ist nicht vergleichbar zu dem, was ich schon durchgemacht habe. Dennoch entweicht mir ein leises Wimmern über die Lippen, nachdem Denver das Messer zurückgezogen hat und mit seinem Daumen über meine offene Wunde streicht. Dann führt er ihn in seinen Mund und leckt seinen Finger, an dem mein Blut haftet, genüsslich sauber.

»Köstlich.« Er schließt sinnlich seine Augen, und dieser Anblick bringt mich zum Würgen. Dieser Mann ekelt mich an, aber nicht, weil er mein Blut schmeckt, sondern weil er ein kranker Soziopath ist, der sich an meinem Leid ergötzt.

Kein Mitgefühl, keine Reue. Nur ein kaltherziger Bastard, der seinem eigenen Willen nachkommt. So ist es schon immer gewesen. Mein Hass ihm gegenüber verstärkt sich nur noch mehr und ich verspüre das Bedürfnis, ihn tot zu sehen.

»Das ist deine erste Lektion gewesen, Süße«, meint er bestimmend und steckt sich nebenbei sein Messer zurück in seine Jackentasche, um mir seine volle Aufmerksamkeit zu schenken, auf die ich gänzlich verzichten kann. »Samara schuldet uns eine Menge Geld«, spricht er weiter, ohne Rücksicht auf mich zu nehmen.

Schweiß bildet sich auf meiner Stirn. Ich kann mich auf sein Gelaber nicht konzentrieren, denn das Brennen in meiner Brust wird stärker. Ich habe das dumme Gefühl, dass ich viel eher an Luftmangel sterben werde.

»Ich habe ... mit dieser ... Scheiße ... nichts zu tun«, presse ich stoßweise hervor, wobei ich Schwierigkeiten habe, die Wörter verständlich auszusprechen. Wenn ich weiter meinen Sauerstoff an ihn verschwende, dann war's das endgültig mit mir. Vielleicht habe ich aber dann endlich meine Ruhe und dieses Arschloch geht mir nicht weiter auf die Eierstöcke.

Beide lachen. Dann fasst sich Denver schnell und blickt schräg drein zu mir herüber. Dieser Kerl hat eindeutig eine Persönlichkeitsstörung.

»Das ist mir sowas von scheißegal«, sagt er, ohne seine Miene zu verziehen. Gleichgültigkeit und pure Kälte stehen ihm ins Gesicht geschrieben und mein Gedanke klammert sich an die Tatsache fest, dass er mich umbringen könnte, ohne mit der Wimper zu zucken. Immerhin hat es ihm nichts ausgemacht, mir eine Wunde in meinen Unterleib zu ritzen.

»Wir schlagen dir einen kleinen Deal vor.« Denkt er, dass wir hier in irgendeiner gottverdammten Verhandlung sind? Weigere ich mich, sperrt er mich höchstpersönlich in Satans Hölle ein, oder was? Gott, wie lächerlich.

»Du bist ihr Sprössling. Ist sie nicht in der Lage, wirst du für ihre Scheiße aufkommen, die sie verursacht hat. Ob du nun willst oder nicht. Du besorgst in einer Woche die fehlenden 200.000 Dollar und sie kehrt unversehrt zurück nach Hause.« Das fiese Grinsen auf seinen Lippen ist nicht zu übersehen, obwohl meine Sicht noch unklar ist. So langsam schleichen sich kleine schwarze Punkte in mein Sichtfeld und ich befürchte gleich ohnmächtig zu werden.

»Dax, lass locker. Wir wollen ja nicht, dass uns die Kleine noch abkratzt.« Denver versucht es nicht einmal, seine Freude zu verstecken. Das schadenfrohe Gekicher sagt mir nichts anderes, außer dass es ihm gefällt, wie hilflos ich mich an Daxtons Hand festklammere und hoffe, dass er endlich loslässt.

»Dax« knurrt Denver ihn mahnend an und zu meiner Erleichterung lässt dieser riesige Gorilla los, und ich kann wieder meine Lungen mit reichlich Sauerstoff füllen. Dennoch greift das Arschloch in meinen Haarschopf, fixiert mich an Ort und Stelle und hält mein Gesicht in Denvers Richtung.

Ich huste erneut, spüre wie trocken und kratzig sich mein Rachen anfühlt. Wenn das hier vorbei ist, will ich nur noch verschwinden und ihn nie wieder sehen. Aber das kann ich knicken, denn solange ich nicht für die Schulden aufkomme, sind meine Hände an diesen Wichser gebunden. Er wird mich finden und ich will mir nicht ausmalen, was sie dann als Nächstes tun werden.

Die Frage liegt mir schon eine Weile auf der Zunge und ich spreche sie dann schließlich aus. »Was passiert, wenn ich das Geld nicht rechtzeitig beschaffen kann?« Werden sie mit mir genau dasselbe machen, was sie mit Samara, meiner Mutter, vorhaben? Ich weiß nicht sehr viel über ihre Machenschaften, aber ich bin auch nicht dumm und kann eins und eins zusammenzählen.

Skrupellose Männer wie die beiden haben nicht die Absicht, eine verschuldete Person am Leben zu lassen. Wird sie zu lästig, beseitigen sie sie und suchen sich dann ihr nächstes Opfer. In diesem Sinne bin das dann wohl ich.

Aber wie soll ich in einer kurzen Zeitspanne an 200.000 Dollar kommen? Im Stripclub verdiene ich zwar nicht schlecht, dennoch würde ich niemals so schnell an diese Summe herankommen. Dafür müsste ich Doppelschichten im *Pink Paradise Club* einlegen. Blaze, mein Chef, könnte eventuell ein Auge zudrücken, da die Dollarzeichen sowieso schon in seinen Augen aufblitzen, für mich aber ist es nutzlos. Vierzig Prozent der Einnahmen behalte ich, plus Trinkgeld. Das sind dann höchstens tausend bis zweitausend Dollar pro Woche. Und dafür bräuchte ich einen der guten Abende, in denen die Männer großzügig Trinkgeld hinterlegen.

Fuck, das reicht niemals! Selbst wenn ich mein Erspartes dazuzählen würde, komme ich an keine 200.000 Dollar. Ich bin erledigt und Mom erst recht. Obwohl sie eine Scheißmutter ist, versuche ich immer noch ihr zu helfen. Meine Hilfe, die sie überhaupt nicht verdient hat.

Samara hat keine Chance und wenn ich ehrlich bin, ist sie selbst schuld. Drogen und Geld sind ihr immer wichtig gewesen, anstatt ihr Leben in den Griff zu bekommen. Jetzt hat sie es vermasselt und ich halte sie am seidenen Faden fest, um sie irgendwie zu retten. Nur kann ich das nicht mehr, egal was ich tun werde, um an das Geld zu kommen.

»Dann werde ich ihr dabei sehr gerne behilflich sein, dass sie das weiße Gold weiterhin schön durch die Nase zieht, bis es ihr aus allen Löchern herausquillt«, drückt er sich schadenfroh aus. »So lange darf sie weiterhin für ein paar Gramm die Schwänze anderer lutschen.«

Mir ist übel. Nicht nur, weil sie mich fast erwürgt haben, sondern die Art, wie er über sie spricht, als sei sie eine Prostituierte. Mag sein, dass Mom ihren Stoff mit Sex bezahlt und nie richtig handelt. Aber ist sie deswegen eine Prostituierte?

Mir fällt dabei auf, dass ich nichts über ihr Leben weiß. Weder ihre Familie noch mit wem sie geschäftlich verkehrt. Außer Denver. Er ist der Einzige, der mir im Gedächtnis geblieben ist und anscheinend tut er auch alles dafür, dass ich ihn nicht so schnell vergessen werde.

Am liebsten würde ich ihm jetzt ins Gesicht spucken, jedoch fürchte ich, dass er mich danach nicht mehr verschonen wird. Dass sie mir hier und jetzt einfach mein Leben beenden können, kann ich ihnen zutrauen. So lebensmüde bin ich nun doch nicht.

Ich schlucke die aufkeimende Wut herunter und warte geduldig darauf, was die beiden nun als Nächstes vorhaben. Mit einem Kopfnicken signalisiert er Daxton, mich endgültig loszulassen. Seine Hand löst sich von meinem Haar und ich sehe ihm dabei zu, wie er sich zu Denver gesellt, der nur wenige Zentimeter von mir entfernt dasteht. Ein letztes Mal nimmt er mich ins Visier, bevor er seine Kapuze über den Kopf zieht und mich warnend mustert. »Das ist erst der Anfang«, sagt er und deutet mit seinem Zeigefinger auf meine frische Schnittwunde an meinem Bauch. »Eine Woche«, fügt er noch in seine Drohung hinzu.

Ich sage nichts. Keine Ahnung, was er von mir hören will. Das Geld kann ich nicht besorgen und das weiß er auch. Dennoch will er mir die Chance geben, und vielleicht auch aus dem einen Grund, um wissen zu wollen, wie weit ich dafür gehen würde, um die Summe zu vervollständigen.

Bevor er mir den Rücken zudreht, bleibt er stehen, so dass ich nur das Seitenprofil seines Gesichtes erblicken kann. »Wir sehen uns.« Und damit lassen sie mich allein in irgendeiner Gasse stehen, und es fühlt sich an, als sei eine große Last von meinen Schultern gefallen. Warme Tränen quellen aus meinen Augenrändern, die ich durch das Chaos in mir unmöglich zurückhalten kann. Jetzt, wo ich allein bin, lasse ich sie auch stumm über meine Wangen laufen.

Meine Emotionen vermischen sich zu einer inneren Explosion und für den einen Moment wünsche ich mir, nichts fühlen zu können. Wie lange muss ich es noch durchstehen, bis ich endlich ein sorgenfreies Leben führen kann? Ein Leben, weit weg von Samara und Denver, oder Fallbridge.

Ich muss das Geld auftreiben, aber nicht für sie. Soll sie sich dem stellen, was sie verursacht hat. Wenn sie alle glauben, ich sei eine Marionette, die nach ihren Regeln spielt und manövriert wird, wie sie es gerne hätten, dann haben sie sich die Falsche ausgesucht.

Eine gebrochene Seele, die ich nun mal bin, wird heilen. Vielleicht nicht heute oder in einer Woche. Aber irgendwann werde ich stärker.

Das ist ein Versprechen an mich selbst.

Völlig geistesabwesend kauere ich mich in der Badewanne zusammen, während das Wasser seit einer halben Stunde aus der Duschbrause auf mich herunterprasselt. Die Wunde an meinem Unterleib sollte ich versorgen, doch ich kann nichts anderes tun, außer den brennenden Schmerz zu genießen. Ein Zeichen, dass ich *noch* am Leben bin. Das Einzige, was mir gerade durch den Kopf geht, sind diese abscheulichen Männer. Sie und ihre Drohungen.

Ich bin verletzt, sowohl äußerlich als auch innerlich, und für diesen einen Moment erlaube ich mir selbst, in Selbstmitleid zu versinken.

Den Job im Stripclub habe ich nur angenommen, weil ich davon ausgegangen bin, dass Mom die Kosten für Miete und Strom vernachlässigt hat. Schnelles Geld haben wir immer gebraucht, also entschied ich mich, ihretwegen meinen Körper zu präsentieren. Welche Wahl hatte ich denn auch, so ganz ohne Berufserfahrung, geschweige denn einen vernünftigen Schulabschluss? Als Kind war es für mich schon schwer genug zu überleben.

Aber dass sie sich derartig hochverschuldet hat, konnte ich mir nicht einmal im Traum ausmalen. Eine sechsstellige Zahl, verfickt nochmal!

Welche Mutter tut ihrem Kind so etwas an?

Ein quälender Schluchzer verlässt meine nassen Lippen, ehe sie zu beben beginnen. Meine Arme habe ich schützend über meinen Kopf gelegt, mein Gesicht zwischen meinen Knien vergraben, während ich mit dem Hintern in der kalten Wanne sitze. Ich versuche mich selbst zu halten und mir den nötigen Trost zu spenden. Leider hilft es nicht, so wie ich es mir erhofft habe, denn ich bin immer noch in diesem gottverdammten Albtraum gefangen.

In meinem Leben sind mir schon einige grässliche Dinge widerfahren, aber das von vorhin? Das hat mir einen weiteren bitteren Riss in meiner bereits kaputten Seele hinterlassen.

Denver hat das geschafft, was er schon, seitdem er in Moms Leben getreten ist, tun wollte – mir eine Lektion erteilen. Er geilt sich darauf auf, Menschen Leid zuzufügen, vor allem jungen Frauen wie mir. Irgendwie glaube ich, dass es eine Gattung der Leidenschaft ist, die er entwickelt hat. Verflucht, ich hasse ihn einfach, und ich würde meine Seele dem Teufel verkaufen, wenn er dafür in der Hölle brennen würde.

Meine Haut ist bereits verschrumpelt, deshalb beschließe ich mich aufzuraffen und schaffe es nur mit Mühe, mich aus der Wanne zu hieven. Dabei durchfährt mich erneut ein fieses Ziehen im Unterbauch und Blut quillt ein weiteres Mal aus der Wunde. Dieser Scheißkerl hat ganze Arbeit geleistet.

Nackt laufe ich durch das Badezimmer und nehme mir ein Handtuch zur Hand, um die rote Flüssigkeit auf meiner Haut wegzutupfen. Anschließend hole ich aus dem Kühlschrank den billigen Wodka aus der Tankstelle heraus und nehme einen kräftigen Schluck davon. Die klare Flüssigkeit brennt zunächst in meinem Rachen, ehe ich es dann auch in meinem Magen spüren kann. Dennoch wärmt sie mich von innen, obwohl der Geschmack ziemlich scheiße ist.

Meine Hand greift nach einem Tuch, das ich aus einem der Küchenschränke herausnehme und ich träufle etwas Wodka auf den Stoff. Ich tupfe vorsichtig auf die aufgerissene Wunde und desinfiziere sie. Die Zähne beiße ich zusammen, als es höllisch zu brennen anfängt.

Einige Minuten vergehen und die Blutung hat nachgelassen. Trotzdem trinke ich weiter aus der Flasche, bis sie fast halbleer ist. Irgendwann bemerke ich, dass meine Sicht langsam verschwimmt. Dabei begrüße ich den Rausch und schließe genießerisch die Augen.

Ich bin keine heißbegehrte Trinkerin und kann die Sucht nach Alkohol absolut nicht nachvollziehen, aber manchmal, da brauche ich eine Auszeit von der Außenwelt und durch den Wodka ist es mir möglich abzuschalten. Die leeren Augen von Denver und Daxton, wie sie mich herablassend angesehen haben, will ich nur noch vergessen und aus meinem Hirn verbannen.

Als ich meine Augenlider wieder öffne, dreht sich das Wohnzimmer wie in einem Karussell und augenblicklich fange ich an, vor mich her zu grinsen. Ich verliere allmählich die Kontrolle über mich selbst. Oder auch über meinen Verstand. Erst weine ich, dann lache ich.

Für diesen einen Moment ist es akzeptabel.

Immer noch nackt schwanke ich in mein Schlafzimmer, stolpere hin und wieder über meine eigenen Füße und lande erschöpft auf meiner alten Schlafcouch, auf dem die Bettwäsche immer noch ungemacht herumliegt, so wie ich sie vor meiner Schicht verlassen habe.

Meine Gedanken werden leiser und auch meine Gefühle lassen nach, was bedeutet, dass ich kaum um mich herum irgendetwas wahrnehme. In diesem Zustand fühle ich mich gut. Frei von den lästigen Kopfschmerzen, die durch das laute Stimmengewirr in meinem Kopf verursacht werden und frei von meinem verkrampften Herz, welches so viel Leid schon ertragen musste und immer noch muss.

Mein Schädel dröhnt, als ich langsam zu mir komme, und nur mit Mühe versuche ich meine Augen zu öffnen, was mir nach wenigen Augenblicken gelingt. Sofort erkenne ich, dass es draußen bereits strahlend hell geworden ist, da wird mir bewusst, dass ich den halben Tag lang meinen Rausch ausgeschlafen habe. Ein Blick auf die Wanduhr an der leeren Wand meines Zimmers sagt mir, dass ich bald wieder im *Pink Paradise Club* sein muss. Fuck, und ich fühle mich dabei immer noch nicht ganz nüchtern.

Beim Versuch aufzustehen, spüre ich erneut den Schmerz in meinem Unterleib, den ich völlig ausgeblendet habe. Das Adrenalin in meinem Körper hat nachgelassen. Ich beiße die Zähne zusammen, zwinge mich, das Brennen in meiner Wunde zu unterdrücken. Ich muss mich schnellstmöglich darum kümmern, es zu kaschieren, bevor Blaze davon Wind bekommt. Durch die knappe Kleidung, die ich tragen *muss*, wird es eine schwierige Herausforderung. Fuck, wenn mein Boss es merkt, wirft er mich raus, denn er sieht es nicht gerne, wenn die Körper seiner Mädchen *beschädigt* sind. Es war schon ein Kampf, diesen Job wegen meiner Größe zu erlangen, da kann ich es mir nicht erlauben, verletzt im Club aufzutauchen.

Ich kann von Glück reden, dass Denver nicht zu weit in die Haut geschnitten hat, dieser miese Wichser. Dennoch wird eine kleine Narbe bleiben. Eine unerwünschte Gravur auf meiner Haut von Mr. Psycho.

Blaze anzulügen und zu behaupten, ich hätte meine Periode, wäre auch nicht richtig. Einen Ausfall kann ich mir nicht leisten, weil ich so viel wie möglich sparen muss, um von hier verschwinden zu können. Je schneller ich das Geld habe, desto früher kann ich Fallbridge verlassen.

*Was mache ich nun mit dieser Scheißverletzung?*

*Ihn anschwärzen, ich wäre irgendwo dagegen geknallt und mir dadurch die Haut aufgerissen?* Das mach doch keinen Sinn …

Meine Gedanken fressen mich beinahe auf und ich drohe erneut in ein tiefes Loch zu fallen. In dem ich nie wieder sein wollte, es dennoch nicht verhindern kann und nun mittendrin feststecke.

Bevor ich etwas tun werde, was ich mir geschworen habe, es nie mehr zu tun, laufe ich zu meinem Kleiderschrank und suche nach schwarzer Unterwäsche.

Fertig gekleidet, mit einer Leggins und einem grauen oversized Shirt, stehe ich nun in der Küche und mache mir einen doppelten Espresso. Nach der wohltuenden Brühe richte ich mich im Badezimmer, lasse alle Anzeichen auf einen dicken Kater verschwinden und zögere nun vor der Tür, um nicht ins Pink Paradise zu gehen. Jedoch ist es nicht der Club oder mein Chef, was mich panisch werden lässt. Sondern Denver und Dax.

*Was ist, wenn sie wieder da sind und nur darauf warten, bis ich rauskomme?*

Hin- und hergerissen stehe ich da und grübele, was ich nun tun soll. Allerdings kann ich nicht ewig kneifen und unsicher die Tür anstarren.

»Komm schon, Saphira. Du bist taff genug«, spreche ich mir selbst Mut zu. Mehr oder weniger zweifelnd. *Du hast schon Schlimmeres überstanden,* spukt es in meinen Gedanken und leider muss ich meiner inneren Stimme recht geben. Die Menschen waren schon immer grausam zu mir. Ich mache mir wahrscheinlich unnötig Panik. Um diese Uhrzeit haben die beiden sicherlich etwas Besseres zu tun, als vor meiner Wohnungstür Wache zu halten und geduldig darauf zu warten, bis ich diese endlich verlasse. Wie ich Denver kenne, würde er einen Weg finden, die Wohnung zu betreten.

Ein krummer Gedanke schleicht sich in mein Hirn. Ich verliere keine Zeit mehr, und meine Beine tragen mich zurück in die Küche. Dort hole ich aus einer Schublade ein großes Küchenmesser hervor. Das silberne Metall glänzt im Licht der Deckenbeleuchtung und ich bekomme das Gefühl von Sicherheit zu spüren. Das ist die einzige Waffe, die ich hier im Apartment habe. Auch wenn ich nicht weiß, wie man so ein großes Ding richtig anwendet, ohne sich selbst zu schaden, will mir mein Gewissen einreden, dass ich mich damit verteidigen kann. Nur für den Fall.

Um das Messer wickle ich ein Küchentuch und verstaue es vorsichtig in meine Tasche. Vorher stelle ich sicherheitshalber fest, dass das Messer nicht durch den Stoff dringt und mich aus Versehen schneidet. Wobei mir dies lieber wäre, als wenn Denver mich ersticht.

»Wird schon schiefgehen«, murmle ich zu mir selbst und atme noch einmal tief durch, bevor ich die Apartmenttür öffne und wie eine Paranoide durch die Gänge luge. Niemand ist zu sehen und ehrlich gesagt sollte es mich um diese Uhrzeit nicht wundern. Die meisten gammeln vor dem Fernseher oder sind gar nicht erst zu Hause.

Mit langsamen Schritten bewege ich mich in Richtung Treppenhaus, nachdem ich die Tür hinter mir leise geschlossen habe. Dabei spüre ich, wie mein Herz zu rasen beginnt, wobei es wirklich lächerlich ist. Wie hoch ist die

Wahrscheinlichkeit, dass diese Typen noch ein zweites Mal innerhalb von vierundzwanzig Stunden auftauchen würden? Wohl eher gering, oder? Jedenfalls will ich es mir einreden.

Dennoch lässt mich dieses Gefühl nicht los, beobachtet zu werden. Kurz nachdem ich die Wohnhaussiedlung verlassen und mein Schritttempo erhöht habe, könnte ich schwören, hinter mir eine Präsenz gespürt zu haben. Und jedes Mal, wenn ich nach hinten schaue, sehe ich selbstverständlich niemanden. Es ist bereits verflucht dunkel geworden und die meisten Straßenlaternen funktionieren nicht mehr. Das lässt mich doch gleich viel sicherer fühlen …

Ich fokussiere mich intensiv auf das Zählen in Gedanken und das gleichmäßige Atmen, was mir dann doch etwas schwerfällt, während ich zügig laufe. Dennoch hilft es mir, nicht gleich direkt in Panik auszubrechen. Eine Methode, die ich damals entdeckt habe, die mich vor den meisten Panikattacken bewahrt hat. Vor allem in der Öffentlichkeit.

Plötzlich ertönt ein Knacken irgendwo aus einer Ecke und ich versuche es trotzdem zu ignorieren, wobei mein Puls mir etwas anderes sagt. *Lasse niemanden hinter deine Fassade blicken, sonst bist du angreifbar,* wiederhole ich in meinen Gedanken. Dieser Satz hatte mich schon während meiner Schulzeit einiges gelehrt. Doch dies ist wohl eine andere Geschichte, die ich nicht erneut durchkauen will. Also heißt es: Cool bleiben.

Kurz bevor ich den Pink Paradise Club erreiche, leuchten zwei Scheinwerfer auf, die mir die Sicht rauben. Keine Ahnung, woher das plötzlich kommt, aber es blendet mir direkt ins Gesicht. Dann gehen die Lichter aus und eine Person steigt aus dem Auto. Ich erkenne die Person im schwachen Licht nicht, kann aber deutlich sehen, dass er ziemlich groß und breit gebaut ist. Schätzungsweise könnte mich der Unbekannte um fast zwei Köpfe überragen.

Ich bleibe wie angewurzelt stehen und kann nichts anderes tun, außer paralysiert hinzustarren. Er – ich gehe davon aus, dass es sich um einen großen Mann handelt – mustert mich aus der Ferne und ich kann spüren, dass sich seine Augen in mich hineingebrannt haben. Es ist nicht die Art, wie Denver oder Daxton mich angesehen haben. Irgendwie scheint es mir intensiver zu sein. Etwas, was ich nicht wirklich beschreiben kann.

Mein Mund ist trocken und der Kloß in meinem Hals immer größer. Am liebsten würde ich schreien, doch es kommt kein Ton über meine rissigen Lippen. Stumm blicke ich zu der Gestalt, die sich immer noch am Wagen befindet und mich seelenruhig taxiert. Das Merkwürdige daran ist, dass er einfach nur dasteht und nichts tut.

Dann dreht er sich langsam um und schlägt in dieselbe Richtung ein, genau dorthin, wo ich gerade arbeiten wollte.

So langsam komme ich aus meiner erstarrten Körperhaltung heraus und atme tief Luft ein. Währenddessen habe ich vergessen, meine Lungen mit Sauerstoff zu füllen. Seine

Präsenz hat mich in sich aufgesaugt, zu sehr war ich damit beschäftigt, ihn anzustarren.

Meine Bewegung setze ich fort, nachdem ich mich vergewissert habe, dass der mysteriöse Typ im Eingang verschwunden ist. Einen Schritt nach dem anderen gehe ich ins Pink Paradise und schaue mich um, ob sich die Person irgendwo in der Nähe aufhält, die ich noch nie zuvor in dem Club gesehen habe. Von ihm ist aber keine Spur zu sehen, weshalb ich mich weiter voran bewege, und ins Innere gelange. Der vertraute Geruch von Zigaretten, Alkohol und Parfüm dringt in meine Nase. Obwohl nach Schichtende die Türen und Fenster zum Lüften geöffnet werden, hat sich der Duft bereits in den Polstern und an den Wänden eingefressen.

Jetzt, wo ich hier im Club stehe, staut sich ein anderes Gefühl in mir auf. Das Pink Paradise ist kein Ort, welchen man als sein zweites Zuhause bezeichnen kann. Auch hier geschehen diverse krumme Dinge, die nur abgehärtete Seelen ertragen können.

Meine Schultern straffe ich durch, und ich suche den Korridor auf, um in das Umkleidezimmer der Mädchen zu gelangen. In diesem Raum halten sich junge Frauen auf, die entweder in einer Notlage stecken, wie ich, oder bereits so verkorkst sind, dass sie sich teilweise für gutes Geld prostituieren. Egal wie verlockend sich die Summe anhört, so weit kann ich niemals gehen. Es war eine große Überwindung, mich halbnackt an die Stange zu stellen, da werde ich ganz bestimmt nicht meine Beine für irgendwelche Säcke öffnen, die ihren Frust in diesem Club herauslassen wollen. Außerdem könnten sie in dem Alter meines Vaters sein, den ich, nebenbei bemerkt, nie kennengelernt habe.

Wahrscheinlich klammere ich mich deshalb kaum an einen Mann und suche das Weite, sobald Annäherungen stattfinden. Aus Angst, sie würden mich genauso verlassen wie er.

Das Traurige daran ist, dass ich mich nicht einmal an ihn erinnern kann. Weder seine Stimme noch sein Aussehen. Mom hat ihn auch nie erwähnt und ich habe nie danach gefragt. Irgendwie war auch das Bedürfnis kein einziges Mal da gewesen, zu wissen, wer er war. Die Beziehung zu meiner Mutter hat es auch bisher erschwert und wenn ich ehrlich bin, ist es nicht unser Ding, über sentimentale Themen zu sprechen.

Sobald ich die Türschwelle zu dem Umkleideraum betrete, leert sich mein Kopf. Mit einer stummen Geste begrüße ich meine Kolleginnen, ehe ich mich zu meinem Spind begebe und dort meine Tasche ablege. Anschließend ziehe ich mich bis zur Unterwäsche aus, gehe zur Kleiderstange, um mir mein Outfit herauszusuchen, werde dabei aber von einer plötzlich aufschwingenden Tür unterbrochen. Meine Hände verharren an dem Kleiderhaken, als ich Blaze im Türrahmen stehen sehe.

Ich schlucke, beobachte ihn mit großen Augen und ziehe den Kopf ein, nachdem er folgenden Satz ausgesprochen hat: »Alle raus hier! Bis auf Saphira.«

*Doppelte Scheiße!*

Mein Blick wandert zu den wenigen Mädchen, die sich noch im Umkleidezimmer aufgehalten haben und ich sehe zu, wie sie mit mitleidigen Gesichtsausdrücken den Raum verlassen. Dann schließt Blaze die Tür hinter sich und tritt etwas näher, damit er mich genauestens ins Visier nehmen kann.

So unwohl wie jetzt, habe ich mich schon lange nicht mehr gefühlt. Halbnackt stehe ich vor meinem Chef, der mich so ansieht, als hätte er schon unzählige Frauen in BH und Slip gesehen und es für ihn nichts Aufregendes mehr zu sein scheint. Besser für mich.

Seine dunklen Augen sind wie immer leblos und matt. Und als sein scharfer Blick zu meiner Verletzung wandert, legt sich ein unheimlicher Schleier um seine Iriden. So als würde ein böser Sturm in ihnen toben.

Ich hatte noch nicht die Gelegenheit dazu, mich darum zu kümmern. Denn das war mein eigentlicher Plan, sobald ich ein passendes Outfit gefunden und es anprobiert habe. Nur hat mir Blaze nicht viel Zeit verschafft, als hätte er den richtigen Riecher dafür.

»Was ist das?«, fragt er mich barsch und deutet mit seinem Zeigefinger auf meinen Bauch.

Ich schlucke hart, nichtwissend was jetzt passieren wird, wenn ich ihm die Wahrheit sagen würde. Wahrscheinlich wird er es mir nicht einmal glauben wollen. Blaze ist ein stures Arschloch, der nur seinen Bedürfnissen nachgeht. Alles andere ist ihm scheißegal.

Während er mir einen Schritt näherkommt, wage ich es, einen Schritt zurückzuweichen. Es sollte nicht schon wieder passieren, dass ich durch die Gewalt eines anderen diese höllische Panik bekomme.

Je weiter ich einen Schritt rückwärts mache, desto unvorhersehbarer wird es, als ich plötzlich an einem Hocker stolpere, mit dem ich zusammen auf den harten Boden krache und schmerzerfüllt die Augenlider schließe. Ehe ich sie wieder öffne, ist Blaze schon vor mir und starrt mich hasserfüllt an. Die Abneigung steht ihm ins Gesicht geschrieben, weswegen ich mich nun für diesen Anblick schäme.

»Wo hast du dir schon wieder diese hässliche Narbe zugezogen, hm?«, knurrt er gefährlich nah an meinem Gesicht und verzieht dabei eine abfällige Grimasse. Ich kann diesen heftigen Sturm in seinen Augen sehen, der sich so langsam zu einem Orkan verwandelt.

Blaze weiß so gut wie ich, dass die Wunde an meinem Unterleib das geringere Problem an mir ist. Nur macht es ihn rasend vor Wut, dass es eine weitere Narbe geben wird, die meinen Körper ziert.

»Antworte, *Angel!*«, spuckt er mir entgegen und betont extra meinen Künstlernamen.

»Ich … ich habe … es war ein Überfall«, entscheide ich mich für die Lüge und versuche dabei meine zitternde Stimme unter Kontrolle zu bekommen. Blaze darf niemals die Oberhand über mich ergreifen. Niemand darf meine Gefühle und mich selbst beeinflussen. Denn Worte schneiden tiefere Wunden als es ein Messer je tun könnte, und dies darf mich nie wieder erreichen.

Ein tiefes Knurren entweicht aus seinem Mund und ich zucke erschrocken zusammen. »Hör auf zu lügen, *Angel!* Mir reichen schon die Narben an deinen Schenkeln. Wer will dich denn nun mit diesem hässlichen Ding noch anschauen? Du wirst mir Verluste bringen!«, zischt er mich an, wobei sich mein Herz bei jedem ausgesprochenen Satz schmerzlich zusammenzieht. Blaze will mir damit verdeutlichen, dass ich nichts mehr wert bin. Dass mich meine Narben hässlich machen.

Verdammte Scheiße, wieso müssen Menschen so grässlich sein?

Tränen sammeln sich in meinen Augenwinkeln und drohen auszubrechen. Erneut zucke ich schreckhaft zusammen, als mein Boss gegen einen anderen Hocker kickt und ihn mit einem Stoß zum Umfallen bringt. Er ist wütend und wer weiß, was ihm gerade durch den Kopf geht. Wahrscheinlich überlegt er, wie er mich am besten loswird. Eine kurze und schmerzlose Kündigung würde reichen, aber auch dann würde es mich in den Abgrund reißen. Ich würde ohne Job und ohne Geld dastehen und somit die Wohnung verlieren. Und Fallbridge zu verlassen, kann ich dann wohl auch knicken.

Ein lautes Klopfen an der Tür reißt mich aus meiner Starre heraus und Blaze flucht leise in sich hinein. Der Kopf eines anderen Mädchens lugt hervor, und ich schließe erleichtert die Lider. Dabei atme ich leise aus und bedanke mich geistig bei ihr, mich bei dieser Scheiße gerettet zu haben. Was auch immer unser Boss mit mir vorhatte.

»Was ist?«, brummt er Naomi genervt an, die jedoch keinerlei Reaktion ihm gegenüber zeigt. Sie arbeitet hier genauso lange wie ich und sie macht mir den Anschein, dass sie von Blaze' Verhalten abgehärtet ist. Das ist wohl ein Großteil seiner Mitarbeiter, wohlgemerkt. Alle, außer ich.

Ihr stumpfer Blick lässt keinerlei Regung in ihren Gesichtszügen zu, und ich bin mir sicher, dass es Blaze nur noch mehr provoziert. Für seine Verhältnisse ist es eine respektlose Geste, wenn seine Mädchen nicht ihre Blicke senken. Er wird impulsiv und auch manchmal handgreiflich. Genauso wie er es gerade bei mir versucht hat.

»Mr. Carter erwartet Sie in Ihrem Büro, Mr. Watkins«, antwortet sie auf seine schroffe Frage und verzieht weiterhin ihre Mundwinkel nicht. Sie sind zu einer dünnen Linie geformt und keine einzige Falte ist in ihrem Gesicht zu sehen. Manchmal frage ich mich selbst, wieso ich nicht auch eine Maske aufsetzen kann, ohne eine Regung zu zeigen. Bei Denver gelingt es mir, aber nicht bei Blaze, warum auch immer.

»Sag dem Wichser, dass ich gleich da bin. Ich habe hier noch mit der hier …«, er nickt zu mir, »… ein Hühnchen zu rupfen.«

Naomi öffnet den Mund, um etwas sagen zu wollen, doch ihre Stimme geht durch ein anderes, tieferes Geräusch unter.

»Wichser also, ja?«, höre ich jemanden sagen, dessen Stimme ich keiner bekannten Person zuordnen kann.

Blaze erhebt sich, den Kopf in seine Schultern eingezogen, während seine Haltung angespannt wirkt. Es scheint so, als hätte er vor diesem unbekannten Mann Angst.

Ehe ich wahrnehmen kann, um wen es sich handelt, bleibt mir der Atem in meiner Luftröhre stecken. Meine Augen werden zu riesigen Kugeln und ich schlucke erneut. Ein gutaussehender Mann, vielleicht Mitte dreißig, steht in einem feinen Anzug gekleidet vor meinem Boss und überragt ihn um fast einen ganzen Kopf. Der mysteriöse Riese wirkt wie ein verdammter Bär neben dem Blondschopf. Unter dem Stoff, welcher sich bei jeder Anspannung eng um seine Arme und Brust schmiegt, kann ich jeden Millimeter seiner steinharten Muskeln erkennen. *Nicht sabbern, Saphira!*

Wie kann ich auch in so einer beschissenen Situation an so etwas denken? Was ist nur falsch mit mir?

Immer noch auf dem Boden hockend, schaue ich zu dem faszinierenden Kerl auf, der mich vor Blaze' Übergriff bewahrt hat und wage es nicht ein einziges Mal wegzuschauen. Auch er hält den Blickkontakt zu mir und ich kann nicht anders als mich in seine wunderschönen, goldbraunen Augen zu verlieren. Ich bin nicht besonders gut in Menschenkenntnis, deshalb kann ich nicht erkennen, was sein starrender Blick zu bedeuten hat.

»Da-Das ist ein Missverständnis, Mr. Carter«, stottert mein sonst so keifender Boss, der sich ein schiefes Lächeln erzwingt und sich nervös seine Hände in die Hosentaschen steckt. Jetzt ist die Kacke am Dampfen und ich muss zugeben, dass ich es ein wenig genieße.

Blaze wird so gut wie nie aus der Fassung gebracht. Wer Mr. Carter wohl sein mag, der meinen Arschloch-Chef so einschüchtert? Und wieso sieht er mich immer noch so komisch an? Doch nicht etwa wegen der Wunde? Denkt er auch, dass sie hässlich ist? Findet er mich also ebenfalls unattraktiv? Warum mache ich mir darüber Gedanken? Was kümmert es mich, was dieser fremde Typ von mir hält? Und wieso zum Teufel will ich ihm gefallen?

Während er mir immer noch in die Seele starrt, spricht er zu Blaze: »Denken Sie an Ihre Existenz, Mr. Watkins.« Der drohende Unterton in seiner tiefen Stimme ist mir nicht entgangen.

Ich sehe Blaze zu, wie er eifrig mit seinem blonden Schopf nickt und dem großen Mann mit einer Handbewegung andeutet, vorauszugehen. Der Unbekannte wirft mir einen letzten prüfenden Blick zu, ehe er langsam durch die Tür verschwindet und das Arschloch von Boss ihm folgt.

Immer noch auf dem Boden sitzend, versuche ich das Geschehen zu verarbeiten. Beinahe hätte Blaze mir etwas angetan. Ob es bedeutend schlimmer gewesen wäre als die hässliche Narbe an meinem Unterleib? Kann er denn überhaupt schlimmer als Denver sein?

»Ist alles okay?«, höre ich jemanden fragen und sehe dann, dass Naomi immer noch an der Türschwelle steht, und ein kurzer, besorgter Blick blitzt in ihren dunklen Augen auf. Das ist das erste Mal, seit ich sie kenne, dass sie richtige Emotionen zeigt.

Ich nicke nur als Antwort, da ich im Moment nicht in der Lage bin, einen vernünftigen Satz herauszubringen. Und irgendwie hoffe ich, dass sie mich für einen Moment allein lässt, weil ich die Ruhe brauche, bevor ich an die Arbeit gehe.

Ja, ich will nach den ganzen Vorfällen noch Geld verdienen gehen. Schließlich hängt davon gerade mein Leben ab. Die Sache mit den Drogendealern war mein Highlight gewesen. Möglicherweise bin ich einfach nur zu abgefuckt, um mich zu verkriechen und zu heulen. Zu Hause hätte ich es getan, der Club ist aber nicht mein Zuhause.

Naomi schenkt mir einen letzten Blick, bevor sie geht, womöglich um sicher zu gehen, dass ich wirklich okay bin. Ich weiß, dass sie nichts mit Emotionen anfangen und auch keine Empathie zeigen kann. Deshalb nehme ich es ihr nicht übel. Generell bin ich kein nachtragender Mensch, außer die Personen heißen Denver und Samara.

Ehe ich gleich in Tränen ausbreche, beschließe ich aufzustehen und mich für meine Schicht fertig zu machen. Gerade erlaube ich es mir mal nicht, auf die Tränendrüse zu drücken. Nicht wenn hier die Mädchen jederzeit ein- und ausgehen können. Beim Vorbeigehen an der Garderobe mit den verschiedensten und buntesten Kleidungsstücken entdecke ich einen weißen Spitzen-Body, der mit einem schmalen Schnitt nur die Brüste und teilweise den Bauch bedeckt. Perfekt, um die Verletzung zu bedecken.

Im Verbandskasten, der gleich neben der Tür hängt, suche ich nach einem Wundpflaster, das ich mir dann direkt auf die Hautstelle klebe. Anschließend rücke ich den Stoff des weißen Bodys zurecht und beobachte mich im großen Spiegel.

Meine grauen Augen sehen müde und erschöpft aus und wenn ich mich nicht selbst kennen würde, dann würde ich es mir nicht einmal anmerken. Die Frau, die mir gegenübersteht, hat in ihren jungen Jahren vieles durchgestanden. Es grenzt fast schon an ein Wunder, dass sie immer noch auf beiden Beinen steht.

Mein Kinn recke ich nach vorne und setze mir eine kühle Miene auf. Zugegebenermaßen gefällt mir diese Version besser. *Angel* und Saphira ist ein und dieselbe Person und dennoch sind sie verschieden. Während Saphiras Leben in Trümmerhaufen zerfällt, lebt Angel für die Nacht, in der sie sein kann, wer sie möchte. Sie ist dynamisch und voller Leben, sobald sie tanzt. Und genau die will ich heute Nacht sein.

Ich will frei sein.

# KAPITEL 3

## Kian

Dieser kleine Wichser vor mir pisst mich auf höchstem Niveau an. Am liebsten würde ich ihm eine Kugel zwischen seine buschigen Augenbrauen jagen. Dieser Bastard hat heute den besten Tag ausgesucht, um meine Grenzen auszutesten. Denn nach meinem Bürotag bin ich ziemlich überreizt hierhergefahren, um nachzusehen, was der kleine Engel so treibt und um eventuell meine Laune anzuheben. Der kurze Blickkontakt mit ihr am dunklen Straßenrand vor dem Club, und ich spürte die Spannung zwischen uns, die mir ein kleines Lächeln ins Gesicht zauberte. Aber der Moment verflog so schnell wie er da war, indem dieser Wichser Blaze ihr noch mehr Angst eingejagt hat. Und das macht mich rasend vor Wut.

Das heißt, ein falsches Wort und ich zerfetze diesen Hurensohn.

Wir betreten sein Büro und ich verziehe angewidert das Gesicht bei dem Anblick, der sich mir bietet. Zigarettenstummel und leere Bierdosen liegen überall herum und es riecht hier, als wäre ein Mensch gerade gestorben. Die Luft ist verdammt stickig in diesem Raum, sodass ich an ihm vorbeilaufe und das Fenster weit aufreiße. Der frische Abendwind weht mir direkt ins Gesicht und ich inhaliere die Luft in mich hinein.

»Sorry für die Unordnung«, grunzt Blaze wie ein hässliches Schwein. Denkt er ernsthaft, dass es zum Totlachen ist, oder was? Gott, muss ich ihm denn erneut Manieren einprügeln? Für diesen Dreck wird er nicht bezahlt und das weiß er auch.

Blondie hört sofort auf zu grinsen, als er meine ernste Miene wahrgenommen hat. Seine Mundwinkel sinken augenblicklich und er räuspert sich entschuldigend.

»Bezahle ich dich dafür, dass du den Club wie einen billigen Puff behandeln kannst? Wir haben eine Vereinbarung, Watkins«, knurre ich ihn an. Er hat wohl vergessen, wen er vor sich stehen hat.

Sein Büro ist aber mein geringstes Problem. Es sind ihre verängstigten, grauen Augen, bevor ich den Raum betreten hatte. Sie gehen mir nicht aus dem Kopf, genauso wie die Verletzung an ihrer zarten, blassen Haut. Es macht mich verdammt wütend, dass dieser kleine Engel angerührt wurde. Und wenn ich herausfinde, dass es dieser Idiot vor mir gewesen ist, drehe ich ihm erst recht den Hals um.

»Kommt nie wieder vor, Boss«, schleimt er sich bei mir ein und bietet mir nun eine Zigarette an. Stumm nehme ich sie zwischen meine Finger, zünde sie mir an und ziehe an der wohltuenden Zigarette.

Während ich Blaze dabei beobachte, wie er in den Schubläden herumwühlt, wandern meine Gedanken zurück zum

Umkleidezimmer. Mein Wille war groß, sie einfach über meine Schultern zu werfen und mit ihr gemeinsam diesen verfickten Club zu verlassen. Am besten für immer. Doch leider muss ich mich noch etwas gedulden, obwohl die Geduld nicht immer meine Stärke ist.

Plötzlich überkommt mich erneut der übermäßige Zorn und aus starkem Impuls packe ich Blaze an seinem Kragen und werfe ihn mit einem dumpfen Knall auf den Schreibtisch. Die Zigarette klemmt immer noch zwischen meinen Zähnen, während ich ihm die Luft zum Atmen abschnüre.

»Hast du ihr das angetan?«, fletsche ich mit den Zähnen und zerdrücke den Filter in meinem Mund. Er schaut mich an, als hätte ich ihm eine Ohrfeige verpasst, und das werde ich noch tun, wenn er jetzt nicht sein Maul aufmacht. Wobei der Schlag so hart sitzen wird, dass er für eine Weile das Kauen verlernt.

»W-was? Nein, nein! I-Ich wars n-nicht, M-Mr. Carter«, krächzt er unter meinem Würgegriff. Sein Kopf ist rot angelaufen und wenn ich ihm noch weiterhin den Sauerstoff verweigere, wird er lilablau. *Mhh, eine großartige Farbe, die ihm stehen würde, nicht wahr?* Wobei rot auch in Ordnung geht.

Der erste Fausthieb erwischt seine Wange, die sofort eine undefinierbare Farbe annimmt, obwohl ich noch nicht einmal richtig fest zugeschlagen habe. Denn wenn ich meine volle Kraft einsetzen würde, dann wäre er jetzt Knock-out.

»Bist du dir da sicher, oder soll ich dir da noch etwas nachhelfen?«, gebe ich mit etwas mehr Nachdruck von mir.

Langsam pisst er mich ins Unermessliche an und ich kann nicht dafür garantieren, ihn noch am Leben zu lassen.

»Nein … nein! Die … hatte sie schon vorher, ich schwöre es!«

Seine Reaktion beobachte ich genauestens, um feststellen zu können, ob dieser Dreckskerl lügt oder nicht. Ich kenne Blaze und weiß, wozu er fähig sein kann, wenn etwas nicht nach seiner Nase läuft. Die Mädchen haben sich reihenweise beschwert über sein aggressives Verhalten und nur weil ich nicht immer hier sein kann, bedeutet das nicht, dass ich nichts hiervon erfahren werde. Meine Augen und Ohren sind überall.

»Du weißt, was passiert, oder?«, knurre ich ihn an und will ihm damit vermitteln, dass er für sein eigenes Wohl besser die Wahrheit beichten soll.

»Ich war es nicht, Kian.«

Mein sadistisches Biest, welches tief in mir schlummert, genießt es gerade, ihm dabei zuzusehen, wie ihm vor Angst eine Träne über die Schläfe läuft. Er beteuert mir erneut, dass er es nicht gewesen ist, und für das eine Mal lasse ich ihn los.

»Letzte Warnung, Blaze. Ansonsten …« Mit meinem Zeige- und Mittelfinger ahme ich eine Waffe nach und halte es mir ans Kinn. »Boom.«

Sein Leib zittert bitterlich, während er sich von dem verwüsteten Tisch erhebt und seine Kleidung richtet. Ein leises Lachen dringt aus meiner Kehle, ehe ich mich von dem Penner abwende und meine Zigarette im Aschenbecher ausdrücke. Mit dem Rücken zu ihm gekehrt und die Hände in den Hosentaschen vergraben, blicke ich von oben herab aus dem Fenster das Nachtleben von Fallbridge.

Es ist verfickt erbärmlich, dass sechzig Prozent der Bevölkerung dieser Stadt sich mit harten Drogen vollpumpt sowie die Kriminalitätsrate stark zugenommen hat, wobei es sich beim größten Teil um Jugendliche handelt. Die Dunkelheit zerfrisst einen viel schneller als man glaubt. In dieser Finsternis bist du für immer gefangen und es gibt keinen Ausweg, diese zu bekämpfen. Und wenn du versuchst zu flüchten, wird sie dich einholen und für immer zerstören.

Genauso wie es mir damals widerfahren ist.

»Geh wieder an die Arbeit«, weise ich ihn an, nachdem wir uns lange angeschwiegen haben und ich damit beschäftigt gewesen bin, in die dunkle Nacht zu starren und meinen eigenen Gedanken nachzuhängen. »Ach, und Blaze …«, stoppe ich ihn nochmals, bevor er sich verpissen will. »Ich weiß, wie man die Existenz eines Menschen in Luft auflösen lässt, ohne Spuren zu hinterlassen. Nur ein kleiner Hinweis.«

Blaze verkrampft sich in seiner Haltung, während ich ihm keinen einzigen Blick würdige. Dennoch weiß ich, dass sein Puls in die Höhe geschossen ist und er vergeblich versucht, seine schwitzigen Hände an seiner ausgewaschenen Jeans abzuwischen.

»Haben wir uns klar und deutlich verstanden?«, will ich von ihm mit einem eisigen Unterton wissen. Manchmal habe ich den Eindruck, dass er nur das Hirn einer Eintagsfliege besitzt.

»Ja, Mr. Carter.«

Ich brumme unzufrieden, da mir diese kurze Antwort nicht reicht. Blaze bemerkt es und korrigiert schnell. »Ihre Anweisung war mehr als verständlich, Mr. Carter.«

Hinter mir höre ich, wie Blaze sein eigenes Büro verlassen will. Er zögert jedoch, woraufhin ich schwer ausatme. Dieser Wichser ist eine verdammte Nervensäge.

»Raus mit der Sprache«, dränge ich ihn, endlich sein blödes Maul zu öffnen. Ich bin nicht hier, um Däumchen zu drehen und darauf zu warten, was er nun dieses Mal von mir will.

»Ich will nicht unhöflich sein und mich nicht in Ihr Leben einmischen, aber ist sie nicht etwas zu jung für Sie?«, fragt er dreist. Woher er plötzlich die Eier hat, mir diese dämliche Frage zu stellen, ist mir neu.

Ein verächtliches Schnauben entfährt mir.

»Raus!« gebe ich kühl von mir. Ein Zeichen, welches er wahrnimmt und sich endlich verpisst. *Besser für ihn.*

Als ich die Tür hinter mir schließen höre, zünde ich mir eine weitere Kippe an und inhaliere genüsslich das Gift in meine Lungen. Ich schließe meine Augen und sehe die grauen Iriden dieser Schönheit, die so hell wie der Mond strahlen.

Scheiße, ja verdammt. Die Kleine ist ganze fünfzehn Jahre jünger als ich. Es ist ein verfluchtes Mysterium, dass ich mich zu einer wildfremden Frau hingezogen fühle. Noch nie zuvor hatte ich eine solche Obsession empfunden. Ich begehre und beobachte sie wie ein krankhafter Bastard. Fuck, als ich sie das erste Mal tanzen gesehen habe, hat sie mich sofort in die Knie gezwungen, wie eine verfickte Pussy.

Kein Wunder, meine Seele ist abgefuckt. Beinahe mache ich den Junkies dieser Stadt Konkurrenz, denn meine Sucht nach ihr ist mittlerweile übermäßig angestiegen, dass ich mich jeden Tag nach ihr sehne, sobald ich diesen Club verlassen muss.

Ab dem ersten Moment wusste ich, dass ich sie um jeden Preis haben will. Nicht nur ihren Körper, sondern auch ihren Verstand, ihre unschuldige Seele und vor allen Dingen, ihr reines Herz.

Meine Besessenheit geht so weit, dass ich mit einer kleinen Hilfestellung meines besten Freundes die geheime Datenbank gehackt habe und mehr über Saphira herausfinden konnte. Dennoch tappe ich im Dunkeln, was diesbezüglich ihren Job angeht. Eine unschuldige Seele wie sie hat hier nichts verloren. Welche Probleme sie wohl mit sich tragen muss?

Ich will nicht behaupten, dass ich ein guter Umgang für sie wäre, denn das bin ich definitiv nicht. Doch mein Verlangen nach ihr ist viel zu groß, um es noch bändigen zu können. Außerdem bin ich ein egoistisches Arschloch, dessen Wille immer gestillt werden muss.

Und ich will sie!

*Ob ich nach ihr sehen sollte? Wenn auch nur aus der Ferne …*

Ohne weiter nachzudenken, tragen mich meine Beine aus diesem verschissenen Büro von Blaze in Richtung Hauptbereich des Pink Paradies'. Dort steuere ich auf eine Bar zu, um mir einen doppelten Whisky zu bestellen. Während ich auf mein Getränk warte, wandern meine Augen automatisch zu den Tänzerinnen, die an ihren Pole-Dance-Stangen die Beine breit machen. Etwas weiter hinten erkenne ich sie. Der blonde Engel trägt ein knappes, weißes Outfit. Um sie herum die vielen gaffenden Hurensöhne, die sich an ihr aufgeilen, als sei sie eine wertlose Schlampe. Genau so sehen sie sie. Nichts weiter als ein schneller Fick für ein paar hundert Dollar.

Mein Puls schießt in die Höhe und die Wut versucht mich erneut zu kontrollieren. In ihrer Nähe passiert es zurzeit viel öfter als im Normalfall. Das hat auch seine Bedeutung. Nein, *sie* bedeutet mir die ganze Welt und das muss ich ihr klarmachen.

Das Glas mit dem doppelten Whisky wird mir zugeschoben und ich nehme es umgehend in die Hand, um einen kräftigen Schluck daraus zu trinken. Der herbe Geschmack zergeht auf meiner Zunge, das Brennen in meinem Rachen lässt meine innere Unruhe herunterfahren und verhindert somit mein Vorhaben umzusetzen.

*Sie ist* noch *nicht dein,* flüstert eine helle Stimme in mir, wobei das teuflische Lachen meines inneren Biestes etwas anderes sagt. Es will sich an die Oberfläche kratzen und sich das nehmen, was *uns* gehört.

Meine lodernden Augen beobachten all ihre fließenden Bewegungen, als hätte sie nichts anderes in ihrem Leben getan als zu tanzen. Ich kann ihr ansehen, dass sie die Außenwelt kaum wahrnimmt und sich in ihrer eigenen Blase versteckt hält. Ihre Blicke sind, wie jede Nacht, leer. Wohlgemerkt lässt sie sich den Vorfall von vorhin mit Blaze nicht einmal ansatzweise anmerken. So als sei nichts gewesen. Oder diese Narbe, deren Existenz plötzlich verschwunden ist.

*Kleiner Engel, du bist ein ganzes Mysterium. So wie mein Verlangen nach dir.*

Ich sehe ihr zu, wie sie ihr nacktes Bein um das kalte Metall legt und sich kopfüber an der Stange dreht. Dabei ist ihr Hintern für jeden Wichser präsent, genauso wie ihre üppigen Brüste, die sich durch die Schwerkraft nach unten drücken. Mein inneres Biest verlangt von mir, jedem in diesem Club das Augenlicht zu nehmen. Und das in ihrer Anwesenheit, damit sie endlich weiß, zu wem sie gehört.

»Sei nicht so ein blindwütiger Spanner«, höre ich plötzlich jemand neben mir sagen und ohne hinzusehen weiß ich schon, wer mir mit seiner Gegenwart die Ehre erweist.

»Halt dein Maul und kümmere dich um deinen eigenen Scheiß«, gebe ich brummend von mir, wobei ich meinem besten Freund Jesse ein herzhaftes Lachen entlocke. »Wie immer gut gelaunt«, sagt er ironisch, nimmt dreist mein Glas Whisky in die Hand und trinkt es leer. *Wichser.*

Unschuldig zuckt er mit den Schultern, als er meinen grimmigen Blick bemerkt hat, und bestellt beim Barkeeper einen weiteren Drink für sich. Seine Intuition, mich vom Trinken abzuhalten. Denn laut seiner eigenen Behauptung neige ich dazu, süchtig zu werden.

Für mich völliger Bullshit, denn meine einzige Sucht ist sie.

»Spiel nicht mit meiner Geduld, Jesse.«

»Sorry, *Boss.* Ein blaues Auge ist es mir wert«, schmunzelt mein bester Freund, woraufhin ich nur mit dem Kopf schütteln kann.

Ihm ist es egal, dass er mich damit provoziert. Jeder andere würde einen Kinnhaken verpasst bekommen, nur ist Jesse nicht jeder andere. Er ist mein langjähriger Freund, ein Teil meiner hässlichen Vergangenheit.

Durch seine Anwesenheit habe ich den Fokus auf das Eigentliche verloren, woraufhin meine Augen direkt wieder zu dem kleinen Engel wandern. *Zu* meinem *kleinen Engel.*

Sie spreizt ihre Beine vor dem männlichen Publikum. Vor den Typen, die ihr immer wieder Geldscheine zuwerfen oder es in ihren Body stecken und absichtlich die Hände an ihrer Haut streifen lassen. Die dicken Beulen in deren Hosen sind nicht mehr zu übersehen, und scheiße, meine Wut wird mich gleich tatsächlich noch blind leiten.

Ohne Vorwarnung nehme ich dieses Mal Jesses Drink und kippe es in einen Zug herunter, ehe ich aufstehe und sage: »Gib Blaze die Anweisung, er soll *Angel* an die Bar zuweisen. Naomi soll sie weiterhin im Auge behalten.«

Ich kann mir diese Show nicht weiter ansehen, ohne das große Verlangen zu empfinden, jeden Kerl in diesem Raum abschlachten zu wollen.

Jesse mustert mich skeptisch und ich weiß ganz genau, was ihm auf der Zunge liegt. Nur will ich es nicht hören.

»Und wohin willst du?«, fragt er stattdessen.

»Ich verpisse mich jetzt.«

»Du hast getrunken und sicherlich nicht wenig, Kian«, reizt er mich weiter. Allerdings kennt er auch hier meine Antwort.

Erneut kopfschüttelnd krame ich ein paar Dollarscheine aus meinem Portemonnaie heraus und knalle sie auf die Theke. Meinen besten Freund lasse ich ohne ein Wort sitzen und stürme schnellstmöglich aus diesem verdammten Club.

Ich laufe auf meinen teuren Wagen zu, der hier total fehl am Platz ist und überhaupt nicht in diese Stadt zu passen scheint. Dass er noch nicht aufgebrochen oder gestohlen wurde, gleicht einem Wunder.

Als ich endlich im Range Rover sitze, herrscht in meinem Hirn ein lautes Stimmengewirr, obwohl ich das Pink Paradise schon lange verlassen habe. Ich stehe kurz davor, die Kontrolle über mich selbst zu verlieren und dass nur wegen diesem kleinen Engel. Sie ist nicht nur Balsam für mein schwarzes Herz, sondern auch gleichzeitig Gift für mich.

Der Engel und der Teufel auf meinen Schultern, und sie streiten sich um Saphira. Die gute Seite will, dass ich sie in Ruhe lasse, und das Böse will mich dazu treiben, sie gegen ihren Willen in meine Wohnung zu verschleppen, um sie dort ans Bett zu fesseln, bis sie mir ihr Herz öffnet.

Beides ist scheiße und ich will mich für keines davon entscheiden, weshalb ich stärker aufs Gas trete, damit ich mich nicht doch noch umentscheide.

Mit hoher Geschwindigkeit brettere ich durch die kaum befahrene Straße, steuere Richtung Highway und verlasse Fallbridge.

*Für diesen einen Moment muss ich dich aus meinem Kopf verbannen.*

Auf meinem Bett sitzend zähle ich mein verdientes Geld von gestern Abend. Es lief gut, bis Blaze mich an die Bar verwiesen hat. Warum auch immer. Langsam bekomme ich das Gefühl, dass er ein persönliches Problem mit mir hat.

Den letzten Schein lege ich auf die graue Bettdecke und seufze verzweifelt. 535 Dollar und dennoch nicht genug. Ich brauche viel mehr, um irgendwo anders überleben zu können, bis ich einen neuen, vernünftigen Job gefunden habe.

Dann will mir Blaze ausgerechnet heute einen Strich durch die Rechnung machen und hat mich wegen dieser verfickten Wunde aus der Schicht gestrichen. Das bedeutet, dass diese Nacht kein Geld verdient wird. *Weltklasse.*

*So kannst du dich hier nicht blicken lassen,* war seine dumme Begründung, die mich immer noch wütend macht. Ich meine, es ist *nur* eine oberflächliche Verletzung, die ich gut kaschieren kann. Immerhin habe ich die letzte Nacht trotz dessen meine Scheine zugeworfen bekommen.

Ein frustrierter Schrei verlässt meine Kehle, ehe ich die Geldscheine von meinem Bett schleudere und aufgebracht ins Wohnzimmer stürme. Haareraufend laufe ich auf und ab und überlege nach einer Alternative, die mich noch retten kann. Ich habe nicht viel Zeit und muss dringend aus dieser Wohnung raus, noch bevor Denver mich irgendwo abfangen kann und weiß Gott was tut.

Vielleicht sollte ich mich doch prostituieren?

Ein schneller Fick für gutes Geld?

»Überlegst du, wie du an die Kohle rankommst?«, ertönt plötzlich eine rauchige Stimme hinter mir und ich drehe mich ruckartig um, um festzustellen, dass dort tatsächlich Denver, allein, in meiner Wohnung steht.

Sein süffisantes Grinsen verrät mir, dass er es amüsant findet, mich erschreckt zu haben. Das Blut pumpt sich hastig durch meine Venen, während mein Herzschlag doppelt so schnell in meiner Brust hämmert. Angst und Wut vermischen sich, während ich unauffällig nach etwas Greifbarem suche, um mich wehren zu können, falls er wieder versuchen sollte, mich umbringen zu wollen.

Eine Vase schleicht sich in meinen Blickwinkel, die auf einer Kommode neben meiner Zimmertür steht. Damit könnte ich ihn wahrscheinlich k.o. schlagen.

»Denke erst gar nicht daran«, grummelt er und erwischt mich dabei, wie ich nun offensichtlich dorthin gestarrt hatte.

*Du bist verdammt schlecht, Leute abzulenken, Saphira …*

»Wie zum Fick hast du es hier reingeschafft?«, lenke ich absichtlich ab, wobei ich ihn haargenau im Auge behalte. Dabei frage ich mich, was er überhaupt hier will.

Er denkt doch nicht wirklich, dass ich es wegen ihr tue? Zu dem Deal habe ich nie zugestimmt.

»Das hier ...«, er wedelt mit dem Finger und deutet auf die Wohnung, »... ist eine Bruchbude. Jeder kann ein- und ausgehen, wie er will.« Er lacht.

Ich muss bei seiner Aussage schlucken. Das Schloss lässt sich schon seit längerem schlecht schließen. Meine Gedanken waren damit beschäftigt, den Job im Stripclub zu überleben und mich schnellstmöglich in mein Bett verkriechen zu können, so dass ich gar keine Zeit hatte, mich um das Schloss zu kümmern und es irgendwann vergessen habe. Ich kann von Glück reden, dass mein ganzes Geld noch da ist, wo ich es versteckt aufbewahre.

»Was willst du?«, übergehe ich das Thema mit Absicht, um ihn bei nächster Gelegenheit aus der Wohnung schmeißen zu können.

Nervös kaue ich auf meiner Unterlippe und kratze mit dem Nagel meines Zeigefingers an der Haut meines Daumens, um irgendwie meine Nerven zu beruhigen. Vergeblich, denn sein durchbohrender Blick lässt mich nur noch zappeliger werden.

»Dir ein Angebot machen. Schließlich ist es doch schade, dass so eine junge Schönheit wie du irgendwann verstümmelt wird.« Die Belustigung schwingt in seiner Tonlage mit, die mich anspannen lässt. Dieser Mistkerl findet auch alles witzig, was mit Grausamkeit zu tun hat. *Kranker Soziopath.*

»Was denn für ein Angebot schon wieder?«, will ich deutlich genervt wissen. Schließlich weiß ich genau, wie das endet und darauf habe ich nun wirklich keine Lust mehr. In jeder Situation bin ich das arme Lämmchen, welches sich nicht selbst wehren kann. Doch dieses Mal will ich Denver nicht gewinnen lassen.

»Sagen wir es so … Du machst etwas für mich und ich lasse die Schulden deiner Mutter in Luft auflösen.« *Vertraue ihm nicht,* ruft der vernünftige Teil in mir. Denver wäre der letzte Mensch auf diesem Planeten, dem ich nur einen kleinen Funken Vertrauen schenken würde. Und trotzdem kratzt die Neugier in mir, weshalb ich weiter nachbohre.

»Etwas für dich tun? Wo ist der Haken?«

»Deine Tanzeinlagen im Pink Paradise sind ganz nett. Ein bisschen die Hüften auf mir schwingen und die Sache ist gegessen. Oder vielleicht auch mehr.« Er grinst mir rotzfrech ins Gesicht, als mir die Erkenntnis ins Hirn leuchtet, dass er mich beobachtet haben muss. Ein Spanner ist er auch noch, verdammt.

Ein ironisches Lachen entfährt mir. Das kann er nun nicht ernst meinen. Er will mich schlichtweg über den Tisch ziehen, ja, das muss es sein. Dieser Kerl ist ein dreckiger Lügner und das weiß ich schon seither, als er meiner Mutter die Tüte Koks schenken wollte. Schlussendlich musste sie mit ihrem Körper bezahlen, vor meinen Augen.

»Denkst du, dass ich so naiv bin?«, frage ich ihn deutlich verärgert. Dabei habe ich ihm keine Entscheidungsfrage gestellt, die er mir beantworten soll. Natürlich geht er davon aus, dass ich unüberlegt handle, denn das tue ich oft. Denver nutzt meinen schwachen Moment aus, aber was er nicht zu wissen scheint, ist, dass ich die Schulden nicht bezahlen werde. Und das lässt mich wiederum stärker werden.

»Nenne es, wie du willst. Du hast die Wahl, Kleine«, umgeht er gekonnt meine Aussage und wartet geduldig auf eine Antwort von mir.

Während ich so tue, als würde ich mir tatsächlich Gedanken darüber machen, überlege ich, wie ich an die Vase komme, ohne dass er mich direkt durchschaut. Und als wäre das Universum das erste Mal auf meiner Seite, summt sein Handy, weshalb er für einen kurzen Moment abgelenkt ist, als er auf das Display schaut.

Mit einer schnellen Bewegung greife ich nach der Vase, doch wenige Sekunden danach wird sie mir aus der Hand geschlagen, die auf dem Boden in Kleinteile zerspringt. Denver steht mit seiner vollen Größe vor mir und überragt mich um einen ganzen Kopf, sodass ich gezwungen bin, meinen Kopf in den Nacken zu legen. Er presst mich dicht an die Wand hinter mir und schnappt sofort nach meinem Hals, um fest zuzudrücken.

»Wie oft muss ich dich noch warnen, Prinzessin?«, zischt er dicht gegen meine Lippen, wobei eine widerwärtige Gänsehaut sich auf meiner Haut bildet. »Willst du dem Tod direkt ins Auge sehen?« Ich schüttele so gut es geht mit dem Kopf, da ich kaum noch Luft zum Sprechen übrighabe.

Plötzlich wandert die andere Hand von Denver meinen Körper entlang und verschwindet unter dem Bund meiner Leggins, ehe ich verzweifelt versuche, mich von seinem Griff loszureißen. Meine Schenkel presse ich zusammen, dennoch schafft er es, meinen Slip beiseitezuschieben und über meine Mitte zu fahren.

Ein genüssliches Seufzen seinerseits lässt mich vollkommen in meiner Haltung erstarren. Wie paralysiert höre ich auf zu zappeln, als ich einen Finger in mir spüre.

»Scheiße, du fühlst dich viel besser an als gedacht«, knurrt er sichtlich erregt, zieht seine Hand wieder aus meinen Leggins heraus und führt den einen Finger zwischen seine Lippen, um mich zu schmecken. »Purer Himmel«, kommentiert er.

Übelkeit steigt meine Galle hinauf. Die Tränen brennen bereits in meinen Augen, ich wage es jedoch nicht, ihm ins Gesicht zu schauen. Ich fühle mich gedemütigt und beschmutzt, denn es hat mich noch nie jemand ohne meine Erlaubnis dort berührt.

»Zu gerne würde ich diese heiße Pussy ficken, doch leider bin ich gezwungen zu gehen«, sagt er in einem bedauerlichen Unterton, bevor er sich von mir abwendet und mich auf dem kalten Boden zusammenkauernd zurücklässt.

Als ich seine Schritte nicht mehr wahrnehme, rapple ich mich auf und renne ins Badezimmer. Dort reiße ich die Toilettenschüssel auf, stecke mir den Finger in den Hals und übergebe mich. Das Ekelgefühl will mich nicht loslassen, als hätte Denver mich mit seiner bloßen Berührung gebrandmarkt.

Gerade will ich mich am liebsten in Luft auflösen und nie wieder existieren. Dieser Dreckskerl hat mich tatsächlich ohne meine Einwilligung berührt. Etwas, was ich nie wieder rückgängig machen kann und dennoch mir so sehr wünsche, dass er mir stattdessen eine Kugel verpasst hätte.

Es ist weitaus schlimmer als die Demütigung meiner Entjungferung in der Elften, als die halbe High School ein Sex-Tape zugesendet bekommen hat, welches von diesem blöden Arsch, in den ich mal verliebt war, heimlich gefilmt wurde.

Was Denver getan hat, lässt meinen Selbsthass nur noch weiterwachsen und mein Selbstwertgefühl sinken …

# KAPITEL 5

## *Kian*

Es sind einige Tage vergangen, als ich sie das letzte Mal im Stripclub gesehen habe. Seitdem hat Saphira sich nicht mehr im Pink Paradise blicken lassen. Mag sein, dass sie Blaze mit ihren „Frauenproblemen“ verarschen kann und sich deswegen verkriecht, doch ich kaufe ihr die Scheiße nicht ab.

Jeden Abend bin ich von Bluehill nach Fallbridge gefahren. Ich habe ihre Wohnung von meinem Auto aus beobachtet und darauf gewartet, ob sich nicht doch etwas Auffälliges tut. Jedoch blieben die Lichter aus und von ihr keine Spur zu sehen.

So wie jetzt, auf meinem Schreibtischstuhl im Büro sitzend, mache ich mir Gedanken um diesen kleinen Engel. Irgendetwas läuft nicht richtig und ich will verdammt nochmal wissen, wo sie sich verkrochen hat. Und wieso.

»Mr. Carter? Mr. und Mrs. Nakashima wären dann so weit«, informiert mich meine Assistentin, die ich durch meine lauten Gedanken nicht reinkommen gehört habe.

Die Akte des verstorbenen Takeo Nakashima liegt immer noch fest in meinem Griff, während ich gedanklich abgedriftet bin und nur ins Leere gestarrt habe.

Schon seit Jahren arbeite ich daran, Beweise für ein Mordmotiv zu finden, welches mit seinem Tod zusammenhängt. Weil die Tatzeit während seines Aufenthaltes im Bundesgefängnis stattgefunden hat, wurden bisher keine Ermittlungen aufgenommen oder Tatverdächtige festgenommen. Seitdem versuchen seine Eltern verzweifelt für Gerechtigkeit zu sorgen und haben sich an mich gewendet.

Was sie nicht wissen, ist, dass ich kein staatlich anerkannter Anwalt bin. Aber das müssen sie auch nicht, weil es niemand weiß. Nicht einmal die Staatsanwaltschaft. Und das ist gut so.

»Gib mir einen Moment.« Meine Assistentin nickt und ihr schwarzer Haarschopf verschwindet anschließend hinter der Tür, die sie leise hinter sich schließt.

Dieser Fall bedeutet mir etwas, weshalb ich meine Besorgnis wegen Saphira in den Hintergrund rücken und mich mit vollem Verstand darauf konzentrieren muss, um meine Arbeit weiterführen zu können.

Ich blättere über die Akte und sein Strafregister bleibt an meinem Augenmerk haften. Sechzehn Jahre ist es schon her, seitdem er tot in seiner Zelle vorgefunden wurde. Sechzehn Jahre habe ich mich hochgearbeitet, um genau dort zu stehen, wo ich jetzt bin. Und dass nur wegen

Takeos Fall. Seit dem ersten Tag ist es mir nicht mehr aus dem Kopf gegangen …

Für einen Moment schließe ich die Augen und versuche durchzuatmen. Dann nehme ich den Hörer in die Hand und wähle die Kurzwahl meiner Assistentin. Kurz darauf betreten Mr. und Mrs. Nakashima mein Büro und setzen sich auf die beiden Stühle vor meinem Schreibtisch.

»Schön, dass Sie Zeit gefunden haben, Mr. Carter.« Mr. Nakashima reicht mir zur Begrüßung höflich die Hand. Seine Frau schenkt mir nur ein mildes und müdes Lächeln.

Man sieht ihnen an, dass sie älter geworden sind. Und die Erschöpfung steht ihnen ebenfalls ins Gesicht geschrieben. Der Tod ihres Sohnes liegt ihnen immer noch schwer am Herzen.

»Haben Sie schon Fortschritte gemacht? Hat sich denn schon irgendetwas getan?«, will er nun sofort wissen und so schwer es mir fällt, ihm die Wahrheit zu sagen, bin ich dazu gezwungen, die beiden enttäuschen zu müssen.

Ich schüttle bedauerlich den Kopf. »Es tut mir leid, aber scheinbar wurden die Aufnahmen beseitigt, die als potenzielle Beweismaterialien uns begünstigt hätten«, erkläre ich. »Wir haben es mit jemandem zu tun, der professionell vorgeht und womöglich alle Justizvollzugsbeamten mit Schweigegeld bezahlt. Das sind nur Vermutungen, aber nicht unüblich für die aktuelle Entwicklungszeit.« Und das ist genau das, was mir die Arbeit schwermacht. Ich selbst habe hin und wieder für manche Fälle dem einen oder anderen Richter eine hohe Summe angeboten. Wer Geld hat, hat Macht und anscheinend tut es derjenige auch.

Hinter verschlossenen Türen kann nichts verfolgt und nachgewiesen werden, solange die Mäuler mit Geldscheinen gestopft sind.

»Wir haben schon zu viel Zeit verloren. Noch länger kann ich es nicht ertragen. Du musst uns versprechen, dass du denjenigen findest, Kian«, bittet mich Mrs. Nakashima. Ihr flehender Blick bohrt sich in mich hinein und ich kann nur zustimmend nicken.

»Ich werde alles Machbare versuchen. Mein Team und ich werden einen Weg finden.« Das bedeutet vielmehr, Jesse und ich. Er ist mein einziger Mann, der mir treu ergeben ist. Der Einzige, der es ertragen kann, über das Gesetz hinaus handeln zu können.

Das alte Ehepaar vor mir ist in einem verzweifelten und zerbrechlichen Zustand.

»Wir wollen in Frieden sterben, und solange Takeos Mord nicht aufgedeckt wird, können wir auch nicht mit einem guten Gewissen die Welt verlassen«, meint Mrs. Nakashima, ehe sich das Ehepaar erhebt und mir zum Abschied die Hände reicht. »Unsere letzte Hoffnung liegt ganz bei dir, mein Kind.« Die alte Frau, die um einiges kleiner ist als ich, umschlingt mit ihren dünnen Armen meine Taille und umarmt mich. Zögernd lege ich meine flache Hand auf ihren Rücken, um ihr so gut es geht den nötigen Trost zu spenden. Dabei spannt sich mein Körper bei ihrer warmen Berührung an.

Ich bin kein Mann, der Empathie zeigt, geschweige denn damit umgehen kann. Schon viel zu lange umgibt mich die Dunkelheit, an die ich mich gewöhnt und lieben gelernt habe. Alles, was mit Trauer und Angst zu tun hat, findet in meinem inneren Kern keinen Platz.

Nachdem sie sich von mir entfernt und mein steifer Körper sich entspannt hat, begleite ich die beiden bis zur Bürotür.

Keine Ahnung, wie viele schlaflose Nächte ich noch ertragen kann. Wann habe ich das letzte Mal eine Nacht durchgeschlafen? Ich kann mich nur vage daran erinnern, dass es in meiner Jugend gewesen sein muss. Aber leider bleibe ich nicht ewig jung und das macht sich von Jahr zu Jahr bemerkbar.

Ehe ich mich auf meinem Schreibsessel niederlasse, schwingt plötzlich die Tür auf und ein hektisch atmender Jesse betritt mein Büro, ohne anzuklopfen. Diese Manieren besitzt mein guter Freund nicht, aber wegen seiner Loyalität kann ich es ihm nicht übelnehmen. Denn wenn er hereinstürmt, kann es nur wichtig für mich sein. Nur wäre es angebracht gewesen, mir wenigstens für einige Minuten meine Ruhe zu gönnen.

»Hat es denn für einen Anruf nicht gereicht, oder wieso platzt du wie ein wildes Tier in mein Büro rein?«, necke ich meinen langjährigen Freund und entlocke aus ihm ein leises, genervtes Knurren.

»Wenn du mal an dein Handy gehen würdest, wäre es machbar gewesen«, antwortet er mit einem grimmigen Ton.

Meine Augenbraue hebt sich, während ich verwundert zu ihm dreinblicke und nebenher mein Handy aus meiner Schublade hervorhole. Tatsächlich hat er mich viermal versucht zu erreichen, nur war ich bis gerade eben mit Takeos Eltern beschäftigt und habe es daher nicht mitbekommen.

»Fuck, ich habe es verpeilt. Die Nakashimas waren hier«, erkläre ich und in Jesses Gesichtszügen verändert sich etwas. »Ich habe natürlich die schlechte Nachricht überbracht …«

Seit Jahren versucht Jesse an die Aufnahmen zu kommen, hat jedes System des Rechtsstaates und der Justizvollzugsanstalt gehackt, aber sie bleiben bisher verschwunden. Irgendwo im Verborgenen müssen sie sein, nur haben wir keinen Anhaltspunkt, wonach wir suchen müssen.

»Kian, es sind sechzehn Jahre vergangen. Ich will nicht pessimistisch klingen, aber langsam glaube ich, dass wir nicht mehr fündig werden …« Jesse hat recht, aber umso mehr hasse ich diesen Gedanken, damit abschließen zu müssen. Takeo hat es nicht verdient, in Vergessenheit zu geraten. Oder dass man ihn endgültig aufgibt. Diesen Zwiespalt kann ich auch meinem besten Freund ansehen. Es ist ausweglos, dennoch nicht das Ende.

»Wir ziehen die Scheiße durch. Es muss sich lohnen«, beharre ich darauf und Jesse kann mir darauf nur zustimmen. Ihm bleibt nichts anderes übrig.

Ich sehe zu, wie der blonde Typ vor mir in seine Hosentasche greift und sein Handy entsperrt. »Was genau war jetzt so dringend für dein Auftauchen hier?«, frage ich mit gerunzelter Stirn und beende somit das andere Thema. Wir wissen beide, dass wir weiterhin daran arbeiten werden. Die Worte müssen hierfür nicht einmal ausgesprochen werden.

Während Jesse irgendwas auf seinem Bildschirm tippt, ziehe ich mir mein dunkelgraues Jackett aus und öffne die ersten drei Knöpfe meines Hemdes. Die Kippenschachtel krame ich aus einer anderen Schublade heraus und zünde mir die Zigarette an, deren Tabakgeruch mir direkt in die Nase steigt.

Mein Bein ruht auf meinem linken Schoß, die eine Hand kratzt an meinem gestutzten Bart, während ich ihn stumm mit meinem Blick anstarre und darauf warte, dass er nun endlich mit der Sprache herausrückt.

Es gleicht einem Wunder, dass mein Geduldsfaden noch nicht gerissen ist. Meine impulsive Ader bekommt er sehr oft zu spüren, wenn es darauf ankommt. Doch heute scheint mein Körper auf Ruhemodus geschaltet zu sein. Keine brodelnde Wut in mir. Kein Nerv, der zum Zerreißen gespannt ist.

»Hier. Das habe ich vor etwa einer Stunde gefunden.« Jesse hält mir sein leuchtendes Display ins Gesicht, wobei ich die Augen leicht zukneifen muss, weil ich kaum etwas erkennen kann. Auf meinem Schreibtisch greife ich nach meiner Lesebrille, die ich abgrundtief hasse. Ich setze sie nicht gerne auf, aber dank ihr kann ich die Kleinbuchstaben erkennen, die auf dem Handy abgebildet sind.

***Eine Frauenleiche wurde vor wenigen Stunden in der West-Side-Avenue, Fallbridge, aufgefunden. Identität und Todesursache bislang unbekannt.***

Es reicht mir, nur diesen Abschnitt zu lesen und meine Entspanntheit verfliegt in Sekunden. In meinem Hirn drehen alle meine Synapsen durch. Nur ein Name taucht in meinen Gedanken auf, den ich für einen Moment aus meinem Kopf verbannt habe. Aber ich will mir nicht ausmalen, dass es sie sein könnte. *Das ist sie nicht,* flüstert mir eine dunkle Stimme zu. Das Einzige, was mein Blut anheizt, ist, dass die Leiche nur zwei Blocks weiter von ihrer Wohnung gefunden wurde und ich deshalb in verfickte Panik geraten bin. Ich weiß nicht, was in ihrem Leben vor sich geht, aber die Wunde hat in mir einen Alarm ausgelöst und diesen hätte ich schon vorher wahrnehmen müssen.

Mein Herz pocht unglaublich schnell und im selben Augenblick überreiche ich meinem besten Freund das Handy, um nach meinem Autoschlüssel und mein Jackett zu greifen. Meine Atmung beschleunigt sich umgehend, während meine Sicht Feuer fängt. Ich drohe ins Delirium zu verfallen, etwas, was nie gutzuheißen ist.

Mit großen Schritten stürme ich zu den Aufzügen, fahre in die Tiefgarage hinunter und steuere direkt auf meinen Wagen zu. Durch die innere Wut zittern meine Hände und ich lasse beinahe den Schlüssel auf den Boden fallen, schaffe es jedoch mit Mühe, ihn ins verdammte Loch zu stecken und reiße mit Gewalt die Autotür auf.

Gemischte Emotionen bilden sich in mir und ich kann mich auf nichts davon konzentrieren. So durch den Wind bin ich noch nie gewesen, sodass ich kurz davor bin, meine Fassung zu verlieren.

Ich lege den Rückwärtsgang ein, parke aus und gebe Gas.

Auf dem Highway in Richtung Fallbridge drücke ich das Gaspedal durch und fahre mit Höchstgeschwindigkeit an den anderen Fahrern vorbei. Mein Gewissen muss sich sicher sein, dass es sich hierbei nicht um *sie* handelt. Auf keinen Fall ist sie das, ich kann es tief in mir spüren.

Als ich in die Stadt hineinfahre und direkt an ihrer Wohnung parke, erkenne ich etwas entfernt die vielen Blaulichter. Ich spüre, wie mein schwarzes Herz auflebt. Es schlägt wild in meiner Brust – eine Reaktion, die nur der kleine Engel verursachen kann.

Mein Griff verkrampft sich um das Lenkrad, als ich den Leichenwagen wegfahren sehe. Meine Nasenflügel blähen sich auf und ich schlage mehrmals wütend gegen das Lenkrad. Jedoch wird mein übermäßiger Zorn dadurch nicht gelindert.

*Sie ist es nicht,* rufe ich mir immer wieder ins Gedächtnis und klammere mich an den kleinen Funken Hoffnung, um nicht an meiner Wut zu verzweifeln. Denn ich bin kurz davor, die gesamte Straße niederzumetzeln, bis kein Lebewesen mehr atmet.

Noch im selben Moment erlangt etwas anderes meine Aufmerksamkeit, was meine Tobsucht weiter steigen lässt.

Es werden definitiv Köpfe rollen!

Seit Denver hier war, habe ich die Wohnung nicht mehr verlassen, aus Angst, er würde mir wieder auflauern. Ich habe nächtelang kaum ein Auge zubekommen, weil mich der Gedanke nicht loslassen wollte, dass er vor meinem Bett steht und mich vielleicht im Schlaf stranguliert.

Ich weiß, zu was er fähig ist, und das macht mich verdammt nochmal paranoid.

Nun steht die Kommode an der Tür, sodass niemand mehr unbefugt die Wohnung betreten kann.

In der Tagesdecke verkrochen, starre ich wie ein Wachhund zur Wohnungstür, als ich Schritte im Flur wahrnehme, die immer lauter werden. Sie nähern sich zum Apartment, ehe ich meine Waffe – mein geliebtes Küchenmesser – parat halte und mich zum Angriff positioniere. Dieses Arschloch hat sich tief in mein Hirn gefressen, denn bei jedem Geräusch außerhalb meiner Wohnung assoziiere ich sie mit Denver.

Ein Klopfen an der Tür lässt mein Herz einige Schläge aussetzen. *Mein Albtraum wird wahr.*

Erneut ein lautes Hämmern gegen das Holz. *Er ist hier!*

»Miss Perkins? Hier spricht Officer Murphy, machen Sie bitte die Tür auf«, höre ich eine unbekannte Stimme sprechen.

Ich werde stutzig und unsicher, ob dieser Kerl die Wahrheit sagt und womöglich tatsächlich ein Cop ist. Zudem kann ich schlecht nachsehen, weil die Scheißtür kein Guckloch besitzt.

Mein Vertrauen zu Menschen liegt derzeit bei null. Ein Bulle wird dies auch nicht ändern können.

»Was wollen Sie?«, rufe ich mit meinem zusammengekratzten Mut, hebe das Messer vor meiner Brust, während ich mich ein Stückchen zur Tür nähere.

»Wenn Sie uns die Tür öffnen, werden wir es Ihnen mitteilen«, höre ich seine dumpfe Stimme durch das Holz, welches uns trennt, sprechen.

Ich zermartere mir das Hirn, während ich zwischen der versperrten Wohnungstür und dem Messer in meiner Hand hin und her schaue. Das muss eine Falle sein, wieso sollten sie denn sonst hierherkommen? Ganz bestimmt ist es auf Denvers Mist gewachsen und er will mich bloß aus meinem Versteck locken. Anders kann ich es mir nicht erklären.

»Miss Perkins, ist alles okay bei Ihnen?«, erkundigt sich der angebliche Cop und klopft erneut mehrmals.

Mir fällt es unglaublich schwer ihnen zu vertrauen. Auf einen Angriff bin ich nicht vorbereitet, egal wie gerne ich mich verteidigen will. Ich weiß nicht einmal, ob ich in der

Lage sein werde, ihm das Messer in die Haut zu rammen, wenn es darauf ankommt.

»Miss Perkins, wenn Sie nicht augenblicklich die Tür öffnen, sind wir gezwungen, diese aufzubrechen!«, warnt er mich mit einem strengen Unterton.

Fuck, was mache ich jetzt? Nur dastehen und vor mich hinstarren bringt mich auch nicht weiter.

Als ich keine Reaktion zeige, zögert der Cop nicht und tritt mit einem festen Schlag gegen das abgenutzte Holz. Die Tür gibt schnell nach und wird mit Leichtigkeit aufgebrochen. Das kaputte Schloss hat es ihnen zu einfach gemacht. Er schiebt mit ganzer Kraft die Kommode mitsamt der durchbrochenen Tür zur Seite und quetscht sich in die Wohnung hinein, gefolgt von einer weiteren Polizistin. Und als ich realisiere, dass es waschechte Cops sind, lasse ich von der Panik geleitet das Messer auf den Boden fallen und schiebe es mit meinem Fuß zur Seite. Sie bemerken es sofort, stellen aber keine weiteren Fragen, wofür ich auch dankbar bin.

Was soll ich ihnen auch erklären? Dass ich wie eine Paranoide auf die Tür gestarrt und darauf gewartet habe, bis der soziopathische Dealer meiner Mutter erneut in die Wohnung einbricht, der nebenbei schlechte Absichten mir gegenüber hegt? Es würde nur noch mehr Fragen und Probleme mit sich bringen, auf die ich gerade sehr wenig Lust habe.

Mein Mund öffnet sich, um etwas sagen zu wollen, da kommt mir Officer Murphy schon zuvor, und die Worte bleiben mir in der Kehle stecken.

»Es wurde vor ein paar Stunden eine Leiche gefunden. Zwei Blocks weiter in einer Gasse. Es wurden DNA-Spuren entnommen …« Bei dem Wort Leiche zieht sich mein Magen schmerzhaft zusammen. Er braucht seinen Satz nicht beenden, da ich schon ahnen kann, was er mir damit sagen will. Dass Denver es wirklich durchzieht und sie dafür bestraft, indem er einfach so über ihr Schicksal entscheidet, geht wohl doch nicht spurlos an mir vorbei, wie ich es erwartet habe. »Wir haben die Ergebnisse und es handelt sich um ihre Mutter, Samara Perkins«, vollendet er die Worte und bestätigt somit meine Vermutung.

Reglos stehe ich da und rühre mich nicht vom Fleck. Meine Gedanken verstummen sowie meine Emotionen, die sich auf Anhieb taub anfühlen. Diese Information will noch nicht ganz zu mir durchdringen. Scheint fast wie ein Traum zu sein. Oder eher ein Albtraum. Ich komme mir vor, als wäre ich in einer Blase gefangen, die mich vor dem Chaos außerhalb dieser grausamen Welt bewahrt. Als würde mein Körper einen Schutzmechanismus um sich herum aufbauen, nur um nichts fühlen zu müssen.

Aber je länger ich darüber nachdenken werde, desto höher ist die Wahrscheinlichkeit, dass mich die bevorstehenden Gefühlsausbrüche wie eine heftige Explosion mitreißen werden.

Nur gerade jetzt will ich es nicht zulassen. Nicht vor den fremden Menschen, die in meiner Wohnung stehen.

Während Officer Murphy mich mit unzähligen Fragen zu Mom bombardiert, auf die ich nur mäßig antworten kann, inspiziert die Polizistin mit ihrem Blick die Wohnung.

Jahrelang habe ich trotz High School die Räume sauber gehalten. Sobald Mom ihr Zeug irgendwo rumliegen lassen hat, räumte ich es in ihr Zimmer. Vielleicht mag es irrational klingen, aber in dem Fall hatten Samara und ich unsere Mutter-Tochter-Rolle getauscht. Dabei ist sie zwanzig Jahre älter als ich.

Ihr prüfender Gesichtsausdruck macht mich nervös. Sucht sie nach Beweismitteln, um mich für Samaras Tod beschuldigen zu können? Denkt sie, dass ich es war und wenn ja, was glaubt sie, was mein Mordmotiv gewesen wäre? Will sie jemanden dafür verantwortlich machen, der überhaupt nicht in der Lage wäre, einem anderen ein Haar zu krümmen?

Natürlich hat mein unschuldiges Aussehen nichts mit meinen tiefen, dunklen Gedanken zu tun. Aber ich habe nie in Erwägung gezogen, sie – für ihre Taten – sterben zu lassen.

»Wohnen Sie allein hier, Miss Perkins?«, will die Polizistin von mir wissen.

Wieso bestätigt sich mein Gefühl bei ihrer eindeutigen Frage?

»Mit meiner Mom, oder besser gesagt, wohl eher nicht mehr«, antworte ich. Sie hingegen nickt nur, doch der unangenehme Teil in mir will mich nicht loslassen, dass sie mehr zu sagen hat, als sie vorgibt.

Officer Murphy steckt seinen Notizblock weg, auf dem er all meine Informationen notiert hat, und dessen Fragen ich nur mit Halbwahrheiten beantwortet habe. Irgendwie konnte ich Denvers Namen nicht erwähnen. Oder die Schulden, die sie angeblich bei ihm angesammelt hat. Wenn sie ihn als Verdächtigen verhaften würden, wird er einen Weg finden, um mich dafür büßen zu lassen. Dann muss ich erst recht irgendwo untertauchen.

»Wir würden Sie gerne in die Leichenhalle mitnehmen, um die Identifizierung abschließen zu können«, reißt mich *Miss Gefühlskalt* aus meinen Gedanken, die mich zurzeit häufiger aus der Bahn werfen als gewollt.

In ihrem Gesicht regt sich kein bisschen Mitgefühl. Ihr ist es scheinbar scheißegal, ob ich in stabiler Verfassung bin, jetzt auch noch eine Leiche zu identifizieren. Zudem habe ich noch nie einen toten Menschen aus naher Sicht gesehen. Mir wird übel bei dieser Vorstellung.

Außerdem weiß ich selbst nicht, wie ich empfinden soll, wenn Mom dort wirklich leblos auf einem Obduktionstisch liegt. Ich stehe im Zwiespalt – zwischen Angst und Erleichterung. Soll ich mich deshalb furchtbar fühlen? Definitiv. Und doch tue ich es nicht…

Samara gibt mir jeden Grund, um keine einzige Träne zu vergießen. Bevor ich sie aufgeben konnte, hat sie es bereits getan. Ich existierte schon lange nicht mehr in ihrer Welt und das hat mich eine Weile gequält. Nun bin ich darüber hinweg.

Vielleicht ist ihr Tod der nächste Schritt, mir ein neues Leben aufzubauen. Endlich das loszulassen, was mich schon immer geplagt hat.

Ich folge Officer Murphy und seiner Kollegin, deren Namen ich mir gewollt nicht gemerkt habe, nach draußen zu deren Streifenwagen, ehe ich wortlos einsteige und zur Leichenhalle gefahren werde.

Beinahe fühle ich mich wie eine Schwerverbrecherin in diesem Wagen. Dabei sollten Denver und sein Gorillafreund hier drinsitzen.

Während der Fahrt schwanke ich zwischen Mir-ist-kotzübel und Ich-will-zurück-in-mein-Bett. Ich bin nicht bereit, sie tot vor meinen Augen zu sehen. Das wird mich vermutlich noch bis in meine Träume verfolgen. Trotzdem halte ich an dem letzten Strohhalm fest, dass mich der letzte Anblick ihres Daseins – mehr oder weniger – endgültig befreien wird.

Die große Metalltür wird zur Seite geschoben, ehe Officer Murphy vorausgeht und ich ihm mit langsamen und vorsichtigen Schritten hinterherlaufe. Mein Körper fängt augenblicklich zu zittern an. Ob es nun aus Angst ist oder von der Raumtemperatur abhängt, kann ich mir nicht genau erklären.

Ein mulmiges Gefühl breitet sich in meiner Magengegend aus, als ich den Obduktionsraum betrete. Die winzigen Härchen auf meiner Haut stellen sich auf, während mir der Gedanke aufkommt, dass sich in den Kühlzellen, die mir gerade in den Blick fallen, leblose Körper befinden. Und eine von ihnen soll meine Mom sein.

Officer Murphy begrüßt den Arzt, der die Autopsie der Leichen durchführt. Anschließend lenken sie ihre Aufmerksamkeit auf mich — ich, die nebenbei wie ein verlorenes Lämmchen dasteht und sich nicht zu helfen weiß.

»Sind Sie so weit, Miss Perkins?«, fragt mich der Mann im weißen Kittel und ich nicke ihm unsicher zu.

Ich bin ganz und gar nicht bereit, aber was bleibt mir denn jetzt noch übrig? Gerade eben habe ich erfahren, dass ich meine Mutter verloren habe. Auch wenn ihre Anwesenheit keine Rolle mehr gespielt hat, bin ich nun dennoch einsam und vollkommen auf mich allein gestellt. Da wird es niemanden mehr geben, um den ich mich kümmern muss. Eine Last ist zwar von meinen Schultern gefallen, aber ihr Tod macht es mir nicht einfacher.

Der Arzt öffnet eine der metallischen Türen der Kühlzellen, schiebt eine Art Tischplatte aus der Zelle heraus, auf der die Leiche liegt. Mein Hals wird trocken und ich muss mehrmals schlucken. Ich bin kurz davor meine Nerven zu verlieren und aus diesem Raum zu fliehen.

Das Wort „Leiche“ hat sich tief in meine Gehirnzellen eingebrannt, sodass ich es nicht mehr aus meinem Kopf bekomme.

Das weiße Laken wird ein Stück nach unten gezogen und es wird vor meinen Augen der Kopf einer Frau in ihrer Leichenstarre vorgezeigt. Die Haut hat sich in einen blaugrauen Teint verfärbt, das Gesicht ist leicht geschwollen und mit kleinen Flecken versehen. Ihre blonden Haare umrahmen sorgfältig gerichtet die Gesichtskonturen. Wenn sie nicht die verschiedensten Farben so verunstalten würden, könnte man glauben, sie würde nur seelenruhig schlafen.

Der Kloß in meinem Hals wird immer größer und ich kann es nicht mehr vermeiden, nicht laut aufzuschluchzen. Meine Lippen beben, als ich mit meinem Finger über ihre eiskalte Haut fahre.

Durch die Leichenstarre ist sie kaum wiederzuerkennen.

Einzelne Tränen kullern über meine Wangen, obwohl ich so sehr dagegen angekämpft habe, nicht weinen zu wollen. Samara hat meine Tränen nicht verdient und dennoch stehe ich hier und vergieße sie vor ihrer Leiche.

In meinem Hirn kann ich Denver laut und deutlich hören, wie amüsiert er über mich lacht. Dieser Wichser hätte den Tod mehr verdient als sie. Der Zustand meiner Mutter ist schon immer hoffnungslos gewesen und ich habe lange genug dabei zugesehen, wie sie mit dem nächsten Schuss sich ins Grab beförderte. Und Denver hat ihr schlussendlich nachgeholfen.

Er hat einen Teil dazu beigetragen, dass sie sich ihr Leben zerstört hat. Er war für die Drogen verantwortlich und hat ihr diese verkauft. Aus dem Grund werde ich nicht tatenlos dabei zusehen, wie er mein Leben zerstören will.

Die Chance habe ich noch und ich werde sie mit Sicherheit nutzen! Egal was passiert!

»Sie ist es tatsächlich«, sage ich laut und deutlich und bestätige hiermit offiziell ihren Tod. Ich schaue die beiden Männer an, die mich bemitleidend beobachten, während unzählige Tränen über mein Gesicht kullern. Ich wische sie mir von meinen kalten Wangen, schniefe ein letztes Mal und recke mein Kinn, um mich auf das Schlimmste vorzubereiten.

»Kennen Sie die genaue Todesursache?«, wage ich mit brüchiger Stimme die schmerzhafte Frage zu stellen. Insgeheim kenne ich die Wahrheit, dennoch will ich sie hören, die mir nur ein Facharzt bestätigen kann.

»Eine genaue Autopsie wurde noch nicht durchgeführt. Jedoch gibt es einen Verdacht auf eine Überdosis von intravenösem Mischkonsum, der sie eventuell getötet haben muss«, erklärt mir der Arzt.

Ich reime mir alles zusammen und komme zu der Erkenntnis, dass meine Mutter immer nur zwei Arten von Drogen zu sich genommen hat. Jedenfalls ist es mir bekannt. Sie hat nur reines Kokain geschnupft, nie injiziert. Oder hin und wieder mal das Betäubungsmittel Benzos eingeworfen. Jedoch nie zeitgleich oder in kurzen Abständen.

Eigentlich wusste sie schon immer, was sie da tut. Also denke ich kaum, dass sie sich absichtlich eine Überdosis zugezogen hat, um sich umbringen zu wollen.

Denver muss einen genauen Plan gehabt haben, wie und was er ihr verabreicht. Er kennt sich am besten mit Drogen aus und weiß, welche Mischung und welche Dosierung einen Menschen töten kann. Dieser Mistkerl hat es so aussehen lassen, als hätte Mom sich eine Überdosis an Drogen gegeben.

Zwischen der stillen Trauer mischt sich die Wut hinzu und ich balle meine Hände zu Fäusten, achte jedoch darauf, dass ich nicht die Fassung verliere. Meine Fingernägel graben sich in mein Fleisch und geben mir das schmerzliche Gefühl, dass das alles die pure Realität ist.

Die grausame Welt bringt einige dunkle Seiten mit sich und ich stecke gerade mittendrin fest.

Erneut brennen Tränen in meinen Augen, jedoch nicht aus Trauer. Ich beiße mir auf die Zunge, schlucke den dicken Kloß im Rachen herunter und atme tief durch die Nase ein.

Je länger ich mir den Kopf zermartere, desto klarer springt mir die Erkenntnis vor Augen, dass dies seine zweite Warnung gewesen sein muss. Es ist ein Spiel, welches er mit mir spielt und jedes Mal falle ich darauf herein.

»Rufen Sie mich an, wenn Sie die Obduktion abgeschlossen haben.« Meine Stimmlage hört sich schwach an, jedoch fahre ich fort: »Bitte entschuldigen Sie mich.«

Mit großen und schnellen Schritten verlasse ich den Obduktionsraum und somit auch die Leichenhalle. Länger halte ich es dort nicht mehr aus. Ganz egal wie stark ich mich jetzt zeige, innerlich graut es mir davor, mich in einem Raum aufzuhalten, in dem sich unzählige Leichen befinden, darunter auch Mom. Ihre leblosen Gesichtszüge prägen mich wohl bis an mein Lebensende.

Samara Perkins war keine gute Mutter, das ist mehr als offensichtlich gewesen. Obwohl sie mich im Stich gelassen hat, bin ich – warum auch immer – bei ihr geblieben. Womöglich aus Schuldgefühlen, weil ich manchmal das Gefühl hatte, dass ich der Grund für ihre Sucht gewesen bin.

Seit ich denken kann, habe ich sie nur in diesem Zustand zu Gesicht bekommen. Es gab keinen Tag, an dem sie nüchtern geblieben ist.

Nun hat ihre Drogensucht sie ins Grab befördert, wenn auch durch Denvers Hilfe.

Meine Beine tragen mich blindlings die Straßen entlang, während ich den Tränen ihren freien Lauf lasse. Immer wieder remple ich einen Passanten an, der an mir vorbeiläuft, trotzdem geht es mir gerade am Arsch vorbei…

Das Brennen in meiner Brust nimmt zu sowie der unerträgliche Schmerz, der sich überall in meinem Körper ausbreitet. Meine Seele vergräbt sich in die Tiefen der Dunkelheit und es bleibt nur noch die altbekannte Leere in mir.

Das ist dann wohl der Nacheffekt, den ich befürchtet habe. Aber das war auch vorauszusehen, weil ich kein Scheißroboter bin, der nichts empfinden kann. Früher oder später hätte es mich erwischt.

Dennoch frage ich mich, wie viel ein Mensch noch ertragen kann, bis er sich vollkommen verliert?

Was muss ich in meinem früheren Leben getan haben, dass ich schon seit Kindheitstagen diese fürchterliche Last mit mir herumtragen muss? Es gibt keine Erinnerung, die ich mir ins Gedächtnis hervorrufen kann, wann ich jemals glücklich gewesen bin.

Und eine optimistische Aussicht auf ein glückliches Leben bleibt derzeit aus.

Irgendwann – ich weiß nicht, wie viel Zeit vergangen sein muss – kehre ich zu dem Viertel zurück, in dem ich lebe und welches ich schon lange nicht mehr als *mein* Zuhause bezeichnen kann und nicht will.

Jetzt wo Mom nicht mehr unter uns weilt, ist es nur noch eine Bleibe für mich, in der ich nicht mehr länger wohnen bleiben möchte. Ich muss dort schnellstmöglich raus, solange Denver sich frei herumtreibt. Fakt ist, dass ich nach einer Unterkunft suchen muss, die sich weit weg von Fallbridge befindet.

Entschlossen drücke ich die schwere Eingangstür auf und betrete das Treppenhaus. Ein eigenartiger und widerwärtiger Geruch weht in meine Nase und ich kann nicht genau sagen, ob es nach Erbrochenem oder nach Urin riecht. Denn es kommt öfter mal vor, dass sich Obdachlose und auch Junkies im Keller oder unter der Treppe im Erdgeschoss verkriechen. Scheinbar empfinden sie diesen Ort hier als sicher, was ich nicht behaupten würde.

Ein Grund mehr, um sich von hier zu verpissen.

Ich bewege erschöpft ein Bein nach dem anderen, ehe ich die Etage der Wohnung erreiche und beim Stehenbleiben kurzzeitig die Augenlider schließe. Meine Augen fühlen sich schwer an und brennen nach dem ganzen Weinen. Am liebsten würde ich mich jetzt unter die Decke verkriechen und für immer schlafen wollen.

Plötzlich höre ich ein lautes Scheppern und zucke dabei erschrocken zusammen. Erneut zerbricht etwas auf dem Boden, was meine Neugier nur noch mehr erweckt. Ich will nachsehen, woher diese Geräusche stammen, werde aber in nächster Sekunde an meinem Arm gepackt und gegen etwas Hartes gedrückt.

Ein Schrei will aus meiner Kehle, jedoch wird mir sofort der Mund zugedrückt. Mit großen Augen und pochendem Herzen starre ich in den Hausflur, da ich mit dem Rücken gegen eine harte Brust gepresst werde und ich daher nicht erkennen kann, wer mich gegen meinen Willen festhält.

Dann werde ich schwungvoll umgedreht, gegen die Wand gedrängt, und sehe in ein Paar goldbraune Augen, die etwas Gefährliches ausstrahlen. Es ist dieser Mann aus dem Stripclub, vor dem Blaze sich gefürchtet hat. Wie heißt er doch gleich? Mr. Carter?

»Kein Mucks, verstanden?«, befiehlt er mir, woraufhin ich zittrig nicke. Mein Kopf verselbständigt sich und ich kann mir nicht genau erklären, warum.

Er überragt mich um mehr als einen ganzen Kopf, wodurch ich gezwungen bin, hochzuschauen. Seine Körperhaltung strahlt Macht und Dominanz aus, jedoch nicht zu protzig. Der Impuls, ihm durch die schönen, braunen Locken zu fahren, ist kaum auszuhalten. In seiner Nähe fühle ich mich merkwürdig, aber nicht im negativen Sinne. Er verleitet mich dazu, Dinge zu fühlen, die ich noch nicht kannte, obwohl er ein Fremder ist, den ich außerhalb vom Pink Paradise noch nie zuvor getroffen habe.

Dabei vergesse ich glatt, was ich hier tun wollte. Oder die Ereignisse von vorhin …

Ein erneutes Krachen lässt meine rosa Blase um mich herum zerplatzen und ich kehre in die Realität zurück, in der ich mich leider befinde. Ein Stimmengewirr aus dem Korridor nehme ich wahr, kann aber nicht genau verstehen, worüber gesprochen wird. Mr. Carter streckt den Kopf hinaus, blickt mich wieder an und sagt: »Tu das, was ich dir sage und spiel mit.«

Meine Augenbrauen kräusele ich zusammen, da ich nicht verstehen kann, was er mir damit sagen will oder was es zu bedeuten hat. Und da wäre noch die große Frage, wieso er überhaupt hier ist.

Trotzdem schlucke ich die Frage, die mir bereits auf der Zunge liegt, herunter und bleibe still, nachdem er seine große Bärenhand von meinen Lippen entfernt hat.

Die Stimmen werden lauter und eine davon scheint mir bekannt vorzukommen, weshalb ich mich verkrampfe und dadurch Mr. Carters Aufmerksamkeit erlange. Er sagt nichts, beobachtet mich nur stumm, wie ich allmählich panisch werde. Denver darf mich hier nicht sehen. Er soll nicht wissen, dass ich bereits von Moms Tod – oder in dem Fall Mord – erfahren habe, falls er noch keinen blassen Schimmer davon hat. Diesen schwachen Moment von mir will ich ihm nicht geben. Niemals.

»*Jetzt müssen wir sie nur noch finden*«, höre ich diesen Wichser sagen und ich bin mir mehr als sicher, dass er gerade über mich redet.

»*Denkst du, sie weiß es schon? Vielleicht ist sie deswegen abgehauen*«, spricht die andere Person, die sicher Daxton sein muss.

Meinen Körper drücke ich fester in die schwach beleuchtete Ecke, in der Hoffnung, er könnte mich weder erkennen noch sehen. Ich kann dabei meinen heftigen Herzschlag in meiner Brust spüren, der kurz davor ist auszusetzen und mir in mein Höschen zu rutschen. Das ist eine verdammt enge Sache, die mich wirklich aus der Fassung bringt. Nur kann ich mir keinen Fehltritt erlauben und Denver so viel Spielraum erlauben, wie er es gerne hätte.

Unerwartet beugt sich Mr. Carter zu mir herunter, legt seine riesige Pranke an meinem Nacken, bleibt dicht vor meinem Gesicht stehen und sieht mir tief in meine Augen. Ich kann fast schon glauben, er würde mir direkt in die Seele schauen. Das Gold in seinen braunen Iriden funkelt verdächtig, nur kann ich nicht deuten, was es zu bedeuten hat.

Sein warmer Atem streift meine blasse Haut, ich schlucke und plötzlich … küsst er mich? Seine weichen Lippen liebkosen die meine. Erst zögert Mr. Carter, dann wird der Kuss fordernder, als er bemerkt hat, dass ich ihn erwidere. Dabei habe ich nicht einmal eine Ahnung, wieso ich es tue. Das Einzige, was ich weiß, ist, dass es sich verdammt nochmal gut anfühlt.

Oder ich tue es nur, um für Denver unentdeckt zu bleiben.

Für einige Sekunden habe ich die Umgebung ausgeblendet. Dieser Mann vor mir hat mich vergessen lassen, dass der Mörder meiner Mutter nur wenige Schritte von mir entfernt ist, der mich anscheinend finden und umbringen will.

Ganz egal wer dieser Mann ist, er hat mir mein Hirn aussetzen lassen.

Seine Zunge drängt sich zwischen meine Lippen und bittet um Einlass, den ich ihm gewähre. Er schmeckt nach Whisky und Zigaretten, eine Kombination, die ich nicht mag. Dennoch macht es mich ungewollt an.

Mr. Carter presst seinen Körper mehr an meinen heran, während seine Hände an meinen Wangen ruhen. Wie eine Ertrinkende kralle ich mich an seinem Jackett fest und genieße es schamlos. Fuck, wie verzweifelt muss ich sein, mich von einem wildfremden Mann, der deutlich älter ist als ich, küssen zu lassen?

»Wenn ihr beiden noch Gesellschaft braucht, wir können uns gerne anschließen«, vernehme ich die amüsante, zugleich ekelerregende Stimme von Denver.

Der attraktive Mann vor mir knurrt unzufrieden, wobei ich wie festgefroren in meiner Haltung innehalte und den Kopf in Mr. Carters harte Brust vergraben habe. Irgendwie verspüre ich eine Art Sicherheit bei diesem hochgewachsenen Mann. Dennoch will ich niemandem vertrauen, nicht einmal ihm.

Er dreht sich zu diesem Mistkerl um, baut sich zornig vor ihm auf und ballt die Hände zu Fäusten. Dabei stellt er sich schützend vor mich hin, vermeidet somit, dass Denver mich erkennen kann. Zudem verkrieche ich mich beinahe schon hinter seinem breiten Kreuz.

Ob er dies bewusst getan hat? Weiß er, dass ich mich vor ihm verstecke? Er kann es nur erahnt haben.

»Verpisst euch!«, knurrt der Mann vor mir und lässt währenddessen seine Fingerknöchel gefährlich knacken, als er seine Faust fester zudrückt.

Denver und Dax nehmen es natürlich nicht ernst und fangen unverschämt zu glucksen an.

»Schon gut, Alter. So wie du aussiehst, haben wir sicher nicht denselben Frauengeschmack«, verhöhnt Denver den dunkelhaarigen Mann, der alles andere als entspannt wirkt. Ich kann es verstehen, denn das Arschloch kann einen ziemlich an die Grenzen treiben, sodass man das Bedürfnis empfindet, ihm eine delikate Faust schmecken zu lassen.

Einen kurzen Moment passiert nichts und ich kann nicht sehen, was dort vor sich geht. Einerseits bin ich dankbar für meine kurzen Beine, aber manchmal ist es nicht immer vorteilhaft. Klein zu sein bedeutet nicht gleich hilfreich.

Dann höre ich erneut Schritte, die mit jeder vergehenden Sekunde leiser werden. Erst dann atme ich erleichtert aus und kann meine angespannten Schultern sinken lassen. Eine peinliche Stille entsteht, nachdem ich nun Mr. Carters Gesicht statt seinen Rücken sehen kann, der mich wiederum aufs Neue mit seinen goldbraunen Iriden anstarrt. In ihnen herrscht ein gewaltiger Sturm, welcher durch Denvers Provokation ausgelöst wurde.

Ich beiße mir auf die Lippe, nichtwissend was ich sagen soll, und beobachte währenddessen, wie seine Nasenflügel beben. Er macht mich nervös und ich bin nicht gut darin, meine Gefühle und Emotionen zu verbergen. Ausgerechnet jetzt in einer wirklich schlechten Verfassung.

»Vielen … Dank Mr-Mr. Carter«, stottere ich unbeholfen. »Ich … gehe dann jetzt«, presse ich aufgewühlt über die Lippen und schiebe mich an ihm vorbei, um in die Wohnung flüchten zu können. Doch was mich dort erwartet, lässt mich in einen Schockzustand verfallen.

»Dieser verfickte Denver …«, flüstere ich den Tränen nahe und kann nicht glauben, was er getan hat.

Das Einzige, woran ich gerade denken kann, sind ihre wahnsinnig weichen Lippen, die nach salzigen Tränen geschmeckt haben. Ihre blutunterlaufenen Augen haben mir das Bedürfnis gegeben, sie hier und jetzt küssen zu müssen, bevor mich meine unbändige Wut vollkommen eingenommen hätte. Denn ich kann mit voller Überzeugung sagen, dass diese zwei Hurensöhne etwas mit ihrem gebrochenen Zustand zu tun haben.

Ich muss herausfinden, was dieser kleine Engel mit solchen Vollpfosten am Hut hat und warum sie sich panisch vor ihnen versteckt.

Bevor ich ihnen in das Gebäude gefolgt bin, hatte ich schon eine Ahnung, dass sie für Unruhe sorgen würden. Sie haben sich nicht gerade unauffällig verhalten und als ich bemerkt habe, dass sie in ihr Wohnhaus spaziert sind, konnte ich nicht widerstehen, nachzusehen, was sie im Schilde führen.

Mein Unterbewusstsein sagt mir ebenfalls, dass sie Dreck am Stecken haben. Zwei Kriminelle, die keine guten Absichten hegen. Dass sie in Saphiras Wohnung eingebrochen sind und Chaos angerichtet haben, läuft auf ein weiteres großes Fragezeichen in mir hinaus.

Ohne weiter nachzudenken, folge ich ihr auf Schritt und Tritt und was ich dort sehe, überrascht mich kein bisschen. Die Pisser haben die Möbel in Kleinteile zerschlagen. Überall liegen zerbrochene Scherben, ausgerissene Türschränke und weiterer Kleinkram.

Ich betrete die demolierte Wohnung, entdecke den kleinen Engel verzweifelt im Wohnzimmer stehen, die mehr als entsetzt in das Chaos dreinblickt.

»Sie haben alles zerstört«, höre ich sie leise reden. Ob sie weiß, dass ich hinter ihr stehe?

Saphira dreht sich zu mir um, ihre aufgequollenen, roten Augen versetzen mir einen Stich in mein dunkles Herz. Erneut laufen ihr die Tränen ihre Wangen herunter und ich muss mich dazu zwingen, sie nicht wegküssen zu wollen. Mein Verlangen wächst, doch ich muss mich zurückhalten. Es ist nicht der passende Zeitpunkt, meine unersättliche Gier an die Oberfläche zu lassen.

Jede einzelne Träne, die sie vergießt, werde ich rächen. *Das ist ein Versprechen, kleiner Engel.* Und wenn es bedeutet, mich selbst in den Abgrund zu stürzen, werde ich es verdammt nochmal tun. Nur für sie.

Ihr Anblick macht mich immer noch wütend, weshalb ich die Zähne zusammenbeiße und die Fäuste balle, bis mir die Fingerknöchel schmerzen. Ich bekomme Mordlust und würde am liebsten jetzt sofort nach den Bastarden suchen und sie quälen.

Mit einer ruckartigen Bewegung verschwindet Saphira in eines der Zimmer, ehe ich ein Poltern wahrnehme. Fluchend kehrt sie wieder zurück und rauft sich, aufgebrachter denn je, in ihre blonden Haare. Ihre Augen sind geweitet und wenn ich mich nicht täusche, ist sie kurz vor einem Nervenzusammenbruch.

»Mein Geld ist weg«, gibt sie fast schon geistesabwesend von sich. »Sie haben es einfach mitgenommen«, fährt sie fort. Saphira kann sich kaum auf den Beinen halten und ich erlaube mir selbst, ihr näher kommen zu wollen. Ich bin nicht ihr Feind und das sollte ihr langsam bewusst werden.

»Halten Sie sich von mir fern!«, brüllt sie auf einmal und ich hebe ergeben die Hände in die Luft. »Ich verstehe nicht, was Sie eigentlich von mir wollen! Oder was ihr ALLE von mir wollt.« Saphira ist emotionsgeladen, Wut trifft auf Trauer, und Verzweiflung mischt sich mit Angst und Panik. Sie sieht mich als ihre Bedrohung, und ich kann es ihr nicht vorwerfen. Doch ich bin der Letzte, der ihr etwas antun will, denn bevor ich ihr wehtue, ramme ich mir ein Messer in die Kehle.

Ich kann nicht dabei zusehen, wie sie gerade den Verstand verliert, weshalb ich ihre Worte ignoriere und sie mit einer schnellen Bewegung in meine Arme ziehe. Viel zu lange habe ich auf diesen Moment gewartet und diesen Abstand ertragen, jetzt breche ich meine Zurückhaltung.

»Lassen Sie mich los!«, schreit sie lauthals. Ich jedoch halte ihre wild fuchtelnden Hände fest und drücke ihren zierlichen Körper dichter an mich heran.

Gegen meine Kraft kann sie sich nicht mehr wehren und ich kann spüren, dass sie es auch gar nicht möchte. Es ist nur ihr Verstand, der durch eine Reizüberflutung verrücktspielt. Irgendetwas muss vorgefallen sein, was sie gerade komplett aus der Bahn wirft. Ich kann es ihr ansehen, denn in ihren grauen Iriden spiegeln sich Angst und Schrecken wider. Sie fürchtet sich nicht vor mir, sondern vor etwas, was ihr zugestoßen sein muss.

*Scheiße verdammt, was wurde dir nur so Furchtbares angetan?*

Sanft fahre ich mit meiner rechten Hand über ihren blonden Haarschopf, um sie zu beruhigen. Saphira wirkt immer noch angespannt, jedoch ist ihr lautes Geschrei verstummt und das wilde Gefuchtel hat nachgelassen. Ihr Kopf liegt an meiner Brust, während sie meinen Herzschlag lauscht. Dabei weiß sie nicht einmal, dass mein schwarzes Herz nur für sie zum Leben erwacht ist. Dass es nur für sie schlägt.

»Wieso sind Sie hier?«, murmelt sie leise.

Ich genieße es, wie sie spricht. Auf mich wirkt ihre sanfte Stimme angenehm beruhigend und fuck, es erregt mich sogar. Sie klingt wie ein singender Engel, zart und weich.

Eine Antwort auf ihre Frage habe ich nicht, denn ich kann sie mir nicht einmal selbst beantworten. Ich weiß nur, dass ich ein unbändiges Verlangen für sie hege. Jede Frau auf dieser Welt ist mir bisher gleichgültig gewesen, aber warum ausgerechnet sie sich in mein verdorbenes Herz und meinen sündigen Verstand geschlichen hat, ist mir bis heute noch unklar.

Ihre Unschuld bekämpft widerstandslos das Böse in mir. Sie kann mich jederzeit in die Knie zwingen und ich würde es bereitwillig tun. Saphira ist meine verdammte Schwäche. Ich bin ihr gefügig ausgeliefert, ohne dass sie es weiß.

Kein Wort verlässt meine Lippen, stattdessen blicke ich hinunter zu dem wunderschönen Engel, die um etwa dreißig Zentimeter kleiner ist als ich, streiche über ihre zarte blasse Haut, deren Wärme meine kalten Fingerspitzen erreichen. Ihre geröteten Augen mustern mich interessiert, während ich mich beinahe in ihren grauen Iriden verliere. Für einen kurzen Moment taucht ein Glänzen in ihnen auf, doch so schnell wie es da war, ist es nun wieder verschwunden.

Saphira atmet angestrengt aus, ehe sie sich von mir entfernt und in mir die gewohnte Leere hinterlässt. Sie streicht sich eine lose Haarsträhne hinters Ohr, meidet jedoch mich anzusehen.

»Ich muss hier weg«, spricht sie, schaut sich wehleidig in der verwüsteten Wohnung um und kehrt mir anschließend den Rücken zu.

Ich beobachte, wie sie einen kaputten Bilderrahmen vom Boden aufhebt und das Foto von den zersplitterten Scherben befreit. Ein kleines, blondes Mädchen und eine junge Frau, die ihr ähnlichsieht, sind auf dem Bild zu erkennen. Während das Kind strahlend in die Kamera schaut, guckt die Frau mit einem breiten Lächeln in ihre Richtung.

Plötzlich zerreißt Saphira das Foto in kleine Stücke und holt ein Feuerzeug aus einer halbstehenden Kommode, um es anschließend anzuzünden. Sofort fängt das Papier Feuer, ehe sie es achtlos auf den Boden fallen lässt.

»Du solltest gehen«, sind ihre letzten Worte, bevor sie mich inmitten der kleinen Flamme stehenlässt und sich in ihr Zimmer verkriecht.

Meine Impulsivität schießt durch meine Nervenbahn und ich verliere an Selbstkontrolle. Ihre Naivität macht mich wütend, weshalb ich leichtfertig und ohne Überlegung handle. Mit schnellen und schweren Schritten zertrete ich das glühende Papier, stürme in das Schlafzimmer und finde sie weinend in ihrem Bett vor. Ich lasse keine weitere Sekunde verstreichen und packe sie unter ihren Schenkeln, hebe sie mit Leichtigkeit hoch und ignoriere ihre fluchenden Worte und Schläge.

Die kaputten Möbelstücke kicke ich mit dem Fuß zur Seite und dränge mich zur offenstehenden Wohnungstür, um mit ihr gemeinsam dieses Wohnhaus zu verlassen. Sie hier zu lassen, ganz allein mit ihren aufgewühlten Gefühlen, kommt für mich nicht in Frage.

»Wieso … Wieso tun Sie das?«, murrt sie unzufrieden.

Ja, warum tue ich das? Ich überrumple sie mit meinem Handeln, dabei weiß ich doch selbst nicht, was in mich gefahren ist. Ich kann nur sagen, dass ich das Bedürfnis habe, sie aus dieser Gegend wegzubringen. Sie beschützen zu müssen.

Die Eingangstür drücke ich mit dem Fuß auf und laufe weiter zu meinem Wagen. Ich setze Saphira auf den Beifahrersitz, schnalle sie an und schlage die Autotür zu. Es reizt mich immer noch, mitangesehen zu haben, dass sie sich aufgeben wollte. Wer weiß, was sie getan hätte, wenn ich nicht anwesend gewesen wäre. Fuck, ich will gar nicht daran denken.

Als ich mich ebenfalls ins Auto gesetzt habe, schweigen wir. Durch die Windschutzscheibe starre ich hinaus, um meinen inneren wütenden Sturm zu bändigen.

»Ich komme schon allein klar. Ich brauche keinen Babysitter«, höre ich sie murmeln.

Mit einem harten Schlag treffe ich das Lenkrad, was sie erschrocken zusammenfahren lässt. Mein wutverzerrtes Gesicht starrt ihres an, während sie mich mit großen Augen ansieht und kräftig schlucken muss. Sie hat Angst. Angst vor mir …

»Babysitter? Fuck, das kannst du nicht ernst meinen!«, brülle ich außer mir. Warum bringt sie mich gerade in Rage? Eigentlich sollte ich sie wieder an mich heranziehen und sie so lange halten, wie sie es für nötig hält. Stattdessen bin ich aufgebracht und dazu gibt es keinen genauen Grund.

»Doch, das meine ich todernst!«, schreit sie zurück, schnallt sich ab und dreht sich mit ihrem Körper in meine Richtung.

»Warum, Saphira?! Warum tust du das?«

»Wieso interessieren Sie sich dafür? Sie sind irgendein Fremder, den ich nicht kenne. Ein reicher Schnösel, der keine echten Probleme kennt«, wirft sie mir vor.

Ein humorloses Lachen dringt aus meiner Kehle. *Einer, der keine echten Probleme kennt?* Oh, kleiner Engel, du weißt nicht, welche grausamen Dinge ich schon gesehen und getan habe, die mich meine Seele gekostet haben. Ich löse keine Probleme, ich beseitige sie, wenn es notwendig ist.

Mein Leben ist alles andere als das perfekt vorgelebte Klischee eines reichen Mannes, aber das kann sie schlecht wissen.

»Was ist so witzig?«, will sie gereizt wissen, doch ich schüttle nur mit dem Kopf. Soll sie doch vorerst im Glauben sein, meine Welt sei problemlos und leicht. Meine düstere Seite wird sie schneller in die Knie zwingen, als sie denken kann, und wenn sie es erst einmal gekostet hat, wird sie nicht mehr genug davon kriegen. Ihre verletzte Seele sehnt sich nach etwas Verdorbenem. Sie braucht den gewissen Anreiz, der nach gefährlichem Verlangen schreit.

»Ich werde dich zu Naomi hinfahren. Du solltest dringend duschen und schlafen«, entscheide ich über ihren Kopf hinweg und schalte in den ersten Gang.

Ein entsetztes Schnauben nehme ich neben mir wahr und ihr starrender Blick entgeht mir dabei nicht. Schlussendlich habe ich es nicht so gemeint, sie wird es aber garantiert nicht auf sich sitzen lassen wollen und das ist verdammt sexy an dieser Frau.

»Wollen Sie damit sagen, dass ich stinke?!«, regt sich die Blondine auf, woraufhin ich nur schmunzeln kann. Frauen können einem die Worte im Munde verdrehen, wirklich unglaublich.

»Erstens, sieze mich nicht mehr, denn so alt bin ich noch nicht. Nenn mich einfach nur Kian. Und zweitens, will ich nur damit sagen, dass du nach dem ganzen Scheiß eine wohltuende Entspannung verdient hast«, erkläre ich ihr in einem ruhigen Ton. Die Wut von vorhin ist wie weggeblasen, stattdessen amüsiere ich mich über ihre zickige Laune, die mich total anmacht.

»Bist du jetzt mein Daddy oder warum gibst du mir Anweisungen?«

*Daddy …* eigentlich nicht mein Ding, aber es aus ihrem hübschen Mund zu hören, lässt meinen Schwanz nicht kalt. Freudig zuckt er in meiner Hose, wobei ich versuche, ihn zu kontrollieren. Scheiße, das hat mich abnormal aus der Bahn geworfen.

*Nicht jetzt, aber schon ganz bald,* denke ich mir.

»Okay, *einfach nur Kian*«, umgeht sie ihre Aussage und merkt dabei nicht, was sie in mir angerichtet hat. »Denkst du nicht auch, dass das ein wenig zu voreilig ist? Ich hätte mir auch selbst eine Bleibe suchen können«, meckert sie übergeschnappt und verschränkt dabei ihre Arme vor ihren Brüsten. Ich mache mir nicht einmal die Mühe dorthin zu schauen, weil ich kein Arschloch sein will, der nur auf Titten fixiert ist. Denn so bin ich nicht und werde es auch nicht in ihrer Anwesenheit sein.

»Nein, denke ich nicht. Und Naomi ist damit einverstanden.« Zwar weiß sie es noch nicht, aber ihr bleibt auch nichts anderes übrig, als es zu akzeptieren. Außerdem braucht Naomi auch mal weibliche Besucher. Sie ist ständig mit Jesse und mir, sodass sie nie Freundschaften mit Frauen geschlossen hat. Und das perfekte Beispiel wäre natürlich Saphira.

Sie atmet genervt aus, lehnt ihren Kopf gegen die Scheibe der Tür und sagt: »Wenn du vorhast mich umzubringen, dann tust du mir damit einen großen Gefallen.«

Die Ironie bleibt aus, denn ein Hauch von Ernsthaftigkeit schwingt in ihren Worten mit. Dabei frage ich mich, warum sie das Bedürfnis hat, dem Tod ins Auge blicken zu wollen. Ich ertrage es nicht mehr, sie leiden zu sehen. Der Drang, wissen zu wollen, was ihr Schmerzen und Leid bereitet, nimmt immer mehr zu.

Diese Gedanken werde ich ihr schnellstmöglich noch austreiben.

Nach einer halben Ewigkeit kommen wir endlich in Bluehill an. Vor einem Apartmenthaus bleibe ich stehen und sehe zu der schlafenden Saphira. Ihre Atemzüge sind hin und wieder schnell und unregelmäßig. Ein Zucken durchfährt ihren Körper und ein leises Wimmern schleicht sich aus ihren schönen Lippen. Sie scheint unruhig zu schlafen oder irgendetwas zu träumen. So sehr ich es nicht will und sie gerne weiter beobachten würde, muss ich sie wecken.

Ein erschreckender Schrei dringt aus ihrem Mund, nachdem ich mit meinen Fingern durch ihr weiches Haar gefahren bin. Ihren wilden Schlägen weiche ich aus und fange im nächsten Moment ihre Arme, um sie dann festhalten zu können.

»Hey, hey. Ich bin's nur, wir sind da«, beruhige ich sie.

Nachdem meine Worte durch sie hindurchgedrungen sind, schaut sie mich verwirrt an. Sie hört auf, sich zu wehren und blickt mit langsamen Kopfbewegungen aus ihrer Fensterseite.

»Wo sind wir?«

»Bei Naomi. Hier kann dir nichts passieren«, versichere ich ihr.

Ich steige aus, öffne ihr gentlemanlike die Autotür und helfe ihr auszusteigen. Saphira ist noch etwas wackelig auf den Beinen, weshalb ich sie – ohne weitere Diskussion – unter ihre Schenkel fasse und hochhieve. Erneut entweicht ihr ein Schrei und ich kann nicht anders als dümmlich zu grinsen.

In meinen gesamten sechsunddreißig Jahren habe ich noch nie so viel gelächelt wie gerade. Und das habe ich nur diesem kleinen Engel zu verdanken. Ich muss befürchten, dass sie die guten Seiten in mir weckt, von denen ich dachte, sie wären schon lange in mir ausgestorben.

Das passiert dann wohl mit Menschen, die eine Bindung seinem Gegenüber kultivieren. Denn sie ist schon vorher dagewesen, noch bevor ich ihr das erste Mal in ihre atemberaubenden Augen gesehen habe.

»Ich kann auch selbst laufen, Kian«, brummt sie nahe an mein Ohr, und sofort reagiert mein Körper auf ihre Atemluft, die an meiner Haut streicht. Die Gänsehaut an meinem Körper kann ich nicht vermeiden. Sie macht mich mit ihrer Existenz noch wahnsinnig und erst recht, wenn sie dicht an mich gedrückt ist.

Schmunzelnd schüttle ich nur den Kopf, trage sie bis zu dem Apartment hoch und stelle sie dann vor der Tür wieder auf die Beine, während ich sie stützend mit einem Arm um ihre Hüften festhalte und mit der anderen Faust gegen die graue Holztür klopfe.

Von innen vernehme ich, wie das Schloss geöffnet wird und augenblicklich eine müde aussehende Naomi erscheint. Als sie erkennt, wer neben mir steht, geht sie wortlos zur Seite und bittet uns stumm, ihre Zwei-Zimmer-Wohnung zu betreten.

Der Blick von dieser schwarzhaarigen Frau wechselt zwischen Saphira und mir hin und her.

»Sie bleibt fürs Erste bei dir«, informiere ich Naomi. Sie weiß, dass sie nichts dagegen einzuwenden hat, und das wird sie auch nicht. Denn im nächsten Moment schiebt sie den blonden Engel weiter ins Wohnzimmer, um sie dann auf ihr senfgelbes Sofa platznehmen zu lassen.

Naomi ist ein herzensguter Mensch, auch wenn ihre äußere Erscheinung einen anderen Eindruck hat. Ich kenne ihre schwere Vergangenheit und weiß daher auch, dass es ihr oft schwerfällt, eine Bindung zu anderen Menschen aufzubauen. Bei Jesse und mir ist es eine Ausnahme gewesen.

Ich vertraue ihr und kann mit einem guten Gewissen leben, dass diese wunderschöne Frau bei ihr bestens aufgehoben ist. Saphira zu mir nach Hause zu bringen, wäre verantwortungslos, zumal sie es niemals zulassen würde, die Wohnung eines Fremden betreten zu wollen. Aber irgendwann ist die Zeit reif und dann werde ich sie nie wieder gehen lassen. Dann hat das Warten endlich ein Ende.

»Ich denke, dass sollte passen.« Naomi überreicht Saphira ihre Anziehsachen, wobei die kleine Blonde etwas überfordert dreinblickt. Sie ist immer noch etwas durch den Wind, was ich ihr nicht verübeln kann. Ganz egal was in ihrem hübschen Kopf abgeht, ich werde mir eines Tages den Zugang verschaffen. Nur noch *ich* werde ihre Gedanken einnehmen.

»Morgen lasse ich ein paar Klamotten zukommen«, bestehe ich darauf, ohne auf ihr Einverständnis zu warten.

»Nein, auf keinen Fall«, protestiert sie.

Oh Mann, sie ist manchmal ein harter Brocken. Doch das ist ja das Scharfe an ihr. Sie ist keinesfalls wie die anderen Frauen, die geldgierig einem reichen Mann hinterherjagen. Ihr geht das völlig am Arsch vorbei. Saphira würde eher auf der Straße leben, bevor sie meine Kreditkarte in die Hand nehmen würde.

»Es ist beschlossene Sache«, merke ich an, um sie wissen zu lassen, dass sie nichts einzuwenden hat. »Dein Hab und Gut wurde von diesen Wichsern zerstört, außerdem hast du kein Geld und keine Bleibe«, argumentiere ich. Und sie weiß, dass ich im Recht bin.

»Mir fällt schon etwas ein.« *So ein stures Ding.*

Natürlich tut sie das. Der Stripclub war ihre einzige Möglichkeit, um schnell an Geld heranzukommen. Jetzt ergibt so Einiges mehr Sinn für mich. Dorthin wird sie aber nicht mehr zurückkehren. Das wird sie früh genug merken.

»Die Diskussion ist beendet, Kleines.« Meine Miene ist unverändert, neutral wie eh und je. Jedoch sieht es in mir anders aus. Das kleine Feuer in ihren grauen Iriden lässt mich lebendig fühlen. Und ich denke, dass es ihr genauso geht. Die Anziehung und die Leidenschaft zwischen uns ist spürbar. Für sie ist es eigenartig und verwirrend, deshalb wirkt sie noch in sich gekehrt und will es nicht zulassen.

»Du kennst nicht einmal meine Größe«, spricht sie weiter und ignoriert gekonnt meine deutliche Ansage. Wenn das in Zukunft so weitergehen wird, werde ich noch mehr graue Haare bekommen als mir lieb ist. Mein Herz muss sie verdammt gernhaben, um das durchzustehen.

»Das muss ich auch nicht.« *Denn ich kenne sie schon bereits.*

»Aber …«

»Lass gut sein. Mit Kian zu diskutieren, ist wie mit einer Wand zu sprechen«, mischt sich Naomi ein und kassiert von mir einen vernichtenden Blick. Sie will mir ernsthaft in den Rücken fallen. Aber ein anderer Teil freut sich für sie, dass sie in Saphiras Nähe ein wenig auftaut.

Saphira rollt leicht mit den Augen, und verdammt, meine Fantasie verpestet mir mal wieder den Kopf. Das wird sie noch oft genug machen, wenn ich sie zum Kommen bringen werde. Nach dem ersten Mal wird sie ihre neue Sucht entdecken. Sie in den siebten Himmel zu ficken, wird meine unstillbare Leidenschaft sein.

»Wieso tut ihr das? Ihr kennt mich doch gar nicht.« Ihr verzweifelter Ausdruck verrät mir, dass sie das alles nicht gewohnt ist. Doch das muss sie.

»Weil wir alle schon einmal an diesem Punkt standen«, erkläre ich ihr. Nur hat nicht jeder eine helfende Hand gehabt, die ihn aus dieser Scheiße herausgezogen hat. Naomi hatte Glück, als ich sie durch Zufall vorfand. Seitdem ist sie mir nie von der Seite gewichen. Jesse und ich hingegen waren auf uns allein gestellt.

Stirnrunzelnd schweift Saphiras Blick zwischen uns beiden hin und her, jedoch lasse ich meine Worte einfach in der Luft hängen. Irgendwann wird sie die Wahrheit über mich wissen wollen und die werde ich ihr geben, nur nicht jetzt. Nicht, wenn sie gerade am verwundbarsten ist.

»Wo kann ich mich umziehen?«, fragt sie Naomi, während sie mir mit Absicht keine Beachtung mehr schenkt.

*So ist es brav, kleiner Engel.*

Die Dunkelhaarige zeigt ihr das Badezimmer, ehe Saphira dort verschwindet und die Tür hinter sich zuschließt. Daraufhin folge ich Naomi in die angrenzende Küche, die mir ein Bier anbieten will, ich es jedoch ablehne. Dem Whisky werde ich treu bleiben.

Sie nippt an ihrer Bierflasche, schaut nachdenklich zur Badezimmertür, was ich ihr nachtue.

»Sie ist sehr sensibel und kann eine vertraute Person gut gebrauchen. Vielleicht kann sie dir auch eine gute Freundin werden.« Ich weiß am besten, dass Naomi es nicht gerne hört. Jedoch glaube ich, dass sich die beiden guttun werden. Zwei gebrochene Seelen, die sich eventuell heilen können.

»Ich passe auf sie auf. Du hast mein Wort«, versichert sie mir und geht auf meine Aussage nicht weiter ein. Das muss sie auch nicht. Ich kenne sie gut genug, um zu wissen, dass sie es mit Saphira probieren wird. Auch wenn sie es nicht zugeben will.

»Ich lasse euch zwei dann mal allein. Ich bin jederzeit erreichbar, wenn etwas sein sollte«, gebe ich ihr zu wissen.

Naomi nickt leicht lächelnd, schenkt mir zum Abschied eine Umarmung, ehe ich der Wohnung den Rücken zukehre und sie anschließend verlasse. Liebend gern wäre ich noch bei Saphira geblieben, bis sie einschläft. Doch was jetzt ansteht, kann nicht mehr lange warten.

Aus meiner Hosentasche krame ich mein Handy hervor und tippe die Nummer von Jesse ein. Während ich zu meinem geliebten Range Rover laufe, klingelt es auf der anderen Leitung.

»Kian, mein Bester«, keucht er, als wäre er einen halben Marathon gelaufen. Da hört sich ein sterbendes Tier sogar besser an.

»Bist du mal wieder auf dem Laufband?«

»Natürlich. Wie jeden Abend.«

»Gut, jetzt musst du mir aber zuhören.« Meine Stimmlage ist so tief wie das Meerwasser im Ozean. Es ist eine ernste Sache und da brauche ich seine volle Aufmerksamkeit.

Als ich im Wagen sitze, lehne ich mich in den Sitz zurück und warte, bis er vom Laufband heruntersteigt und aufmerksam seine Ohren spitzt. Währenddessen lasse ich die Scheibe nach unten fahren, um mir eine Zigarette anzuzünden.

»Schieß los«, meldet er sich, woraufhin ich den Rauch in die Dunkelheit hinauspuste.

»Du musst mir einen Gefallen tun, finde heraus, wer diese Typen waren, die in Saphiras Wohnung eingebrochen sind und was sie mit ihr zu tun haben.«

Ich gebe ihm eine Personenbeschreibung, so wie ich diese Dreckswichser in Erinnerung habe. Denn sobald ich mehr über sie weiß, kann ich mehr damit anfangen und mir für sie etwas Schönes ausdenken.

*Ich werde jede einzelne Träne von dir rächen,* hallt es erneut in meinem Kopf und dieses Versprechen werde ich einhalten.

# KAPITEL 8

## Saphira

Kalter Schweiß hat sich auf meiner Stirn gebildet, während meine Atmung hektisch und unkontrolliert aus meiner Lunge gepresst wird. Schon wieder hatte ich einen Albtraum, der mich eine Weile begleitet. Sie war da, lebend, und es hat sich so angefühlt, als hätte sie mich dorthin zurück katapultiert, wo ich mir geschworen habe, nie wieder sein zu wollen. In dieser beschissenen Wohnung, mit Denver und ihr.

Irgendwie bin ich Kian dann doch dankbar, dass er mich aus dem Chaos *entführt* hat. Gegen seine starken Arme konnte ich sowieso nichts tun und aus einem fahrenden Auto würde ich mich nie trauen herauszuspringen. Aber ich glaube nicht, dass er der Ritter in glänzender Rüstung ist, den ich mir gerne vorstelle, und auch mein Retter ist.

Das Licht im Wohnzimmer erleuchtet und eine müde aussehende Naomi steht im Türrahmen ihres Schlafzimmers. Ihre wildstehenden Haare verraten mir, dass sie im Tiefschlaf gewesen sein muss und ich sie womöglich geweckt habe.

Mit schlenderndem Gang geht sie in die angrenzende Küche, um eine Packung Milch aus dem Kühlschrank zu holen.

»Ein Albtraum?«, fragt sie vorsichtig und ich nicke nur, als sie zu mir herüberschaut. »Willst du darüber reden?«

»Nicht der Rede wert.« Und das ist es wirklich nicht. Mom ist tot und die Wohnung nicht mehr mein Zuhause. Einen Teil meiner Vergangenheit habe ich, so gut es geht, aus meinem Hirn verbannt, so als hätte sie nie existiert. Trotzdem sucht sie mich in meinen Träumen heim, will mir zeigen, dass es sie noch gibt.

Naomi kommt mit zwei Tassen zu mir gelaufen, setzt sich neben mich hin und überreicht mir die blaue Porzellantasse.

»Warme Milch mit Honig«, sagt sie und nimmt einen großen Schluck, ehe ich es ihr nachmache und feststellen muss, dass es gar nicht so schlecht schmeckt wie gedacht. Zwar gewöhnungsbedürftig, dennoch wohltuend.

Mein Puls beruhigt sich und ich lehne mich zurück auf dem Sofa, um zu entspannen. Komischerweise fühle ich mich in Naomis Apartment viel wohler, obwohl ich sie nicht wirklich kenne. Ein paarmal bin ich ihr im Stripclub begegnet, jedoch haben wir bisher nie einen richtigen Satz miteinander ausgetauscht. Bis zu diesem Vorfall mit Blaze …

»Dein Albtraum klang traumatisch, so wie du geschrien hast«, murmelt sie in ihre Tasse, bevor sie ein weiteres Mal daraus trinkt. Sie will wohl nicht lockerlassen.

»Mein halbes Leben besteht aus Traumata«, gestehe ich und ich kann mir nicht erklären, wieso ich ihr das überhaupt sage. Noch nie habe ich mit jemandem darüber gesprochen und ich habe es auch nicht vorgehabt, es mit einer anderen außenstehenden Person zu teilen.

Schüchtern schaue ich auf den Boden, nichtwissend, was ich noch sagen soll, wobei ich auch nicht weiterreden möchte. Mein psychischer Knacks will es nicht zulassen.

»Schon gut. Jeder hat sein eigenes Päckchen zu tragen«, will sie mich aufmuntern. Ein müdes Lächeln schleicht sich auf meine Lippen, welches meine Augen nicht erreicht. Hat es bisher noch nie.

Eine unangenehme Stille breitet sich in der Luft aus, als niemand Weiteres zu sagen hat und seinen eigenen Gedanken nachgeht. In meinem Kopf tauchen wieder die schrecklichen Bilder meiner Mutter auf, wie das weiße Laken von ihrem blassen Gesicht entfernt wurde. Ihr lebloser Körper, der einfach nur dagelegen und sich keinen Millimeter gerührt hat. Diesen Anblick werde ich wohl nie wieder los.

Das Gruselige an diesem Traum war, dass ihre Augen weit offenstanden, und obwohl kein Leben in ihnen zu sehen war, starrten sie mich an.

»Geht's dir gut?« Naomi stupst mich mit ihrer Schulter an, wobei ich leicht zusammenzucke. Gedanklich hänge ich noch an dem furchtbaren Moment, der mich zum Schreien gebracht hat. Ihre eiskalten Hände um meinen Hals …

»Ja … Es ist nur …« Ich breche mitten im Satz ab, da ich nicht weiß, wie ich anfangen soll. Es fällt mir unheimlich schwer, Menschen zu vertrauen, weil es bisher immer nur missbraucht wurde. Jedes verdammte Mal.

»Ich kann es verstehen, wenn du noch Zeit brauchst. Nicht Jeder möchte gerne darüber sprechen, so geht es mir auch«, gesteht sie mir, was mich staunen lässt. Naomi hat mir immer den Eindruck vermittelt, dass sie eine starke Persönlichkeit besitzt. Doch ich habe nie daran gedacht, dass auch sie einmal mental gebrochen war.

Sie scheint es auch nicht offensichtlich machen zu wollen. Wer weiß aber schon, wie es in ihrem Inneren aussieht? Wie lange sie es schon mit sich selbst ausmachen muss, was auch immer ihr zugestoßen sein mag?

Zögernd sucht sie sich die Worte zusammen, bis sie mich wieder ansieht und hart schluckt. Ich kann erkennen, dass es ihr eine Menge Überwindung kostet und dafür muss ich sie nicht einmal kennen, denn es steht ihr nun doch ins Gesicht geschrieben. Allein ihr Verhalten erinnert mich viel zu sehr an mich selbst. Nur mit dem Unterschied, dass sie es besser verbergen kann. Außer jetzt.

»Kian ist der einzige Mensch auf diesem gottverdammten Planeten, dem ich mein Leben anvertraue. Er hat mir mein Leben gerettet, bevor ich …«, offenbart sie mir und unterbricht sich dann selbst. Sie braucht es nicht laut auszusprechen. Ich verstehe, was sie damit ausdrücken möchte. Die Stille sagt mehr aus als ein ausgesprochenes Wort es jemals kann. Und ich kann nicht anders als vor Schock die Kinnlade fallen zu lassen.

Neugier kratzt sich an die Oberfläche, möchte mehr über sie erfahren, doch ich traue mich nicht nachzufragen. Deshalb sitze ich nur da, trinke den Rest ihrer süßen Mischung und stelle die Tasse auf dem Beistelltisch ab.

Wir schweigen. Keiner spricht und wir lauschen der stillen Atmosphäre nach. Zugegebenermaßen habe ich auch keinen Plan, was man in einer solchen Situation angemessen zu sagen hat, ohne dass es sich aufdringlich anhört. Ich kenne diese Gespräche von Freundin zu Freundin nicht, denn ich hatte nie welche. Irgendwie tut es mir für Naomi leid, dass ich ihr nicht das zurückgeben kann, was sie gerade braucht. Was ich auch für mich selbst gewünscht habe – eine Freundin, die ihr trostspendende Wärme und Zuneigung gibt.

Denn auf diesem Sofa hocken zwei völlig Fremde, die trotz dessen eine Gemeinsamkeit verbindet, eine abgefuckte Vergangenheit.

Ihre Worte schweben immer noch in meinen Gedanken und als der Name Kian sich in meinem Hirn wie ein Mantra wiederholt, breche ich das Schweigen zwischen uns, denn diese Frage brennt mir ungewollt auf der Zunge.

»Du und Kian, seid ihr ein Paar?« Verdammt, es auszusprechen hinterlässt einen bitteren Beigeschmack, wobei es so nicht sein sollte. Ich klinge wie eine eifersüchtige Kuh, die ich gar nicht bin.

Naomi guckt mich ernst an und ich befürchte, die Wahrheit würde mir nicht gefallen. Doch dann aus dem Nichts fängt sie lauthals zu lachen an. Sie lacht Tränen und hebt sich den Bauch fest. Ich hingegen komme mir dumm vor, denn ich weiß nicht, was an meiner Frage so komisch ist.

»Was ist so witzig?«, will ich wissen und bringe sie dazu, noch mehr zu gackern. Und irgendwie steckt mich ihr ehrliches Lachen an, weshalb ich leise kichern muss.

»Kian … und ich … ein Paar?«, gibt sie zwischen ihren abgehackten Worten lachend von sich. Ich nicke, denn die Frage habe ich todernst gemeint.

»Nicht einmal in anderen Dimensionen.« Ihr Gelächter nimmt ab, trotzdem schmunzelt sie mich wissend an.

*Was soll das wieder bedeuten?!*

»Natürlich haben er und ich eine gewisse Bindung zueinander. Aber wir führen weder eine romantische noch eine sexuelle Beziehung, falls du darauf hinaus möchtest.«

Ich fühle mich ertappt. Bin ich denn so offensichtlich und durchschaubar? Fuck, ist das peinlich. Dabei habe ich nicht einmal ansatzweise Gefühle für Kian. Woher nehme ich mir also das Recht, sie über ihn auszufragen? Oh Gott, bin ich dumm.

»Es ist nicht das, was du denkst«, rede ich mich heraus. Schlechter als ich es mir vorgestellt habe.

»Ach ja? Was denke ich denn?« Ihr Grinsen wird breiter und ich habe keine Ahnung, ob ich mich davor fürchten sollte. Es sieht verdammt gruselig aus.

*Ja, was denkt sie denn? Wie verkorkst ich eigentlich bin?*

Wie merkwürdig ist das denn bitte, dass ausgerechnet *ich* diese Frage stellen muss? Ich habe Kian noch nie zuvor gesehen, kenne ihn dementsprechend auch nicht und fühle dennoch etwas Unerklärliches in seiner Nähe. So viel steht fest, ich bin definitiv gestört. Dass ich sie nicht mehr alle habe, das wusste ich insgeheim schon vorher. Doch mich von einem Fremden in eine Wohnung bringen zu lassen, ist lebensmüde. Er hätte mich auch umbringen und meine Leiche irgendwo im Wald verscharren können. Und mit diesem Wissen habe ich ihn trotzdem machen lassen. *Ja, mit mir stimmt wirklich etwas nicht.*

Denvers Drohung und sein Mord an Mom haben mich so weit in ein Loch fallen lassen, dass ich den Bezug zu der realen Gefahr vollkommen verloren und ausgeblendet habe. Das Einzige, woran ich dachte, war, dass ich aufgeben wollte. Mich und mein Leben. Kian ist da gewesen, hat mich dort rausgeholt und in Sicherheit gebracht. Genau wie er es bei Naomi getan hat. Aber ich will mich vom Schein nicht trügen lassen …

»Ich weiß es ehrlich gesagt nicht. Ich glaube, ich bin zu durcheinander, um nachzudenken.« Meinen Blick senke ich und kaue geistesabwesend an meiner Unterlippe.

Plötzlich spüre ich eine Hand auf meinem Handgelenk, ehe ich dorthin sehe und Naomi sanft mit ihrem Daumen meine Haut auf und ab streicht. Dann wandert mein Blick zu ihr, ich bemerke, dass ihre Kaumuskeln sich bewegen. Wahrscheinlich hat ihr dieser Körperkontakt eine große Überwindung gekostet. Jedenfalls vermute ich es so.

»Hör zu Saphira …«

»Nenn mich nur Phie«, unterbreche ich sie schnell.

»Okay, Phie«, verbessert sie sich, »Wenn du bereit bist, darüber reden zu wollen … Ich bin eine gute Zuhörerin.« Ein aufrichtiges Lächeln schleicht sich auf ihre schmalen Lippen.

Seit über zwanzig Jahren habe ich alles mit mir allein ausmachen müssen. Irgendwann wurde es zur Gewohnheit, welche ich nicht mehr beiseitelegen konnte. Ich kann nicht versprechen, dass ich es auch bei Naomi tun kann. Dafür muss einiges getan werden, um mein Vertrauen gewinnen zu können.

»Danke« flüstere ich und lasse ihre Nähe zu, indem sie weiter über mein Handgelenk streicht und mit mir gemeinsam die Stille der Nacht genießt.

Es müssen keine Worte mehr gesprochen werden, um den anderen verstehen zu können. Die Anwesenheit ihrerseits reicht mir vollkommen, weshalb ich mich nicht ganz so einsam fühle.

Vielleicht wird Naomi eines Tages doch noch ein Teil meines Lebens. Und vielleicht werde ich lernen, dass ich nicht jeden unter einen Teppich kehren kann, um wieder einer Person näherkommen zu können.

Schließlich ist nicht jeder Mensch wie meine Mutter oder die bescheuerten Mitschüler aus meiner Highschool-Zeit. Oder Denver.

Kian hat tatsächlich sein Wort gehalten, obwohl ich strikt dagegen gewesen bin. Ich frage mich, warum er all diese Dinge tut. Mit welcher Intention er mir helfen will. Ein reicher Mann, der eine Stripperin aus der Gosse rettet, klingt surreal. Immerhin kann er jede Frau haben, die er will und ausgerechnet verschwendet er seine kostbare Zeit für *mich*?

Wer bin ich denn schon, dass man mich für etwas Besonderes hält? Ich bin ein Niemand und das hat mir meine Mutter ganz klar bewiesen, so wie sie sich einen Dreck um mich geschert hat. Oder die anderen Monster, die mir Leid zugefügt haben.

Im Badezimmer von Naomi entledige ich mich von ihrer Kleidung, die mir fast zwei Nummern zu groß ist und lasse sie auf den Boden fallen, um in die Dusche zu steigen. In den letzten Wochen habe ich wieder stark abgenommen und es kotzt mich an, dass ich erneut in diesem Loch festsitze. Mutter Natur hat mich wenigstens mit mittelgroßer Oberweite gesegnet. Das war dann wohl einer der Gründe, warum mich Blaze eingestellt hat. *Dämlicher Wichser.*

Doch für den Rest meines Körpers bin ich nicht wirklich dankbar. Meine Größe lässt zu wünschen übrig und außerdem hätte ich gerne mehr an meiner Taille und Beinen. Manchmal wenn ich in den Spiegel schaue, bekomme ich Selbstzweifel. Fuck, ich habe oft das Bedürfnis, nicht mehr so sein zu wollen, wie ich jetzt nun eben bin. Aber es ist so verdammt schwer ein normales Gewicht zu halten, wenn mir ständig alles um die Ohren fliegt.

Dieses Mal meide ich es in den Spiegel zu blicken und schließe die Duschkabine hinter mir. Das Wasser schalte ich ein, ehe es über meinen nackten Körper fließt und mich wärmt. Jedoch nicht von innen, denn dort sieht es kalt und leer aus.

Tausende Gedanken überhäufen mich. Dinge, die in den letzten vierundzwanzig Stunden passiert sind, nehmen mein gesamtes Hirn ein.

Erst der Kuss mit Kian, der sich so verflucht gut angefühlt hat und zugleich verboten war. Ich kann mir immer noch nicht erklären, wieso er das getan hat und warum ich es verdammt nochmal erwidert habe.

Mein Daumen streift über meine Unterlippe und ich bilde mir fast schon ein, ihn noch schmecken zu können. Scheiße, das darf nicht sein, denn es gibt genug Probleme in meinem Leben. Denver, der mich tot sehen will und Mom, die erst vor wenigen Stunden umgebracht wurde.

Jetzt wo die beiden wieder in meinem Kopf sind, stimmt sich meine Laune ins Negative. Sobald ich sie miteinander verbinde, verengt sich meine Kehle und ich habe das Verlangen, mir den Schädel einschlagen zu wollen. So lange, bis sie endlich aus meinen Gedanken fort sind.

Samara und Denver haben mir so viel Schmerz, psychischen Schmerz, zugefügt. Vor allem Mom, die sich nie mütterlich verhalten hat. Bis heute kann ich es nicht verstehen, wie sie auf ihre eigene Tochter scheißen konnte. Wie sie mit dem Gewissen leben konnte, mich im Stich gelassen zu haben.

Drogen, Sex und Freiheit sind ihr schon immer wichtiger gewesen. Es war ihr Lebenselixier, jung und attraktiv zu bleiben. Aber sie ist alles andere als das gewesen, nachdem sie zum Junkie mutiert ist. Sie müsste wissen, was die Drogen mit dem Körper anrichten. Nun, sie hätte eigentlich so vieles müssen …

Ich drehe den Wasserhahn ab und steige aus der Dusche, um dann ein blaues Handtuch um meinen warmen Körper zu wickeln. Auf dem Klodeckel liegen frische Klamotten, die mir Kian zukommen ließ. Und erstaunlicherweise ist es sogar die richtige Größe. Womöglich hat er ein gutes Auge dafür. Ja, bestimmt …

Bevor ich das T-Shirt herunterziehe, bemerke ich, dass sich die Wunde erneut leicht entzündet hat. Es brennt ein wenig, dennoch beiße ich die Zähne zusammen und schiebe mein Shirt herunter, schrecke aber im nächsten Moment zusammen. Ein Klopfen an der Tür lässt meinen Puls steigen und mein Herzschlag verdoppelt sich.

»Phie, alles in Ordnung da drin?«, nehme ich die Stimme von Naomi wahr. Kurz habe ich es ausgeblendet, dass ich mich immer noch in ihrem Badezimmer befinde.

»Ja! Ja, äh … bin gleich fertig«, gebe ich ihr Bescheid.

Schnell ziehe ich meine Hose über den Hintern, werfe Naomis ausgeliehene Kleidung in den Wäschekorb und öffne das Fenster zum Lüften. Als ich das Wohnzimmer betrete, steht sie fertig gekleidet neben dem Esstisch und tippt vertieft in ihrem Handy. Zwei dampfende Kaffeetassen stehen auf dem Tisch. Kaffee kann ich jetzt sehr gut gebrauchen.

»Hey.« mache ich mich bemerkbar und erlange sofort ihre Aufmerksamkeit. Lächelnd steckt sie ihr Handy in ihre hintere Hosentasche und reicht mir eine der blauen Tassen.

»Ich wusste nicht, wie du ihn lieber trinkst, deshalb habe ich Milch und Zucker bereitgestellt.« Ich bedanke mich bei ihr, werfe mir zwei Löffel Zucker in die heiße Brühe und nehme einen großzügigen Schluck davon.

»Gehst du?«, frage ich sie, als sie ihre leere Tasse in die Spüle stellt und ihre Schlüssel zur Hand nimmt.

»Ja, Blaze braucht Verstärkung. Ich beeile mich aber.«

»Mach nur, ich komme später nach«, entscheide ich mich kurzerhand.

Naomi sieht mich verdutzt an, so als könnte sie nicht glauben, was ich da eben von mir gegeben habe.

»Du … willst wirklich wieder arbeiten?«, fragt sie ungläubig.

»Äh, ja?«

»Bist du dir sicher? So wie du gestern aussahst, solltest du dir vielleicht Ruhe gönnen.«

»Ich will mir hier nicht den Arsch wundsitzen.« Und mich ablenken. Weg von diesen furchtbaren Erinnerungen, die mich bald vollkommen einnehmen, wenn ich nichts dagegen tue. Und das Geld, welches mir geklaut wurde, brauche ich genauso dringend. Denn mein Plan, von hier abzuhauen, steht noch.

»Du bist wirklich hart im Nehmen, oder?« Ein kleines, aufmunterndes Lächeln schleicht sich auf ihre schmalen Lippen. Ihre Augen schenken mir Wärme, welche ich bisher von ihr noch nicht gekannt habe. Naomi scheint doch anders zu sein, als ich es vermutet habe.

»Klar« lüge ich. Ich bin alles andere als das. Aber wer will schon jemanden hinter seine Fassade blicken lassen? Meinen schwachen Moment mit jemand anderem zu teilen, dafür bin ich nicht bereit.

»Dann sehen wir uns«, verabschiedet sie sich von mir und lässt mich mit einem elenden Gefühl allein in ihrem Apartment.

Stunden später betrete ich den Eingang des Pink Paradise' und entdecke Naomi hinter der Theke Gläser polieren. Der Club hat noch geschlossen und öffnet erst in zwei

Stunden, doch länger habe ich es in ihren vier Wänden nicht mehr ausgehalten.

Mit einem milden Lächeln begrüße ich sie und verschwinde dann in dem Umkleidezimmer. Die Wunde an meinem Unterleib macht mir zu schaffen, weshalb ich eigentlich hierher wollte. Hier finde ich das Nötigste, um mich versorgen zu können. Bei Naomi habe ich mich nicht getraut zu schnüffeln, da ich ihre Privatsphäre nicht gerne überschreite und den Moment nicht ausnutzen wollte.

Zu meinem Glück befindet sich hier keines der Mädchen, weshalb ich die Ruhe nutze und nach dem Notfallkoffer suche. Diesen finde ich in einem der Kosmetikschränke und packe ihn auf dem Schminktisch aus. Ein Wundpflaster, Desinfektionsmittel und ein Wattebausch, um meine Verletzung zu säubern.

Mein Shirt ziehe ich mir über den Kopf und fange mit der Wundversorgung an. Ich zische, als das Desinfektionsmittel zu brennen anfängt, fahre aber mit dem Vorgang fort, denn lange allein werde ich hier meine Zeit nicht mehr haben. Irgendwann werden die Mädchen eintrudeln und ich will jeder Frage aus dem Weg gehen.

Leider steht das Universum mal wieder nicht auf meiner Seite und ich zucke augenblicklich zusammen. Die dunkle Stimme, die ich gestern noch zu hören bekam, ertönt in einem leisen Knurren. »Was tust du da?« Ich halte sofort inne.

Durch den Spiegel kann ich ihn im Türrahmen stehen sehen, doch da bleibt er nicht und kommt mir stattdessen näher. Das Desinfektionsmittel und den Wattebausch reißt er mir förmlich aus der Hand und funkelt mich böse an. Dabei verstehe ich sein Problem nicht.

»Wonach sieht es denn aus?«, frage ich ihn verwirrt.

»Ich meine nicht das.« Er zeigt auf meinen Unterleib. »Sondern was du hier im Club treibst?«

Wieso muss dieser Kerl so überfürsorglich sein? Das, was ich mir immer von Mom gewünscht habe, tut an dieser Stelle ein Fremder. Er hat kein Recht dazu.

»Arbeiten?« gebe ich leicht gereizt von mir. Es hat ihn nichts anzugehen, was ich hier tue. Schließlich bin ich immer noch in diesem beschissenen Club Angestellte und dummerweise hilft mir der Job, mein Geld aufzutreiben.

»Das wirst du bleiben lassen«, befiehlt er mir, was ich ganz sicher nicht auf mir sitzen lassen werde. Was denkt er, wer er ist? Mein Boss? Mein Vater?

»Lass den Scheiß«, grummle ich genervt und schlage ihm den Wattebausch aus der Hand. Ohne ihn weiter zu beachten, säubere ich die entzündete Stelle und will mir gerade das Pflaster aufkleben, da kommt mir dieser Grummelbär in die Quere.

»Hey …«

»Sei still«, brummt er beinahe grimmig, und widerwillig halte ich den Mund.

Langsam muss ich verstehen, dass eine Diskussion mit ihm ausgeschlossen ist. Kian Carter bekommt immer seinen Willen und ich kleine Maus kann mich sowieso nicht wehren. Ein kleiner Teil in mir, tief im dunklen Verborgenen, möchte es gar nicht. Sie möchte seinen Befehlen nachgehen und am liebsten von ihm dominiert werden. *Mit dir stimmt definitiv was nicht.*

Ich sehe zu, wie er das Pflaster aufmacht und behutsam die klebende Seite auf meine Haut befestigt. Mit seinen rauen Fingern streicht er es vorsichtig glatt und berührt hin und wieder meinen hitzigen Unterbauch. Schier macht es mich verrückt, wie zärtlich er mit mir umgeht.

Mein Herz klopft wie wild, als er sich aufrichten will und an meinem Gesicht verharrt. Sein warmer Atem peitscht meine Lippen, so nah ist er. Mein Hals fühlt sich trocken an und ich versuche vergebens zu schlucken, in der Hoffnung, ich könnte ihn feucht kriegen.

Ich atme zittrig aus, jedoch nicht aus Angst. Seine Nähe hat mich verfickt nochmal erregt. Etwas, was mir bisher immer fremd gewesen ist. Sein Duft vernebelt meine Sinne und ich kann mich nicht mehr konzentrieren. Zu sehr bin ich auf seine Lippen fokussiert. Diese Lippen, die mich noch gestern um den Verstand geküsst haben.

Mag bescheuert klingen, doch ich muss ihn erneut kosten. Ich will diesen Geschmack von Zigaretten und Whisky nicht missen müssen. *Hörst du dir eigentlich selbst zu, Madame?* Nein, aber es hilft mir dabei, einmal nicht nachdenken zu müssen.

Kians Wärme umhüllt mich wie eine weiche Decke, in die ich mich verkriechen will. Ich fühle mich in einer rosa Luftblase gefangen und zugegebenermaßen möchte ich da nie wieder raus. Zu schön, um wahr zu sein …

»Zieh dein T-Shirt an. Ich fahre dich zu Naomis Apartment«, unterbricht Kian die geladene Atmosphäre zwischen uns. Die Blase zerplatzt und ich knalle mit voller Wucht auf den kalten, harten Boden. Enttäuschung breitet sich in mir aus. Vielleicht ist es besser so.

Ich habe es vollkommen vergessen, dass ich nur in einem BH dastehe. Beschämt ziehe ich mir schnell mein Shirt an. Jedoch verschränke ich die Arme vor meiner Brust und bleibe stur am selben Fleck stehen. Kian hat mir keine Befehle zu erteilen und wenn ich heute arbeiten will, dann tue ich das auch.

»Ich bleibe hier«, gebe ich bockig von mir. Mein Blick bohrt sich in seine goldbraunen Augen, in denen sich ein heftiger Sturm ausbreitet. Standhaft versuche ich, seinem unheimlichen Starren nicht auszuweichen, nicht einmal zu blinzeln. Nur gelingt es mir nicht allzu lange.

Es bildet sich Schweiß auf meiner Stirn und ich glaube, dass mir allmählich schlecht wird …

# KAPITEL 10

## Kian

Sie ist noch blasser als zuvor. Irgendetwas stimmt nicht mit ihr und das bereitet mir fürchterliche Sorgen. Verdammt, ich mache mir nie Sorgen. Um niemanden. Sie hat mir vollkommen den Kopf verdreht, dass ich all meine Prioritäten für sie verwerfe.

»Okay, das reicht.« Bevor sie ihr Gleichgewicht verliert, hebe ich sie auf meine Arme hoch und trage sie schon zum dritten Mal innerhalb von vierundzwanzig Stunden zum Auto.

Saphira wehrt sich nicht. Sie scheint, als würde sie es gar nicht richtig wahrnehmen, dass ich sie auf den Beifahrersitz hingesetzt habe. Erschöpft legt sie ihren Kopf an die Lehne und schließt stöhnend die Augen. Sie sieht nicht gut aus und ich verspüre den Drang, mich um sie kümmern zu wollen.

Wann habe ich mich das letzte Mal um jemanden gekümmert?

»Kian« murmelt sie schwach und während ich den Range Rover mit einer Hand aus der Parklücke fahre, lege ich die andere auf ihren Schenkel, um ihr zu signalisieren, dass ich da bin. Ein Seufzen entweicht ihrer Kehle bei meiner Berührung, als wäre es die beste Medizin für sie. Ich kann nur schmunzeln bei diesem Anblick, den sie mir bietet.

Vor wenigen Minuten hat sie sich noch wie ein trotziges Kleinkind verhalten, nun genießt sie heimlich meine Annäherung. Manchmal werde ich nicht schlau aus ihr.

Ich fahre an Naomis Apartment vorbei und biege in die nächste Kreuzung ein, die mich zu meiner Wohnung führt. In der Zeit ist Saphira erneut eingeschlafen und ich frage mich, ob sie nachts überhaupt ein Auge zumacht. Für sie ist es vielleicht Gewohnheitssache, aber ihr Körper deutet auf etwas anderes hin. Sie braucht Ruhe, viel Ruhe, und dafür werde ich sorgen.

In diesen Club wird sie keinen Fuß mehr setzen.

Nachdem ich die Gegend erreicht und das Auto in der Tiefgarage geparkt habe, hieve ich sie sachte an ihren Unterschenkeln hoch und rufe den Aufzug per Knopf nach unten. Immer wieder murmelt sie irgendetwas vor sich hin, doch ihre gleichmäßigen Atemzüge verdeutlichen mir, dass sie noch tief und fest schläft. Es entgeht mir aber nicht, wie sehr sie sich an den Kragen meines Hemdes gekrallt und ihren Kopf in meine Brust vergraben hat.

Irgendwann verliere ich noch meine Fassung und ich kann ihr nicht garantieren, dass ich je sanft zu ihr sein werde. Allein meine Selbstbeherrschung kostet mich einiges an Kraft.

Mit leisen Schritten betrete ich meine Penthouse-Wohnung, steuere direkt auf die riesengroße Wohnlandschaft zu und lege sie achtsam auf das weiche Polster ab. Die Tagesdecke, die nebenan liegt, umgreife ich und decke ihren zierlichen Körper damit ein. Unbewusst kuschelt sie sich in das Kissen und ein leises Schmatzen entweicht ihr, wobei ich mir das dümmliche Grinsen verkneifen muss. *Sie ist so verdammt unschuldig …*

Ich entferne mich von ihr und begebe mich in die angrenzende offene Küche. Von dort aus habe ich einen perfekten Blick auf sie, weshalb ich mir weniger Gedanken machen muss, wenn ich außer Reichweite bin.

Jemanden in meiner Wohnung zu haben, fühlt sich merkwürdig an. Frauenbesuche finden selten statt, nur wenn Jesse jemanden mitbringt. Naomi betritt aus geschäftlichen Gründen die Penthouse-Wohnung, sonst ist sie nie da. Dieses Zuhause, in dem ich nur esse, dusche und schlafe, füllt nicht die tiefe Leere in mir. Ein Zuhause muss kein Ort sein, denn das wird häufig überbewertet. Ich sehne mich nach einer reinen Seele, die eventuell Licht in meine Dunkelheit bringt. Eine, die wie Saphira ist.

Geistesabwesend und gedankenversunken fülle ich mir mein Glas mit Whisky ein. Eine Sache, die sich zu einer Routine entwickelt hat, egal um welche Uhrzeit. Vielleicht sollte ich mit dem Scheiß aufhören. Vielleicht findet sie es abtörnend und bringt mich dazu, das Zeug nie wieder anzurühren. Für sie bin ich bereit, alles zu tun, was sie von mir verlangt. Saphira hat mich schon so weit eingenommen, dass ich keinen Rückzieher mehr machen will. Völlig gleichgültig, wie tief es noch gehen wird. Ich bin verdammt nochmal besessen von ihr.

Ein Schrei hallt durch die Wände der Wohnung und augenblicklich schreckt Saphira auf der Wohnlandschaft hoch. Ihre Atmung geht hektisch und ziemlich abgehackt. Schweiß rinnt ihr die Schläfe herunter, wobei ihre Haare wild durcheinander abstehen. Sofort greife ich nach einer Wasserflasche und gehe mit zügigen Schritten auf sie zu.

»Wo bin ich?«, ist das Erste, was ihre trockenen Lippen verlässt. Die Wasserflasche überreiche ich ihr und sie klammert sich wie eine Verdurstende an den Flaschenhals.

»Bei mir.«

Saphira sieht sich im Wohnbereich um, welcher so groß wie ihre gesamte Wohnung ist. Als ich mir vor Jahren die Penthouse-Wohnung gekauft habe, war mir der Inhalt vollkommen egal. Das Hauptding für mich war, dass ich darin wohnen konnte. Dennoch ist die Wohnung mitsamt Innenausstattung mehrere Tausend Dollar wert. Für mich unbedeutend.

»Wohnst du allein hier?«, will sie nach langem Stillschweigen wissen und spielt nervös mit ihrer Wasserflasche herum. Ich kann ihr ansehen, dass sie einen Albtraum hatte. Obwohl sie da ist, tut sie es gedanklich nicht. Die kleine Stirnfalte lässt mich wissen, dass sie über etwas nachdenken muss.

»Theoretisch ja«, antworte ich dennoch auf ihre Frage und ernte von ihr einen verwirrten Blick.

»Wie soll ich das jetzt verstehen?«

Ich beuge mich vor und sehe ihr tief in ihre grauen Iriden, in denen ich mich mehrmals verloren habe. Saphira schluckt. Sie befürchtet, dass ich jetzt den Namen einer Frau erwähne und vielleicht amüsiert es mich, dass sie nun ein schlechtes Gewissen bekommt. Es beweist mir nur, dass sie nicht ganz abgeneigt von mir ist.

»Jesse« schneide ich kurz angebunden an und warte auf ihre Reaktion.

Ihre Augenlider senken sich, während sie ihre Schultern etwas fallenlässt. In ihrem Gesichtsausdruck kann ich daraus erschließen, dass sie enttäuscht ist und sich unwohl fühlt, jedoch traut sie sich nicht es auszusprechen. Am liebsten würde ich sie an ihren Nacken packen und sie erneut küssen. Ihr Geschmack hat mich süchtig gemacht und dieser unschuldige Blick in ihren Augen lässt mich schier wahnsinnig werden.

Im selben Moment ertönt das Geräusch des Fahrstuhls und die Tür wird zur Seite geschoben, ehe ich die altbekannte Visage zu sehen bekomme. Saphiras Augen weiten sich und ich kann mir ein belustigendes Schmunzeln nicht verkneifen.

»Kian, da bist du ja. Ich …« Jesse bricht ab, als er den kleinen Engel auf der Wohnlandschaft sitzen sieht und bleibt abrupt stehen. Dann wandern seine Augen zu mir und ein wissender Blick reicht, was er mir damit vermitteln will.

»Sorry, ich wollte euch nicht stören«, setzt er neu an und wackelt vielsagend mit seinen dunklen Augenbrauen. Dieser Idiot macht es so offensichtlich, dass Saphira es mitbekommt. Ich kann nur genervt mit den Augen rollen.

»Darf ich vorstellen? Das ist Jesse, mein bester Freund, dessen Arsch sich jeden Tag in *meiner* Wohnung breitmacht.«

Der hochgewachsene Typ schaut mich missbilligend an, während ich es absichtlich ignoriere. Meine Aufmerksamkeit wird auf sie gelenkt, die immer noch angespannt den Kopf einzieht und bisher kein einziges Wort gesprochen hat, nachdem Jesse aufgetaucht ist. Unruhig rutscht sie auf ihrem Hintern und kaut verlegen auf ihrer Unterlippe. Von zwei Männern umgeben macht sie sehr nervös. *Keine Sorge, ich teile dich nicht gerne.*

»Höre nicht auf diesen Dummschwätzer, er ist doch nur neidisch, weil ich es kann«, gibt mein bester Freund siegessicher von sich und verschränkt dabei selbstgefällig seine Arme vor die Brust. Er erwartet nun, dass ich ihm kontern will, so wie er es sonst immer gerne tut. *Dämlicher Arsch.*

»Mit welcher Freude darf ich deine *atemberaubende* Anwesenheit begrüßen?«, frage ich sarkastisch. Es gibt Tage, da geht er mir tierisch auf den Sack. So wie jetzt gerade.

»Das kann warten«, meint er abwinkend. »Ruf mich an, wenn du Zeit hast«, ruft er noch hinterher, ehe er sich wieder zum Fahrstuhl begibt und dort dann verschwindet.

»Was für ein Freak«, murmle ich und schüttle schmunzelnd den Kopf. Manchmal kann er einem die übriggebliebenen Nerven rauben. Dennoch ist er mein langjähriger Freund und in den düsteren Stunden begleitet er mich als mein treuer Partner. Etwas, wofür ich für immer dankbar sein werde.

Stille erfüllt den Raum, nachdem Jesse gegangen ist und eine merkwürdige Atmosphäre hinterlassen hat. Ich glaube, dass er Neuigkeiten mitgebracht hat, es jedoch vor Saphira nicht aussprechen konnte. Fürs Erste das Beste, wenn sie hiervon noch nichts weiß.

*Du wirst es eines Tages erfahren, wer ich wirklich bin. Nur nicht jetzt.*

# KAPITEL 11
## Saphira

*»Du bist ein Freak, Perkins!«,* höre ich in meinem Kopf jemanden rufen. *»EIN FUCKING FREAK, hörst du?!«*

»Alles in Ordnung?«, reißt mich die tiefe Stimme des Mannes aus meinem Flashback heraus und ich schrecke dabei leicht auf.

Nachdem Kian das Wort *Freak* leise vor sich hingemurmelt hat, überkam mich die widerwärtige Erinnerung meiner Highschool-Zeit, die ich bestmöglich verdrängen wollte. Doch wie es scheint, sucht sie mich immer noch heim und hinterlässt einen bitteren Nachgeschmack in meinem trockenen Mund.

Ich hatte unbewusst meine Umgebung ausgeblendet und war so vertieft in dieser dunklen Wolke, die mich vollkommen eingenommen hat. Dabei wollte ich mich nie wieder an diesen Teil meiner Vergangenheit erinnern. Denn sie hat mich zu dem gemacht, was ich jetzt bin.

Würde Kian mich auch als einen Freak bezeichnen, wenn er wissen würde, wie ich wirklich bin? Will ich das denn überhaupt wissen? Immerhin ist er ein Fremder. Ich meine, ich kenne ihn überhaupt nicht und habe es dennoch mehr oder weniger zugelassen, dass er mich hierherbringt. Fuck, ich muss echt durch den Wind sein, so langsam wie meine Synapsen arbeiten. Er hätte sonst was mit mir anstellen können.

»Ich … ich gehe besser«, rutscht es mir über meine Lippen und wie von einer Tarantel gestochen, springe ich von der superweichen Wohnlandschaft auf und sprinte Richtung Fahrstuhl, um schleunigst von hier verschwinden zu können.

Die Übelkeit von vorhin ist plötzlich wieder zurück, doch ich lasse mir nichts anmerken. Gott, ich sollte wirklich mal etwas Festes zu mir nehmen. Es sind schon einige Tage vergangen, in denen ich kaum etwas gegessen habe. Irgendwann wird mein Körper nachgeben, das weiß ich am besten.

Bevor ich den Rufknopf drücken kann, werde ich an meinem Handgelenk gepackt, als er mich zu sich dreht und gegen das kalte Metall der Fahrstuhltür drückt. Automatisch halte ich die Luft an und mustere Kians goldbraune Augen, die mich so intensiv anstarren. Sein Gesicht ist dicht vor meinem und ich spüre, wie sein warmer Atem meine Haut kitzelt.

»Wo willst du hin?« Seine Stimme klingt so tief und rau und dennoch spüre ich einen Hauch Besorgnis in seinen Worten.

»Ich muss …«

»Bleib hier, es ist schon spät«, unterbricht er mich. Ich hingegen schüttle verneinend den Kopf. Auf keinen Fall kann ich in seiner Wohnung bleiben und schon gar nicht mit ihm allein. Eine Kurzschlussreaktion überkommt mich und ich versuche mich aus seinem festen Griff zu befreien. Je mehr ich mich wehre, desto fester drückt er an meinem Handgelenk.

»Ich tu dir nichts«, raunt er. Doch die Panik bricht in mir aus, weil mir seine Nähe zu viel wird.

Wie eine wildgewordene Furie schlage ich immer wieder auf seine definierte Brust, flehe ihn somit an, mich endlich loszulassen. Ihn beeindruckt es nicht und er bewahrt die Ruhe, schiebt seine freie Hand an meinen Nacken und hält meinen Kopf ganz dicht an sein Gesicht, so dass seine Nasenspitze meine Wange berührt.

Ich erstarre augenblicklich, als er sanft auf und ab fährt und mir damit erstaunlicherweise eine dicke Gänsehaut hinterlässt. Meinen Atem stoße ich zittrig aus, schließe jedoch die Augen. Kian löst etwas in mir aus, was ich nicht beschreiben kann. Überraschenderweise reagiert mein Körper auf ihn, denn mein Puls beruhigt sich und das Zittern hört auf. Aber wie kann das nur möglich sein?

Vertraue ich ihm und glaube ihm, dass er mir tatsächlich nichts tun will? Nein, das kann ich nicht, denn ich bin nicht bereit, mich bei einem völlig fremden Mann fallen zu lassen. Dafür hat mir das Universum zu oft Stolperfallen hinterlassen. Lektionen, aus denen ich lernen musste und es immer noch tue.

Und trotzdem kann ich das aufkeimende Kribbeln in meinem Unterleib nicht verdrängen, welches mir zuvor immer fremd gewesen ist. Noch nie hat mich ein Mann so zärtlich berührt und, scheiße, ich kann nicht leugnen, dass es sich gut anfühlt. Mir fällt es schwer, die Luft in meine Lungen zu füllen, ohne seinen herben Duft einatmen zu müssen, der mich umhüllt und meine Sinne benebelt.

»Sag mir, was in deinem hübschen Köpfchen vor sich geht.« Seine rechte Hand streicht mir sanft über meine Wange und steckt mir eine verlorene Strähne hinters Ohr. Diese Geste bringt mich durcheinander und ich weiß nicht mehr, an was ich denken soll.

»H-Hör auf … bitte«, stottere ich flehend. Ich brauche einen klaren Kopf und seine Nähe wird mir dabei definitiv nicht weiterhelfen.

Ich bin völlig verblüfft, als er seine Hand tatsächlich zurückzieht und sich ein gutes Stück von mir entfernt. Es ist das erste Mal, dass meine Worte ernst genommen werden und mein klares *Nein* verstanden wird. Und aus einem kranken Grund fange ich an, Kian mit Denver zu vergleichen. Denver hätte sich dies nicht gefallen lassen, das habe ich beim letzten Mal zu spüren bekommen.

Bedauerlicherweise muss ich auch feststellen, dass dieser Abstand pure Kälte in mir hinterlassen hat. Seine Wärme sowie sein Duft und seine sanfte Berührung haben mich ausgefüllt. Fuck, irgendetwas stimmt nicht mit mir. Womöglich brauche ich psychologische Hilfe, denn ich habe sie nicht mehr alle. Definitiv.

»Gut, ich fahre dich«, setzt er mich in Kenntnis, und ich kann es nicht vermeiden, dass die Schmetterlinge in meinem Bauch Amok laufen. Das darf nicht sein. Ich kann keine Gefühle zu diesem Mann aufbauen, den ich nur dreimal in meinem gesamten Leben gesehen habe. Es muss sofort aufhören und am besten halte ich Abstand zu ihm.

Kian schnappt sich seine Autoschlüssel, wirft mir sein Jackett über die Schultern und schiebt mich in Richtung Fahrstuhl. Die Spannung zwischen uns ist immer noch greifbar nahe und das Knistern ist immer noch zu spüren. Aber ich kämpfe gegen den Drang an, mich auf ihn zu werfen und ihn küssen zu wollen. Egal wie zum Zerreißen gespannt mein Verlangen nach ihm ist, kann ich diesen Schritt nicht wagen. Denn irgendwann, wenn nicht heute oder morgen, wird mein Herz in Stücke gerissen und ich kann nicht sagen, wie lange ich es noch durchstehen kann, ohne das Bedürfnis zu haben, mich endlich erlösen zu wollen.

Wir steigen gemeinsam in seinen Range Rover und während der Fahrt hängt jeder seinen eigenen Gedanken nach. Es ist bereits dunkel und die Lichter der Stadt erhellen die belebten Straßen. Ganz anders als in Fallbridge, denn dort herrscht meistens Totenstille. In jeder Ecke lauert die Gefahr oder ein Obdachloser, der dich beklauen oder vergewaltigen will. Deshalb gehe ich um diese Uhrzeit nur ungern hinaus, aber die Arbeit im Pink Paradise Club hat es mir nicht immer möglich gemacht.

Die Erinnerung an den Stripclub bringt mich dazu, schnell das Geld auftreiben zu wollen und von hier zu verschwinden. Am besten von Null anfangen und alles andere hinter mir lassen. Mich hält nichts mehr auf und ich sehne mich nach einem besseren Lebensstil. Nicht als Denvers Opfer oder als Stripperin im Pink Paradise. Sondern als jemand, die endlich ihr Leben im Griff hat und endlich glücklich sein kann.

*Aber kann ich denn überhaupt noch glücklich werden?*

Ich weiß es nicht …

# KAPITEL 12

## Kian

Ich konnte ihre Gedanken hören, wie sie sich gegen mich gewehrt haben. Ihr Körper hingegen wollte diese Berührungen, wollte mehr davon und ich bin sogar dazu bereit gewesen, den nächsten Schritt zu wagen. Dass sie mich von sich gestoßen hat, bedeutet mir nichts. Ich akzeptiere kein Nein, und warum ich mir nicht einfach das genommen habe, wonach ich mich sehne, kann ich mir nicht erklären. Sie noch einmal riechen, schmecken und erkunden zu wollen — es ist eine pure Qual für mich, es jetzt nicht tun zu können.

Dieser Ausdruck in ihren Augen, die mich angefleht haben, weiterzumachen, wird mich noch die ganze Nacht verfolgen. Sie über meine Schultern zu werfen und sie in mein Schlafzimmer zu tragen, ist viel zu simpel gewesen. Doch ich weiß, dass sie wiederkommen wird und wenn sie es tut, dann bleibt sie. Für immer.

Und ich werde sie nicht mehr darum bitten. Wenn ich einmal damit angefangen habe, werde ich nie wieder aufhören können.

Nachdem ich sie zu Naomis Apartment gefahren habe, bin ich mit einem überladenen Kopf und einem harten Ständer in meiner Penthouse-Wohnung angelangt. Der Geschmack von Whisky auf meiner Zunge lässt mich meine aufgestauten Emotionen herunterschlucken. Die ganze Fahrt über konnte ich an nichts anderes denken als an sie. Und an das, was ich gerne mit ihr angestellt hätte …

Meine Gedanken müssen sortiert werden und deshalb beschließe ich Jesse anzurufen und mich nach seinem unangekündigten Besuch von vorhin zu erkundigen. Um das Problem in meiner Hose kümmere ich mich wohl oder übel später, auch wenn mein Freund gerade ziemlich unangenehm gegen den Reißverschluss drückt.

Ich setze mich auf meinen schwarzen Bürostuhl und stelle mein Glas auf einen Untersetzer, um dann Jesses Nummer in meinen Kontakten zu suchen, ehe der Freizeichenton mich mit ihm verbindet.

»Na, alter Hengst?«, meldet sich das Arschloch amüsiert auf der anderen Leitung.

»Lehn dich nicht zu weit aus dem Fenster, Dixon«, knurre ich und beiße dabei die Zähne zusammen. Einen dummen Spruch kann ich jetzt nicht gebrauchen.

»Oh, sind wir nun schon beim Nachnamen angelangt, Carter? Wie es aussieht, habe ich dich gerade in einer ganz miesen Laune erwischt.« Er lacht absichtlich in den Hörer, um mich weiter zu provozieren. Wäre er nicht mein bester Freund, würde ich ihm jetzt liebend gern sein Genick brechen wollen.

»Komm zum Punkt, Dixon. Was war vorhin so dringend, dass du mittendrin reinplatzen musstest?«

»Erstens, konnte ich doch nicht wissen, dass du sie ausgerechnet heute mit zu dir nach Hause nimmst. Und zweitens, habe ich neue Informationen, was diese Typen betrifft«, erklärt er.

Beim Letzteren werde ich hellhörig und richte mich auf, um mein Laptop einzuschalten. Jetzt hat mich die Neugier gepackt und ich bin gespannt, was mir Jesse nun erzählen wird.

»Schieß los«, gebe ich ungeduldig von mir. Mein Handy klemme ich zwischen Ohr und Schulter, damit ich mich einloggen kann. Dann rufe ich die Datenbank auf, die er mir auf dem Rechner installiert hat. Kein Schwein wird es merken, weil Jesse schlau genug ist und mir viele verschlüsselte Schutzprogramme eingestellt hat, um genau solche Hacker wie ihn und die Geheimdienste von mir fernzuhalten.

»Also …« Er macht eine dramatische Pause. »Da hätten wir einmal einen Denver Fox und einen Daxton Palmer. Wie es scheint, verticken sie Drogen in Fallbridge. Jedoch ist unklar, für wen sie arbeiten.«

Die beiden Namen tippe ich in das System ein, doch es gibt wohl mehrere Personen in Fallbridge, die dieselben Namen tragen.

»Eine Personenbeschreibung? Alter? Irgendwas, womit ich was anfangen kann?«

Im Hintergrund vernehme ich, wie Jesse auf seinem Laptop tippt, um mir weitere Ergebnisse zu liefern. Meine Geduld ist zum Zerreißen gespannt und ich bin wirklich nicht mit diesem Segen bereichert worden.

»Daxton soll vierundvierzig Jahre alt sein, arbeitet hauptberuflich als Türsteher in einem Nachtclub und ist bereits vorbestraft. Denver ist zweiunddreißig, hat ebenfalls einige Einträge im Strafregister, mehrmals wegen Körperverletzung und da wäre noch Hausfriedensbruch. Der Kerl saß für ein Jahr im Knast.«

Damit kann ich schon eher etwas anfangen, weshalb ich im Strafregister die Namen und das Alter eingebe und mir sofort zwei bekannte Gesichter auf dem Bildschirm erscheinen, die ich an Saphiras Wohnung gesichtet habe. Der Glatzkopftyp und der andere verkorkste Dealer.

Mein Kiefer mahlt, da ich jetzt die Namen kenne und die Mordlust in mir aufkeimt. Dennoch weiß ich nicht, für wen sie arbeiten und was diese Junkie-Dealer mit meinem Engel zu tun haben.

»Gibt es da noch etwas, was ich wissen sollte?«, frage ich nach, während ich mit aufgeblähten Nasenlöchern diese Fratzen auf meinem Bildschirm anstarre. Für mich sind sie bereits tote Männer, denn soeben habe ich ihr Schicksal besiegelt. Komme was wolle…

»Ja, ähm … Ihre Mutter, Samara Perkins, wurde vor wenigen Tagen tot aufgefunden. Angeblich eine Überdosis laut dem Gerichtsmediziner. Sie soll auch jahrelang Drogen konsumiert haben, die sie täglich von diesem Denver abgekauft hat.«

Langsam macht alles einen Sinn. Saphiras Mutter war die Leiche, die gefunden wurde und zudem auch noch drogenabhängig. Demnach hatten sie kein Geld, waren verschuldet und Saphira fing dann im Pink Paradise an, um die Kohle zusammenzukratzen. Fuck, je mehr ich über sie herausfinde, desto hässlicher wird es.

Mir wird auch klar, wieso Denver Saphira aufgesucht hat, und ich verstehe die Bedeutung seiner Worte: *»Jetzt müssen wir sie nur noch finden.«* Der Tod ihrer Mutter war keine Überdosis, sondern Mord – und nun soll Saphira dran glauben.

*Fuck.*

»Stelle sicher, dass Naomi und Saphira im Apartment bleiben. Am besten so unauffällig wie möglich«, erteile ich ihm den Befehl, stehe im selben Moment von meinem Bürostuhl auf und schnappe nach meinen Autoschlüsseln. Ich kann mit Sicherheit sagen, dass diese Typen zu allem fähig sind und sobald sie Saphira in die Finger kriegen, ist alles vorbei.

Entweder werden sie alles Unschuldige an ihr nehmen, oder im schlimmsten Fall töten.

So lange ich unter den Lebenden weile, werde ich weiterhin über Leichen gehen, um diesen kleinen Engel vor der lauernden Gefahr zu bewahren. Auch wenn ich mich selbst in den Tod stürzen werde, tue ich alles für sie.

»Was hast du vor?«, fragt mich Jesse skeptisch. Er kennt mich lange genug, um zu wissen, welch eine Dunkelheit in mir schlummert. Eine Dunkelheit, die alles niederreißen wird und mit den schwarzen Rauchschwaden die Reste meines Verstandes verschlucken lässt.

»Ich lasse die Köpfe rollen«, knurre ich, bevor ich auflege und meine Penthouse-Wohnung mit großen, schweren Schritten verlasse.

*Es ist Zeit, die innere Bestie in mir freizulassen.*

# KAPITEL 13

## *Kian*

Mein Weg verschlägt mich in den Pink Paradise Club. Nicht, weil ich nachsehen will, was Blaze gerade anstellt – weil es mir mittlerweile sowieso egal ist, was er tut, solange Saphira sich nicht im Club aufhält – sondern mich um das Problem „Denver" zu kümmern.

Ich steige aus meinem schwarzen Range Rover aus und begebe mich mit schnellen Schritten in den Hauptbereich des Stripclubs. Einige bekannte Gesichter erscheinen in meinem Blickwinkel, weshalb ich meinen Gang fortsetze und mich zu der Gruppe von fünf Männern dazugeselle.

»Kian Carter, welch eine Ehre«, begrüßt mich einer von ihnen, der mir seine Hand zur Begrüßung reichen will, doch ich mache keine Anstalten, seine dreckige Pfote anfassen zu wollen. Verwirrt über mein Verhalten, lässt er sie wieder sinken und setzt dennoch sein selbstgefälliges Lächeln auf, auf welches ich gerne einprügeln will.

»Welchen Anlass feiern wir heute?«, fragt mich ein blonder Typ, der genüsslich an seiner Zigarre pafft.

Sie sind alle Geschäftsmänner, verheiratet und haben mindestens ein Kind im Haushalt. Keiner von ihnen schert sich um ihre Ehefrauen oder Kinder, denn stattdessen verschwenden sie ihre Freizeit im Stripclub, um junge Frauen dabei zu beobachten, wie sie halbnackt ihren Körper präsentieren oder sie im VIP-Separée für eine ordentliche Summe ficken. Alles irrelevant, jedoch gibt es da eine Sache, die mich dann doch interessiert.

»Ich bin nicht hier, um zu schnacken. Viel lieber will ich wissen, wo ihr euren Stoff besorgen lasst«, falle ich mit der Tür ins Haus. Meine Zeit ist begrenzt und es juckt mich einen Feuchten, was diese reichen Idioten zu bereden haben. Ich brauche nur ein paar Informationen, um dann wieder abhauen zu können.

»Wie kommst du darauf, dass …«, will sich ein anderer herausreden, jedoch unterbreche ich ihn sofort, indem ich ihn nicht ausreden lasse und in sein dummes Geschwafel reinrede.

»Halte mich nicht für einen Narren. Ich kann aus einem Meter Entfernung sehen, dass du dir vor wenigen Minuten eine Nase gezogen hast.«

Nervös fährt er sich mit dem Daumen über seine Nasenflügel und schnieft währenddessen. Ertappt senkt er seine Lider und traut sich wohl nicht mehr, mir in die Augen zu sehen. *Volltrottel.*

»Also?« dränge ich weiter. Meine Geduld hält sich momentan in Grenzen und ich weiß, dass ich sie sehr schnell verlieren werde, wenn sie jetzt nicht ihre Mäuler aufmachen.

»Ähm … da-da gibt es hier einen Dealer, der …«

»Name?« falle ich ihm wieder ins Wort.

Die fünf Männer tauschen sich vielsagende Blicke aus, nicht sicher, ob sie mir die Wahrheit sagen sollen. Zu schade aber auch, dass ich Lügner innerhalb von Sekunden entlarven kann. Ich kann ihnen ansehen, wie sie nach einer Ausrede suchen, und ich bin beinahe dazu gezwungen, jedem einzelnen die Fresse zu polieren.

»Den kennst du sicher nicht«, versucht der blonde Typ weiter mich abzuwimmeln, weshalb ich nur humorlos lachen kann.

»Ich frage ein letztes Mal. Sein Name.« Der Unterton in meiner Stimme klingt kühl und bedrohlich. Meine Warnung an diese Scheißwichser spreche ich nicht laut aus, aber sie sollen es sich dreimal überlegen, ob sie mich wirklich anlügen wollen. Ich glaube, ich muss ihnen deutlich machen, zu was ich fähig bin, damit sie endlich ihr dummes Hirn einschalten.

Meine Gesichtszüge sind steinhart und ausdruckslos, als ich diesen Kerl anstarre. Ohne mit der Wimper zu zucken, fokussiere ich mich auf seine grünen Augen, die mich schreckhaft ansehen. Immer wieder wendet er seinen Blick von mir ab und kratzt sich nervös seinen blonden Ziegenbart.

»Na schön«, gibt er endlich nach, lehnt sich im schwarzen Ledersessel zurück und nimmt einen Zug von seiner Zigarre. »Ich glaube, sein Name war Denver oder so. Irgendein furchteinflößender Kerl mit einem chinesischen

Tattoo am Hals. Den findest du meistens im südlichen Teil der Stadt.«

Ein Tattoo? Darauf habe ich nicht geachtet und dennoch ist dieser Hinweis nützlich für mich. Je schneller ich diesen Hurensohn finde, desto weniger muss ich mir Gedanken machen, dass er dem kleinen Engel etwas antun kann.

Ohne ein weiteres Wort erhebe ich mich und lasse die fünf Männer sitzen, die hinter meinem Rücken zu tuscheln anfangen. *Scheiß Pussys.*

Als ich den Weg nach draußen finde, laufe ich an meinem Auto vorbei und beschließe zu Fuß nach ihm zu suchen. Die Straßen von Fallbridge sind leer, es gleicht schon einer Geisterstadt, wenn da nicht die Junkies und die Obdachlosen wären, die umherschwirren. Und da dieser Wichser nirgends zu sehen ist, beschließe ich, einen obdachlosen Mann mittleren Alters auszufragen. Denn er macht mir den Eindruck, dass er hier fast jeden beim Namen kennen wird. Und dieser Denver ist ganz sicher nicht unbekannt auf den Straßen.

»Entschuldigen Sie, Mister«, spreche ich ihn höflich an, wobei ich diese Arschkriecherei zum Kotzen finde. Doch wenn ich will, dass er mir Auskunft über den Dealer von Fallbridge geben soll, muss ich meine scharfe Zunge herunterschlucken und den netten Anwalt spielen. Fast fühlt es sich so an, als hätte ich eine Persönlichkeitsstörung.

»Was willst du denn jetzt?«, brummt er, während er seine verdreckte Decke richtet und mich dann von oben nach unten mustert. Als er erkennt, was ich anhabe, leuchten seine Augen wie die einer diebischen Elster.

»Ich habe da eine Frage bezüglich eines Mannes, der sich hier öfter aufhält. Denver Fox soll er heißen.« Scheiße, diese Wortwahl hört sich wie Krebs in meinen Ohren an. Irgendwas muss ich aber tun, um diesen Wichser zu finden, damit ich ihm die Eier von seinem Leib reißen und sie an Wildtiere verfüttern kann.

»Kenne ich nicht«, gibt er dreist von sich und widmet sich wieder seinem Hund, der neben ihm auf dem Boden schläft und ziemlich ausgehungert aussieht. Der arme Köter kann einem leidtun.

Da ich so nicht weiterkomme, greife ich nach meiner Notlösung. Ein Bündel voller Hunderterscheine hole ich aus der Tasche meiner Anzughose heraus und halte es dem Mann wortlos vor die Nase. Dabei kann ich die Dollarzeichen in seinen Augen sehen, was mich nicht wundert. Er ist gierig nach dem Geld und es ist mir gleichgültig, was er damit anstellen will. Hauptsache ich bekomme eine Antwort aus ihm herausgequetscht.

»Erinnern Sie sich jetzt an die Person?«

»Einen Denver Fox kenne ich nicht, aber wenn du mir sein Aussehen beschreibst, dann vielleicht. Das kostet dann aber extra.« Das schiefe Grinsen auf seinem ungepflegten und vollbärtigen Gesicht könnte jeden abschrecken, nur nicht mich. Ich bin diese Scheiße gewohnt, habe nebenbei auch schon viel Schlimmeres erlebt.

*Schlauer Schachzug,* denke ich mir und schiebe meinen Ärmel meines Jacketts hoch und öffne meine $25.000-Uhr, die ich ihm überreiche. Das Materielle bedeutet mir nichts, davon kann ich mir Dutzende kaufen. Für ihn ist es anscheinend nützlicher und er kann wenigstens seinem Hund Futter holen. Oder er ist so dumm wie ich denke und gibt es für den Alkohol aus.

Der Mann reißt mir fast schon die Platinuhr aus der Hand, ehe er sie sich genauer ansieht und sie dann in seinen ranzigen Rucksack steckt.

»Schieß los.«

»Er besitzt ein chinesisches Zeichen am Hals. Schlank, braune Augen und ungefähr dreißig Jahre alt«, versuche ich ihn zu beschreiben. »Er soll hier in der Gegend Drogen verkaufen.«

Es scheint so, als würde der Obdachlose eine kurze Zeit überlegen, bis sich seine Mimik erhellt und ich demnach die Hoffnung habe, er könnte mir sagen, wann er aus seiner Höhle herauskriecht.

»Jaja, den habe ich schon öfter gesehen. Ich weiß zwar nicht genau, um wie viel Uhr, aber er taucht immer spät abends an der Straßenecke auf.« Der Mann zeigt mit seinem Finger auf die gegenüberliegende Straße, neben einem Spielcasino.

Ohne den Obdachlosen weiter zu beachten, hole ich mein Handy hervor und rufe umgehend Jesse an. Nur ihm kann ich diesen Job anvertrauen und weil er mir eben ein guter Freund ist, weiß ich, dass er ihn sorgfältig erledigen wird, um ihn aufzuspüren. Und wenn er ihn hat, dann werde ich nicht länger zögern.

»Gehe alle Sicherheitskameras des südlichen Stadtteils durch. Wir sind nicht mehr weit davon entfernt, diesen Bastard ausfindig zu machen.«

# KAPITEL 14

## Saphira

Vor einer Stunde bin ich in Naomis Wohnung angekommen und nun liege ich hellwach auf ihrem senfgelben Sofa. Ich habe sie angelogen, indem ich ihr gesagt habe, dass ich müde bin und mich hinlegen möchte. Seitdem hat sie sich in ihr Schlafzimmer zurückgezogen und ich habe ein schlechtes Gewissen ihr gegenüber, weil ich ihr diese Umstände bereite.

Nur noch diese eine Nacht …

Ich schließe die Augen und will versuchen, wenigstens für ein paar Stunden zu schlafen, aber meine Gedanken lassen mich nicht in Ruhe. Erneut muss ich an Kian und seine Berührungen denken. An seine rauen Finger, die sanft meine Haut gestreichelt haben. An seinen warmen Atem, der meine Wange gekitzelt hat und an seinen herben Duft, den ich immer noch in meiner Nase haften habe. Egal wie sehr ich meine Lider zusammenpresse, ich habe nur noch ihn vor Augen.

Das ist mehr als verrückt und eigenartig. Irgendetwas löst er in mir aus und ich kann nicht einschätzen, ob ich es nun mag oder nicht. Mittlerweile kenne ich den Unterschied zwischen gut und schlecht nicht mehr.

Ohne es zu wollen, tauchen Szenarien von Fantasien in meinem Kopf auf, die natürlich um Kian handeln. Ich stelle mir vor, wie es hätte weitergehen können, wenn ich das Ganze nicht abgebrochen hätte. Das Bild von Kian und mir schießt mir ins Augenmerk, als würde ich das Ganze wie eine Außenstehende beobachten. Seine Hand wandert von meiner Wange zu meinem Hals. Er hinterlässt eine brennende Spur auf meiner hitzigen Haut, küsst sie mit seinen weichen Lippen, während ich mich ihm vollends hingebe.

Automatisch lasse ich meine Hand in meiner Hose und unter meinen Slip verschwinden und streichle meine empfindliche Perle. Noch nie habe ich es mir selbst gemacht und dabei an einen Mann gedacht, den ich kaum kenne. Ein Mann, der definitiv älter ist als ich.

Es fühlt sich merkwürdig an, dennoch kann ich nicht aufhören.

In meiner Fantasie stelle ich mir vor, dass es seine Hand ist, die meine Mitte berührt. Erst umkreist er mit dem Zeige- und Mittelfinger behutsam meine Klit. Ich ziehe scharf die Luft ein, als ich ein Ziehen im Unterleib spüre und mein Lustzentrum zu pulsieren beginnt. Dabei unterdrücke ich mir mein Stöhnen und beiße mir auf die Unterlippe, um keinen Laut von mir zu geben. Einerseits ist das total unangenehm, da ich mich in Naomis Apartment befinde und mich auf ihrem Sofa selbstbefriedige, während sie nur wenige Meter von mir entfernt in ihrem Bett liegt. Andererseits kann ich nicht anders, als den wilden Gedanken ihren freien Lauf zu lassen und den süßlichen Schmerz in meiner Mitte erleichtern zu wollen, indem ich mich zum Kommen bringe. Oder es liegt auch an dem Nervenkitzel, erwischt zu werden, der mich weiter in die Lust treibt.

Mein Slip wird feucht, als Kian mit seiner Zunge meine Halsschlagader nachfährt und leicht in die dünne Haut hineinbeißt. Zeitgleich verschwinden zwei Finger in meiner nassen Spalte und erneut muss ich nach Sauerstoff schnappen. Seine Bewegungen sind erst gefühlvoll, dann beschleunigt er sein Tempo und ich merke, wie sich meine inneren Wände zusammenziehen. Ich rolle mit den Augen, mein Orgasmus baut sich mit jeder schnellen Bewegung auf, der jederzeit wie ein Vulkan ausbrechen will.

Ich beiße fester auf meine Unterlippe, verkrampfe mich, während ich mich meiner Erlösung zum Abgrund der Klippe nähere, die mich in die Tiefe stürzen will.

*»Lass los, kleiner Engel. Ich will dich fallen sehen, damit ich dich wieder auffangen kann«,* raunt er mir imaginär ins Ohr, wobei es sich schon fast realistisch anhört. Dieser Mann hat sich so sehr in mein Gehirn gefressen, dass ich mir seine Stimme einbilde.

Ich tue, was er mir befohlen hat und lasse los. Länger hätte ich es nicht durchgehalten, weil der Druck sich mit übermäßigem Lustschmerz miteinander vermischt hat. Mit meiner freien Hand drücke ich mir den Mund zu und versuche so leise wie möglich zu sein. Mein Körper zittert und meine Pussy pocht unerträglich. Am liebsten würde ich die aufgestaute Luft hinausstöhnen, beiße mir aber schnell auf die Zunge, um keinen Mucks von mir zu geben. Diese Peinlichkeit will ich ihr und mir ersparen.

Stoßweise und abgehackt atme ich aus, als mein Orgasmus langsam abklingt. Mein Hirn ist noch benebelt von diesem berauschenden Gefühl, wobei ich allmählich wieder zurück zur Realität ankomme. Scheiße, was habe ich da bitte getan? Und das Schlimmste daran ist, dass ich es sogar genossen habe. *Fuck.*

Ich richte mich auf und streiche mir die Schweißperlen von der Stirn. Das ist definitiv nicht normal, soviel steht fest. So durcheinander bin ich noch nie gewesen. Jeder normal denkende Mensch würde um seine verstorbene Mutter trauern, aber ich tue es nicht. Ich kann es nicht. Alles in mir sträubt sich dagegen, eine weitere Träne für diese Frau zu vergießen und ihr Tod wird meine Vergangenheit nicht ändern können. Sie war nie meine Mutter und ich bin irgendwie dankbar, dass Kian mich vergessen lässt, ganz egal wie absurd es klingen mag.

Leise schiebe ich die Decke von meinem Körper und tapse in das Badezimmer nebenan. Den Wasserhahn drehe ich auf und wasche mir mein überhitztes Gesicht, um irgendwie herunterzukommen. Ein Blick in den Spiegel verrät mir, wie fertig ich eigentlich aussehe. Während meine Wangen glühen, sind meine Augen trüb und schauen nach wie vor müde aus. Ich muss eindeutig mehr Schlaf nachholen. Viel mehr als ich es will.

Eine ganze Weile sitze ich auf dem Klodeckel und habe gedankenverloren auf den Boden gestarrt, bis ich irgendwann meinen Magen grummeln höre. Es ist 2:53 Uhr und ausgerechnet jetzt muss er sich zu Wort melden. Doch ich traue mich nicht in Naomis Kühlschrank zu wühlen, weil ich ihr Gast bin. Lieber verhungere ich, statt mich ungefragt an ihrem Eigentum zu vergreifen. Außerdem ist es nicht meine Art.

Deshalb zwinge ich mich dazu, mich zurück auf das ungemütliche Sofa zu legen und zu schlafen. Diese Nacht muss ich noch überstehen und dann werde ich nach einer Lösung suchen, damit ich Naomi nicht noch länger auf dem Nacken sitzen muss.

Wer hätte das gedacht ... Irgendwann muss ich eingeschlafen sein, doch nach drei Stunden Schlaf bin ich wieder hellwach gewesen und so stehe ich nun fertig angezogen vor Naomis Wohnungstür, um genau jetzt ihr Apartment zu verlassen. Sie scheint noch im Land der Träume zu schwelgen, weshalb ich wortlos verschwinde. Etwas unangebracht und unhöflich, aber mir bleibt nichts anderes übrig.

Ich hoffe nur, dass sie mir das niemals übelnehmen wird.

Als ich die Straße in Bluehill betrete, suche ich nach einer Bushaltestelle, um wieder nach Fallbridge zu gelangen.

Auch wenn es zu riskant ist dorthin zurückzukehren, muss ich noch ein letztes Mal in die Wohnung meiner Mutter.

Aber dann fällt mir im letzten Moment auf, dass ich gar kein Geld für ein Busticket besitze. Denver hat die Dreistigkeit besessen, mir jeden Cent zu stehlen. Nun habe ich nicht die Möglichkeit Bluehill zu verlassen. Das Einzige, was ich brauche, ist einfach irgendein Verkehrsmittel, das mich von A nach B fährt. Auch wenn am Ende ein Fahrrad hermuss, Hauptsache es bringt mich voran.

Ich schaue mich um und entdecke an der nächsten Kreuzung ein Taxi stehen. Der Fahrer beendet gerade seine Mittagspause und da überkommt mich plötzlich eine irre Idee, die ich alles andere als gut finde. Es ist verdammt falsch, aber eine andere Lösung fällt mir beim besten Willen nicht schnell genug ein.

Mit straffen Schultern und erhobenen Hauptes nähere ich mich dem gelben Fahrzeug und klopfe an die Scheibe. Der Fahrer schiebt sie herunter und lächelt mich freundlich an. Er muss ungefähr Mitte fünfzig sein und zum erneuten Mal überfluten mich die Gewissensbisse. Doch es gibt kein Zurück mehr und ich ziehe diese Scheiße ohne Gnade durch.

»Was kann ich für Sie tun, Miss?«, begrüßt er mich in einem netten Ton.

Ich schlucke, kneife mir die Arschbacken zusammen und schüttle mir die Nervosität vom Leib.

*Stelle dir diejenigen vor, die dir dein Leben so schwer gemacht haben,* flüstert die dunkle Seite in mir. Sie bringt mich dazu, an Dinge zu denken, die ich viel lieber aus meinem Gedächtnis löschen wollen würde.

»Können Sie mich nach Fallbridge fahren?«, frage ich mit gefestigter Stimme.

Mein Herzschlag beschleunigt sich, während ich meine zitternden Hände hinter meinem Rücken verstecke. Es ist schwieriger in die Tat umzusetzen, als ich es mir vorgestellt habe. Da war das weggeworfene Essen im Hinterhof eines Imbissladens zu klauen einfacher zu bewältigen.

»Na, aber sicher doch, junge Dame.« Unerwartet steigt er aus und öffnet mir höflich die Hintertür, damit ich einsteigen kann. Einen kurzen Moment starre ich ins Leere und muss erst einmal realisieren, was hier gerade geschieht. So viel Nettigkeit und Fürsorglichkeit in mehr als achtundvierzig Stunden habe ich in meinen einundzwanzig Jahren noch nicht erlebt.

Etwas zögerlich erzwinge ich mir ein dankbares Lächeln und steige ins Taxi ein. Je länger die Zeit vergeht und ich mich von dem Taxifahrer nach Fallbridge fahren lasse, desto mehr nagt mein schlechtes Gewissen an mir. Denn ich behalte immer noch im Hinterkopf, dass ich diese Fahrt nicht bezahlen kann und den netten Mann, leider Gottes, verarschen muss.

Nachdem wir Bluehill verlassen haben, dauert es eine halbe Ewigkeit, bis wir in Fallbridge ankommen. Jedenfalls besitze ich kein gutes Zeitgefühl. Hin und wieder hat der Taxifahrer ein Gespräch angefangen, jedoch habe ich nur kurze Antworten von mir gegeben. Das Einzige, was ich sehnlichst möchte, ist, so weit wie möglich zu verschwinden.

Wir fahren an dem Willkommensschild von Fallbridge vorbei, welches kein angenehmes Willkommensgefühl übermittelt. Ich entscheide mich dazu, am nächstgelegenen Straßenrand auszusteigen, weil ich ihm keine genaue Adresse genannt habe.

»Können Sie bitte dort vorne an der Kneipe anhalten?«, bitte ich ihn und er nickt zustimmend. *Jetzt gibt es definitiv kein Zurück mehr.*

Als er das Taxi zum Stehen bringt, atme ich tief durch und reiße im nächsten Moment die Hintertür auf, um schnellstmöglich auszusteigen und wegzurennen. Gott, ich hasse es so sehr, was ich da tue, doch eine andere Möglichkeit habe ich nicht gesehen.

Ich höre den Mann hinter mir fluchend nach mir rufen, trotzdem bleibe ich nicht stehen und beschleunige mein Tempo. Mein Herz rast in meiner Brust und meine Lungen fangen an zu brennen. Das Adrenalin in meinem Körper lässt mich jedoch nicht schlapp werden. Ich werfe einen kurzen Schulterblick, um nachzusehen, ob er mich verfolgt, aber da ist niemand. Vermutlich hat er es aufgegeben und ich kann es ihm nicht einmal verübeln. Seine guten Jahre sind vorbei und wenn ich ehrlich bin, sieht er auch nicht wirklich sportlich aus.

Auch ich bin nicht besonders fit, was Ausdauer betrifft, denn ich merke schnell, wie meine Beine schmerzen und nachgeben wollen, obwohl ich gerade einmal zwei Minuten gerannt bin. Deshalb gehe ich wieder im Schritttempo und versuche meine Atmung unter Kontrolle zu bekommen.

Nach weiteren fünf Minuten erreiche ich endlich den Hauseingang der Wohnung. Ich schleiche mich durch den Gang, darauf bedacht, dass ich vorsichtig und achtsam die Treppen hinaufgehe. Dabei fühle ich mich wie eine Wahnsinnige, die Wahrnehmungsstörungen hat. Denver kann immer und überall sein und das lässt mich paranoid werden.

Als ich die Etage der Wohnung erreicht habe, schiebe ich die kaputte Tür auf und es überrollen mich alte Erinnerungen, die meine Kinderaugen geprägt haben.

*Im strömenden Regen laufe ich zu meiner Mutter nach Hause. Meine aufgewühlten Emotionen lassen mich beinahe auf den kalten und nassen Boden fallen, als Tränen meine Sicht verschwimmen lassen. Menschen können unglaublich grausam sein und meine „Mitschüler" sind der lebende Beweis dafür. Es vergeht kein Tag, an dem ich nicht verbal oder physisch angegriffen werde, und ich finde es zum Kotzen, dass ich mich nicht gegen die Mehrzahl wehren kann. Ich bin klein und schwach, wer würde mich denn schon ernst nehmen?*

*Außerdem geht seit einigen Tagen ein Sex-Tape herum, welches heimlich von dem Jungen aus der Elften und mir aufgenommen wurde. Scheinbar wusste er es von Anfang an und hat mich absichtlich reingelegt. Dabei dachte ich, dass er mich wirklich mag und gerne Zeit mit mir verbringt. Demnach ist es nur eine Wette gewesen, um die „Neue" auf der Highschool vögeln zu können.*

*Die Schüler erlauben sich auch einen Witz daraus und sobald ich an ihnen vorbeilaufe, geht das Gelächter und Getuschel los. Ich bin mit großer Sicherheit das Gesprächsthema Nummer eins. Der großartige Preston hat nicht nur eine Fünfzehnjährige gefickt, nein, sie war auch noch Jungfrau. Nun ist es ein großes Thema, vor allem bei den Jungs, die ihn dafür auch noch loben und bewundern.*

*Mit zittrigen Fingern versuche ich den Schlüssel ins Schlüsselloch zu stecken und es gelingt mir nur, indem ich mit viel Mühe meine beiden Hände betätige und meine volle Konzentration einsetze. Doch als ich die Tür öffne, trifft mich der nächste Schlag in die Magengrube und ich befürchte, jeden Moment erbrechen zu müssen.*

*»Komm schon, Samara, nimm ihn ganz in den Mund«, höre ich einen fremden Kerl sagen, der dann den Kopf meiner Mutter weiter nach unten drückt und sie augenblicklich zu würgen anfängt. Während sie dem Typen einen bläst, wird sie von Denver von hinten gefickt. Das ist definitiv nichts für die Augen einer Fünfzehnjährigen, die so ihre Mutter freiwillig erwischen möchte.*

*Auf dem Tisch liegt wieder dieses weiße Pulver sowie eine Kreditkarte und ein zusammengerollter Dollarschein. Ich weiß zwar nicht, was es ist, jedoch habe ich auch nicht das Verlangen, es wissen zu wollen. Scheinbar macht es gute Laune, so wie die drei ihren Spaß haben.*

*Denver bemerkt mich und ich erkenne das Glitzern in seinen dunklen Augen, was mich stutzig dreinblicken lässt. Seine Bewegungen werden schneller und meine Mutter lauter, obwohl sie den Schwanz eines anderen in ihrem Mund stecken hat.*

*»Macht es dich an, kleine Prinzessin?«, will dieses Arschloch von mir wissen, weshalb ich sofort angewidert den Kopf schüttle. Denver ist das Allerletzte und es kotzt mich an, dass meine Mutter sich immer wieder auf ihn einlässt.*

*Mom dreht keuchend ihr Gesicht zu mir und ich kann in ihrem Gesichtsausdruck erkennen, dass es sie keineswegs stört, sie bei ihrem Techtelmechtel erwischt zu haben. Ihre Pupillen sind geweitet, sodass das Grau in ihren Iriden kaum zu sehen ist. Zudem sehen sie mich ausdruckslos und gleichgültig an, als ob sie mich nicht wirklich wahrnimmt.*

*»Phie, geh in dein Zimmer«, ist das Einzige, was sie mir zu sagen hat. Und ich erfülle ihr freiwillig ihren Wunsch, denn diesen Anblick will ich mir nicht weiter antun.*

*In meinem Zimmer schließe ich die Tür ab, sodass keiner unerlaubt hereinkommen kann und mich mit ihrer unerwünschten Anwesenheit stört.*

*Um ihre grauenvollen Geräusche abzudämpfen, mache ich die kleine Musikbox auf volle Lautstärke an, welche ich einmal auf einem Haufen Sperrmüll auf der Straße einsam und verlassen gefunden habe.*

*Meinen Rucksack schmeiße ich achtlos auf den Boden, ziehe mir meine Hose aus und setze mich aufs Bett. In der Schublade nebenan hole ich mir die altbekannte Rasierklinge heraus, die mir schon so oft den Schmerz im Inneren gelindert hat. Ich fahre an den verblassten Narben der Innenseite meines Oberschenkels nach und fühle dabei rein gar nichts. Jedoch plagen mich die lauten Gedanken, die in meinem Hirn spuken und mich meinen gesamten Nachhauseweg eingenommen haben.*

*Ich höre die Stimmen der Schüler, wie sie mit dem Finger auf mich zeigen, mich auslachen und als „Schlampe" beleidigen. Zugleich tauchen Denvers widerwärtige Worte und Moms Gestöhne auf, die meine Ohren betäuben lassen. Das Sex-Tape, das mir hundertmal vor meiner Nase abgespielt wurde. Preston, wie er nur dasteht und grinst. All das lässt mein Hirn in Sekunden explodieren, weshalb ich die Klinge an meine blasse Haut setze und den ersten Schnitt durchführe. Ich ritze eine weitere tiefe Wunde in meinen Oberschenkel, bis der innerliche, erstickende Schmerz sich reguliert.*

*Das Blut quillt aus den Schnittwunden heraus und ich lasse mich von dem befreienden Gefühl leiten. Der Druck entweicht, der sich zuvor wie ein aufgeblasener Luftballon in mir angesammelt hat. Für einen kurzen Moment kann ich erleichtert durchatmen, ohne empfinden zu müssen, dass ich innerlich sterben würde.*

*Die Stimmen in meinem Kopf werden leiser, bis sie irgendwann verstummen. Die Rasierklinge fällt aus meiner Hand, als ich mich entspannt zurücklehne und die Augen schließe. Ein kleines, zufriedenes Lächeln schleicht sich auf meine Lippen und endlich kehrt Ruhe in mir ein.*

Das Chaos ist nach wie vor immer noch da. Ich kann nicht sagen, ob die Polizei nach Hinweisen gesucht hat, und das ist mir auch schlichtweg egal, aber wie es anscheinend aussieht, wurde nichts angerührt. Ich habe auch nicht vor, den Trümmerhaufen aufzuräumen, dafür bin ich nicht hier. Sobald der Vermieter erfährt, dass in dieser Wohnung niemand mehr lebt, wird er es zwangsräumen lassen. Von mir aus kann der ganze Inhalt weggeworfen werden, ich will ihn definitiv nicht behalten.

Gezielt gehe ich vorsichtig in das Schlafzimmer meiner Mutter. Als ich dort ankomme, erkenne ich, dass Denver und Daxton auch dort ihre Spuren hinterlassen haben. Der Schrank von Samara wurde durchwühlt und die Hälfte der Klamotten liegt zerstreut auf dem Boden sowie auf dem Bett. Ich vermute, dass sie nach etwas gesucht haben und hoffentlich fündig geworden sind. Ich will nicht damit rechnen, dass sie zurückkommen.

Als Kind bin ich nie in ihr Schlafzimmer gegangen, weil sie es mir immer wieder verboten hat. Damals konnte ich es natürlich nicht verstehen, wieso sie es mir nicht erlaubt hat.

Andere Kinder schliefen mit ihren Eltern im Ehebett oder kuschelten den Morgen zusammen, bevor sie gemeinsam aufstanden. Aber Mom hat es gehasst, wenn ich zu anhänglich war.

Jetzt habe ich die einmalige Chance hineinzuschauen, was sie mir all die Jahre vorenthalten hat. Ich wühle in ihrer Nachttischschublade, werde überraschend schnell fündig, als ich einige Briefe vorfinde. Ich nehme sie allesamt in die Hand und lese den Inhalt durch.

Es sind nichts weiter als Mahnungen und sogar ein Klagebrief wegen Kreditbetrug. Samara hätte vor zwei Monaten beim Gericht erscheinen sollen, was sie anscheinend versäumt hat. Ich denke eher, dass sie absichtlich dort nicht aufgetaucht ist, zumal sie sofort den Schwanz einzieht, sobald sie mit den Konsequenzen konfrontiert wird.

Je älter ich wurde, desto mehr konnte ich ihr Verhalten und ihre Handlungen einschätzen. Sie hält es nicht für nötig, für ihren Scheiß geradezustehen. Viel lieber begeht sie den nächsten Fehler und reitet sich weiter in Probleme hinein.

Ihre Schulden sind aber nicht meine, also interessiert es mich wenig, was sie noch alles an Geldproblemen zu verbergen hat.

Bei dem letzten Brief bekomme ich ein mulmiges Gefühl im Magen. Der Absender ist die Adresse einer Arztpraxis und ich kann mich nicht erinnern, wann sie sich jemals von einem Arzt untersuchen ließ. Vorsichtig reiße ich den Umschlag auf und falte das Stück Papier auseinander. Ehe ich die Schrift erkennen kann, huschen meine grauen Augen über die Buchstaben und saugen die dargelegte Information in sich ein.

»Ach du Scheiße …«, murmle ich fassungslos. Ich kann es nicht vermeiden, dass sich die Tränen sammeln und einzeln über meine kühlen Wangen laufen. Dieser Brief gibt mir ein anderes Licht auf Samara. Seit ich denken kann, habe ich versucht, sie wegen ihren herzlosen Taten zu hassen. Nun weiß ich nicht, was ich fühlen oder denken soll.

Immer und immer wieder lese ich den einen Abschnitt... »Samara Perkins … HIV-Test positiv …« Das beigefügte Erstellungsdatum lässt mich wissen, dass es schon zwei Jahre her ist.

*Ob Denver das auch wusste?*

Mom hatte unzählige Männer zwischen ihren Beinen, die ich nicht einmal mit meinen Fingern und Zehen abzählen kann. Gottverdammte Scheiße! Ich bin mir auch ziemlich sicher, dass sie nicht einmal wusste, von wem sie sich anstecken ließ.

Hat sie all das getan, weil sie wusste, dass sie sterben wird? Das kann doch nicht der wahre Grund hierfür sein. Samara hat einen Fehltritt nach dem anderen begangen, aber ich möchte glauben, dass sie es nicht aus Dummheit getan hat. Es muss etwas mehr dahinterstecken… Sie hat mehr Geheimnisse, von denen ich nichts weiß, und diese Krankheit ist erst der Anfang der Wahrheit.

Fuck, das ist mir gerade echt zu viel. Diese Frau ist der pure Wahnsinn.

Geistesabwesend sinke ich zu Boden, während ich das Stück Papier immer noch fest in meiner Hand halte und die Tränen stumm über mein Gesicht laufen. *Was waren verdammt nochmal deine Absichten?!*

Seit einer Stunde sitze ich zusammengekauert auf dem Boden im Schlafzimmer meiner Mutter und mache mir Gedanken, welchen Zusammenhang die Geschehnisse miteinander verbinden. Immerhin weiß ich von Anfang an, dass der Tod meiner Mutter geplant war, aber jetzt kann ich es mir nicht mehr vorstellen, dass sie nur wegen den Schulden ermordet wurde. Also was verheimlicht Denver und was steckt da noch dahinter?

Er muss es doch gewusst haben, oder? Das war seine Rache an ihr, jedenfalls will ich es so glauben.

Meine Gedankengänge werden abrupt unterbrochen, als ein lautes Geräusch im Wohnzimmer meine Aufmerksamkeit dorthin lenkt und in meinem Hirn die Alarmglocken läuten. Der Brief ruht auf meinem Schoß, ich falte ihn jedoch schnell zusammen und stecke ihn in meinen BH.

Ein fester Tritt gegen die Tür lässt mich ruckartig aufschrecken und ich kann nicht anders als in Panik zu verfallen. Dennoch zwinge ich mich dazu, keinen Laut von mir zu geben, weshalb ich mich klein mache und mich in die

Ecke zwischen dem Nachtschrank und der Bettkante quetsche.

*Denver, es ist Denver, und er wird dich holen,* hallen die Worte in meinem Kopf. Ich kann an nichts anderes mehr denken als daran, dass er mich wie eine Maus jagen will. Und wenn er mich erstmal hat, dann… keine Ahnung, was dann passiert. Sterbe ich, oder will er mich noch mehr quälen? Was will er von mir?!

Die Angst sitzt mir fest im Nacken und wie paralysiert rühre ich mich nicht mehr vom Fleck, als sei mein Hintern am Boden festgewachsen. Gebannt starre ich mit weit aufgerissenen Augen die angelehnte Schlafzimmertür an und versuche meine Atmung unter Kontrolle zu kriegen, die sich immer wieder überschlägt. Dann halte ich aber die Luft an, als ich eine große Gestalt im Wohnzimmer wahrnehme, die sich mir nähert und ignoriere dabei das Brennen in meiner Brust, als mein Fokus bei dem Eindringling haften bleibt. Die Schritte, die ich laut und deutlich hören kann, lassen meinen Herzschlag verdreifachen und ich befürchte, dass ich gleich an einem Infarkt sterbe, wenn jetzt gleich die Tür zur Seite geschoben wird.

Meine Lungen melden sich und verlangen nach Sauerstoff, allerdings weigere ich mich, irgendein Geräusch von mir zu geben. *Blöder Fehler.*

Plötzlich tauchen schwarze Punkte vor meinen Augen auf und der Schwindel beeinträchtigt meine Konzentration. Jetzt bin ich leider dazu gezwungen nach Luft zu schnappen, denn sonst droht mir die Ohnmacht. Und das kann ich mir nicht erlauben, wenn ich weiß, dass sich jemand in dieser Wohnung befindet.

Im selben Moment, als ich aufatme, öffnet sich die Tür und ein großer, breitgebauter Mann steht vor mir. Ich blicke ihn nicht an, schließe sofort aus Angst meine Lider, während ich angsterfüllt zu schreien anfange.

»Saphira« ruft jemand nach mir, ich kann mich aber nicht auf die Stimme des Mannes konzentrieren. In meinem Kopf bricht erneut der Lärm aus, den ich seit Jahren unterdrückt habe. Das Geschrei der verschiedenen Stimmen betäubt meine Ohren, weshalb ich mir ständig gegen den Schädel haue, damit es aufhört.

»Fuck, Saphira!«, schreit jemand und rüttelt fest an meiner Schulter, doch ich nehme es nur gedämpft wahr, so als sei ich in Watte gepackt worden. Panik breitet sich in mir aus und drückt mich gewaltsam in ein tiefes Loch, welches sich endlos anfühlt. Ich bemühe mich nach Hilfe zu schreien, jedoch verlässt kein einziger Laut meine trockene Kehle. Meine Worte bleiben mir im Hals stecken, der sich zu einem übermäßigen Kloß bildet. Meine Finger kribbeln unangenehm und ich habe das Bedürfnis, mir die Haut vom Leib reißen zu wollen.

Es soll aufhören, aber ich kann nichts dagegen tun …

Plötzlich schlingen sich starke Arme um meinen zitternden Körper und das Einzige, was ich hören kann, ist ein fester Herzschlag. Langsam kehre ich in die Realität zurück und das, was ich an meinem Gesicht spüre, ist eine harte, definierte Brust und eine große Hand an meinem Hinterkopf, die beruhigend über meinen blonden Haarschopf streichelt.

Als ich in die goldbraunen Augen blicke und realisiere, dass es nicht Denver ist, schlinge ich erleichtert meine Arme um seinen Nacken und klammere mich wie eine Ertrinkende an ihm fest.

»Kian« krächze ich mit belegter Stimme, nicht fähig, mehr zu sagen.

»Shh, kleiner Engel. Sag nichts.«

Irgendwie ist es schön, seine Arme um mich zu spüren, die Art wie er mich hält, obwohl ich weiß, dass ich so etwas nicht empfinden darf.

Ich entspanne mich, vergrabe mein Gesicht in seine Schulter und atme seinen herben und wohlriechenden Duft ein. Nebenbei lausche ich, wie gleichmäßig und entspannt er ein- und ausatmet, was mir unerklärlicherweise eine innere Ruhe schenkt.

Wieso mich seine Nähe beruhigt und ich mich in fremden Armen so wohlfühle, kann ich mir nicht erklären. Denn ich weiß nichts, wirklich gar nichts, über diesen Mann und es ist mir rätselhaft, wieso er plötzlich in mein Leben aufgetaucht ist.

Nennt man sowas Schicksal? Vielleicht. Vielleicht auch nicht, wer weiß das schon …

Nach einigen Minuten, in denen uns die Stille umhüllt hat, werden meine Lider schwerer und ich werde durch seine intensive Wärme eingelullt. Mir wird erst jetzt bewusst, wie müde ich eigentlich noch bin. Den Kampf wachzubleiben, gebe ich auf und empfange die Dunkelheit nur widerwillig.

# KAPITEL 16

## Kian

Ihre Atmung ist ruhig und gleichmäßig. Während sie ihren Kopf an meine Schulter bettet, streiche ich ihr vorsichtig die blonden Strähnen von ihrem schönen Gesicht und lausche ihren leisen Atemzügen. Dabei inhaliere ich ihren süßen, fruchtigen Geruch, der mich noch verrückter nach ihr werden lässt, als ich es schon bin. Heilige Scheiße, diese Frau ist meine einzige Sucht, die ich nie mehr missen will.

Langsam kann ich meine Besessenheit nicht mehr im Zaum halten und wenn ich ehrlich bin, will ich es auch nicht mehr unterdrücken. Ich will Saphira endlich zu *meinem* machen und ihr zeigen, dass ich der Einzige bin, den sie braucht.

*Ich würde für dich die Welt niederbrennen und jeden Wichser da draußen abschlachten, der es wagt, dir ein Haar zu krümmen.*

Sie ist die Einzige, die mich auf die Knie zwingen kann und ich werde bereitwillig sein, das zu tun, was sie von mir verlangt. Auch wenn ich mich selbst dafür aufopfern muss.

Ohne sie dabei zu wecken, erhebe ich mich leise und trage sie auf den Händen zu meinem Auto. Immer noch schwirrt in mir die Frage, was sie hier allein zu suchen hatte. Denn als Naomi mich angerufen und mir mitgeteilt hat, dass sie verschwunden ist, brannten alle meine Sicherungen durch. Wie ein durchgedrehtes Wildtier ließ ich alles stehen und liegen und stürmte aus meinem Büro. Ich weigerte mich, meine Gedanken daran zu verschwenden, dass dieser verfickte Denver sie vielleicht gefunden haben muss. Doch mir ist klar, dass er dies niemals tun wird, solange ich an ihrer Seite weile. Vorher bekomme ich ihn selbst in die Finger und dann … dann kann er um Gnade flehen.

An meinem Range Rover angekommen, setze ich sie behutsam auf den Beifahrersitz ab und schnalle sie vorsichtig an. Ein kleiner Seufzer verlässt ihre unheimlich süßen Lippen und als mein Blick auf ihren leicht geöffneten Mund fällt, kämpfe ich gegen den Drang an, sie hier und jetzt küssen zu wollen. Fuck, sie macht es mir verflucht nochmal nicht leicht.

*Ich werde mir noch einige Küsse stehlen, kleiner Engel. Das schwöre ich dir.*

Mit Saphira auf meinem Arm stehe ich im Fahrstuhl und warte geduldig, bis er mich zu meiner Wohnung hochfährt. Sie schläft immer noch seelenruhig und hat dabei ihr Gesicht in mein Hemd vergraben. Hin und wieder nuschelt sie etwas Unverständliches, und ich muss mir eingestehen, dass dabei mein dunkles Herz schwach wird.

Als ich in der Penthouse-Wohnung ankomme, gehe ich in Richtung meines Schlafzimmers, um dort Saphira auf mein Bett ablegen zu können. Eigentlich besitze ich zwei Gästezimmer, wobei eines davon Jesse benutzt. Es gäbe eine Möglichkeit, das andere Zimmer einrichten zu lassen, jedoch umgehe ich sie bewusst, da ich Saphira unbedingt bei mir haben will. Neben mir, wenn nicht sogar auf mir.

Langsam lege ich sie auf die weiche Matratze ab und schnappe nach der schwarzen Decke, da greift sie mit geschlossenen Augen nach meiner Hand und hält mich von meinem Vorhaben ab.

»Kian« murmelt sie verschlafen. Und obwohl sie vollkommen fertig aussieht, ist sie immer noch wunderschön.

»Ja, Kleines?«

»Kannst du bitte … bei mir bleiben?«, fragt sie mich unsicher und schlägt im nächsten Augenblick ihre Lider auf. Ihre grauen Iriden, die in Nebelschwaden getränkt sind, wirken bedrückt und einsam. Ich kann mir nicht annähernd vorstellen, was sie gerade durchmachen muss. Wie sie sich dabei fühlt, während ihr alles um die Ohren fliegt. Und trotzdem steht sie noch auf den Beinen und hält es irgendwie aus. Saphira ist eine starke Frau und daran habe ich keine Sekunde gezweifelt. *Sie ist ein Engel, gefangen in der Hölle.*

Ich fahre mit meinem Daumen sanft über ihre zarte Haut am Handrücken, während ich ihr gebannt in die Augen schaue und mich ein weiteres Mal in ihnen verlieren möchte. Sie ziehen mich magisch an, verzaubern mich aufs Neue und ich genieße es, welch eine Wirkung sie auf mich schlägt.

»Wenn es mein kleiner Engel so möchte, dann bleibe ich«, antworte ich ihr.

Sie nickt mit einem matten Lächeln und ich tue das, wonach sie mich gebeten hat. Bevor ich mich zu ihr ins Bett lege, ziehe ich ihr die Schuhe aus, kicke meine von den Fersen und schmeiße mein Jackett achtlos auf den Boden. Die Decke ziehe ich uns über unsere Körper und rücke ein Stück näher an sie heran.

Ihr Leib zittert und ehe ich mich zu ihr hingelegt habe, spüre ich, wie kalt sie wirklich ist. Ohne einen Hauch von Schamgefühl oder einen Funken Anstand zu besitzen, umfasse ich ihre schmale Taille, als sei es das Selbstverständlichste und schiebe sie an mich heran, sodass ihr Rücken sich an meine Brust schmiegt und ihr prachtvoller Hintern meinen … *Fuck, nicht jetzt.*

Saphiras wunderschöner Hintern berührt meinen harten Schwanz und ich bin mir sowas von sicher, dass sie ihn spüren kann. Diese Auswirkung, die ihr Körper in mir auslöst, lässt mich beinahe durchdrehen. Nur die kleinste Berührung reicht, um *ihn* aufmerksam zu machen.

Überraschenderweise sagt sie nichts und als ich genauer hinhöre, atmet sie wieder gleichmäßig und ich gehe davon aus, dass sie wieder eingeschlafen sein muss. Umso besser, denn ich will mein kleines Problem da unten nicht erklären müssen und erst recht nicht in dieser abgefuckten Situation.

Meine Nase vergrabe ich zwischen ihre blonde Mähne und inhaliere erneut ihren atemberaubenden Duft, von dem ich nie genug bekommen kann. Ich will ihn mir nicht einprägen, da ihr Geruch in Zukunft überall in meiner Wohnung haften wird. Denn ich werde sie von nun an nie wieder gehen lassen und selbst wenn ich sie hier einsperren muss, wird sie bleiben. Ihr Eigenduft riecht nach zuhause und lässt mich zum allerersten Mal in meinen eigenen vier Wänden wohlfühlen.

Am liebsten würde ich für immer an ihrer Seite liegenbleiben und sie nie wieder loslassen wollen. Mein Verstand und mein Bauchgefühl haben mich nicht im Stich gelassen, denn jetzt wird mir klarer, dass es das Richtige war, mich für *sie* zu entscheiden.

*Die Zeit hat sich gelohnt, mein kleiner Engel.*

# KAPITEL 17
## Saphira

Desorientiert schlage ich meine Lider auf, reibe sie mir verschlafen und setze mich aufrecht hin, um dann zu erkennen, dass es stockdunkel ist. Nur der Mond leuchtet durch die großen Panoramafenster in das Zimmer.

*Kian* ist mein erster Gedanke, ehe ich das ultraweiche Bett abtaste und dann feststelle, dass seine Seite leer ist und er womöglich schon eine Weile weg sein muss. Denn das Bettlaken fühlt sich kalt an und irgendwie macht sich die Enttäuschung in mir breit.

*Du hast dir geschworen, hier nicht mehr auftauchen zu wollen. Also schmolle nicht,* schimpft mein Unterbewusstsein, und wie soll es anders sein, hat es recht.

Plötzlich empfinde ich Scham und Unwohlsein, weil ich ihn darum gebeten habe, bei mir zu bleiben. Vielleicht ist es ihm unangenehm gewesen und er hat deshalb das Weite gesucht. Aber was weiß ich schon, denn ich kenne ihn nicht und sollte ihn nicht verurteilen. Außerdem weiß ich doch selbst nicht, wie ich mich in seiner Nähe verhalten soll. Da ist dieses ständig merkwürdige Wärmegefühl in mir, welches ich nicht einmal richtig beschreiben kann. Immerhin ist dieses Empfinden mir fremd und trotzdem scheint es sich gut anzufühlen. Mittlerweile kann ich von der festen Überzeugung reden, dass mit mir etwas nicht stimmt.

Unsicher erhebe ich mich vom Bett und tapse mit leisen und vorsichtigen Schritten zur Tür, da sich meine Blase meldet. Als ich nun an der Treppe stehe, suche ich planlos nach seinem Badezimmer. Wie es aussieht, bin ich auf der obersten Etage, also beschließe ich nach unten zu laufen und dort nach einer Toilette zu suchen. Denn so langsam wird es unerträglich und ich befürchte, mir gleich in mein Höschen pinkeln zu müssen.

Ich beschleunige meinen Gang und luge in jede Zimmertür hinein, in der Hoffnung, dass ich den richtigen Raum gefunden habe. Und zu meiner Erleichterung finde ich nach der dritten Tür endlich das Gästebad.

Nachdem ich mich erleichtert habe, verlasse ich das Bad, bleibe dann aber abrupt stehen, ehe ich im selben Moment höre, wie die Aufzugstür sich öffnet und ich mich am liebsten in Luft auflösen möchte. Es gibt nichts Peinlicheres als jemanden anzutreffen, dessen Anwesenheit die Hormone verrücktspielen lässt. Oder man seinetwegen seine Gefühle nicht mehr richtig einordnen kann. Schließlich bin ich immer der Meinung gewesen, dass kein Mann auf diesem Planeten etwas in mir hervorrufen kann. Tja, falsch gedacht …

Wie angewurzelt rühre ich mich nicht vom Fleck und halte unvermeidlich den Atem an. Die Schritte sind schwer und kommen mir nun näher. Jetzt kann ich mich nicht mehr verstecken und sitze in der Zwickmühle. Als ein Schatten erscheint und dieser einem waschechten Bären ähnelt, kriecht erneut die Panik in mir hoch. Gott, ich bin so schreckhaft, was dies betrifft, und andererseits will ich es nicht zeigen und kämpfe hart dagegen an. Es ist ein innerer Krieg, den ich mit mir selbst führe, denn schließlich möchte ich nicht mehr die verletzliche und wehrlose Saphira sein, die ich einst gewesen bin.

Unerwartet gehen die Lichter in der Küche an und ich erkenne den breiten Rücken eines Mannes, der sich dann als Kian herausstellt. Und es ist nicht seine Präsenz, die mich in Schockstarre fallen lässt, sondern sein blutverschmiertes Hemd sowie die vielen Blutspritzer in seinem Gesicht und an seinen Händen. Ich würde lügen, wenn ich sage, dass es mich nicht abschreckt. Fuck, Kian sieht so aus, als hätte er ein Tier abgeschlachtet.

»W-Was hast du … getan?«, entfährt es mir viel zu laut und geschockt aus dem Mund. Bin ich etwa bei einem Mörder gelandet, der mich auch bald auf dem Gewissen hat? Verfluchte Scheiße, wie schlimm kann es denn noch werden?!

Kian wäscht sich seelenruhig das Gesicht und die Hände und knöpft sich dann sein blutgetränktes Hemd auf, um mich dann entspannt mit seinen goldbraunen Augen zu mustern. In ihnen liegen weder Reue noch Schuldgefühle. Ihn scheint es sogar zu amüsieren, wie ich gerade reagiere. Wie viele Psychopathen will ich eigentlich noch treffen? Dabei habe ich gedacht, er sei einer der normalen Sorte …

»Ich glaube, ich bin dir einige Erklärungen schuldig, nicht wahr, kleiner Engel? Doch ich befürchte, dass du nur noch tiefer in meine dunkle Welt versinken wirst.« Seine Worte peitschen mir mitten ins Gesicht und verpassen mir dabei einen Stich ins Herz. Was will er mir damit andeuten? Dass er genau das ist, was mir gerade durch den Kopf geht? Fuck, fuck, fuck!

»Was meinst du?«, frage ich kleinlaut.

Ein kleines, sadistisches Lächeln schleicht sich auf seine wundervollen Lippen, welches mir eine unangenehme Gänsehaut verpasst. Wie kann er die Situation nur so locker belächeln? Was stimmt denn nicht mit ihm? Und wieso verhält er sich plötzlich so anders? Was habe ich übersehen?

»Weißt du, Kleines, ich tu schlimme Dinge, die nicht jeder verstehen kann«, erklärt er mir.

Er kommt mir noch ein Stück näher und das Einzige, was ich tun kann, ist, an Ort und Stelle stehenzubleiben, anstatt die Flucht zu ergreifen. Irgendetwas, das tief in mir schlummert, sagt mir, ich soll bleiben. Ganz egal wie brenzlig die Lage wird, die düstere Seite, die sich hinter dem schwarzen Schatten meines Herzens versteckt, will bei *ihm* bleiben.

»Ich kann dir nicht ganz folgen«, gebe ich verstört von mir. Wenn er mich umlegen wollen würde, hätte er es schon getan, oder?

Als Kian nur wenige Zentimeter vor mir stehenbleibt und mit der einen Hand über meine erhitzte Wange streicht, gefriert mir das Blut in den Adern. Seine Finger sind eiskalt und ich mag mir nicht vorstellen, wessen DNA an ihnen haftet. Mein Leib zittert stark, weshalb ich meine Augen schließe und mich darauf konzentriere, meinen Körper unter Kontrolle zu bringen. Ich bin verdammt naiv und sollte am besten sofort losrennen. Wieso tue ich das nicht?

»Hast du Angst?«, flüstert er mir dicht ans Ohr. Sein Atem kitzelt auf meiner Haut und ich muss hart schlucken, als ich begreife, wie nah er mir doch ist. Nur eine klitzekleine Bewegung und unsere Münder würden sich berühren. Und davon abgesehen, was jetzt als Nächstes geschieht, macht mir verflucht nochmal Angst. Kian scheint es ebenfalls zu wissen, nur will er es von mir hören.

Diese Genugtuung gebe ich aber niemandem. Nie wieder.

»Nein« hauche ich leise. Überzeugend klingt anders ...

»Also fürchtest du dich nicht vor dem, was ich *mit dir* vorhabe?«, raunt Kian mit einer dunklen Stimme, die ich noch nie zuvor von ihm gehört habe. Auch wenn ich ihn nur ein paar Tage kenne, kommt es mir so vor, als würde eine völlig andere Person vor mir stehen.

Ich schüttle mit dem Kopf, nicht fähig dazu, ein einziges Wort über meine trockenen Lippen zu bringen. Eigentlich sollte ich ihn von mir wegschubsen, ihn anschreien, dass er mich in Ruhe lassen und mit jemand anderem seine Psychospielchen treiben soll. Ihm sagen, dass er vollkommen krank im Kopf ist und er sich am besten Hilfe holen soll.

Aber was tue ich? Ich lasse mich von ihm berühren, genieße es insgeheim, wie zart er mit mir umgeht, obwohl er mir gerade offenbart hat, dass er einen Menschen tötete. Auch wenn er es nicht laut ausgesprochen hat, hat er es nicht verleugnet.

»Was hast du mit mir vor?«, will ich nach einigen Minuten des Schweigens wissen. Tausende Gedanken schwirren in mir umher und müssen mit Antworten gefüttert werden.

Warum ausgerechnet ich? Ich verstehe es einfach nicht.

Meinen Kopf habe ich in den Nacken gelegt, um zu ihm aufzusehen. Dieser Typ kann gut zwei Meter groß sein und ist genauso breit wie ein Schrank. Wenn er will, kann er mich mit Leichtigkeit umlegen. Dafür muss er nicht einmal viel Kraft aufwenden.

Während ich ihn mit zerstreuten Gefühlen mustere, wandern seine Finger über mein Gesicht und bleiben anschließend an meinen Lippen hängen. Seine goldbraunen Augen glühen, jedoch habe ich nicht die leiseste Ahnung, was es zu bedeuten hat. Ist es die Gier nach seinem unstillbaren Verlangen oder die Wut, die ihn blind führt? Empfindet er dasselbe wie ich? Ich kann nicht genau sagen, was mir mein Bauchgefühl signalisieren will, aber mein Verstand sendet mir einige Warnsignale, die ich ignoriere.

»Deine Lippen machen mich süchtig. Habe ich einmal an ihnen probiert, brauche ich den geschmacklichen Nachschub«, flüstert er mir zu, dabei verschmilzt unsere Atemluft miteinander und ich kann den Geruch von Tabak und Minze wahrnehmen.

»Warum ich?«, spreche ich meine Gedanken aus, während ich seine Reaktion genauestens beobachte und in mich aufsauge. Langsam will ich nicht mehr glauben, dass unser Aufeinandertreffen reiner Zufall war. Egal wohin ich gehe, er ist da. Egal an was ich denke, er taucht in meinem Kopf auf. Egal was ich tue, er sieht es.

»Ganz einfach, Kleines. Du bist besonders«, antwortet er mir mit einer heiseren Stimme.

Besonders? Das Gefühl, etwas Besonderes zu sein, hat mir noch nie jemand gegeben, also wieso sollte ich ihm das glauben? Immerhin kennt er mich und meine Vergangenheit nicht. Warum sagt er das dann?

»Ich bin nicht besonders oder nur ansatzweise in diese Richtung. Nur ein armes, kleines Ding, das keine Eltern hat. Eine, die noch nie wirklich Kontrolle über ihr Leben hatte, was dazu geführt hat, dass ich in einem Stripclub gelandet bin«, platzt es aus mir heraus und ich kann nicht einmal etwas dagegen tun, dass mir die Worte nicht wie ein Sprudelbad aus dem Mund laufen.

Was er von sich gibt, ist nur Bullshit.

Harsch packt Kian mich an meinem Nacken und zieht mich näher an sich heran, bis unsere Nasenspitzen sich berühren. Die goldenen Farbsprenkel in seinen braunen Iriden verblassen und hinterlassen eine kühle Nuance, die mich erneut hart schlucken lässt. Seine Kiefermuskeln spannen sich an und wirken im nächsten Moment steinhart und messerscharf.

»Wage es nicht noch einmal, so über dich selbst zu sprechen«, knurrt er außer sich. »Soll ich dir etwa beweisen, was du wirklich für mich bist?«

Will ich das denn unbedingt wissen? Ich weiß es nicht. Aber was ich tatsächlich weiß, ist, dass es mir eine Heidenangst macht. Denn ich kann mir nicht einmal annähernd vorstellen, was jetzt auf mich zukommen wird. Ich würde es verneinen, aber meine Neugier reagiert zuerst, weshalb ich schwach nicke, während ich ihm tief in die Augen sehe.

»Gut, dann gibt es jetzt kein Zurück mehr.«

Sein Griff um meinen Nacken wird fester, ehe er meinen Kopf zu sich drückt, um das tun zu können, wovor er mich gerade eben noch gewarnt hat.

Er küsst mich. Hart.

*Stunden zuvor*

Widerwillig verlasse ich das Bett, in dem Saphira eben eingeschlafen ist, und begebe mich zum Fahrstuhl, um kurzzeitig die Wohnung verlassen zu müssen. Denn seit einigen Minuten vibriert mein Handy ununterbrochen und ich kann mir schon denken, weshalb.

Als ich dann im Aufzug stehe und den Sicherheitscode eingebe, nur um mich zu vergewissern, dass während meiner Abwesenheit nichts geschieht, gehe ich ran.

»*Was hat denn so lange gedauert, Mann?*«, spricht Jesse sofort in den Hörer und ich kann seine Aufregung bis hierher spüren. Er ist nicht der Typ, der gerne wartet, aber seitdem Saphira nun endlich vollkommen in mein Leben getreten ist, muss er sich hintanstellen. Und das weiß er auch.

»Mir ist was dazwischengekommen«, gebe ich gleichgültig von mir, kann aber das kleine, unverschämte Grinsen auf meinen Lippen nicht verbergen. Diese Frau hat mich an den Eiern und, fuck, ich liebe es.

*»Ach ja, ganz vergessen, dass da nun* jemand *meinen Platz eingenommen hat.«* Seine Worte trotzen vor Sarkasmus. *Kleine, eifersüchtige Bitch.* Ich weiß aber, dass es ihn nicht stört und er es mit Gelassenheit aufnimmt.

»Jaja, also was gibt's Neues?«, frage ich nun, weil ich mir sicher bin, dass Jesse nicht ohne Grund mich mit seinen Terroranrufen bombardieren würde. Es muss sich also etwas getan haben.

*»Er ist hier in Fallbridge und das nicht allein. Dieser Daxton ist bei ihm und es kann gut sein, dass er Denvers Bodyguard spielt«*, informiert mich mein bester Freund. Damit kann ich gut leben und ein Möchtegern-Türsteher versaut mir nicht mein Vorhaben. Wenn es sein muss, wird auch er sein Leid zu spüren bekommen, und das auf eine sehr *angenehme* Weise.

»Ist mir egal. Gib mir fünfzehn Minuten und ich bin da.«

Einige Meter vom Standort entfernt, bleibe ich auf einem Parkplatz stehen, ehe Jesse und Naomi schwarzbekleidet mit einem gewissen Abstand vor meinem Wagen auftauchen. Ich hingegen habe meinen anthrazitfarbenen Anzug an, darauf bedacht, dass Denver sich mein Auftreten gut merken wird. Er soll sich ruhig an jedes Detail erinnern können.

Mit den Lederhandschuhen greife ich nach der Waffe in meinem Handschuhfach, lade sie vorsorglich und schraube den Schalldämpfer vorne an die Laufmündung an, bevor ich sie an meinem Hosenbund festklemme. Mit einer geschmeidigen Bewegung steige ich aus und laufe gezielt an Jesse und Naomi vorbei, die mir dann auf Schritt und Tritt folgen.

»Auf acht Uhr«, murmelt mein bester Freund hinter mir und ich erkenne dann sofort, wo sich dieser Wichser aufhält.

Denver ist gerade dabei, sein Geschäft zu beenden. Er streckt seinem Gegenüber die Hand aus, in der sich womöglich die Drogen befinden und überreicht ihm das Produkt, während der andere ihm unauffällig das Geld zuschiebt. Nicht gerade unauffällig, jedenfalls nicht für mich, denn ich kenne diese Spielchen.

Ich bleibe auf der anderen Straßenseite stehen und beobachte Denver aus der Ferne, was er nun als Nächstes vorhat. Sein kleines Schoßhündchen steht rauchend an einer Hauswand und wartet geduldig, bis sein Herrchen das Geld einsteckt und ihm mit einem Nicken hinterherruft.

»Habt ihr an das Wichtigste gedacht?«, will ich von den beiden wissen.

»Natürlich« bestätigt mir Naomi.

»Wie gehen wir jetzt vor? Hast du überhaupt einen Plan?«, erkundigt sich Jesse, was mich wiederum schmunzeln lässt.

»Nein. Aber du weißt, ich liebe die Spontanität.«

Pläne schmieden ist nicht mein Ding. Viel lieber lasse ich meinen Instinkt spielen, der immer ein gutes Zeitgefühl besitzt und eine Notlösung im Hinterkopf parat hat. Immerhin ist das nicht mein erstes Mal und vermutlich auch nicht mein letztes.

Wir sehen dabei zu, wie Denver und sein Möchtegern-Bodyguard in einer Gasse verschwinden, ehe wir ihnen mit zügigen Schritten nachlaufen. Während des Ganges schiebt mir Jesse *das Ding* in die Hand und ich kann ertasten, um was es sich hierbei handelt.

Sobald ich Denver eingeholt habe, ziehe ich mit den Zähnen die Schutzkappe der Nadel weg, überrasche ihn mit einem festen Würgegriff und ramme die Nadel gnadenlos in den seitlichen Muskel seines Halses, um ihm das Fentanyl in seinen Körper zu injizieren.

»Was zum …«

»Eine mickrige Bewegung und ich gebe dir sofort die ganze Dosis in die Blutbahn«, falle ich ihm drohend ins Wort.

Denvers kleines Schoßhündchen zieht alarmierend die Waffe und zielt genau in meine Richtung, doch seine stille Drohung löst in mir nichts aus. Stattdessen provoziere ich ihn mit einem selbstgefälligen Grinsen.

»Schieb das Ding am besten beiseite. Wir wollen ja nicht, dass der kleine Mann sich dabei aus Versehen verletzt«, verspotte ich den glatzköpfigen Idioten, der so aussieht, als hätte er einen dicken Stock im After stecken. Der arme Kerl will nur angsteinflößend wirken, nur gelingt es ihm leider nicht wie gewollt.

Die Injektionsnadel drücke ich noch etwas fester in die dünne Haut von Denver, sodass er schmerzhaft durch die Zähne zischen muss. »Nicht wahr, Denver?«, gebe ich mit Nachdruck von mir und er gibt seinem Hündchen tatsächlich das Zeichen, das zu tun, worauf ich ihn gerade angewiesen habe. Nur zögerlich nimmt er die Worte seines Herrchens ernst, bis er die Waffe mit seinem Fuß zu mir herüberkickt und Jesse diese in Beschlag nimmt.

»Wer seid ihr und was wollt ihr?«, fragt Denver deutlich angepisst und erneut kann ich mir ein amüsiertes Lachen nicht verkneifen.

»Ich stelle mich mit Vergnügen vor. Kian Carter, ein netter Anwalt aus dem Westen, der mit Ihnen nur Geschäfte machen will, Mr. Fox.«

»Was denn für Geschäfte?«, will er dümmlich von mir wissen. Schlau scheint dieser Kerl dann doch nicht zu sein. Wenn er glaubt, dass er mich mit seinem Gelaber in die Irre führen kann, hat er sich bereits damit ins Bein geschossen. Und ich hoffe, dass er schön ausblutet.

»Mhh … lass mich dir auf die Sprünge helfen.« Dabei tue ich so, als würde ich scharf nachdenken. Doch der Name liegt mir bereits auf der Zunge. »Wie wäre es mit … Samara Perkins? Läutet da was in deiner hohlen Birne?«

Sein Körper spannt sich bei dem Namen an und ich kann durch meinen Arm an seinem Hals spüren, wie er stark schlucken muss. Denvers Reaktion ist genau das, was ich von ihm erwartet habe. Jedoch weiß ich auch, dass er sich weigern wird, mir die Wahrheit zu sagen, weshalb ich noch einmal am Kolbenkopf der Spritze drücke.

»Keine Ahnung, wer das sein soll«, gibt er herablassend seine Antwort, auf die ich fast schon sehnsüchtig gewartet habe.

»Wirklich nicht?«, fordere ich ihn heraus.

»Ja, wirklich …«

Denver bricht mitten in seinem Satz ab, als ich ihn noch mehr mit Fentanyl vollpumpe. Wenn das so weitergeht, wird ihn dieses Opioid umbringen. Ist ja nicht so, dass er bereits ein toter Mann ist.

»Ich rate dir lieber, deine Fresse aufzumachen, anstatt mich zu verarschen. Ich denke nicht, dass du wie sie enden willst, oder?«, knurre ich ihn genervt an und verstärke meinen Griff um seinen Hals als Warnung, dass er endlich den Ernst der Lage begreifen soll. Denn ich mache keine halben Sachen. Fange ich etwas an, dann beende ich es auch.

»Ein Anwalt, der gegen Gesetze verstößt. Das ist mir neu«, provoziert er und ignoriert absichtlich meine Worte, um mich zur Weißglut zu bringen. Und wenn ich ehrlich bin, bin ich kurz davor, ihm das Genick zu brechen. Jedoch behalte ich mein Pokerface und lasse mir nichts anmerken. Etwas, was ich am besten kann.

»Etwas Weltbewegendes, oder? Das Schöne daran ist, dass es mir am Arsch vorbeigeht.« Mit einer schnellen und geschickten Bewegung umgreife ich die Waffe an meinem

Hosenbund, ziehe sie heraus und drücke ab! Ich sehe mit einem befriedigenden Gefühl im Bauch dabei zu, wie die Kugel Daxtons Stirn durchbohrt, ehe seine Augen sich nach hinten rollen und die rote Flüssigkeit unaufhörlich aus der Schusswunde quillt. Wie ein nasser Sack kippt sein stämmiger Körper um und landet mit einem dumpfen Knall auf den kalten Boden.

Denver rührt sich nicht, scheint wie paralysiert zu sein, während er das Geschehen nur halb wahrnimmt. Ob er bei Saphiras Mutter genauso zugesehen hat, wie das Leben aus ihren Augen gewichen ist? Ich kann es mir nur ansatzweise vorstellen, dass er es genießen konnte.

»Ein wunderbares Gefühl, jemanden beim Sterben zu beobachten, oder Denver?«, bohre ich nach, wobei ich mir sicher bin, dass ich bei ihm den perfekten wunden Punkt getroffen habe.

»Halt die Fresse, du Wichser!«, knurrt er mich wutgeladen an.

Meine Geduld lässt langsam nach, weshalb ich die Spritze von Denvers Körper entferne, ihn mit einem heftigen Ruck umdrehe und gegen die Steinmauer eines Wohnblocks stoße, ehe ich die Nadel direkt an seine Halsschlagader halte und seinen Kopf mit der freien Hand fixiere.

»Ich habe nicht die ganze Nacht Zeit«, fordere ich ihn schon zum gefühlt hundertsten Mal auf, endlich sein Maul aufzumachen. In seinen trüben Augen erkenne ich die Gleichgültigkeit und nun bin ich mir sicher, dass das Opioid endlich seinen Job erledigt hat.

»Dich kenne ich doch ...«, murmelt er leise. Natürlich kennt er mich, nur hat es lange gedauert, bis er es gecheckt hat. »Nur zu, bring mich um! Aber sei dir sicher, dass du nichts aus mir herausbekommen wirst«, nuschelt er weiter und ich habe Mühe, jedes einzelne Wort deutlich verstehen zu können. Es hört sich an, als würden ihm die Buchstaben aus dem Mund fallen.

Tief luftholend und zugleich genervt von dieser Ausgeburt einer Hure, drehe ich meinen Kopf zu Jesse und Naomi, die das Spektakel mehr oder weniger aufgeregt beobachtet haben. »Holt den Kleintransporter. Fürs Erste sind wir hier fertig.«

»Lassen wir ihn etwa hier?«, fragt Naomi etwas skeptisch und verzieht angeekelt die Nase, als sie zu Denver blickt. Dieser hat sich gerade in Sekunden übergeben und, wie soll es auch anders sein, auch den Ärmel meines Jacketts vollgekotzt. *Dieser Wichser ...*

»Ihn können wir noch gebrauchen«, meine ich und ziehe im selben Moment mein Jackett aus, um es in den naheliegenden Container zu schmeißen. Den werde ich sicher nicht mehr anziehen.

Bevor Denver etwas erwidern oder sich von seiner Kotzaktion erholen kann, verpasse ich ihm einen festen Schlag an die Schläfe, sodass er in wenigen Sekunden das Bewusstsein verliert. »Ich wünsche dir eine erholsame Nacht«, flüstere ich ihm zu und hieve ihn mit Leichtigkeit vom Boden hoch.

# KAPITEL 19

## Kian

Ich küsse sie, fordernd und bestimmend. Was ich vor wenigen Stunden getan habe, verblasst in meiner Erinnerung. Nur noch das Hier und Jetzt ist präsent. So intensiv wie noch nie zuvor. Und, scheiße, ich kann nicht genug davon bekommen. *Sie* ist meine verfickte Sucht und das will ich ihr mit jeder Faser meines Körpers vermitteln.

Meine Hände wandern zu ihrem Hinterkopf und vergraben sich haltsuchend in ihren wunderschönen, blonden Haaren. Ihr süßlicher Geruch ummantelt mich in eine Art Trance, denn mein Denkvermögen hat bereits nachgelassen. Das Einzige, was jetzt noch zählt, sind die Empfindungen, die sich weitestgehend an die Oberfläche kratzen und ausbrechen wollen. Ich will sie fühlen, schmecken und riechen. Mein inneres Biest kann es kaum abwarten, sie endlich schreien zu hören. Wie sie lauthals meinen Namen stöhnt.

Der Höhenflug meines Rausches lässt jedoch nach, nachdem ich einen salzigen Geschmack auf ihren Lippen schmecke. Und als ich meine Augen öffne, erkenne ich ihre nassen Wangen, die durch weiteres Tränen noch feuchter werden. Saphira hat weiterhin ihre Lider geschlossen und hat bis eben noch den Kuss erwidert.

*Was bringt dich zum Weinen, Kleines?*

»Hey.« Behutsam wische ich die Tränen von ihrem Gesicht, ehe ihre atemberaubenden, grauen Iriden zum Vorschein kommen und mich undefinierbar ansehen. In ihnen liegen so viel Leid, Schmerz, Glück, Hoffnung, und … Verzweiflung. Alles ist miteinander vermischt, wodurch ihre Emotionen vermutlich hochkochen.

»Es tut mir leid«, flüstert sie in die Stille. »Ich bin so verwirrt und weiß einfach nicht, was jetzt das Richtige ist«, gesteht sie mir.

Um ihr deutlich zu machen, dass ich keine Erklärungen brauche, lege ich meinen Zeigefinger auf ihre weichen Lippen, um sie zum Schweigen zu bringen.

»Ich will keine Entschuldigungen. Und in Zukunft wirst du dich nie wieder bei mir für irgendetwas entschuldigen. Verstanden, Kleines?«, gebe ich bestimmend von mir. Saphira nickt langsam, doch ich glaube, dass sie es noch nicht ganz begreifen will. Deshalb umgreife ich ihre geröteten Wangen und streiche zart über ihre makellose Haut, während ich ihr direkt in ihre grauen Augen blicke. »Vertraust du mir?«

Saphira zuckt mit den Schultern, nichtwissend, was sie auf meine Frage antworten soll. Und das völlig gerechtfertigt, denn mir ist durchaus bewusst, dass sie mir keine konkrete Antwort geben kann. Ich bin ein Killer, habe bis vorhin die Leiche von Daxton irgendwo auf einer Baustelle verscharrt. Sein Blut bedeckt meine Kleidung und ich bin mir sicher, dass sie deswegen am liebsten weit weglaufen würde. Nur tut sie es nicht und ich würde es auch nicht zulassen.

»Ich kenne dich nicht wirklich, Kian. Ich weiß ja nicht einmal, was du von mir willst oder zu was du überhaupt fähig bist.« Sie rauft sich verzweifelt die Haare und legt ihre Stirn in tiefe Falten.

Nun ist es an der Zeit, ihr endlich die Wahrheit beichten zu können. Ihr das zu offenbaren, was ich schon eine Weile mit mir getragen habe. Dafür riskiere ich unser Schicksal, denn es gibt nur zwei Möglichkeiten. Entweder gewinne ich sie vollends, oder ich verliere sie für immer.

»Ich will dir das geben, was dir zuvor kein anderer auf diesem verdammten Planeten gegeben hat. Du verdienst es, auf Händen getragen zu werden. Jemand, der alle deine tiefen Wunden heilt und dich grenzenlos liebt.« Saphira erstarrt, als ich meine Gefühle preisgebe und auch ich bin selbst überrascht von mir, dass ich einen solchen Wortschatz besitze.

Vor ihr steht plötzlich ein neuer Kian Carter, der zum ersten Mal sowas wie Wärme und Zuneigung verspürt. Wobei das noch vor wenigen Wochen ein Fremdwort für mich war.

Saphira schluckt hart, bevor sie zum Sprechen ansetzt: »Wessen … Blut … ist das an deinen Klamotten?«, umgeht sie meine Worte, wofür ich Verständnis habe. Und mir gefällt die Art, wie sie vorsichtig und zaghaft die Frage ausgesprochen hat. Sie ist immer noch skeptisch, ob sie meinen Worten Glauben schenken soll oder nicht. *Schlaues Mädchen,* und dieser Gedanke macht mich stolz auf sie.

»Es ist von Daxton«, gebe ich zu. Schließlich habe ich nie vorgehabt, sie jemals anzulügen. Unter anderem ist es mir auch scheißegal, dass ich sie damit abschrecken könnte. Aber wenn ich ehrlich bin, mag der erste Moment ein Schock für sie gewesen sein, aber tief in ihrem Inneren ist sie genauso verdorben und hegt dunkle Gedanken, die sie angestrengt zu verstecken versucht. Denn wenn sie so abgeneigt von mir wäre, hätte sie schon lange die Flucht ergriffen.

Der Kuss hat es mir ebenfalls bewiesen.

»Woher … und warum …?«, stottert sie, wobei sie immer wieder abbricht. Auch wenn sie ihre Gedanken nicht ausgesprochen hat, ahne ich schon, was sie von mir wissen will.

»Ich hatte es im Gefühl, als sie in deine Wohnung eingebrochen sind.«

»Was hast du ihm angetan? Und was ist mit Denver?«, erkundigt sie sich. Jedoch scheint sie leicht nervös zu sein und ihre Reaktion gefällt mir ganz und gar nicht. Es macht mich schon langsam wahnsinnig, nicht zu wissen, was zwischen ihnen vorgefallen sein muss, dass sie sich, sobald sein Name gefallen ist, merkwürdig verhält. Vielleicht muss ich mir eine härtere Methode einfallen lassen, um es aus diesem Bastard herauszuquetschen.

»Seine Einzelteile liegen irgendwo zwischen Beton und verdreckter Erde und um Denver brauchst du dir keine Sorgen machen«, erkläre ich und beobachte dabei haargenau ihre Gesichtszüge, um einschätzen zu können, was sie jetzt gerade denkt. Fuck, am liebsten würde ich mich in ihre Gedanken verkriechen, damit ich jederzeit weiß, was ihr in diesem Moment durch den Kopf geht. Denn dann kann ich sie bestmöglich ablenken und ich hege somit keine Zweifel, dass sie es lieben wird.

»Einz- … Einzelteile?!«, erhöht sich ihre Stimme um einige Oktaven, währenddessen sie erschrocken die Augen aufreißt und in der nächsten Sekunde geschockt die Hände vor ihren hübschen Mund drückt, um ja nicht laut aufzuschreien. Das ist genau das, was sie liebend gern tun würde. Ihre wundervolle Seele aus dem Leib schreien.

Bevor Saphira noch weiter nachdenken kann, gestatte ich mir selbst, ihr wieder näherzukommen und mit meinem Finger ihre zarten, blassen Hände von ihrem bezaubernden Gesicht zu nehmen, um sie dann zu mir in die Arme zu ziehen. Sie wehrt sich, drückt mich von sich, doch sie ist nicht stark genug, um gegen meine Kraft anzukommen.

»Kian … das ist … das ist krank …«, flüstert sie kaum hörbar, jedoch noch laut genug, sodass ich jedes einzelne Wort verstehen kann.

Saphira ist vollkommen außer sich und fällt in eine Art Schockzustand. Ihre Reaktion ist genau das, was ich mir jedes Mal ausgemalt habe. Nicht alle Tage wird einem erzählt, dass man schreckliche Dinge tut, für einen Menschen, der einem aus unerklärlichen Gründen wichtig ist und man selbst sein eigenes Leben aufs Spiel setzen würde. Aber genau das will ich ihr klarmachen. Es bleibt ihr nichts anderes übrig, als es verstehen zu müssen.

Denn sie hat nur noch mich und wird mich brauchen…

»Ich tu das für dich«, raune ich ihr zu, wobei sie mich ungläubig anstarrt und hart schlucken muss. Vielleicht hält sie mich *jetzt* für einen kranken Psychopathen, aber spätestens dann, wenn ich ihr Vertrauen sowie ihr Herz gewonnen habe, wird sie mich als *ihren* kranken Psychopathen bezeichnen.

»Ich … Ich habe dich nicht darum gebeten, verdammt!«, schreit sie plötzlich und versucht dabei mich immer noch von sich zu stoßen, was ihr aber nicht gelingt. Saphira dreht nun gänzlich durch, beleidigt mich erbarmungslos und schlägt wild um sich. »Du hast doch keine Ahnung, was du da tust! Du hast nicht die geringste Befürchtung, was ich schon alles durchmachen musste! Und du hast keinen blassen Schimmer, WER ICH ÜBERHAUPT BIN!«, brüllt sie weiter, während ich nur still dastehe und es über mich ergehen lasse.

Punkt eins, mein Verstand und mein volles Bewusstsein durchleben diese Dinge, noch bevor ich sie in die Tat umsetze. Also ja, ich weiß zu hundert Prozent, was ich da tue. Punkt zwei, muss ich ihr wohl oder übel recht geben, ich tappe im Dunkeln, und habe keinen Bezug zu ihrer Vergangenheit. Deswegen soll Denver auch das Rätsel für mich lösen. Und Punkt drei, wahrscheinlich kenne ich sie besser als sie sich selbst. Alles, was in ihrem Inneren vorgeht, kann ich nur anhand ihrer Reaktion erkennen.

Aber das alles kann sie ja nicht wissen.

»Du hast recht«, meine ich nur, was mir flüssig über die Lippen rutscht und um ehrlich zu sein, will ich momentan nicht viel sagen. Vielmehr will ich meine Taten für mich sprechen lassen, was viel mehr ausmacht als ein Wort es je beschreiben könnte.

»Was?« entfährt es ihr verwirrt.

Ich sage nichts. Denn jetzt gerade schwirrt ein anderer, schmutziger Gedanke in mir, den ich umsetzen will. In diesem einen Moment überkommt mich der Drang, sie unmittelbar erneut küssen zu wollen. Mit einem Ruck greife ich ihr unter ihren süßen Po und hieve sie hoch. Saphira quiekt überrascht.

Schnurstracks laufe ich blindlings in das Badezimmer und stelle mich mit ihr gemeinsam unter die begehbare Dusche, ehe ich das eiskalte Wasser aufdrehe und ein spitzer Schrei ihre Kehle verlässt. Doch meine Lippen lassen ihre Laute verstummen und versiegeln sie in einem berauschenden Zungenkuss.

Meine Finger graben sich in ihr weiches Fleisch unter ihrem knackigen Arsch und ich presse ihr Becken dicht an meinen Unterleib, als sich auch schon mein Schwanz bemerkbar macht. Jedoch versuche ich ihn unter Kontrolle zu bringen. Schließlich will ich nicht, dass sie denkt, ich würde sie nur für den guten Fick brauchen. Dabei ist Saphira so viel mehr für mich.

Sie ist der einsam leuchtende Stern in meiner Dunkelheit. Sie ist das Licht, welches mich nicht mehr in der Finsternis herumirren lässt. Und ihre warme Ausstrahlung bringt selbst mein verdorbenes Herz zum Schmelzen.

Scheiße ja, so fühlt es sich wohl an, jemandem grenzenlos zu verfallen …

# KAPITEL 20

## Saphira

Unsere Kleidung ist bereits vollkommen durchnässt, während Kian mir seine Zunge in den Mund schiebt und ich Vollidiot es auch noch erwidere. Gott, ich bin sowas von hirnverbrannt und nicht mehr zu retten und zu meinem Bedauern will sich mein Körper nicht wehren. Mein Verstand signalisiert mir hunderte von Warnungen, dass ich doch diesen Kerl von mir stoßen soll. Dass er immer noch ein verdammter Killer ist.

Aber da existiert noch der dunkle Schatten in meinem Herzen, der sich ihm vollends hingibt und diesen grandiosen Kuss genießt. Mein Körper ist ein verdammter Verräter. Er presst sich noch enger an ihn heran, was kaum möglich ist, und meine Hände vergraben sich haltsuchend in seine braune Lockenpracht.

Mein Leben ist ein endloses Chaos und Kian ist wohl das geringste Problem darin. Immerhin hat er mir bisher nichts Schlechtes getan, irgendwie …

Ich habe nichts mehr zu verlieren, also wieso noch dagegen ankämpfen, wenn es sowieso aussichtslos ist? Kian ist heiß, besitzt ein kluges Köpfchen und weiß, wie man mit einer Frau umzugehen hat. Selbst wenn er vorhat, mir irgendetwas anzutun, kann ich nur noch tatenlos dabei zusehen, wie mich seine Dunkelheit vollkommen einnimmt.

Die Atmosphäre zwischen uns wird immer hitziger und unsere Küsse immer wilder. Erneut pulsiert meine Mitte genauso wie beim letzten Mal und so langsam kann ich mich mit diesem Gefühl anfreunden. *Sie sind nicht mit Denvers Berührungen zu vergleichen,* rufe ich mir immer wieder ins Gedächtnis und für den Anfang scheint es gut zu funktionieren.

Ich blende die Tatsache aus, dass er immer noch Blut an seiner Kleidung kleben und Daxton getötet hat. Dass er es verdient hat, will ich nicht ausschließen. Vielleicht hat mir Kian doch einen Gefallen getan und es kehrt endlich Ruhe in mein Leben ein. Oder ich bin viel zu naiv, der Wahrheit ins Gesicht zu sehen, aber wenn ich ehrlich bin, möchte ich es jetzt auch nicht.

Dann nehme ich ein Geräusch wahr, das sich nach zerreißendem Stoff anhört und tatsächlich, als ich leicht nach unten schiele, erkenne ich, wie Kian mein Oberteil in Fetzen gerissen hat. Entsetzt löse ich mich von dem Kuss und starre zu mir herunter.

»Was …« fange ich an, werde jedoch von Kian unterbrochen, indem er mich gegen die kalten Fliesen drückt und mir gebannt in die Augen starrt. Seine goldbraunen Augen verdunkeln sich erneut und ich kann nicht anders als mich in ihnen zu verlieren.

Eigentlich wollte ich ihm eine Standpauke halten, dass er gefälligst nicht meine Kleidung zerreißen soll, da ich nicht mehr viel davon besitze, doch die Worte werden gleichsam wie fließendes Abwasser hinuntergespült und das Einzige, woran ich denken kann, sind seine zarten Berührungen und seine weichen Lippen, die mich bis zur Besinnungslosigkeit liebkosen.

»Deine Klamotten sind überflüssig. Ich hätte dich gerne ohne den ganzen Stoff«, raunt er in einem kratzigen, tiefen Ton und verdammt, es hört sich sexy an.

Spätestens jetzt weiß ich, dass ich einen psychischen Schaden habe, denn noch vor wenigen Minuten habe ich Kian blutverschmiert in der Küche erwischt und jetzt lasse ich mich von seinen unwiderstehlichen Küssen um den Finger wickeln. Und ich kann nicht verneinen, dass er mir gefällt …

Während das kalte Wasser auf unsere Körper prasselt, befreit mich Kian von dem lästigen Stoff meiner Leggins und wirft sie achtlos quer durch das geräumige Badezimmer. Ich muss schlucken, als er mich nur noch in Unterwäsche stehen sieht. Auch wenn mich bisher zig Männer im Pink Paradise Club in Dessous beobachtet haben, ist das hier intimer zwischen uns.

Er kann durch die hellen LEDs, die an den Fliesen angebracht sind, genauestens meinen halbnackten Körper inspizieren. Jedes Körperteil, jede Kurve und jede Faser meines Daseins saugt er in sich auf, als müsste er es sich tief in seine Gedanken einbrennen, um diesen Anblick niemals vergessen zu können.

Gerade als ich meine Arme schüchtern vor meinen BH verschränken will, greift er nach ihnen und zieht mich wieder zu sich heran, um einen weiteren schnellen Kuss von mir stehlen zu können. Wenn er dies tut, fühlt es sich vertraut an. Etwas, was ich nicht wirklich beschreiben kann.

Dabei wollte ich doch niemandem vertrauen…

»Tu das nicht«, wispert er mir zu, wobei ich sein heißes Atmen auf meinen Lippen spüren kann. »Versteck dich nicht. Schäme dich niemals, mir deinen wunderschönen Körper zu zeigen.«

Seine Worte rauben mir die Atemluft. Wie kann er mich als schön bezeichnen, wenn ich doch diese hässlichen Narben auf meiner Haut trage und diese mich immer wieder an die Vergangenheit erinnern?

Ich will ihm genau diese Frage stellen, da kniet er sich ohne Vorwarnung hin und hakt seine Finger unter meinen Slip ein, den er dann langsam nach unten schiebt. Mein Blick ist starr geradeaus, da ich seine Reaktion nicht sehen will. Oder es mir besser gesagt verbiete. Und als er dann nichts tut und stumm bleibt, zwinge ich mich dann doch dazu, meinen Kopf zu senken.

*Er starrt die Narben an,* schreit es in mir panisch und aus Reflex will ich ihn von mir wegdrücken, da gräbt Kian seine Finger in meine erhitzte Haut und hält mich an Ort und Stelle fest.

Tränen erscheinen und ich bin kurz davor loszuheulen. Einfach deshalb, weil ich schon mit dieser Art Reaktion gerechnet habe. Welcher Kerl findet eine Frau mit einem verunstalteten Körper noch attraktiv? Ich hatte Glück, dass die Narben beim Pole-Dance fast unerkennbar waren und Blaze mir trotzdem eine Chance gegeben hat. Doch jetzt spüre ich den ganzen Unmut und mir wird deutlich bewusst, wieso ich einen Mann in meinem Leben gemieden habe.

»Kian …« krächze ich wehleidig, breche dann wieder ab, als er feuchte Küsse an den Innenseiten meiner Oberschenkel verteilt und eine heiße Spur hinterlässt. Jede Narbe wird mit seinen zarten Lippen bedeckt, wobei mir mein Herz beinahe aus der Brust springen will. Ein dicker Kloß bildet sich in meinem Hals und es kullern einige Tränen über meine Wangen, ohne dass ich sie aufhalten kann.

»Niemals werde ich damit aufhören«, flüstert er, während er meine Schenkel weiter liebkost und ein unerträgliches Ziehen in meinem Unterleib verursacht.

Meine Atmung beschleunigt sich, je mehr er sich den Weg zu meiner bereits feuchten Mitte bewegt. Seine Berührung lässt mich schwach werden und ich stelle schnell fest, dem Rausch des Verlangens verfallen zu sein.

»Spreiz deine Beine für mich«, knurrt er und das Vibrieren in seiner Stimme löst ein heftiges, erregtes Kribbeln in meinem Unterleib aus. »Das ist der Beweis, wie sehr ich dich begehre«, fügt er noch hinzu, ehe er seine Zunge über meine empfindliche Knospe fahren lässt, kurz nachdem ich ihm bereitwillig die Beine geöffnet habe.

Ich lege meinen Kopf in den Nacken, als Kian ein weiteres Mal mit seiner spitzen Zunge zwischen meine Schamlippen fährt. Ein Wimmern ertönt aus meiner Kehle und ich kann nicht anders als die aufgestaute Luft loszulassen und zu stöhnen.

Haltsuchend kralle ich mich wieder in seine braunen Locken und gebe mich seiner Gier hin. Noch nie hat mich ein Mann so intensiv berührt und schon gar nicht solche Empfindungen in mir ausgelöst. Es fühlt sich fantastisch an und all die negativen Sorgen sind plötzlich wie weggeweht.

Kian beschleunigt sein Tempo, wobei ich daraufhin spüren kann, wie er zwei Finger in mich hineinschiebt und mich zusätzlich von innen stimuliert. Mein Hirn setzt endgültig aus, denn ich kann mich nicht auf seine Zunge und seine Finger gleichzeitig konzentrieren. Er bringt mich an den Rand der Besinnungslosigkeit und ich drohe jetzt sofort vor seinen Augen zu zerbrechen.

Mein Mund öffnet sich, doch es scheint so, als hätte ich das Sprechen verlernt oder vergessen, wie ich ein vernünftiges Wort bilde. Jedoch weiß ich noch ganz genau, wie laut ich seinen Namen stöhnen kann und wiederhole ihn, als sei es ein Gebet.

»Komm für mich, kleiner Engel«, drängt er mich. Er kann sicher fühlen, wie sich meine inneren Muskeln um seine Finger zusammenziehen. Und fuck, seine ausgesprochenen Worte reizen mich nur noch mehr, mich fallenlassen zu wollen.

Wenige Sekunden später überrollt mich mein Orgasmus wie ein riesiger Tsunami und löst in mir tausende Empfindungen aus, welche mich erzittern lassen. Meine Mitte zuckt unkontrolliert, während ich die überreizten Gefühle aus mir herausschreie. Kian hält mich in seinen starken Armen, als meine Beine drohen nachzugeben und ich bin froh, dass er derjenige ist, der mich bereitwillig auffängt.

»Braves Mädchen«, sagt er zufrieden und zieht mich dicht an seine Brust, damit ich mich erholen kann.

Sanft streicht er mir die verirrten Strähnen aus meinem Gesicht und hinterlässt einen hauchzarten Kuss auf meiner Stirn, während ich versuche klarzukommen. Ein paar Minuten verstreichen, indem wir in dieser Position verweilen und uns anschweigen. Jedoch ist es keine unangenehme Stille, sondern ein wohlfühlender Augenblick, der keine Worte benötigt.

Und zum allerersten Mal erkenne ich, was es wohl bedeutet, jemandem zu vertrauen, der dich nicht einfach so rücksichtslos fallenlässt. Vermutlich sieht Kian in mir viel mehr als ich es am wenigsten getan habe.

Die kleine rosa Blase, in der ich mich gerade befinde, scheint die Wahrheit vor meinen Augen verbergen zu wollen. Egal wie sehr Kian mir zeigen will, dass er mich begehrt, mein Gewissen wird mich, früher oder später, bis auf die letzte Zelle meiner Existenz zerfressen …

# KAPITEL 21

## Kian

In meinem Bett liegt Saphira mit ihrem Kopf eingekuschelt an meiner nackten Brust und fährt mit zaghaften Bewegungen mein Tattoo nach, während sie gedanklich woanders zu sein scheint. Ich streichle sachte über ihre entblößte Haut ihres Rückens und genieße die Ruhe zwischen uns.

Ihr Geschmack liegt mir immer noch auf der Zunge und verflucht, sie schmeckt besser als ich es mir je vorgestellt habe. Und der Klang ihrer Stimme, als ich sie in den Höhepunkt getrieben habe und sie meinen Namen immer wieder gestöhnt hat, war für mich wie Musik in meinen Ohren. Eines schwöre ich mir — das wird nicht das letzte Mal sein.

Wenn ich jetzt darüber nachdenke, bekomme ich wieder Sehnsucht nach ihr, obwohl sie gerade neben mir liegt. Diese Frau hat es in sich, denn sie muss nicht einmal viel tun, um mich verrückt werden zu lassen. Verrückt nach ihr.

Ich schaue zu ihr herab und stelle schnell fest, dass ihre süßen, kleinen Finger aufgehört haben, mir über die Brust zu streicheln. Ihre ruhige Atmung zeigt mir, dass sie wohl eingeschlafen sein muss. Deshalb ziehe ich die Decke noch ein Stück höher, um ihren nackten Oberkörper zu bedecken. Dann schnappe ich mit meiner freien Hand nach meinem Handy, welches auf meinem Nachttisch liegt und öffne den Chat zwischen Jesse und mir.

Ich

Wie läuft es mit Denver?

Mein bester Freund lässt mich nicht lange warten und schreibt nach wenigen Minuten eine Nachricht zurück.

Jesse

Er nüchtert sich aus.

Ich

Hat er geredet?

Jesse

Nope.

Scheint aber so, als hätte er Entzugserscheinungen.

Ich

Gut. Vielleicht ist er danach kooperativer.

Jesse

Was ist mit Essen und Trinken?

Ich

Darauf kann er verzichten.

Komme später vorbei. Schicke dann Naomi zu Saphira.

Jesse

Alles Klärchen, Boss.

Das Handy lege ich wieder aus der Hand, zufrieden damit, wie der Zustand um Denver steht. Der Sadist in mir ergötzt sich an dem Gedanken, was ich mit ihm noch alles anstellen werde.

Saphira kann noch so viele gute Seiten in mir hervorrufen, doch die Dunkelheit wird immer ein Teil von mir bleiben, ob sie es will oder nicht. Irgendwie glaube ich sogar daran, dass sie es bereits akzeptiert hat. Denn das Glänzen in ihren grauen Iriden hat mir verraten, dass ich ihr damit einen Gefallen getan habe, auch wenn sie es ungern zugeben will, und ich würde es immer wieder tun. Nur für sie.

Früh am Morgen stehe ich bereits in der Küche und lasse mir meinen Kaffee einlaufen. Auf dem Herd brate ich nebenher Spiegeleier mit Speck und hoffe inständig, dass sie es gerne isst. Mir ist sonst nichts Besseres eingefallen, da ich aus Gewohnheit nie frühstücke. Und mir wird auch klar, dass ich sie dann doch nicht so gut kenne, wie ich es mir gewünscht habe. Ich weiß noch nicht einmal, was sie mag und was nicht.

Eines der vielen Dinge, die ich unbedingt ändern muss.

Gerade als ich den Esstisch decke, vernehme ich ein leises Poltern im obersten Stock, was bedeutet, dass Saphira wach ist. Nach einigen Minuten erscheint sie an den Treppen und läuft etwas zögerlich nach unten. Mein Blick fällt auf das T-Shirt, welches sie trägt und ein amüsiertes Lächeln schleicht sich auf meine Lippen. Schüchtern streicht sie es glatt, ehe sie zu mir herübertapst und sich verlegen auf die Unterlippe beißt.

»Ich hoffe, es macht dir nichts aus«, nuschelt sie leise und ich kann nur lächelnd mit dem Kopf schütteln.

»Es steht dir besser als mir«, antworte ich grinsend, woraufhin ihre Wangen eine rosa Farbe annehmen. Fuck, mein T-Shirt sieht an ihr verdammt sexy aus. Ein Anblick, an den ich mich definitiv gewöhnen will. Von mir aus kann sie jeden Tag meine Klamotten tragen. Dagegen habe ich nichts einzuwenden.

»Setz dich, ich habe Frühstück gemacht. Ich wusste nicht genau, was du gerne magst, deshalb habe ich standardmäßig Spiegeleier mit Speck zubereitet«, lasse ich sie wissen und warte auf ihre Reaktion.

Saphira setzt sich auf den freien Platz neben mir. Sie schenkt mir ihr wunderschönes Lächeln, jedoch erreicht es ihre Augen nicht, was mir ein merkwürdiges Bauchgefühl verpasst.

»Danke« gibt sie kleinlaut von sich. »Ich weiß nicht, wie ich mich dafür revanchieren kann.« Saphira senkt ihre Lider und es vermittelt mir den Eindruck, dass es für sie unangenehm ist.

Ich stelle die Pfanne auf den Tisch ab und trete ein Stück näher an sie heran, um dann ihr Kinn zwischen Daumen und Zeigefinger zu klemmen, damit sie gezwungen ist, zu mir aufzusehen. Stumm kullert ihr eine Träne über ihre rosige Wange und irgendwie ahne ich, dass ich dafür verantwortlich bin. Ich wische ihr die folgenden, salzigen Tränen von den Wangen weg und blicke ihr standhaft in ihre glänzenden, grauen Iriden. »Du musst dich für nichts revanchieren. *Ich* will es für dich tun, dafür brauche ich keine Gegenleistung«, mache ich ihr klar, jedoch schüttelt sie protestierend mit dem Kopf und befreit sich aus meinem Griff, um mir dann tiefgründig in die Augen zu schauen. Dabei schnieft sie einmal und reckt mutig ihr Kinn in meine Richtung, um stark zu wirken. »Ich habe gelernt, dass es niemals selbstverständlich sein soll, und es wird einem nicht einfach so bequem vor die Füße gelegt.«

»Das verstehe ich, aber das ist nicht mehr präsent. Es liegt in der Vergangenheit«, versuche ich ihr einzureden. Denn mir ist sie nichts schuldig, da ich mich schon lange dazu entschieden habe, noch bevor ich in ihr Leben geplatzt bin, ihr die Welt ohne Gegenleistung zu Füßen zu legen. Das Einzige, was ich von ihr verlange, ist, dass sie es zulässt.

»Du verstehst es eben nicht«, wird sie lauter. »Du hast doch keine Ahnung, wie es ist, für etwas hart zu arbeiten, um sich überhaupt etwas zu Essen leisten zu können.« Sie wird wütend und ich kann nicht mal einschätzen, ob sie auf mich sauer ist oder auf sich selbst. Oder vermutlich beides.

»Weißt du was? Mir ist der Appetit gerade vergangen«, äußert sie nun niedergeschlagen. Sie erhebt sich und verlässt den Wohnbereich mit schnellen Schritten, ehe sie sich in mein Schlafzimmer verbarrikadiert.

Frustriert fahre ich durch meine braunen Locken und beschließe, sie fürs Erste in Ruhe zu lassen. Vielleicht kann Naomi mehr über ihre Vergangenheit erfahren. Denn ich muss unbedingt wissen, was sie die ganze Zeit über beschäftigt. Und ich werde alles in meiner Macht Stehende tun, sie endlich glücklich sehen zu können. Auch wenn dafür erneut Köpfe rollen müssen.

Ich komme an der verlassenen Lagerhalle an, welche ich vor einigen Jahren gekauft habe, und stelle mein Auto hinter einer Böschung ab, um unerkennbar zu bleiben. Zwar passiert es selten, dass sich jemand hier in diese Gegend verirrt, jedoch kann ich nie sicher sein.

Meine Gedanken um Saphira schiebe ich für diesen einen Moment beiseite. Schließlich weiß ich, dass sie in guten Händen ist und ihr nichts zustoßen kann. Und um den Rest kümmere ich mich später.

Zielstrebig steuere ich auf die große Metalltür zu und laufe mit geschmeidigen Schritten zur großflächigen Halle, ehe ich meinen besten Freund entdecke, der auf einem Klappstuhl sitzt und genüsslich eine Zigarette raucht. Mein Blick schweift zur rechten Seite und ich sehe dabei zu, wie Denver kopfüber an einem Seil hängt und ihm das Blut bereits in seine dumme Birne gestiegen ist. Seine Haut im Gesicht verfärbt sich knallrot, die Stirn ist mit Schweiß bedeckt und sein Shirt nassgeschwitzt. Ich habe eine Vermutung, dass nicht das Fentanyl für seinen Ausbruch zuständig ist, sondern etwas anderes. Drogen zum Beispiel. Denver macht mir den Eindruck, dass er Entzugserscheinungen hat. Wahrscheinlich nimmt er hartes Zeug.

*Scheiß Junkie …*

»Wie lange ist er schon so drauf?«, frage ich Jesse, nachdem ich mich zu ihm gesellt habe und ebenfalls eine Zigarette in den Mund stecke, um sie dann anzuzünden.

»Mindestens seit vier Stunden«, lässt er mich wissen, weshalb ich verstehend nicke. »Es wird von Stunde zu Stunde schlimmer«, fügt er noch hinzu, was meine Vermutung verstärkt.

Mit der Kippe zwischen den Zähnen nähere ich mich anschließend Denver, der mich nun auch zu bemerken scheint, ehe er zu schreien und zu spucken anfängt.

»Du verfickter Hurensohn! Mach mich los!« Seine Augen sind weit aufgerissen und ich kann mir imaginär vorstellen, wie seine Iriden in Flammen aufgehen. Wenn Blicke töten könnten, hätte er mich damit schon längst umbringen wollen.

Ich gehe in die Hocke, schnippe den Zigarettenstummel mit Daumen und Zeigefinger weg, ehe ich sein umgekehrtes Gesicht mustere. Das Häufchen Elend hat sich bereits die Lippen wundgebissen, weshalb sie leicht zu bluten anfangen.

»Und wie ist es so, auf den Stoff, den dein Körper so dringend braucht, zu verzichten?«, provoziere ich ihn mit einem teuflischen Grinsen auf den Lippen. Sein Entzug lässt ihn leicht aggressiv werden. Sein Körper verlangt nach Nachschub und wenn er noch länger auf seine Drogen verzichten muss, werden die Entzugserscheinungen heftiger. Das führt dazu, dass er abkratzen kann.

Ihm bleibt keine Wahl. Sterben wird er sowieso.

»Fick dich, du Wichser!«, zischt er, wobei Speichel aus seinem großkotzigen Mund fliegt, als wäre er ein tollwutiger Köter. Rechtzeitig bringe ich Abstand zwischen uns, um zu vermeiden, dass seine Spucke irgendwo an mir haften bleibt.

»Vielleicht sollte ich in Erwägung ziehen, dir die Zunge aus deinem viel zu großen Maul herauszuschneiden«, meine ich abwertend. »Leider hast du Glück, denn die werden wir noch brauchen.«

Denvers Miene hat sich kein Stück verändert, denn er starrt mir immer noch gebannt in die Augen. Wenn ich es nicht besser wissen würde, dann würde ich meinen, dass eher er der Psychopath von uns beiden wäre.

»Bist du taub? Ich sagte bereits, dass ich nicht reden werde«, gibt er keck von sich. Reflexartig hole ich aus und verpasse ihm einen festen Fausthieb gegen seinen Magen, wobei er schmerzhaft aufstöhnen muss. Er zerrt an den Kabelbindern, die um sein Handgelenk angebracht sind, doch je mehr er an ihnen zieht, desto tiefer schneidet sich das Plastik in seine Haut.

»Zügel deine verfickte Zunge oder ich zeige dir jetzt gleich und auf der Stelle, was mit Leuten wie dir passiert!«, drohe ich ihm mit zusammengebissenen Zähnen. Ich spüre, wie die Wut in mir aufkocht und ich kurz davor bin, meinen Plan über Bord werfen zu lassen. Soll er an seinem Entzug verrecken …

»Warum so aggressiv, Herr Anwalt?«, dreht Denver den Spieß um. Ein Fehler seinerseits, aus dem er jetzt wohl oder übel lernen wird.

Meine impulsive Ader brodelt wie wild, jedoch versuche ich die aufgestaute Aggressivität herunterzuschlucken und den lässigen Kian aus mir heraushängen zu lassen. Schließlich werde ich noch meinen Spaß mit ihm haben und das hier ist gerade erst der Anfang.

Ich greife in die Innenseite meines Jacketts und hole eines meiner Lieblingsspielzeuge hervor. Ohne ein weiteres Wort mit diesem Vollidioten zu wechseln, lange ich an sein

Shirt und setze den ersten Cut an, um es dann in der Mitte gewalttätig zu zerreißen. Die Drogen haben eine Menge Schaden an seinem Körper hinterlassen, so dürr wie er aussieht. Fast schon bemitleidenswert.

»Was soll das werden?«, fragt Denver leicht überrascht, lässt es jedoch so klingen, als würde er sich über meinen Tathergang lustig machen. Die Frage ist dann nun, wie lange er noch lachen wird.

»Stehst du auf Messerspielchen?«, stelle ich eine Gegenfrage und lasse absichtlich seine Frage unbeantwortet. Die Fantasie ist ihm frei überlassen.

Die kalte Klingenspitze des Messers lasse ich mit langsamen Bewegungen auf seinem nackten Oberkörper fahren. Während das Biest in mir freudig die Zähne fletscht, sieht mich Denver mit seinen dunklen Augen verstört an. Umso amüsanter für mich.

»Willst du mir jetzt mit deinen krankhaften Gedanken an die Wäsche gehen, oder was?!«, spottet er.

Ich schnalze mit der Zunge, wandere mit dem Messer weiter nach unten und setze die Spitze an seine Kehle an, sodass er dem Tod direkt in die Augen blicken kann. Ich bin sein One-Way-Ticket, das ihn mit in die Hölle reißen wird.

»Viel besser«, antworte ich neckisch, ehe ich die erste Linie auf seine nackte Brust ritze und Denver schmerzhaft aufschreien muss. Das Blut quillt aus seiner offenen Wunde, jedoch ignoriere ich diese und fahre fort. Der erste Buchstabe ist vollbracht und die qualvollen Schreie aus seinem Mund sind beruhigende Melodien für meine kaputte Seele.

»S-Stopp … H-Hör … fuck!«, stottert er und unterbricht sich selbst. Ich weiß genau, wie höllisch seine Wunden brennen, zeige jedoch kein Erbarmen und ritze die nächsten Buchstaben auf seine Haut.

Sein Wimmern verschmilzt mit seinem Gebrüll. Wenn ich mich nicht irre, erkenne ich sogar eine einzelne Träne, die einsam aus seinem Augenwinkel ausbricht. *Cry Baby.*

»B-Bitte …« krächzt er jämmerlich. Seine Augen sind vor lauter Schmerz geschlossen. Denver hofft darauf, dass es bald aufhört, aber ich habe gerade erst mit dem Spiel begonnen.

Auf seiner Brust ziert das Wort „Sucker" und passt perfekt zu seinem Image. Denver ist ein verfickter Lutscher und das wird er bis zu seinem Tod bleiben.

»Jesse?« rufe ich nach meinem besten Freund, der mir sofort zur Seite steht und mich abwartend ansieht. »Bringe mir bitte das kleine, braune Fläschchen mit dem blauen Deckel«, weise ich ihn an und ernte von Jesse einen wissenden Blick, ehe er uns kurzzeitig verlässt, um meiner Aufforderung nachgehen zu können.

Es verstreichen einige Minuten, bis Jesse wieder zurückkommt und mir die Flasche in die Hand drückt. Ich lese „Salzsäure" auf dem Etikett und drehe zufrieden den Flaschenhals auf. Denvers Augen werden riesig, wobei dieser dumme Idiot sich sicher mit Säuren überhaupt nicht auskennt, jedoch weiß er, dass es sich hierbei um nichts Gutes handeln wird. Denn egal was ich tun werde, es wird ihm Schmerzen bereiten. Hoffentlich kommt es an den Schmerz heran, den mein kleiner Engel in sich trägt.

»N-Nein! NEIN!«, ruft er panisch und zieht erneut an den Kabelbindern, die ihm kein Stück weiterhelfen. Wie ein zappelnder Fisch rüttelt er an dem Seil, der an seinen Fußknöcheln gebunden ist, nur hilft es ihm kein bisschen, mich bei meinem Vorhaben hindern zu können.

Gnadenlos schütte ich die Flüssigkeit auf seine frische Wunde mit den aufgeritzten Buchstaben, welche sofort Verätzungen verursacht. Denvers Schreie sind ohrenbetäubend, als hätte man ihn gerade mit einem Spieß aufgestochen. Vielleicht sollte ich das auch mal in Erwägung ziehen, damit dieser Dreckskerl endlich redet.

»Er hat sich eingepisst«, kichert Jesse. Und tatsächlich hat dieser Scheißer sich wie ein kleines Kind eingenässt.

Denver atmet hektisch, sein Gebrüll ist wieder abgeklungen. Riesige Bläschen haben sich auf seinen Wunden gebildet. Der Geruch von verbranntem Fleisch liegt in der Luft sowie das Blut, welches unaufhörlich seinen Körper hinabwandert. Es löst rein gar nichts in mir aus. Kein Mitleid, keine Schuldgefühle. Nur pure Kälte.

Sein Leib zittert noch stärker und auch sein Teint ist blasser als zuvor. Ich befürchte, dass er kurz davor ist, sich erneut übergeben zu müssen. Und es scheint so, als müsste er dagegen ankämpfen, um nicht wie das größte Weichei dazustehen.

»Und? Willst du immer noch nicht reden?«, frage ich ihn ruhig.

Vor Erschöpfung lässt er seine Arme hängen, gibt mir abermals keine Antwort darauf, weshalb ich ihn noch mehr anreizen muss. Schließlich habe ich nicht den ganzen Tag Zeit. Aus diesem Grund begebe ich mich zu einer alten Werkbank, die vom Vorbesitzer stehengelassen wurde, und die noch mit einigen interessanten Werkzeugen ausgestattet ist. Ich suche mir ein passendes Instrument aus und nehme dann den Bolzenschneider zur Hand.

Mit langsamen Schritten kehre ich zurück zu Denver, der wie ein nasser Sack am Seil hängt und keine seiner Muskeln irgendeine Anstrengung machen, sich zu rühren.

»Wird Zeit, dass du endlich deine verschissene Fresse öffnest und mir die nötige Information übergibst«, knurre ich ihn sichtlich genervt an.

Ohne weiter zu überlegen, stimmt er endlich zu, mir all meine Fragen zu beantworten, kurz nachdem er realisiert hat, was ich in der Hand halte. Mittlerweile muss er wissen, dass ich mich nicht davor scheue, ihm wehzutun.

»Also, ich höre …«, fange ich an. »Samara und Saphira … Was hast du mit den beiden zu tun?«, frage ich erneut.

Den Bolzenschneider lasse ich fest im Griff nach unten baumeln, falls dieser Idiot auf dumme Gedanken kommen sollte und mich verarschen will. Lügner kann ich sehr gut enttarnen, aber das soll ihm schon ganz bald klar werden.

Denver räuspert sich, ehe er zum Sprechen ansetzt: »Samara kenne ich schon eine Weile. Sie arbeitete für meinen Boss …«

»Sein Name?«, unterbreche ich ihn harsch.

»Keine Ahnung. Er nennt sich Big J«, erklärt er etwas nachdenklich.

*Big J?* Was ist das für ein dämlicher Name für einen Boss? Ich frage mich, ob ihn seine Leute tatsächlich ernst nehmen. Aber diesen „Big J" hebe ich mir für später auf, denn als erstes muss ich mehr über die Vorgeschichte zwischen Denver und Saphira erfahren.

»Welche Rolle hat Samara bei *Big J* gespielt?«, will ich nun wissen und betone den Namen extra, da es sich auf meiner Zunge wirklich räudig anfühlt ihn auszusprechen.

»Sie war eine seiner Nutten.«

Langsam verstehe ich den Zusammenhang, brauche dennoch weitere Informationen, die mir mehr Licht ins Dunkel bringen.

»Warum habt ihr sie getötet?«, erkundige ich mich und beobachte genau, wie Denvers Gesichtszüge entgleisen und er einen müden Blick aufsetzt. So wie er aussieht, hat er wohl nicht damit gerechnet, dass es jemals herauskommen wird. Vielleicht sind die Cops strohdumm und nehmen es als eine Überdosis hin. Oder *Big J* hat sie bezahlt, weshalb nicht weiter ermittelt wird. Denn wie es scheint, hat dieser Boss von Denver eine Menge Dreck am Stecken.

Ich halte den Bolzenschneider in die Höhe, um ihn mehr unter Druck zu setzen, da er mir immer noch keine Antwort auf meine Frage gegeben hat. Er soll endlich verstehen, dass es nach meinen Regeln abläuft und wer nicht hören will, muss fühlen.

Denver schluckt hart, kommt aber meiner Aufforderung nach: »Samara schuldet Big J eine Menge Geld. Ihre Sucht hat sich über die Jahre verstärkt und sie hat die Drogen bei ihm geschnorrt. Meine Aufgabe war es, ihre Tochter aufzufinden, damit sie Samaras Schulden abbezahlt.«

Mein Gefühl sagt mir, dass es aber noch nicht alles war, was er mir gerade erzählt. Dieser *Big J* hatte irgendwelche Absichten gehabt, die Saphira schaden sollten, wenn ich nicht dazwischengekommen wäre.

»Was wolltet ihr in ihrer Wohnung? Und versuche mich nicht zu linken, denn es war nicht nur wegen des Geldes«, knurre ich ihn an. Meine Angespanntheit wirkt sich auf meine Laune aus, denn ich spüre es bis ins Mark, dass es definitiv nichts Gutes ist.

»Wir …« Denvers Augen treffen auf meine. »Big J wollte, dass wir sie zu uns holen, nachdem wir Samara aus dem Weg geräumt haben. Samaras Tod sollte Saphira in unsere Arme locken.«

Ich spanne mich noch mehr an, umgreife den Bolzenschneider fester in meiner Hand, so dass die Knöchel weiß hervortreten, und versuche meine Selbstbeherrschung, welche kaum noch übrig ist, zu kontrollieren. Irgendwie wusste ich es schon vorher, aber es jetzt aus seinem räudigen Maul zu hören, macht mich nur noch wütender. Diesen *Big J* muss ich finden, wenn ich mit Denver fertig bin. Und es wird kein schönes Ende für ihn geben, auch wenn er ein scheiß Möchtegern-Drogenboss ist.

»Hast du sie je angefasst?«, frage ich in angespannter Haltung und kassiere ein freches Grinsen von ihm, welches mein Blut zum Kochen bringt. Der Wille, ihm jeden Knochen brechen zu wollen, wird immer größer, doch den Spaß hebe ich mir zum Schluss auf. Dann wird dieser Wichser nie wieder grinsen können, das ist ein Versprechen.

»Was denkst du denn?«, lacht er.

Mein Puls verschnellert sich bei seiner indirekten Antwort und sofort verpasse ich ihm mit dem Bolzenschneider eine blutige Nase. Ich hole erneut aus, mitten ins Gesicht, bis er von seinem eigenen Blut vollgetränkt ist. Jedoch empfinde ich keinerlei Erleichterung bei diesem Anblick. Nein, der Rausch, ihn brennen zu sehen, fängt gerade erst an.

»Antworte!« brülle ich. Mein Brustkorb bebt, während meine goldbraunen Augen ihn feurig anstarren.

Dieser Bastard hustet und spuckt anschließend Blut, welches ihm über das rote Gesicht läuft und auf den kalten Betonboden tropft. Dann wandern seine leeren, dunklen Augen zu mir, die mich gleichgültig mustern. Es scheint so, als wäre die Angst von vorhin aus ihnen gewichen. Da ist wieder seine alte Persönlichkeit, die ihn kalt und herzlos wirken lässt.

»Ich habe sie nicht nur angefasst …« Und da taucht wieder dieses egozentrische Grinsen auf seinem demolierten Gesicht auf. »… Sie schmeckt auch unfassbar gut.«

In mir legt sich ein Schalter um und ich handle nur noch, ohne großartig nachzudenken. Die Dunkelheit in mir umhüllt mich vollkommen. Ich nehme nur noch einen grauen Nebelschleier wahr, der mir meine Sicht verschwimmen lässt. Das Biest in mir frisst sich an die Oberfläche und übernimmt meinen Körper. Von meiner Menschlichkeit ist kein Stück mehr übrig.

Ich trete ihm näher, um dann den Bolzenschneider an seinen Zeigefinger zu platzieren. »War es der Finger, mit dem du sie berührt hast?« Allerdings warte ich nicht darauf, dass er mir dies beantwortet, denn mit einem Zug trenne ich ihm den Finger ab, der dumpf auf dem Boden aufkommt und ein schriller Schrei hallt durch die leere Lagerhalle wider.

Meine Kleidung ist mit seinem widerlichen Blut beschmiert, dennoch interessiert es mich wenig, weil ich in diesem unstillbaren Rausch gefangen bin. Das Einzige, was ich sehen will, ist Tod und Blut.

»Oder war es doch dieser hier?« Wieder abszindiere ich einen Finger von ihm. Quälende Schreie gleiten aus seiner Kehle, die für mein dämonisches Biest befriedigend klingen.

Seine verstümmelte Hand verursacht eine große Lache auf dem Boden. Indessen hebe ich die beiden abgeschnittenen Finger auf und lege sie auf der Werkbank ab. Die werde ich noch brauchen.

»Einen letzten Wunsch habe ich noch«, brumme ich mit tiefer Stimme.

Dieser Bastard macht aber den Anschein, dass er mir gar nicht zuhört, weshalb ich in seinen dunklen Haarschopf greife und seinen Kopf zu mir nach oben reiße, damit er mich ansehen kann. Denver sieht geistig abwesend aus, weshalb ich keine Zeit mehr verlieren will und ihm die nächste Aufforderung überbringe: »Ich brauche den Standort von Big J.«

Denver rollt mit den Augen, was für mich bedeutet, dass er sein Bewusstsein verliert. Ich muss schneller handeln, bevor er für mich nutzlos wird. Aus diesem Grund kippe ich eiskaltes Wasser über ihn, woraufhin er tief Luft schnappen muss. Wie ein Haufen Elend schaukelt er am Seil hin und her und ich bekomme das Kotzen, ihn atmend zu sehen.

»Seinen Standort, Denver!«, zische ich mit zusammengebissenen Zähnen.

»I-Im Rotlichtmilieu. Dort ist er fast jeden Abend.«

Ich gebe mich damit zufrieden, denn es gibt nur ein Rotlichtmilieu in Fallbridge, welches im Untergrund das Kartell betreibt. Und ich bin mir sicher, dass ich dort *Big J* finden werde. Doch zuerst bekommt er eine kleine Botschaft von mir, worüber er sich freuen wird.

Mit dem Rücken an Denver gewandt, um Jesse ein Zeichen zu geben, überschüttet mich das euphorische Gefühl, was nun als Nächstes geschehen wird. Jesse nickt verstehend und überreicht mir den Kanister, den ich tonlos in die Hand nehme. Hinter mir stöhnt dieser Dreckskerl und verflucht mich für meine Taten. Soll mir recht sein.

»Irgendwelche letzte Worte?«, frage ich ihn und schütte dabei das Benzin auf seinen Körper, ohne seine wilden Bewegungen zu beachten.

Als er immer noch kein Wort über sein vorlautes Maul gebracht hat, zücke ich mein Feuerzeug aus meiner Hosentasche und werfe es achtlos zu ihm hinüber, ehe Denver in Flammen aufgeht.

Während ich ihm dabei zusehe, wie er vor meinen Augen verbrennt, schreit er lauthals durch die Halle und zappelt heftig am Seil, bis es reißt und sein Leib dumpf auf dem Boden aufschlägt. Es verstreichen einige Minuten, bis es still wird und sein Körper fast ausbrennt.

»Eine angenehme Reise in die Hölle wünsche ich dir«, hauche ich ihm zu.

Ein Problem weniger. Nun wartet ein Weiteres auf mich.

# KAPITEL 22 Saphira

Ich weiß nicht, wie lange ich in Kians Zimmer sitze und nur ins Leere gestarrt habe, doch so langsam rebelliert mein Magen. Schon wieder. Es ist ein paar Tage her, dass ich eine richtige Mahlzeit zu mir genommen habe. Gezwungenermaßen entscheide ich mich deshalb wieder nach unten zu gehen, in der Hoffnung, dass Kian nicht mehr da ist. Das Letzte, was ich möchte, ist, ihm unter die Augen zu treten.

Jetzt wo mein Verstand wieder arbeitet, will ich mich verkriechen. Es war ein Fehler, Kian an mich heranzulassen. Er hat meinen schwachen Moment ausgenutzt und mir blieb nichts anderes übrig, als mich ihm hinzugeben, obwohl ich erst davon erfahren habe, was er davor getan hat. Grausame Bilder schießen mir ins Gedächtnis, wie bestialisch Kian Daxton getötet haben muss. Ich habe mich von einem Mörder lecken lassen, und mir wird bewusst, dass ich verschwinden muss, bevor ich mich noch mehr in dumme Situationen mitreißen lasse. Denn diese Dunkelheit in ihm zieht mich unerklärlicherweise an und ich bin mir sicher, dass es mich endgültig zerstören wird, sobald ich ihn noch näher an mich heranlasse.

Leise drehe ich den Schlüssel um und luge hinaus. Die Stille umhüllt die gesamte Penthouse-Wohnung, also gehe ich davon aus, dass er gegangen ist und mich allein gelassen hat. Hoffentlich kann ich nach dem Essen von hier verschwinden. Ja, das sollte ich wirklich tun.

Außerdem steht noch Samaras Beerdigung bevor. *Leider* bin ich dazu verpflichtet, die Kosten dazu zu tragen, weil ich laut dem Gesetz das einzig bekannte Familienmitglied ihrerseits bin. *Welch eine Ehre.* Dabei besitze ich keinen Cent. Heute früh hat mich die Nachricht des Bestatters erreicht, welche Art Trauerfeier ich mir für meine Mutter wünsche. Wenn ich ehrlich bin, wünsche ich mir nichts davon.

Ich verfluche meine gesamte Existenz dafür …

Bevor ich aus dem Zimmer tapse, fällt mir auf, dass ich immer noch das Shirt von Kian anhabe, sonst nichts weiter, da meine Kleidung gestern seinetwegen nass geworden ist. Und vermutlich liegen sie noch in seinem Badezimmer. Entschlossen laufe ich die Treppen hinunter, mit dem Gedanken, meine Sachen aufzusammeln und diese in den Trockner zu werfen, solange ich mir meinen Magen vollschlage. Aber das Schicksal kommt mir mal wieder in die Quere, als ich Naomi auf der großen Wohnlandschaft sitzen sehe, die seelenruhig auf ihrem Handy tippt. *Was zum Teufel macht sie hier?!*

Bevor ich unbemerkt wieder zurück in das Zimmer schleichen will, entdeckt sie mich schon und legt ihr Handy beiseite, um mir ihre volle Aufmerksamkeit schenken zu können. Mit einem breiten Lächeln, welches ich noch nie zuvor auf ihrem Gesicht zu sehen bekommen habe.

»Kians T-Shirt also, hm?«, grinst sie dreckig, wobei ich sofort knallrot anlaufe und die Arme vor meinen Brüsten verschränke. Peinlich berührt schaue ich weg und werde die Tatsache nicht los, dass ich unter dem bisschen Stoff keine Unterwäsche trage. Fuck …

»Was tust du hier?«, lenke ich vom Thema ab und nähere mich nur zögerlich dem breiten Sofa.

Ich schnappe mir die Tagesdecke und wickle sie um meine nackten Beine, ziehe sie anschließend bis zu meiner Brust hoch, um meine Nippel zu bedecken, ehe ich mich mit einem großen Abstand hinsetze. Währenddessen kichert Naomi leise, wofür sie sich einen Todesblick von mir einfängt. Für mich ist das ganz und gar nicht lustig.

»Kian hat mich geschickt«, meint sie nur, greift nach einem Glas mit bräunlicher Flüssigkeit und nimmt einen Schluck davon. »Willst du auch einen?«, fragt sie mich und obwohl ich keine Ahnung habe, was das sein soll, nicke ich zustimmend.

Naomi verschwindet in die angrenzende Küche und holt ein weiteres Glas heraus, um es mir anschließend zu bringen. In der anderen Hand hält sie die Whiskyflasche und stellt es auf dem Beistelltisch ab, ehe ich danach greife und mir einen ordentlichen Schluck einschenke. Den brauche ich gerade ganz dringend, auch wenn ich weiß, dass ich auf leeren Magen nichts Starkes trinken sollte.

»Ich brauche keinen Aufpasser«, murmle ich ins Glas und kippe die bernsteinfarbene Flüssigkeit in einen Zug runter. Mein Rachen und mein Magen werden von dem brennenden Whisky erwärmt und ich verziehe angewidert das Gesicht. Ganz egal wie scheußlich es schmecken mag, die Wirkung ist es mir wert.

»Ich weiß«, kommentiert Naomi meine Aussage. »Ich bin auch nicht freiwillig hier«, gibt sie mir zu wissen.

»Wieso bist du dann hier, wenn du es nicht willst?«, frage ich sichtlich verwirrt.

Naomi schnaubt.

»Es ist nicht wegen dir oder Kian. Ich fühle mich nur in so einer riesigen Wohnung sehr unwohl. Und sich Kian zu widersetzen ist Selbstmord. Wenn ihm etwas wichtig ist, akzeptiert er ein *Nein* nicht.«

Ihre Worte regen mich zum Nachdenken an. Ob sie weiß, was Kian tut oder wer er wirklich ist? Und wenn ja, steckt sie genauso tief in dieser Sache mit drin wie er? Vielleicht ist sie aus dem Grund hier, damit er wieder jemand umlegen kann. In der Zeit soll Naomi mich wohl im Auge behalten. Eines der Dinge, die ich wahrscheinlich nie wirklich verstehen werde.

Aber was mich nun neugierig werden lässt, ist, was ihm so wichtig sein soll.

»Was meinst du mit *wichtig*?«, spreche ich meine Gedanken aus.

Naomi schenkt mir nur ein kleines Lächeln. »Das musst du ihn selbst fragen.«

Sie wendet ihren Blick von mir ab und ich kaue nachdenklich an meiner Unterlippe herum. Was er jetzt wohl gerade tut? *Töten natürlich,* flüstert mir mein Verstand zu, welchen ich jedoch zu ignorieren versuche.

»Wo ist er eigentlich?«, frage ich vorsichtig. Vielleicht finde ich durch Naomi mehr heraus. Aber wie hoch ist die Wahrscheinlichkeit, dass ausgerechnet sie über seine heimlichen Aktionen spricht? Wohl eher gering, oder?

»Einen Job erledigen«, erklärt sie knapp. Und das reicht mir aus, um zu realisieren, dass sie definitiv eine Ahnung hat, was er für einen *Job* zu machen hat.

Verdammter Mist, ich ziehe nur psychisch kaputte Menschen an und scheiße, mich kann ich auch gleich zu ihnen dazugesellen. Dieser Gedanke macht mich wahnsinnig. Mich hat ein Killer befriedigt und ich habe es mehr als nur genossen. Es war atemberaubend, faszinierend und... heiß. Ich bin definitiv verrückt und es macht mich unfassbar wütend. Wütend auf mich selbst.

»Einen Job wie Meschen töten?«, platze ich mit der Wahrheit heraus, verstumme wieder und beiße mir für meine vorlaute Klappe auf die Lippe. Was habe ich mir nur dabei gedacht? Gott, ich sollte langsam aufpassen, mit wem ich über was spreche.

Naomi scheint weder verärgert noch verwundert zu sein. Ihr neutraler Gesichtsausdruck verrät mir ... nichts. Rein gar nichts. Ich habe keinen blassen Schimmer, was sie jetzt wohl gerade darüber denkt. Ob sie sich jetzt dafür verantwortlich fühlt, mich beseitigen zu müssen, da ich zu viel weiß? Irgendwie auf eine verdrehte Art und Weise bin ich Zeugin… Oder? Immerhin hat Kian es vor mir nicht verneint.

*Na, komm schon, sag etwas,* denke ich mir und rutsche nervös auf meinem Hintern herum. Naomi lässt mich vermutlich mit Absicht zappeln, damit ich mir den Kopf zerbreche. Ist ihr wohl oder übel gelungen. Jetzt male ich mir etliche Szenarien aus, die nur mit Morden zu tun haben. Sie haben sich so weit in mein Hirn eingebrannt, dass es mich nicht mehr loslassen will.

»Kian tötet nicht wahllos Menschen. Nur die, die es verdient haben«, klärt sie mich nach langem Stillschweigen auf.

Nun bin ich verwirrter als zuvor. Was hat das jetzt zu bedeuten?

Die dunkelhaarige Frau vor mir erkennt das große Fragezeichen in meinem Gesicht und spricht weiter: »Ich kann dir nicht viel über Kian sagen, aber bevor ich ihn kennengelernt habe, glaubte ich nicht an das Gute. Und er hat es mir, trotz seiner mehr oder weniger grauenvollen Taten, anders bewiesen.«

Ich versuche zu verstehen, was mir Naomi erklären will, jedoch bin ich so ahnungslos, dass ich nicht weiß, was ich mit dieser Information anfangen soll. Einerseits will ich begreifen, wieso Kian diese Dinge tut, und andererseits möchte ich so weit weg wie möglich, um endlich sorgenfrei leben zu können. Nach einer unschönen Kindheit und zeitgleich einer schrecklichen Vergangenheit brauche ich einen riesengroßen Abstand von dieser dunklen und furchtbaren Welt.

Dennoch herrscht das schlechte Bauchgefühl in mir, dass es kaum möglich ist, da mich diese Scheiße wie Motten ins Licht zerrt.

Ich kann mich nur vage erinnern, als Naomi einmal erwähnt hat, dass Kian sie vor dem Abkratzen bewahrt hat. Allerdings habe ich bis heute nie danach gefragt, weil ich ihr nicht zu nah treten wollte. Immerhin hat sie auch mir meinen Freiraum gegeben. Und trotzdem zerfrisst mich mal wieder mein Wissensdrang zu erfahren, was mit Naomi damals passiert sein muss, sodass sie zu dem Menschen geworden ist, der sie heute vorgibt zu sein. Denn ich kann mir nur schwer vorstellen, dass sie Kians Taten einfach so toleriert. Und ich habe das Gefühl, dass in ihr eine andere Seite steckt als nur die kühle und emotionslose Naomi.

»Was … ähm … also damals …« Ich beende mein Gestotter, weil es irgendwie doch zu aufdringlich meinerseits ist. »Ach, vergiss es«, nuschle ich leise und schenke mir erneut ein Glas voll mit Whisky ein, um die Unannehmlichkeiten zu überspielen.

»Du willst wissen, was damals passiert ist?«, vervollständigt sie meine unausgesprochene Frage und sofort fangen meine Wangen zu glühen an. Ich fühle mich irgendwie konsterniert, weil es eine Sache ist, die mich nichts angeht.

»Nein … also …«

»Schon gut. Ich denke, es ist der perfekte Moment gekommen, um es mir endlich von der Seele zu sprechen«, unterbricht sie mich schnell, nimmt einen großen Schluck von dem Gebräu und füllt es noch einmal auf, um auch diesen in den Rachen zu kippen.

Naomi wechselt ihre Sitzposition, sodass sie mir direkt ins Gesicht sehen kann. Jedoch traue ich mich nicht, ihr in die Augen zu schauen, und fürchte mich davor, was mich gleich erwarten wird. Ich vermute Schlimmes, womöglich schlimmer als meine Vergangenheit …

»Du musst wissen, seit jener Nacht haben Kian und ich kein Wort darüber gewechselt. Nicht weil er dazu nichts mehr sagen wollte, sondern weil ich mich dazu entschieden habe, es vergessen zu wollen«, begründet sie, wofür sie mir eigentlich keine Rechenschaft schuldig ist. Wie sie es eben schon erwähnt hat, war es ihre eigene Entscheidung und Kian blieb nichts anderes übrig als es zu akzeptieren. Eines was mich an diesem Mann bewundern lässt, und das sollte ich im Grunde genommen nicht tun.

Ich finde den Mut und rücke ein Stück an Naomi heran, um einen Teil der Decke über ihre Beine legen zu können. Ein Zeichen, dass ich ihr zuhöre und ihr Mut schenken will, den ich selbst nicht immer besitze.

Etwas verwundert, dann doch bemüht, bringt sie ein aufrichtiges Lächeln auf ihre schmalen Lippen auf. Eine Geste, die ich wertschätze. Denn eines ist mir bewusst geworden, seitdem ich Naomi begegnet bin: Sie mag weder

Körperkontakt noch kann sie über Gefühle und Emotionen sprechen oder sie erkenntlich zeigen. Und nun springt sie über ihren eigenen Schatten, was nicht selbstverständlich ist.

Sie schließt für einige Sekunden ihre Lider und atmet tief durch.

»Ich war ungefähr in deinem Alter, als ich in einer toxischen Beziehung festsaß und mich emotional nicht losreißen konnte.« Als Naomi mich wieder ansieht, liegen Wut und Schmerz in ihren dunklen Iriden. Sie offenbart mir ihre tiefen Gefühle, die sie vermutlich viel zu lange unterdrückt hat, und umso mehr verspüre ich den Drang, sie in den Arm nehmen zu wollen. Einfach das tun, was ich immer gebraucht habe.

»Er war sehr impulsiv, narzisstisch und gewalttätig. Sein wahres Gesicht zeigte er mir erst dann, als ich mich emotional an ihn gebunden habe.« Ihre Stimme wird heiser, weshalb sie sich kurz räuspert und dann fortfährt: »Erst verpasste er mir die erste Ohrfeige, entschuldigte sich und tat es wieder. Bis zu dem Tag, an dem er mich übel zurichtete und mich für sein Verhalten verantwortlich machte. Ich … Er hat mich … mehrfach verge- …« Der Klang ihrer Stimme versagt, ehe sie verstummt. Was sie mir gerade vermitteln will, muss sie nicht aussprechen, denn ich weiß genau, was sie mir sagen möchte, beziehungsweise es versucht.

»Es ist okay, du musst nicht, wenn du nicht willst«, gebe ich ihr zu wissen und drücke ihre Hand, die locker auf ihrem Schoß liegt.

Keine gutgemeinten Worte können das Geschehene je wieder rückgängig machen oder ihre tiefen Wunden heilen. Das, was ihr widerfahren ist, bleibt für immer ein Teil ihres Lebens.

Naomi wischt sich mit ihrem Daumen die Tränen von den Wangen, die unkontrolliert aus ihren Augenrändern herunterkullern. Bevor ich mir darüber Gedanken machen kann, handelt mein Körper viel schneller und ich breite meine Arme um ihre bebenden Schultern aus. Sie zuckt leicht zusammen, erwidert nur zögerlich meine Umarmung, ehe sie ihre Nägel in meine Haut krallt und mich näher an sich herandrückt.

»Nach drei Jahren hatte ich einen Entschluss gefasst und bin geflüchtet«, murmelt sie an meiner Schulter, während sie mich immer noch festhält. »Er … Er folgte mir abermals und zerrte mich in die nächstgelegene Gasse hinein, um mich dort erneut zu verprügeln. Er drohte mir, mich umzubringen, wenn ich nicht mit ihm nach Hause käme. Ich weigerte mich und erhob das erste Mal meine Stimme gegen ihn. Also entschied er im selben Moment, seine Hand um meinen Hals zu legen und zuzudrücken«, bringt sie zwischen ihren Schluchzern hervor und ich erschaudere bei ihrem Geständnis.

Ihre Geschichte versetzt mir einen Stich ins Herz. Auch wenn wir ein unterschiedliches Leben geführt haben, wurde ihr ebenso wie mir viel Leid und Schmerz zugefügt. Für eine junge Seele ein ewiges Brandmal der psychischen Mentalität …

Viel zu geschockt bringe ich kein einziges Wort heraus, versuche mit meinem Dasein ihr den nötigen Trost spenden zu können. Denn es ist in Ordnung, nicht in Ordnung zu sein. Ganz egal welch eine hohe Mauer sie über die Jahre zwischen ihrem Gemüt und der Außenwelt aufgebaut hat, wird diese eines Tages bröckeln.

Naomi beruhigt sich nach einem langen Moment und wischt sich ihr tränennasses Gesicht mit dem Handrücken ab. Ihre Augen sind gerötet, und so zerbrechlich wie sie gerade ist, habe ich sie in dieser kurzen Zeit noch nicht erlebt.

Einerseits bin ich froh, dass sie mit mir darüber spricht, denn mein gesamtes Leben habe ich niemanden zum Reden gehabt. Es heilt ein Stück meiner gebrochenen Seele, zu wissen, dass ich für jemanden da sein kann.

Sie räuspert sich erneut, um ihrer Erzählung ein Ende setzen zu konnen.

»Dann kam Kian ins Spiel. Er war zur richtigen Zeit am falschen Ort. Und ich glaube mittlerweile, dass das Universum ihn zu mir geschickt hat, um mir mein Leben retten zu können. Kian beendete das, was mein Ex-Freund mir angedroht hat …« Nach ihrem letzten Satz folgt eine Stille.

Ich lasse die Worte sacken, male mir das Szenario in meinem Kopf aus, was Kian wohl mit diesem Dreckskerl getan hat. Und zum allerersten Mal kann ich seine Tat nachvollziehen. Wenn er nicht dort gewesen wäre, dann wäre Naomi nicht hier. Dieser Gedanke bereitet mir einen dicken Kloß im Hals. Mir ist zum Weinen zumute, ich unterdrücke jedoch die aufkeimenden Tränen, die in meinen Augen zu brennen beginnen.

Kian hat sich um das gekümmert, woran die Justiz tagtäglich scheitert.

Die bedrückende Stimmung unterbricht Naomi, indem sie sich nach vorne zu dem Beistelltisch bückt und unsere beiden Gläser ein weiteres Mal mit Whisky befüllt. Den Alkohol brauchen wir nun beide dringend, um alles Gesagte verarbeiten zu können. Sie überreicht mir meinen Drink und stößt mit mir an.

»Auf die Vergangenheit, die uns nicht umgebracht und uns zu Überlebenden gemacht hat.«

Ja. Das, was dich nicht umbringt, macht dich stärker.

Nachdem ich sichergestellt habe, dass nichts mehr von Denver übriggeblieben ist, als hätte er nie zuvor existiert, betrete ich das Büro meiner Kanzlei in der Innenstadt von Bluehill, um mir ein frisches Hemd und eine neue Anzughose anzuziehen. Diesmal erspare ich Saphira den Anblick von Blut und den Geruch von Tod. Im angrenzenden Badezimmer dusche ich ausgiebig, um all die Reste von dem Wichser von mir entfernen zu können.

Wie neugeboren stehe ich vor meinem Schreibtisch und entdecke eine eingegangene Mail auf meinem Laptop. Eine Nachricht aus dem Pflegeheim.

Ich zögere diese zu öffnen und durchzulesen, was darin verfasst wurde. Es ist nicht die Angst oder Sorge, die mich davon abhält, denn nichts dergleichen wird mich jemals besitzen können. Vielmehr macht es mir zu schaffen, wie egozentrisch und eigensinnig ich in den vergangenen Jahren geworden bin. Wenn sie sich an mich erinnern würde, wäre sie enttäuscht von mir.

Mit einem Mausklick öffne ich die E-Mail vom *St. Clay Nursing Center* und lese mir die Nachricht grob durch. Natürlich geht es um *sie,* deren Zustand sich verschlechtert hat. Es war nur eine Frage der Zeit, wann es passieren wird. Und doch fühle ich mich dafür verantwortlich. Ein Anruf in das Pflegeheim und es würde womöglich mein Leben durcheinanderbringen. Aber ich muss es tun, ein letztes Mal.

Ich schließe das Fenster dieser Mail und klappe mein Laptop zu. Diese Information bringt all mein Gedankengut ins Schleudern. Selbst Saphira wird einen Moment aus meinem Kopf verbannt, wobei ich mich eben noch darüber gefreut habe, sie gleich wiedersehen zu können.

Die Krankheit zerfrisst *sie* immer mehr und ich bin, wie sonst auch immer, nicht bei ihr. Vielleicht ist es ein Zeichen, endlich über meinen eigenen Schatten zu springen. Einmal das zu tun, was von mir erwartet wird. Immerhin kann mir keiner sagen, wie lange *sie* es noch durchhalten wird und wer weiß, höchstwahrscheinlich werde ich es eines Tages bereuen, einen anderen Weg eingeschlagen zu haben. Dabei wollte ich *sie* nur schützen. Vor dem Monster, welches ich seit jener Nacht geworden bin.

Und sie wusste es, hat es mit eigenen Augen gesehen, zu was ich fähig war. Sie würde sich bis heute noch daran erinnern, wenn nicht ihre kognitive Fähigkeit beeinträchtigt wäre.

Jetzt fühle ich mich doch etwas schuldig. Eine Schandtat, welche ich vor Jahren begangen habe, und es ihr das halbe Leben gekostet hat. Ich entscheide nun über ihr restliches Leben. Es liegt in meiner Hand, was nun mit ihr geschieht und wenn ich ehrlich bin, muss ich mich dem stellen, was ich angerichtet habe. Das ist das Mindeste, was ich jetzt noch für sie tun kann.

Mein Handy umfasse ich, welches auf dem Bürotisch liegt, und tippe die Nummer des Pflegeheims ein, um dann die Ruftaste zu betätigen. Es dauert einige Sekunden, bis jemand rangeht, und mein Herz schlägt mir fast bis zum Hals. So nervös wie ich gerade bin, war ich schon lange nicht mehr.

»*Herzlich willkommen beim St. Clay Nursing Center. Sie sprechen mit Eloise Price. Was kann ich für Sie Gutes tun?*«, ertönt eine freundliche Stimme auf der anderen Leitung. Ich atme leise ein und versuche einen klaren Kopf zu bewahren. So schwer kann es doch wohl nicht sein.

»Guten Tag, Kian Carter am Apparat. Ich melde mich bezüglich Mrs. Neville«, erkläre ich kurzgehalten und sofort versteht die Dame am Hörer, worum es sich handelt. Sie verbindet mich mit der zuständigen Abteilung, wobei das Warten ziemlich heftig an meinen Nerven nagt. Ich will es nur so schnell wie möglich hinter mich bringen.

»*Mr. Carter? Ich bin die Pflegerin von Mrs. Neville, Mrs. Sanders. Schön von Ihnen zu hören*«, begrüßt sie mich. Wenn es nach mir gehen würde, würde sie niemals wieder was von mir hören.

»Guten Tag, Mrs. Sanders«, gebe ich trocken und dennoch förmlich von mir. »Die Mail hat mich eben erst erreicht«, lüge ich.

Wie kann ich denn nicht lügen, wenn es gerade um *sie* geht? Die Menschheit erwartet immer, dass man sich für alles und jeden sorgt und sich bemüht, Interesse zu zeigen. Es wird einem vorgeführt, dass Familie und Angehörige den obersten Rang besitzen müssen, dabei habe ich diese schon vor Jahren aufgegeben. Ich hatte nie wirklich eine Familie oder jemanden, der sich ernsthaft für mich interessiert hat. Niemanden, den es gejuckt hat, was in mir vor sich ging.

Nur ein einsamer Junge, der alles gegeben hat, um die Bedürfnisse der anderen zu befriedigen.

»Ich würde gerne mit Ihnen einen Termin vereinbaren, Mr. Carter. Natürlich nur, wenn es für Sie keine Umstände macht«, sprudelt es aus ihr heraus und ich kann nur mit Mühe ihr Gespräch verfolgen, so schnell wie sie spricht.

Ich fühle mich überrumpelt, nichtwissend, was ich darauf für eine angebrachte Antwort geben kann. Ich meide so gut es geht, dort aufzukreuzen, denn sobald ich die Türschwelle betrete, liegt ein unangenehmes Bauchgefühl in meiner Magengegend. Und die Ursache liegt ganz klar bei ihr. Ich hasse den Ort, das Pflegeheim und den Zustand, den sie meinetwegen durchmachen muss. Und am schlimmsten ist es, dass mich ihre Anwesenheit an all das Schlechte in meinem Leben erinnert.

»Mr. Carter? Sind Sie noch in der Leitung?«, reißt mich die gütige Stimme von Mrs. Sanders aus meinen Gedankengängen, die mich jedes Mal aufs Neue einnehmen. Vor allem jetzt kann ich sowieso nicht klar denken oder irgendwie in der Lage sein, eine konkrete Entscheidung treffen zu können.

»Jaja, ich ... ich stimme dem zu«, willige ich gezwungenermaßen ein, denn immerhin habe ich auch aus diesem Grund dort angerufen. »Wann kann ich vorbeikommen?«, frage ich kurz angebunden, um dieses Thema für eine Weile ruhen lassen zu können. Wenn ich zu viel nachdenke, bekomme ich wieder diese grässlichen Kopfschmerzen. Einen kühlen Kopf werde ich später noch brauchen, wenn ich nach Hause komme, und mich um die bedrückende Stimmung mit Saphira kümmern will. Ich ertrage es nicht länger, von ihr getrennt zu sein, und dass sie mir ihre kalte Schulter zeigt, weil sie heute früh meine Worte in den falschen Hals bekommen hat. Da brauche ich hierfür einen gesunden Menschenverstand, der bei mir gerade zu versagen scheint.

»Nächste Woche, Montag um elf Uhr?«, richtet sie die Frage an mich, welche ich ihr zustimmend beantworte, um mich dann schleunigst zu verabschieden und aufzulegen.

Scheiße, jetzt kann ich mich schon einmal darauf einstellen, was in einer Woche auf mich zukommen wird. Und wie heftig mich die Diagnosen, die sie scheinbar über *sie* gemacht haben, treffen werden.

Ganz egal, wie böse das Monster in mir ist, da ist immer noch tief in mir das weiche Herz, welches droht, irgendwann zu zerspringen.

Ich fahre in die Tiefgarage hinein, parke dort mein Auto und nehme den Aufzug zu meiner Penthouse-Wohnung, der mich augenblicklich zu meinem Engel bringt, der sicherlich schon sehnsüchtig auf mich gewartet hat. Im Moment brauche ich einfach nur eine gute Ablenkung, und das ist Saphira nun mal. Sobald ich mich in ihrer Nähe aufhalte, sind all die Probleme vergessen und die negativen Gefühle vergangen. Ihre strahlende Aura umhüllt mich in einer Blase, in der ich für immer bleiben möchte.

*Sei nicht so ein dämliches Weichei,* spricht die innere Stimme zu mir. Ich ignoriere sie aber weiter und betrete endlich meine Wohnung.

Je weiter ich hineinlaufe, desto langsamer werden meine Schritte, bis ich wenige Meter vor den zwei Frauen stehenbleibe und das Spektakel der beiden beobachte. Sie gackern fröhlich, wie Freundinnen es eben tun würden. Aber es ist nicht das, was meinen Blick verdunkeln lässt, sondern die leere Whiskyflasche und eine angebrochene direkt daneben.

Saphira und Naomi sind betrunken, das ist deutlich zu sehen. Und sie bemerken mich nicht einmal, da Naomi von ihren Erzählstunden abgelenkt ist und Saphira ihr lachend dabei zuhört. Oder es jedenfalls versucht.

Ihre grauen Augen sind glasig, ihre Wangen leicht gerötet. Wenn ich nicht wissen würde, dass sie getrunken hat, würde ich behaupten, dass sie ziemlich niedlich aussieht.

»Guten Abend, die Damen«, begrüße ich sie monoton, wobei der scharfe Ton vor Ärgernis trieft. Ja verdammt, ich bin sauer. Nicht weil ich ihnen den Spaß nicht gönne, sondern weil Naomi ihre Aufgabe nicht ganz ernst genommen hat, wie sie es tun sollte. So leichtsinnig war sie schon lange nicht mehr und ich frage mich, was der Grund hierfür war.

Ihre Köpfe drehen sich ruckartig in meine Richtung und beide starren mich aus großen Augen an. Die eine mehr verwundert als die andere.

»Oh, Kian, schon zurück?« Naomi zwingt sich ein Lächeln auf und wir wissen beide, dass dies nicht echt ist. Scheinbar haben sie keine Zeitorientierung mehr, denn draußen ist es bereits stockdunkel, was nebenbei nicht geplant war, so spät zurückzukommen. Jedoch haben Naomi und Saphira mich nicht vermisst, so wie sie sich noch bis eben amüsiert haben.

»Es ist Zeit für dich zu gehen, Naomi«, weise ich sie an und sie nickt wortlos. Dabei wirft sie mir einen entschuldigenden Blick zu, nachdem sie aufgestanden ist und an mir vorbeigehen möchte. Da halte ich sie am Arm fest und flüstere ihr zu: »Das Taxi sollte gleich da sein. Wir beide werden noch ein Wörtchen quatschen müssen.« Dann lasse ich sie los.

Sie murmelt verlegen „Ja Boss", und verschwindet dann zu dem Aufzug, die Augen auf den Boden gerichtet.

Nachdem ich sichergestellt habe, dass ich nun mit dem kleinen Engel allein bin, wende ich mich wieder zu ihr, staune dann über ihr Verhalten, da sie sich bereits erhoben hat und die leeren Gläser sowie die Flaschen in die Küche trägt. Ich lasse sie machen, sehe ihr nur gebannt zu und schmunzle bei der Tatsache, dass sie immer noch mein schwarzes Shirt anhat. Und ihre nackten Beine führen mich in die Versuchung, sie jetzt sofort über die Schultern werfen zu wollen und mit ihr in mein Schlafzimmer zu verschwinden. Oder sie auf den Küchentresen zu setzen und sie gleich hier und jetzt zu vernaschen.

Nur werde ich es nicht tun.

Als hätte sie meine Gedanken gehört, dreht sie sich um und mustert mich aus ihren silbrigen Augen. Nachdenklich beißt sie sich auf ihre Lippe, wobei ich mich ziemlich stark beherrschen muss, damit ich sie nicht wie ein wildes Biest besteige. Es ist viel zu lange her, dass ich mich befriedigt habe, und mein Schwanz drückt mir unangenehm in meiner Hose. Und ich bin mir auch sicher, dass sie es ebenfalls sehen kann.

»Tut mir leid«, flüstert sie kaum hörbar.

Ich erwische sie, wie sie genau dort hinstarrt, wo es ziemlich eng geworden ist. Ich befürchte, dass meine Eier gleich explodieren, nur wegen ihrer Anwesenheit.

»Was genau tut dir denn leid?«, brumme ich tief und unterdrücke die Belustigung dahinter. Tut es ihr leid, dass sie direkt auf meinen Schwanz gestarrt hat oder weil sie immer noch halbnackt vor mir steht und mich geil macht?

»Das wegen heute früh. Keine Ahnung, was in mich gefahren ist …« Unruhig wechselt sie ihr Gleichgewicht auf das andere Bein, die Arme hinter ihrem Rücken versteckt. Dabei presst sie unbewusst ihren Brustkorb nach vorne, so dass ich ihre herausragenden Nippel aus dem Stoff des T-Shirts erkennen kann. Durch das Reiben stellen sie sich auf und scheiße, der Teufel soll mich für immer in den Käfig sperren, wenn ich jetzt nichts dagegen tue.

»Schon vergessen«, gebe ich ihr zu wissen und sage somit die Wahrheit. Sie muss ihre Gründe gehabt haben und wenn sie bereit ist, wird sie es mir irgendwann sagen. Doch jetzt liegt mein Fokus auf diesem wunderschönen Körper, der meine Kontrolle an sich saugt.

Saphira will einen Schritt vorwärts machen, stolpert jedoch über ihre eigenen Füße, fängt sich aber dann schnell an den Rand der Kochinsel und lässt es so aussehen, als wäre sie gerade nicht fast auf ihre hübsche Schnauze gefallen. Sie stützt ihren Kopf an ihrer Hand ab, deren Ellbogen auf der Küchenplatte liegt, und grinst mich verlegen an. *Dieses verdammte Mädchen bringt mich noch um.*

Sie ist definitiv bettreif und dahin werde ich sie gleich bringen, sobald ich mich von meinem Jackett befreit habe. Dieses lege ich auf einen der Barhocker und trete ihr anschließend ein Stück näher. Ihre grauen Augen glitzern unter der schwach beleuchteten Deckenlampe. Es ist nicht nur ihr Körper, der mich auf die Knie zwingt. Unter den acht Prozent der Weltbevölkerung, die diese Augenfarbe besitzen, waren es ihre silbrigen Iriden, die mich eingenommen haben. Wenn ich sie mit einem Planeten beschreiben müsste, dann wäre es der Mond. In ihm steckt sogar in der Dunkelheit die Schönheit, dessen Glanz nie vergehen wird. Und so sehe ich sie. Atemberaubend und unantastbar.

»Lass mich dich hochbringen«, sage ich und versuche meine wachsende Erektion nicht weiter zu beachten. Saphira im betrunkenen Zustand auszunutzen ist nicht meine Art, stattdessen warte ich, bis sie vollkommen ausgenüchtert ist und ich sie dann willig benutzen kann. Sie wird freiwillig nach meinem Schwanz lechzen.

Sie wehrt sich nicht, kommt mir sogar wie ein gehöriges, kleines Mädchen entgegen. Bei meiner Größe wirkt sie auch wie eines und ich kann nichts dagegen tun als an schmutzige Dinge denken zu können, die mir keinesfalls behilflich für mein Problem sind.

Ich bücke mich ein kleinwenig zu ihr hinunter und schlinge meinen Arm um ihre seidig weichen Schenkel, und den anderen um ihren Oberkörper. Ihre zarten Arme suchen den Halt um meinen Hals, streicheln meine freie Haut am Nacken und verursachen einen angenehmen Schauer bis zu meiner Wirbelsäule hinunter.

Saphira macht es mir nicht leicht. Die Schamesröte ziert ihre makellose Porzellanhaut und der Sturm in ihren gräulichen Iriden verrät mir, was gerade in ihr vor sich gehen mag. Sie will es. Sie will mich genauso sehr, wie ich sie gerade brauche. Aber ihr Zustand lässt es gerade nicht zu und ganz egal wie sehr ich mich danach sehne, die Sehnsucht nach ihr muss ich notgedrungen zurückhalten.

Stufe für Stufe komme ich dem Schlafzimmer immer näher, ehe ich sie auf das weiße Bettlaken setze und ihr dabei zusehe, wie sie auf mich aus lusterfüllten Augen zurückstarrt, während ich mich an mein weißes Hemd ranmache und es ausziehe. Jede meiner Bewegungen inspiziert sie genauestens. Ihre Brust hebt sich schwer und langsam und auch ich atme tief ein, um meine Sehnsucht im Keim ersticken zu lassen.

Das Hemd sowie die Anzughose werfe ich achtlos auf den Boden und laufe nur noch in Boxershorts zu ihr. Mein Verlangen nach ihr brennt unstillbar in mir, jedoch kann ich es mir nicht erlauben, sie hier und jetzt anfassen zu können. *Sie ist betrunken,* rufe ich mir immer und immer wieder ins Gedächtnis, in der Hoffnung, es würde etwas bringen.

Ich lege mich auf die andere Seite des Bettes und strecke den Arm nach ihr aus, damit sie sich an mich schmiegen kann. Es ist für mich befremdlich, mit einer Frau solch eine Intensität der Intimität zu teilen, die nichts Sexuelles an sich hat. Doch ich kann daraus erschließen, dass mir dieser warme Körperkontakt, der sich energiespendend auf mich auswirkt, gefehlt hat und ich es keineswegs mehr missen möchte.

Selbst mein inneres Biest nimmt zahm seinen Platz ein und schnurrt vor sich hin.

Wie ein kleines Kätzchen krabbelt Saphira auf allen vieren zu mir herüber und bettet widerstandslos ihren Kopf an meine Brust. Ich atme ihren süßlichen Duft ein, der all meine Sinne benebeln lässt.

»Wie war dein Tag?«, fragt sie mich dann nach langem Stillschweigen. Ihre Finger zeichnen erneut Kreise auf meiner Brust, was mich verrückt werden lässt. Diese sanfte Berührung schickt mir tausende Signale in Richtung meiner Boxershorts. Wie soll ich die heutige Nacht überstehen, wenn ich einen Dauerständer in der Hose habe?

Durchatmend konzentriere ich mich auf ihre Frage und beantworte sie mehr oder weniger gelassen: »Gut.«

Ich könnte so viel mehr sagen, will ihr jedoch die Einzelheiten ersparen.

»Nur gut?«, bohrt sie nach. »Hast du nicht zufällig noch jemanden auf dem Gewissen?«

Da liegt der Haken.

»Ich werde dich nicht belügen, niemals ... Also ja, ein weiteres Opfer ... Ein Problem weniger«, gestehe ich.

So schnell wie sie auf meiner Brust lag, sitzt sie wieder aufrecht und blickt mich entsetzt an. Ich kann darüber nur die Augen schließen und mir wünschen, dass es nicht in die falsche Richtung gehen wird, wenn ich ihr sage, dass es sich hierbei um Denver handelt. Ein Hurensohn, der es verdient hat.

»Nachdem er mir gestanden hat, was er dir angetan hat, konnte ich nicht anders«, erkläre ich ruhig. Sie muss jedes Wort, was meinen Mund verlässt, verstehen, dass ich es aufrichtig meine. Keine Lügen, kein Bluff. Nur die Wahrheit.

Saphiras Haltung versteift sich, ihr Blick ist leer. Gerade wärmte mich noch ihre Nähe, nun bleibt die Kälte an mir haften, die wie sonst auch immer mein Inneres ausgefüllt hat.

Nachgiebig überlasse ich ihr die Entscheidung, wie sie das Ganze aufnehmen wird. Meine Taten werde ich nicht gutheißen und es liegt in ihren Händen, welche Schlüsse sie daraus ziehen möchte.

»Was hat er gesagt?«, flüstert sie fast atemlos. Ihr Leib zittert und ich kann nicht genau sagen, ob es an der kalten Luft liegt oder sie Angst davor hat, dass ich einen Teil ihrer Vergangenheit herausgefunden habe.

Ein innerer Kampf herrscht in mir. Ich will sie an ihrem Handgelenk an mich ziehen, sie auf meinen Schoß setzen und ihr sagen, dass sie sich vor nichts fürchten soll. Doch der Gedanke, dass sie überreagieren und mich von sich stoßen könnte, ist überwiegend größer.

»Es ist irrelevant, *was* er gesagt hat. Vielmehr liegt es an dem, *wie* er es herübergebracht hat«, knurre ich, als seine Stimme in meinem Kopf widerhallt. Die Worte und das widerwärtige Grinsen haben sich in mein Gedächtnis gefressen. Wie ein Brandmal hat es seine Spuren hinterlassen und es kotzt mich verdammt nochmal an. »Tatsache ist, dass dich diese dreckigen Finger nie wieder anfassen werden.«

Tränen schimmern in ihren Augen, ehe sie sich Hals über Kopf auf mich wirft und ihren Oberkörper fest an mich drückt. Ohne zu zögern, schlinge ich ebenfalls meine Arme um ihren bebenden Brustkorb. Ihr Schluchzen lässt mein Herz schmerzhaft zusammenziehen und die brodelnde Wut, die vor wenigen Stunden vergangen war, entflammt erneut. Dabei ist dieser Wichser bereits tot und wenn ich könnte, würde ich ihn noch einmal zurück ins Leben rufen, um ihn ein weiteres Mal zu foltern und qualvoll zu töten.

Behutsam löse ich ihren Kopf von meiner Schulter und wische über ihr tränenüberströmtes Gesicht. Dieser Anblick, sie zerbrechlich und aufgelöst zu sehen, hinterlässt einen Scherbenhaufen in mir, der mein verdorbenes Herz aufschlitzen und verbluten lässt.

Ihre aufgequollenen Augen blicken wehleidig zu mir herab, ich fahre mit meiner rechten Hand über ihren blonden Haarschopf und stehle mir dann einen zärtlichen Kuss, den wir sichtlich beide gebraucht haben. Scheiß auf meine Worte, für diesen hinreißenden Kuss würde ich sterben!

Ihre weichen Lippen ertränken meine Mordlust und lassen meine impulsive Ader zu Staub zerfallen. Meine Zunge drängt sich dazwischen und bittet gierig um Einlass, den sie mir mit Freude gewährt. Mit ihren Fingern fährt sie mir wild durchs Haar, ihre Brüste an mich gedrückt, sodass kein Blatt mehr zwischen uns passen würde. Wie eine Ertrinkende hält sie sich an mir fest, während ich mit meiner spitzen Zunge ihren Mund beanspruche.

Doch bevor daraus mehr wird und ich es im Nachhinein bereuen werde, unterbreche ich unsere heißen Küsse und hauche ihr einen letzten Kuss sanft auf ihre süßen Lippen.

Mit tiefer Entschlossenheit blicke ich in ihre silbrigen Augen, um folgendes zu sagen: »Solange ich lebe, werde ich der Einzige sein, der dich je berühren darf.«

Etwas Heftiges blitzt in ihren wunderschönen Augen auf und das erste Mal erkenne ich etwas in ihnen, das ihr Wohlbefinden ausstrahlt.

Fuck, wie kann man diese Frau denn nicht lieben?

# KAPITEL 24
## Kian

*»Jayden« ruft eine Frauenstimme.*

*»Tu es nicht, Jayden!«, bittet sie flehend.*

*Ich sehe zu, wie sie kniend auf dem Boden sitzt, ihr Körper bebend vor Angst. Ein Veilchen in ihrem Gesicht macht es mir unschwer erkennbar, dass sie geschlagen wurde. Und das ist es, was das Herz des Jungen brechen lässt.*

*»Doch, tu es, Jayden. Tu es jetzt!«, brüllt eine andere Stimme.*

*Unentschlossenheit blitzt in den Augen des Jungen, der vor Nervosität und aus Wut zu zittern anfängt. Sein Blick huscht zwischen der weinenden Frau und dem anderen brüllenden Jungen, der ihm Mut zuspricht.*

*Die Stimmen der Personen verschmelzen zu einem und es herrscht ein Durcheinander in dem Kopf des Jungen. Er ist unschlüssig und kann sich nicht entscheiden, was das Richtige zu tun ist. Er ist noch jung und unerfahren, was weiß er schon?*

*In Dauerschleife wiederholen sich die Worte in seinem Kopf und wollen ihm keine Ruhe schenken. Es macht ihn wahnsinnig.*

*»Hört auf!«, schreit er. »Haltet die Klappe!« Seine Brust bläht sich auf, wie verrückt atmet er schnell aus, nur um mit zusammengebissenen Zähnen und bestialischen Augen die Waffe anzu-*

*heben. Will er sie gegen sich selbst richten? Gegen die weinende Frau? Oder gegen den brüllenden jungen Mann?*

*Alles fliegt ihm um die Ohren, nichts scheint das Geschrei verstummen zu lassen. Es wird lauter und lauter, die Unruhe in ihm übermannt ihn … Bis ein Knall ertönt.*

Ich schrecke auf, fülle meine Lungen mit Sauerstoff und gucke mich hektisch um. *Es war nur ein verdammter Traum,* beruhige ich mich und atme langsam aus.

Es ist schon eine Weile her, seit ich das letzte Mal einen intensiven Albtraum hatte. Nie hat sich ein Traum realer angefühlt wie dieser. Vielleicht liegt es an der bevorstehenden Woche, die mich bis in den Schlaf verfolgt. Denn seit ich die E-Mail des Pflegeheims gelesen habe, nagt es insgeheim an meinem Gewissen. Ich bilde mir Dinge ein, die gar nicht präsent sind.

Neben mir bewegt sich die Matratze und Saphira schiebt ihren zierlichen Körper durch meinen Arm hindurch, sodass sie rittlings auf meinem Schoß sitzt.

»Hey, alles in Ordnung?«, fragt sie besorgt. Ihre wunderschönen Augen erforschen mein Gesicht, als müsse sie sichergehen, dass ich ihr die Wahrheit sagen werde. Das ist das erste Mal, dass ich sie anlügen *muss.*

»Ja, jetzt schon«, flüstere ich in die stille Nacht. Ich sehe nur den Umriss ihres Gesichts, weiß jedoch, dass sie mich mit hochgezogenen Augenbrauen mustert. Sie ist hartnäckiger als ich erwartet habe. Beinahe so schlimm wie ich.

»Nur ein Traum«, fasse ich mich kurz. »Nicht der Rede wert.«

Mit meinen Händen fahre ich von ihren Wangen hinauf durch ihr blondes Haar und vergrabe dort meine Finger, um sie ein Stück näher an mich heranzudrücken. Ich brauche sie. Jetzt. Denn sie ist die Einzige, die mich von meinen Gedanken ablenken kann und das Schlechte in mir vergessen lässt.

Nur ein Kuss würde reichen, um die Leere in mir zu füllen. Selbst mein dumpfer Herzschlag, der von eisiger Kälte und befleckter Dunkelheit umgeben ist, kann mich nicht lebendiger fühlen lassen. Und dieses wunderschöne Wesen macht das Unmögliche zum Möglichen. Sie ist der Grund, weshalb ich an den Funken Hoffnung glaube, mich aus den Fängen, in die ich gnadenlos gestoßen wurde, befreien zu können.

Dieses kleine Licht habe ich erst entdeckt, als ich sie zum allerersten Mal wahrgenommen habe.

Meine Hand legt sich um ihren Nacken, an dem ich sie noch näher an mich heranziehe und verbinde sehnlichst unsere Lippen miteinander. Der Kuss ist nicht fordernd, eher sanft. Dennoch steigt die Hitze zwischen uns, welche ich an meinen Lenden zu spüren bekomme. Das Druckgefühl in meinem Unterleib baut sich auf, ohne dass sie großartig etwas tun muss. Es reicht aus, sie sitzend auf meinem Schoß zu haben, so wie die leidenschaftliche Berührung unserer Münder.

Meine Absicht ist es nicht, sie ficken zu wollen. Nicht jetzt. Nicht in diesem Zustand. Der Restalkohol befindet sich immer noch in ihrem Körper und ich bin der Letzte, der es ausnutzen will. Sollen mir die Eier abfallen, mir scheißegal.

Ausgenommen, sie will es wirklich und ich weiß, dass sie es will.

Sie bewegt sachte ihr Becken, ausreichend, um mir einen Ständer zu verpassen. Ihre heiße Mitte reibt sie gezielt an meinen Schritt und ich verdamme sie dafür, mich an meine Grenzen bringen zu wollen. Ich kann nicht garantieren, wie lange ich es noch durchhalten werde, bis ich die Kontrolle endgültig verliere.

Achtsam löse ich mich von ihren samtweichen Lippen, nach denen ich mich schon wieder sehne, doch es muss hier aufhören, bevor ich etwas tue, was sie bereuen wird.

»Wir sollten …« Schlafen! Wir sollten definitiv schlafen, will ich ihr sagen, aber dieser kleine Engel, der sich gerade zum kleinen Teufel verwandelt, kann es nicht lassen und unterbricht mich, indem sie ihre Hand quälend langsam über meine Bauchmuskeln wandern lässt und an meinem steinharten Schwanz stehenbleibt.

»Wir sollten das tun, wonach wir beide die ganze Zeit über gelechzt haben«, formuliert sie meinen Satz um und ich staune, wie viel Mut sie aufbringt, um es laut auszusprechen. Dafür, dass sie sonst immer zurückhaltender war, ist sie nun verruchter denn je. Davon werde ich sicher nie genug kriegen.

»Bist du dir sicher?«, vergewissere ich mich vorsichtshalber, nicht dass sie jetzt doch noch einen Rückzieher macht und mich mit blau angelaufenen Eiern sitzenlässt.

Sie nickt selbstbewusst. Und ich kann nicht sagen, was ich diesbezüglich davon halten soll. Ob es noch an dem Alkohol liegt oder an ihrem wachsenden Selbstwertgefühl, es ist schwer zu definieren.

»Egal was du dagegen einzuwenden hast, ich will es. Ich will … dich«, offenbart sie mir und nachdem sie das letzte Wort nur zögernd ausgesprochen hat, legt sich ein Schalter in mir um. Mein Schwanz pocht unerträglich und mein Verlangen nach ihr wächst ins Unermessliche. Der süßliche Geschmack ihrer Pussy liegt mir plötzlich auf der Zunge, als hätte ich eben erst an ihr gekostet.

Ist es verrückt? Bin *ich* verrückt? Ja, ich bin definitiv mehr als verrückt. Wahnsinnig verrückt nach ihr.

Ich drehe langsam, aber sicher durch, wenn ich mich nicht gleich in ihr versenken werde. Ich brauche jeden Zentimeter ihres Körpers, alles, was sie besitzt und je besessen hat. Fuck, sie gehört mir und das muss ich ihr klarmachen. Ich muss es einfach tun.

»Lass mich dir eines gesagt haben. Ich kann nicht versprechen, auch nur einmal sanft zu dir zu sein. Du bist meine gottverdammte Droge und wenn ich erstmal high von dir bin, kann ich nicht mehr aufhören. Niemals.«

Saphira schluckt und dennoch willigt sie ein. »Tu es, egal wie, aber tu es, verdammt.«

Ihre Feuchtigkeit durchnässt den Stoff von ihrem Slip und ich kann es schon triefend an meiner Boxershorts spüren, wie willig sie ist. Sie ist bereit für mich, breit von mir gedehnt zu werden.

Ein knurrendes Geräusch verlässt meine Kehle, als ich sie an den Hintern packe und auf die Matratze drücke. Das Shirt reiße ich ihr vom Leib, wobei ihr ein erschrockener Schrei entweicht, ehe sie scharf die Luft einzieht, sobald die Kälte der Nacht auf ihre nackte Haut trifft.

Der Mondschein will mir nur die Hälfte ihrer Gestalt zeigen und dennoch kann ich mich nicht davon sattsehen, wie wunderschön sie ist. Ihre üppigen Brüste sind ein Blickfang eines jeden Mannes und ich bekomme das Bedürfnis, alle Köpfe rollen zu lassen, die sie jemals im Pink Paradise angegafft haben.

Meine Nasenlöcher blähen sich vor Wut auf. Dass ich ausgerechnet jetzt einen Gedanken daran verschwenden muss, ist unglaublich. Nachdem ich sie zu meinem gemacht habe, wird sie nie wieder jemand auch nur eine Sekunde ansehen, das schwöre ich mir. Denn ich bin der Letzte, der ihren Körper in sich aufsaugen darf. Der Letzte, der sie anfassen wird. Und ich werde der Erste sein, der sie an ihre Grenzen bringen wird.

»Was ist los? Habe ich etwas Falsches getan?«, dringt ihre zarte Stimme durch meine blindwütigen Gedanken hindurch. Sofort schüttle ich mit dem Kopf. Niemals darf sie daran denken, dass es an ihr liegt. Sie ist mehr als perfekt für mich und das muss sie endlich begreifen.

»Natürlich nicht. Es ist nur …« Ich halte inne.

»Es ist nur was?«, fragt sie unruhig und beobachtet mich genauestens. »Sag es mir.«

»Ich will, dass du mir gehörst. Nur mir! Ich ertrage es nicht weiter, wenn dich die erbärmlichen, schwanzgesteuerten Lutscher im Club beobachten.«

Saphira sieht mich nachdenklich an, jedoch lasse ich keine weitere Sekunde vergehen. Je länger ich warte, desto misstrauischer wird sie und das ist überhaupt nicht nötig. Nicht wenn ich es bin.

»Diesen verfickten Club wirst du nie wieder betreten, denn …« Die Boxershorts ziehe ich mit einer Bewegung von den Beinen, stülpe mir ein Kondom über, während sie mir stumm dabei zusieht, wie ich mich an ihre Mitte positioniere und ohne Vorwarnung in sie hineindringe. »… ich kündige dir einfach«, brumme ich.

»Was?!« krächzt sie atemlos. Genau auf diese Reaktion habe ich gewartet.

Ein fester Stoß bringt sie zum Stöhnen. Meine Geschwindigkeit behalte ich bei, während ich ihr beibringe, was ich damit sagen will.

»Das Pink Paradise gehört mir.«

Dass ich dafür gesorgt habe, dass sie für diesen Job angenommen wird, obwohl dieser Flachwichser Blaze strikt dagegen war wegen ihrer Narben und ihrer Größe, weiß sie bis heute nichts davon. Als ich sie beim Bewerbungsgespräch in Blaze' Büro sitzen sah, traf sie mich wie ein heftiger Blitzschlag. Von da an musste ich sie bei mir haben, wenn auch nur in meiner Nähe.

Jetzt gibt es kein Zurück mehr. Egal was passiert.

Saphira will sich wehren, ich halte sie aber an ihren Handgelenken an Ort und Stelle fest. Sie kann noch so lange dagegen ankämpfen, verfallen ist sie mir schon. Und ihr Körper spricht eine andere Sprache als sie es zugeben möchte.

Mit kreisenden Bewegungen stimuliere ich ihren engen Eingang und verursache ein leises Wimmern, welches ungewollt aus ihrer Kehle dringt. Ihr Verstand kann mich so oft er will von sich stoßen, ihre Pussy braucht meinen Schwanz und ihr Herz meine Dunkelheit.

Nur langsam und neckend dringe ich aus ihr heraus, um dann wieder hart in sie hineinzustoßen. Ihre Nägel krallen sich an meinen Schultern fest und hinterlassen halbmondförmige Spuren auf meiner Haut. Der Genuss von Schmerz treibt mich weiter voran, sie an den Rand der Erlösung zu katapultieren.

Ich will sie schreien hören. Ich will sie betteln hören. Sie soll nach mehr lechzen, mich darum bitten, mehr von mir zu wollen. Sie soll jeden Zentimeter meines Schwanzes verschlingen, mich melken, bis ich sie mit meinem Samen beglücken kann.

Sie wird es lieben und nie genug bekommen.

»Ich werde dich vergessen lassen. All das Schlechte aus deinem Hirn ficken, sodass du nur noch mich in deinem hübschen Kopf hast und dich nur noch an meinen Namen erinnern kannst«, knurre ich die Worte heraus.

»Kian« gibt sie fast schon weinerlich von sich. Der Klang ihrer Stimme lässt mich beinahe kommen, jedoch halte ich mich zurück und ziehe meine Erektion aus ihren warmen Wänden heraus, nur um mich dann ihrer süßen, triefenden Pussy zu widmen.

Meine Zunge beansprucht ihr empfindliches Nervenbündel, wobei sie bei jedem Zungenschlag zucken muss und lauter zu stöhnen anfängt. Das ist es, was ich hören will, und nun kann sie nichts mehr aufhalten leise zu sein. Da hilft es ihr nicht einmal mehr ihr Stöhnen herunterzuschlucken.

Mit einem Finger dringe ich in ihre feuchte Höhle ein, penetriere sie von innen, während meine Zunge an ihrer Klit spielt. Saphira wölbt ihren Rücken zu einem Hohlkreuz, gräbt ihre Fingernägel in das Bettlaken und schließt genießerisch die Augen.

»Öffne deine Augen und sieh mir dabei zu, was ich mit dir anstelle«, befehle ich.

Saphira geht meiner Anweisung nach und hebt leicht ihren Kopf, um mich ansehen zu können. Während ich sie lecke, halte ich den Blickkontakt zu ihr aufrecht. Ich will jede Regung ihrerseits in mich aufsaugen. Viel zu lange habe ich auf diesen Moment gewartet.

Ich nehme einen weiteren Finger dazu und dehne sie, spüre, wie ihre Muskeln sich zusammenziehen und mich mehr in sich aufnehmen. Ihr Gesicht verzieht sich, ein Zeichen, dass sie bald kommen wird. Doch dieses Mal soll sie meinen Schwanz mit ihrer Lust ertränken.

»Wieso hörst du auf?« Ihre Enttäuschung ist deutlich herauszuhören. Sie will von mir gefüllt und erlöst werden. Und das bekommt sie.

Ein selbstgefälliges Grinsen schleicht sich auf meine Lippen. Wie eine willige Katze wälzt sie sich und reibt ihre klitschnasse Mitte an meine Erektion. Ich lasse sie nicht lange warten, schiebe mein Glied quälend langsam in sie hinein und locke ein zufriedenes Stöhnen aus ihrer Kehle. *So verdammt sexy.*

Bevor ich bis zum Anschlag mich in sie versenke, umgreife ich ihre Schenkel und platziere ihre Beine an meine Schulter. Es fühlt sich an, als würde ich weitere Zentimeter, die schier unmöglich sind, in sie hineinrutschen.

Ich beschleunige, bewege mich schneller und penetriere ihre inneren Wände, die sich mehr und mehr an meinen Schwanz klammern und melken. Ihre Schreie erfüllen die Stille der Nacht und das Klatschen von Becken zu Becken hallt durch das Zimmer. Mein Griff um ihre Schenkel wird fester und bohrt sich in ihr weiches Fleisch. Mein Blick wechselt von ihrem lusterfüllten Gesicht zu ihren wackelnden Brüsten.

»Hör nicht auf, bitte«, heult sie fast und ich komme nur gerne ihrer Aufforderung nach.

Ein brummendes Geräusch rutscht mir aus meinem Rachen, ich ficke sie wie ein wildes Biest und treibe sie näher an ihren Orgasmus heran. Tränen beflecken ihr wunderschönes Gesicht und zeigen mir, wie überwältigend es für sie sein muss.

»Scheiße, i-ich …« Ihre Lust benetzt meinen Schwanz, während ihr Körper vor Erlösung zu zittern beginnt. Ihre Augen rollen, ihr Kopf drückt sich in die Matratze. Ich zögere ihren Höhepunkt hinaus, bewege mich weiter und zwirble an ihrem Nippel. Saphira genießt einige Sekunden ihres Sinnesrausches, lässt sich dann erschöpft zur Realität zurückkatapultieren.

»Nicht nachgeben, kleiner Engel. Ich bin noch nicht fertig«, betone ich schmunzelnd und helfe ihr dann auf, wobei ihre zitternden Beine fast klein beigeben. »Auf die Knie«, befehle ich.

Ihre grauen Augen verankern sich mit meinen goldbraunen Augen, zugleich sinkt sie auf den Fußboden und wartet gespannt darauf, was ich als Nächstes vorhabe. Mit meiner rechten Hand ziehe ich das Kondom ab und bearbeite meine Erektion. Ihr unschuldiger Blick törnt mich auf das Unermessliche an. Es kostet mich jede Menge Selbstbeherrschung, nicht sofort abzuspritzen. Meine freie Hand fährt ihr durch ihr seidenweiches Haar, wandert dann hinab zu ihrem Kinn, um folgendes zu sagen: »Öffne deinen hübschen Mund für mich.«

In ihren Augen blitzt Angst hervor. Sie hadert mit ihren Gedanken, ob sie es wirklich tun möchte.

»Vertraust du mir?«, frage ich sie und nur zögerlich nickt sie. »Ich werde nichts tun, was dir nicht gefallen könnte. Und wenn es der Fall ist, können wir immer noch abbrechen«, kläre ich sie auf.

Saphira soll nie das Gefühl haben, etwas tun zu müssen, um mir zu gefallen. Das muss sie sich fest in ihr Gedächtnis einprägen.

»Okay« sagt sie heiser.

»Haben diese atemberaubenden Lippen bereits einen Schwanz probiert?«, will ich wissen und sofort schüttelt sie mit dem Kopf. »Nein.«

Es ist ein befriedigendes Gefühl, ihr erster Blowjob zu sein. Immerhin kann mir dies keiner mehr nehmen. Ich werde ihre Erfahrung wunderbar gestalten, dass sie es nur noch lieben wird. Sie wird es lieben, *meinen* Schwanz zwischen die Lippen zu nehmen.

»Nun sei ein braves Mädchen und nimm ihn auf«, appelliere ich.

Saphira stülpt ihre Lippen um meine Eichel und schaut schüchtern zu mir nach oben. Dafür, dass sie es noch nie getan hat, macht sie es verdammt gut. Ihr blondes Haar wickle ich um meine Faust und dränge mich tiefer in ihre Mundhöhle, was dazu führt, dass sie würgen muss.

»Atme tief durch die Nase«, erkläre ich ihr behutsam.

Ich ziehe mich aus ihr heraus, gebe ihr einige Sekunden Zeit und dränge mich wieder zwischen ihre Lippen. Sie würgt einige Male, bis sie mit ihrer Nasenspitze meinen Unterleib berührt und mein Schwanz in ihrer Kehle ruht. Erneut sammeln sich Tränen in ihren Augenwinkeln, ehe ich mich erneut aus ihrem Mund herausziehe und ihn ein weiteres Mal bis zu ihrem Hals einführe.

»Gut machst du das«, lobe ich sie, wische ihr die Träne von ihrer Wange und fixiere dann ihr Kinn. Meine Bewegungen werden schneller und ich ficke ihre Kehle bis zum Anschlag. Speichel fließt aus ihrem Mund, je schneller ich werde. Ihre Brüste werden benetzt sowie ihre Schenkel und der Boden.

Ihr Anblick macht mich steinhart, lässt meine Eier zusammenziehen und treibt meinen Samen bis zur Spitze. Doch bevor mein Höhepunkt mich überwältigt, verharre ich mit meiner vollen Länge in ihr und schneide ihr die Luftzufuhr ab, indem ich meine Hand um ihren Hals platziere und zudrücke. Für einen kurzen Augenblick verwehre ich ihr den Sauerstoff, ficke weiterhin ihren Mund. Ihr Blick wird panisch und das Klopfen an meinem Oberschenkel bedeutet, dass sie Luft braucht.

»Keine Angst, kleiner Engel. Das ist nur für den Reiz.« Dann befreie ich meinen Griff von ihrem Hals. »Ich werde jetzt kommen und du wirst jeden Tropfen aufnehmen, den ich dir geben werde«, bestimme ich.

Einige Wimpernschläge starrt sie mich schockiert an, nickt dann aber kaum merklich, womit sie mir die Bestätigung gibt, die ich von ihr erwartet habe. Der Druck wird intensiver und heftiger, bis ich eine wahnsinnige Explosion in mir spüre, die ich derartig zuvor noch nie gekannt hatte. Mein Schwanz zuckt vor Erleichterung, im gleichen Augenblick ergieße ich mich in ihrer Kehle.

In der nächsten Sekunde erschlafft mein Glied, sobald ich ihr den letzten Lusttropfen von mir gegeben habe. Saphira leckt sich über die Lippen und ich kann mir unschwer vorstellen, wie glühendrot ihre Wangen sein müssen. Ich stelle auch fest, dass sie alles geschluckt und nichts übriggelassen hat. *Gieriges Mädchen.*

Mit gesenktem Blick steht sie wieder auf ihren wackeligen Beinen. Irgendwie befürchte ich, dass ihr das Ganze doch unangenehmer ist als sie es vorgibt.

»Geht es dir gut?«, vergewissere ich mich.

Durch das schwache Licht sehe ich immer noch ihre Umrisse, doch als sie sich direkt in den Mondschein stellt, blitzt in ihren Augen etwas Merkwürdiges auf. Ich kann nicht genau sagen, was es ist, aber irgendetwas beschäftigt sie gerade.

»Was ist los?«, bohre ich nach, in der Hoffnung, sie würde es mir nun endlich sagen.

»Du hättest mich vorwarnen sollen«, beteuert Saphira. »Ich hätte mich besser darauf einstellen können«, ergänzt sie noch.

»Du hast recht. Dennoch sagtest du, ich soll es tun. Egal wie«, rufe ich ihre eigenen Worte in Erinnerung. Schließlich habe ich sie gewarnt und das war das Endresultat.

Schuldbewusst lässt sie ihre Schultern hängen. »Stimmt auch wieder«, erinnert sie sich.

»Komm her, Kleines.« Ich breite meine Arme aus, ziehe sie in eine Umarmung und küsse sanft ihre Stirn. »Das Wichtigste ist, dass es auch *dir* gefallen hat. Und dafür brauchst du dich nicht schämen.«

»Bedauerlicherweise hat es mir gefallen, sogar sehr«, gibt sie grinsend zu und steckt ihre Nase tiefer in meine Brust hinein.

Ich küsse sie dieses Mal auf ihre Lippen, vertiefe ihn mit meiner Zunge, wobei wir uns gegenseitig schmecken können, und hinterlasse zum Abschluss einen weiteren Stirnkuss.

»Wir sollten jetzt dringend schlafen«, verkünde ich und merke nun, wie die Müdigkeit eintritt. Auch Saphira gähnt erschöpft, stimmt mir zu, und wir verkriechen uns unter die Decke. Bevor ich die Augen schließe, atme ich ihren süßlichen Duft ein, und gebe mich der Dunkelheit hin, die mich in eine angenehme Hülle umschlingt.

Meine letzten Gedanken widme ich ihr. Selbst wenn sie ein Teil meiner Dunkelheit wird, kann ich nicht anders als mein kaltes Herz für sie schlagen zu lassen.

# KAPITEL 25

## Saphira

Ich habe es getan. Nein, *wir* haben es getan und ich fühle mich das erste Mal wunderbar. Scheiße, die Nacht hat etwas in mir erweckt, wovon ich bis dato noch nichts geahnt habe. Ein Verlangen, das verboten düster und zugleich erschreckend ist und dennoch gibt es mir eine gewisse Wärme, die ich nicht so schnell wieder loswerden will.

Kian bringt eine vollkommen neue Seite in mir zum Vorschein. Davon abgesehen, dass er immer noch kein guter Kerl ist und womöglich auch nicht gut für *mich* ist, will ich nichts lieber als seine Nähe genießen und am liebsten meine restliche Zeit bei ihm verbringen. Vielleicht ist es auch nur der Schein, der irgendwann zu bröckeln anfängt. Die Ruhe vor dem Sturm, der mein Leben zerstören kann. Aber was habe ich noch zu verlieren?

Dann weiß ich wenigstens, dass ich für eine kurze Zeit mein Leben gelebt habe, so wie ich es wollte und sterbe mit einem zufriedenen Lächeln im Gesicht.

Erholt und ausgeschlafen reibe ich mir die Augen und spüre eine gewisse Präsenz neben mir liegen. Mein Gesicht eingekuschelt an seiner definierten Brust, während sein

Arm an meiner Taille ruht, löst einen wohligen Schauer in mir aus. Neben einem Mann aufzuwachen, der mir die letzte Nacht den besten Orgasmus meines Lebens beschert hat, fühlt sich immer noch für mich fremd an. Aber ich fange an, mich daran zu gewöhnen.

Ich hebe leicht meinen Kopf an, um festzustellen, dass Kian seelenruhig schläft. Von seinem Albtraum ist nichts mehr zu erkennen und ich frage mich, was ihn so stark aufschrecken ließ. Er macht mir nicht den Eindruck, dass er jemals aufgewühlt durch einen schlechten Traum geweckt wird. Kian wirkt sonst immer nur abgehärtet und robust.

Sein ruhiger Herzschlag, den ich an meiner Handinnenfläche spüren kann, und seine leisen Atemzüge lassen ihn keineswegs kaltblütig erscheinen. Es sieht so aus, als wäre er ein ganz normaler Mann, der keine bösen Absichten hat. Wenn ich sein dunkles Geheimnis nicht kennen würde, würde ich meinen, er wäre ein gewöhnlicher Geschäftsmann und kein Mörder.

Naomis Worte hallen in meinem Kopf wider, die mich mit einer anderen Perspektive Kian betrachten lässt.

*Er tötet nicht wahllos. Nur die, die es verdient haben.*

Und Denver hat es mehr als verdient. Innerlich habe ich mir gewünscht, dass er sterben soll, nun hat Kian mir insgeheim den Wunsch erfüllt. Natürlich rechtfertigt es nicht seine Tat, aber ich bin ihm dankbar. Wer weiß, wie weit Denver noch gegangen wäre, wenn er mich irgendwann zwischen die Finger bekommen hätte. Jetzt kann er mir wenigstens nichts mehr antun – mich nicht gegen meinen Willen berühren.

Vorsichtig lasse ich meine Hand an seinem gestutzten Bart fahren und als hätte er meine Berührung voraussehen können, schlägt er langsam seine Lider auf. Wunderschöne, goldbraune Iriden sehen mich an und ich könnte mich aufs Neue in ihnen verlieren. Seit ich ihn kenne, schaut er mich anders an als all die anderen Männer, denen ich begegnet bin. In seinen Augen lodert das Feuer, das niemals erlischt. Es ist kein penetrantes Starren, wenn er mich länger betrachtet. Wohl eher ein „Du bist das Schönste, was ich je gesehen habe".

Kian hat mir oft deutlich gemacht, dass er mich will und wenn ich ehrlich zu mir selbst sein will, fühle ich mich bei ihm wohler als in meinen eigenen vier Wänden. Obwohl ich manchmal mich und mein Aussehen nicht ausstehen kann, beweist er mir, dass ich gut genug für ihn bin.

Ein kleines Lächeln ziert seine vollen Lippen, welches mich ebenfalls zum Schmunzeln bringt. Sein Daumen streichelt mir die Wange und ich schmiege mich wohlig an seine große Hand.

»Wie hast du geschlafen, kleiner Engel?«, fragt er mich mit einer tiefen Morgenstimme, die mir eine Gänsehaut verpasst. Auf angenehme Art und Weise.

»Sehr gut … Wie schon lange nicht mehr«, antworte ich wahrheitsgemäß und kann mir dabei ein Seufzen nicht verkneifen.

Kians Bett ist himmlisch und angekuschelt an ihm zu schlafen ist ein wahrer Traum. Ich hätte nie gedacht, dass es eine große Auswirkung auf meinen Schlafrhythmus hat. Sonst hatte ich unruhige Nächte mit vielen Unterbrechungen, weshalb ich nie länger als fünf Stunden am Stück schlafen konnte. Anscheinend ist Kian die Lösung für mein Problem.

»Und du? Nach deinem Albtraum habe ich nichts mehr von dir gehört.«

»Nach dem atemberaubenden Sex konnte ich wunderbar durchschlafen«, grinst er neckisch und augenblicklich macht sich die Schamesröte in meinem Gesicht breit. Ihm hat es also genauso gefallen wie mir.

Plötzlich rollt er sich auf die andere Seite, sodass er nun auf mir liegt und mich mit seinen lustverschleierten Augen mustert. Auch in mir kribbelt es vor Verlangen, weshalb ich meine Beine um seine Hüften schlinge, und ihm verdeutliche, dass ich bereit für ihn bin. Er durchschaut mich mit einem wissenden Grinsen auf seinen Lippen und überbrückt die letzten Zentimeter, indem er mich in einen leidenschaftlichen Kuss mitreißt.

Seine Zunge streift an meiner Unterlippe und bittet stumm um Einlass. Währenddessen zwirbelt Kian an meiner Brustwarze und sendet mir elektrisierende Impulse in mein Lustzentrum. Meine Mitte fängt unerträglich an zu pulsieren und ich drücke mein Becken gegen seine harte Erektion, um ihm klarzumachen, dass ich ihn jetzt will. In mir.

Mit dem Zeige- und Mittelfinger fährt er durch meine Nässe und als er sie sich sauberleckt, dringt ein leises Wimmern aus meinem Mund heraus. Es macht mich schier wahnsinnig, wie sehr er mich quälen will, obwohl er weiß, dass ich ihn brauche.

»Kian, bitte«, flehe ich ihn an.

»Bitte was, Kleines?«

»Bitte, fick mich endlich«, bringe ich die Worte fast schon unerträglich aus mir heraus. Das Pochen zwischen meinen Beinen ist kaum auszuhalten und ich glaube, dass ich an der aufgestauten Lust zerbrechen werde. »Tu es«, dränge ich weiter.

»Wenn du das tust, was ich dir sage, dann lasse ich dich kommen. Bist du denn ein braves Mädchen für mich, Kleines?« Ich nicke hastig, nur damit er endlich aufhört zu reden und das tut, wonach ich mich gerade sehne. »Dann drehe dich um.«

Unsicher und zugleich ängstlich, was auf mich zukommen wird, drehe ich mich nun langsam auf den Bauch und versuche nicht allzu sehr angespannt zu sein. Ich vertraue ihm und er würde nichts tun, was mir nicht gefallen würde. Das waren seine Worte …

Ich spüre, wie er meine Pobacken auseinanderschiebt und danach seine zwei Finger in mich eindringen. Irgendwie fühlt es sich in dieser Stellung merkwürdig an, aber es ist dennoch gut. Seine Bewegungen werden schneller und ich stöhne meine aufgestaute Lust heraus. Er krümmt bewusst seine Finger und trifft perfekt auf meinen G-Punkt.

»Oh Gott, ich … ich …« *Ich komme,* will ich sagen, aber mein Körper verselbstständigt sich von allein. Ohne weiter nachzudenken, lasse ich los.

»Ich habe dir nicht erlaubt zu kommen«, brummt Kian zwischen meinen Beinen und zieht augenblicklich seine Finger aus mir heraus. Ich blicke über meine Schulter und erkenne einen strengen Blick auf seinem Gesicht. Seine Augen starr auf mich gerichtet, leckt er sich erneut die Finger sauber. Meine Haare um seine Faust gewickelt, reißt er meinen Kopf zu sich nach hinten und beugt sich näher an mich heran, um mich küssen zu können. Der Geschmack meiner Erregung liegt mir auf der Zunge. Und kaum, dass ich registrieren kann, was als Nächstes geschieht, greift er nach meiner Taille und dreht mich um. »Wir werden das so lange tun, bis du mir gehorchst. Kommst du ohne meine Erlaubnis, ficke ich dich ein weiteres Mal«, haucht er mir ins Gesicht.

Kian wartet nicht auf meine Antwort, sondern positioniert mich auf seinen Unterleib, sodass ich rittlings auf ihm sitze. Ich muss schlucken, weil ich nicht weiß, ob ich seiner Aufforderung nachkommen kann. Es ist verdammt schwer meinen Höhepunkt zu unterdrücken, fast schon schmerzhaft süß.

»Nimm ihn in dir auf«, fordert er und ich tue das, was er von mir verlangt.

Mit zittrigen Fingern nehme ich seine harte Erektion in die Hand und schiebe ihn quälend langsam in mich hinein, um mich an seine Größe gewöhnen zu können. Ehe ich ihn ganz aufnehme, schließe ich genüsslich die Augen und verharre für einen Moment in dieser Position.

Sanft lege ich meine Hände auf seine muskulöse Brust und stütze mich ab, um dann mein Becken auf und ab zubewegen. Sein Schwanz reibt an meinen inneren Wänden und stimuliert meinen empfindlichen Punkt. Der aufbauende Druck in meinem Unterleib treibt mich dazu, meinem Höhepunkt näher zu kommen.

Plötzlich umschließt Kian meinen Oberkörper mit seinen Armen und drückt mich fest an seine Brust. Dadurch, dass ich mich nicht mehr bewegen kann, übernimmt er die Kontrolle und presst seine Hüften hart gegen mein Becken. Seine Geschwindigkeit nimmt zu und er hämmert wildgeworden in mich hinein.

»Fuck« stöhne ich unkontrollierbar. Meine Fingernägel krallen sich in seine Haut, die nach Halt suchen. Kian fickt mich um den Verstand und es braucht nicht mehr lange, bis ich erneut komme.

Unerwartet schiebt er seine Hand unter mein Hintern, ehe ich zwei Finger mitsamt seinem Schwanz in mir spüren kann. Kian dehnt mich weiter, mehr als ich glauben kann, und dieser süßliche Schmerz bringt mich dazu, laut aufzuschreien.

»Scheiße, deine Pussy trieft vor Nässe«, stellt er schnell fest. Mit der anderen Hand umgreift er mein Nacken und zieht mich zu sich näher heran, um sich einen heißen Kuss stehlen zu können. »Wie fühlt es sich an, so aufgefüllt zu werden?«, will er von mir wissen, wobei ich kaum in der Lage bin zu antworten.

*Es zerreißt mich innerlich,* möchte ich sagen, aber kein Wort verlässt meine Lippen. Stattdessen stöhne ich noch lauter als zuvor und drohe beinahe zu zerbrechen. Kian löst in mir Gefühle aus, die ich noch nicht gekannt habe und nicht einmal wusste, dass diese existieren. Es ist ein Höhenflug, kurz bevor ich in die Tiefen hinabstürze, sobald mich mein Orgasmus überrollt.

»Gut« gebe ich gepresst von mir. Mehr schaffe ich nicht zu sagen.

»Nur gut?« Ich gehe davon aus, dass ihm dieses eine simple Wort nicht ausreicht. Und das gibt er mir zu spüren, denn nun sind es drei Finger, die in mir ruhen, während sein Schwanz unaufhörlich in mich stößt.

Die Reibung treibt mich an den Abgrund, der nur noch wenige Augenblicke von mir entfernt ist. Wenn er so weitermacht, komme ich erneut ohne Vorwarnung. Es ist zum Verrücktwerden und Kian weiß genau, was er da in mir anrichtet. Er weiß, was er tun muss, um mich an die Grenzen zu bringen. Und ich kann nicht anders, als mich davon leiten zu lassen und es zu genießen.

Kian ist der erste *Mann,* der mich gut fühlen lässt und ich glaube, ich kann über seine furchtbaren Taten hinwegsehen, auch wenn es im Nachhinein nicht wirklich furchtbar ist. Macht es mich deswegen zu einer schrecklichen Person, weil ich einen Mörder anziehend finde? Vielleicht. Dennoch habe ich es satt, was andere davon halten. Ich will

Kian und mein Verlangen nach ihm werde ich nicht weiter unterdrücken.

Mein Orgasmus kündigt sich an. Meine Beine fangen heftig an zu zittern und als ich ihm sagen will, dass es gleich so weit ist, baut sich noch ein anderes, merkwürdiges Gefühl in mir auf. Wohl eher ein Bedürfnis, es loslassen zu wollen.

»Kian … ich … oh scheiße …«

Flüssigkeit dringt aus mir heraus und ich kann nicht genau definieren, was da eben passiert ist. Völlig schockiert starre ich in Kians goldbraune Augen, die mich mit aller Ruhe mustern, während ich mich vor Scham gerne verkriechen würde. Das ist verdammt nochmal peinlich.

»Fuck, es tut mir so leid, ich wollte nicht …«

Ich unterbreche mich selbst und klettere im nächsten Augenblick von ihm herunter, wobei ich den Blickkontakt zu ihm vermeide. Mein Herz springt mir beinahe aus der Brust, so aufgewühlt bin ich, da greift Kian nach meinem Handgelenk und stoppt mich bei meinem Vorgang.

»Hey, ganz ruhig. Du hast abgespritzt, nichts Dramatisches«, will er mich beruhigen, jedoch kann ich ihn nur entgeistert anstarren. Ich habe was? Wie ist das möglich?

»Was?! Wie …«

»Die weibliche Ejakulation. Nichts Außergewöhnliches«, erklärt er in einem sanften Ton.

Weibliche Ejakulation? Also habe ich ihn nicht angepinkelt? Dabei hat es sich genauso angefühlt, obwohl ich so hart dagegen angekämpft habe, um es zu vermeiden. Dennoch ist es mir unangenehm, weil ich es noch nie getan habe.

»Sieh mich an, Kleines. Das muss dir weder peinlich sein noch musst du dich deswegen entschuldigen.« Kian zieht mich wieder zu sich heran und platziert mich auf seinen Schoß. Seine Erektion ist immer noch da, also hat ihn diese Aktion nicht abgetörnt. »Es soll dir nichts unangenehm sein, nicht vor mir.« Er zieht mich zu sich herunter, um mich küssen zu können. Ich schmecke die Ehrlichkeit in seinen Worten und die Angespanntheit löst sich ein wenig.

*Ich kann ihm vertrauen,* sage ich innerlich zu mir selbst.

»Tun wir es nochmal, spritz erneut ab, und ich beweise dir, wie geil es mich macht, Kleines.«

# KAPITEL 26 Saphira

Seit unserem heißen und etwas anderen Morgen sind schon sechs Tage vergangen. Und irgendwie habe ich mich in seine Wohnung eingenistet, obwohl dies nicht der Plan gewesen ist. Nach seiner Offenbarung, dass er der eigentliche Inhaber vom Pink Paradise Club ist und nicht Blaze, hat es mich ein wenig aus der Bahn geworden. Seither habe ich den Club kein einziges Mal betreten und aus irgendeinem Grund bin ich froh darüber. Seine Taten haben mein Herz nicht davon abgehalten, sich anders zu entscheiden, auch wenn mein Verstand noch immer mein Gewissen anschreit und mich anfleht, das Weite zu suchen.

Kian ist seit ungefähr ein paar Stunden in seinem Büro, während ich ausgeschlafen habe. Neuerdings kann ich die Nächte ohne irgendwelche Albträume durchschlafen. Weder Samara noch Denver suchen mich in meinen Träumen heim und ich genieße diese Ruhe in meinem Inneren. Es hat mir gefehlt, einmal die schwere Last von meinen Schultern zu nehmen und tief durchzuatmen. Bei Kian ist es mir möglich.

Eine Nachricht geht auf meinem Handy ein und ich sehe Kians Namen aufleuchten. Dieser hinterlistige Mann hat es geschafft meinen Code zu entsperren und seine Nummer einzuspeichern. Einerseits bin ich dankbar, denn nun weiß ich, wen ich als erstes anrufen werde, egal aus welchem Grund. Ich öffne den Chat und lese mit einem Lächeln im Gesicht seine Nachricht durch.

Kian

Komme in mein Büro.

Ich sehne mich nach dir.

Und der Papierkram langweilt mich

Das Grinsen auf meinen Lippen wird breiter und ich kann förmlich die Schmetterlinge in meinem Bauch spüren. Das erste Mal seit einer Ewigkeit kann ich aufrichtig lächeln. Und das nur seinetwegen. Dabei habe ich keinen blassen Schimmer, wie er das angestellt hat.

Ich

Komme sofort. :)

Aus Kians Schrank krame ich nach einer schwarzen Leggins und einem Shirt von ihm. Naomi hat mir netterweise die Klamotten zukommen lassen, die Kian mir vor einigen Wochen gekauft hat. Seither verweilten sie in Naomis

Wohnung und ich habe nach meinem Verschwinden mir nicht die Mühe gemacht, sie mitzunehmen.

Barfüßig tapse ich die Stufen hinunter und hole mir auf dem Weg eine Chipstüte aus der Küche, denn mein Bedürfnis, Fettiges zu naschen, erschlägt mich fast. Mein Hungergefühl kehrt allmählich wieder zurück und meine Intention ist, einiges an Gewicht wieder zuzunehmen. Und wie soll es sein – mit Fast Food geht es wohl am besten.

Mit der Tüte Paprika-Chips gehe ich weiter zu Kians Büro, putze meine würzigen und fettigen Finger an meinen Leggins ab und klopfe an die große, weiße Tür. Seine tiefe Stimme dringt durch das Holz hindurch, ich drücke langsam die Klinke herunter und luge mit dem Kopf durch die Spalte. In seinem geräumigen Büro sehe ich ihn dort sitzen, mit dieser attraktiven Brille, die ihn noch unwiderstehlicher macht. Wieso muss er auch so gut aussehen? Er würde es mir definitiv einfacher machen, ihn nicht zu mögen, wenn er kein hochgewachsener und maskuliner Typ mit wunderschönen, bernsteinfarbenen Augen und ultraweichen Lippen wäre. Auch wenn seine Schönheit nicht alles ist, was ihn ausmacht. Dennoch ist es die Kirsche auf dem Sahnehäubchen.

Sein Aussehen zieht mich in den Bann und die Art, wie er mich behandelt, als wäre ich die einzige Frau auf dieser Welt, hält mich an Ort und Stelle. Deswegen verkraftet mein Herz es nicht, dass ich mich still und heimlich aus dem Staub mache …

»Du wolltest mich sehen?«, bringe ich über die Lippen und versuche mit aller Kraft, mir nichts anmerken zu lassen, wie sehr er mein Herz anschwellen lässt. Er will mich hier haben, bei sich und das freiwillig. Das Gefühl erwünscht zu sein, lässt mich vor Glück beinahe in die Luft gehen.

Seit ich denken kann, bekam ich zu spüren, nur eine große Last für die Gesellschaft zu sein. Niemand besaß einen Hauch von Menschlichkeit, mir Würde zu zeigen. Ich war ein Niemand. Eine, die ihren Wert nicht kannte. Bis jetzt.

»Setz dich«, bittet er mich, legt seine Brille auf seinen teuer aussehenden, schwarzen Schreibtisch und beobachtet mich haargenau, wie ich mich ihm nähere. Unsicher gehe ich auf den ledernen Sessel zu, der sich vor seinem Keramikschreibtisch befindet, zucke kaum merklich, als Kian ein knurrendes Geräusch von sich gibt.

»Auf meinen Schoß«, gibt er in einem befehlenden Ton an, ehe ich wie ein scheues und ängstliches Kätzchen zu ihm um den Tisch tapse. Die Chipstüte reißt er mir fast schon griesgrämig aus der Hand und wirft sie in den Papierkorb, neben der Schublade. »War mir klar, dass Jesse den Scheiß noch im Schrank liegen hat. Iß das am besten nicht«, brummt Kian.

»Aber …« *Die habe ich gerne gegessen, du Arsch,* will ich ihm am liebsten an den Kopf werfen, belasse es jedoch dabei, da ich ihn nicht verärgern will. Wer weiß, wie er reagieren würde …

»Für den guten Hunger führe ich dich aus. Jedenfalls ist es um einiges besser als dieser Fraß«, fällt er mir ins Wort.

Ich gebe auf, ohne es versucht zu haben. Mit Kian zu diskutieren ist sinnlos. Das hat mir bereits Naomi verraten. Ich könnte meinen, dass er sich fast schon wie ein überfürsorglicher Daddy aufführt. *Daddy,* oh Gott ... Für sein Alter kann er tatsächlich als ein Vater durchgehen ... *Aber ein gutaussehender Daddy,* flüstert der kleine Teufel auf meiner Schulter.

Diese schmutzigen Gedanken verleiten mich dazu ... Stopp, nein! Daran werde ich jetzt sicherlich nicht denken!

Das Klopfen auf seinem Schoß hält mich davon ab, weiter nachzudenken. Schüchtern setze ich mich auf ihn und merke, wie lang seine Beine wirklich sind. Ich berühre kaum den Boden. Es fehlt nur noch ein süßes und unschuldiges Outfit ... Fuck, ich bin am Arsch.

»Warum bin ich hier?«, frage ich und lenke meine bescheuerten Gedanken ab, um nicht auf weiteren Unsinn zu kommen.

»Ich habe gleich einen Termin und du wirst mich begleiten«, verrät er mir und ich staune, als er erwähnt, dass er mich dabeihaben will. Dennoch taucht das große Fragezeichen in mir auf, um was für eine Art Termin es sich wohl handelt.

»Bevor wir gehen, will ich dich in Kenntnis setzen, dass morgen Mittag die Beerdigung deiner Mutter stattfindet. Nichts Aufwändiges, nur die Chance, dass du dich richtig verabschieden kannst.« Mein Herz wird schwerer und der

Kloß bildet sich erneut in meinem Hals. Bei dem ganzen Trubel habe ich es fast aus meinem Kopf verbannt.

Ich starre Kian mit offenem Mund an und weiß nicht, was ich dazu sagen soll. Einerseits bin ich ihm dankbar, dass er sich darum gekümmert hat. Aber für die Kosten muss *ich* aufkommen, auch wenn sie es überhaupt nicht verdient hat. Samara war eine schreckliche Mutter, doch der Unterschied zwischen ihr und mir ist, dass ich nicht wie sie bin. Ich hätte es schon irgendwie beglichen.

»Danke« hauche ich ihm zu, bin nicht im Stande mehr zu sagen.

Ein letztes Mal reiße ich mir die alten Wunden auf und schließe endgültig mit der Vergangenheit ab. Schlussendlich ist sie nur Samara Perkins gewesen, die nicht in der Lage war, ein Kind großzuziehen. Eine entfremdete Person, die im selben Haushalt gelebt hat.

»Wohin gehen wir eigentlich?«, frage ich dann mit der Absicht, nicht mehr diese Frau erwähnen zu müssen oder gar über sie nachzudenken. Seit ich bei Kian bin, habe ich keinen einzigen Gedanken an sie verschwendet und das werde ich auch in Zukunft nicht mehr tun. Es klingt egoistisch und vielleicht ein wenig abfällig, aber der Verlust meiner Mutter ist vergleichbar mit einer schweren Last, die mir seit ihrem Tod von den Schultern gefallen ist.

Ich lerne erst *jetzt,* wie man richtig lebt. Frei und sorglos. Und Kian ist der Auslöser für den nötigen Stoß, den ich all die Jahre gebraucht habe.

Erwartungsvoll drehe ich meinen Kopf in seine Richtung, sehe in seine goldenen Farbsprenkel seiner Iriden, die mich jedes Mal aufs Neue faszinieren und in ihren Bann ziehen. Ich verliere mich gerne in ihnen und spüre das heftige Klopfen meines Herzens gegen meine Brust, welches sich zuvor immer fremd angefühlt hat.

Der wunderschöne Mann vor mir schenkt mir nur ein mildes Lächeln, schiebt mich von seinem Schoß und erhebt sich. »Lass uns gehen, Kleines«, ist das Einzige, was er mir zu sagen hat, ehe er seine Finger mit meinen verschränkt und mit mir im Schlepptau sein Büro verlässt.

Ein ungutes Gefühl breitet sich in meiner Magengegend aus. Ich kann jedoch nicht erahnen, warum er seltsam auf meine Frage reagiert hat. Nichtsdestotrotz lasse ich mich von ihm aus seiner Wohnung in die Tiefgarage führen und setze mich wortlos auf den Beifahrersitz.

Kian startet seinen teuer aussehenden Wagen, lenkt mit Leichtigkeit das Auto aus der Parklücke heraus und begibt sich auf den Highway, um Bluehill zu verlassen. Dabei kann ich mich immer noch nicht an die Gegend gewohnen. Im Gegensatz zu Fallbridge sieht es hier sauber und lebhaft aus. Teuer sanierte Häuser, protzige Karren, Männer in den maßgeschneiderten Anzügen, Frauen mit hübsch lackierten Fingernägeln und perfekt sitzender Frisur… das ist nicht die Stadt, in der ich aufgewachsen bin und jahrelang gelebt habe. Dort handelte es sich vielmehr ums Überleben. Etwas, was ich nie wieder durchleben möchte.

Während ich gedankenverloren aus dem Fenster schaue, wirft Kian hin und wieder einen Seitenblick zu mir herüber. Irgendwie scheint er nachdenklicher als sonst zu sein. Ob es an mir liegt? Bin ich der Grund dafür?

»Ist alles in Ordnung?«, frage ich nach langem Stillschweigen. Ich will wissen, was ihn beschäftigt und das erfahre ich nur, wenn ich etwas nachbohre. Hoffentlich sagt er mir auch die Wahrheit, denn schließlich ist es das, was er will. Nichts als Ehrlichkeit zwischen uns. So wie der Tag, an dem er es mir gestanden hat …

»Jaja, es ist alles okay«, murmelt er unsicher. Er macht mir den Eindruck, dass er nicht einmal selbst weiß, ob es für ihn glaubwürdig erscheint.

Ich nicke nur mit der Erkenntnis, dass er mich höchstwahrscheinlich angelogen hat. Umso mehr bedrückt es mich, dass es ihm nichts ausmacht, mir ins Gesicht zu lügen. Wiederum ist es ein noch beschisseneres Gefühl, dass es mir einen Stich ins Herz verpasst hat. In den letzten Wochen hat sich Kian genau dorthin geschlichen, welches ich mit aller Kraft und Tatendrang versucht habe zu verschließen.

Fuck, wieso muss ich mich ausgerechnet in dieser Scheißsituation befinden? Es gibt tausend andere Probleme und mein dummes Herz entscheidet sich dafür. *Dann bleib doch stur und rede eben nicht mit mir,* bockt die Stimme in meinem Kopf herum und ausnahmsweise akzeptiere ich es.

Nach gefühlt einer Stunde und weiteren schweigenden Momenten bleibt das Auto stehen und ich sehe zu, wie

Kian den Schlüssel aus dem Zündschloss zieht und aussteigt. Die Stadt, oder wohl eher ein Dorf, worin wir uns befinden, ist mir unbekannt. Die Gebäude sehen farbenfroh und altmodisch aus. Auf der rechten Seite erkenne ich eine riesengroße Kirche, die jahrhundertealt sein muss. Jedenfalls sieht sie genauso aus.

Die Straßen sind leer und irgendwie erinnert es mich an eine Geisterstadt. Keine Menschenseele ist zu sehen, außer wir beide. Ein abgelegener Ort, um ...

Kian öffnet mir die Tür und reißt mich aus meinen irrsinnigen Gedanken, die ich zum Glück nicht weiter fortgeführt habe. Wäre auch Schwachsinn gewesen.

Er hilft mir beim Aussteigen, verschränkt wieder unsere Finger miteinander und starrt mir fast schon in die Seele. Sein stechender Blick lässt mich schlucken, nichtwissend, was als Nächstes geschieht.

»Wir sind hier, weil ...« Er atmet tief ein, als würde es ihm schwerfallen, darüber zu sprechen. »Du weißt nicht viel über mich, weil ich nicht gerne über Dinge spreche, die vergangen sind. Aber aus heiterem Himmel meint das Schicksal, mich dorthin zurückzubringen, wovon ich mich jahrelang distanziert habe«, erklärt er – jedoch verstehe ich nur Bahnhof. Ich habe keinen blassen Schimmer, was er mir jetzt genau damit sagen will. Oder mein Hirn ist viel zu langsam, um mitzukommen.

»In dem Fall bin ich nicht gut mit Worten, deshalb lass es mich dir zeigen«, fügt er mir mit meinem verwirrten Blick noch hinzu.

Überrumpelt über seine Ehrlichkeit, die bis vorhin noch nicht vorhanden war, folge ich Kian in ein Backsteinhaus, das nach einer alten Schule aus den Fünfzigern aussieht und wir durchqueren den Eingang der feuerroten Tür. Die innerliche Räumlichkeit gibt mir ein anderes Bild ab als die äußerliche Erscheinung des Hauses. Es ist viel heller und moderner eingerichtet und umso mehr bin ich überrascht, wie sauber der Boden unter mir glänzt. Ich muss zugeben, ich habe eine Bruchbude erwartet. Das, was ich eben gewohnt bin.

»Was ist das hier?«, flüstere ich zu ihm hinüber. Das große Schild an der Backsteinmauer habe ich durch meine Erkundung vollkommen übersehen.

Als Kian mir antworten will, wird er von einer blondhaarigen Frau verhindert, die sich gezielt in unsere Richtung begibt und uns freundlich anlächelt. »Mr. Carter, schön Sie wiederzusehen«, begrüßt sie ihn und reicht ihm ihre zierliche Hand. Eifersucht kriecht mir den Rücken hoch, obwohl ich gar keinen Grund dazu habe. – Oder? Sie ist nur eine Angestellte und macht ihren Job. Mit der Tatsache, dass sie meinem Alter gleicht und obendrein bezaubernd aussieht … wie ein Engel.

Außerdem muss Kian hier öfter gewesen sein, wenn sie ihn zu kennen scheint. *Vielleicht hatten sie eine Affäre,* flößt mir mein Verstand ein und ergötzt sich an meiner zunehmenden Eifersucht.

»Ich bin Eloise Price«, stellt sie sich mir vor und will mir ebenfalls die Hand reichen. Nur widerwillig greife ich danach und zwinge mir ein Lächeln auf. »Saphira« gebe ich gepresst von mir und wische unauffällig meine Hand an meinen Leggins ab, nachdem sie mir einen festen Händedruck gegeben hat.

Eloise, *wie ich diesen Namen nicht mag*, widmet sich ihrem Klemmbrett zu und blättert ein paar Seiten um und schenkt anschließend Kian ein aufmunterndes Lächeln.

»Bevor ich Sie in das Zimmer bringe, muss die Diagnose besprochen werden. Mrs. Sanders erwartet Sie im Büro.« Ich runzle die Stirn, nichtsahnend, was ich daraus erschließen soll. Was denn für ein Zimmer? Und welche Diagnose? Fragezeichen schwirren in meinem Kopf umher, doch die Zeit, um Fragen zu stellen, bleibt aus, da Eloise und Kian vorauslaufen und ich ihnen hinterherdackeln muss.

Dieses Hin und Her verpasst mir beinahe ein Schleudertrauma.

Ich versuche Kians großen Schritten mitzuhalten, während seine Finger immer noch mit meinen verflochten sind. Aber ich stolpere eher hinter ihm her, anstatt wie eine normal gehende Person neben ihm zu laufen. Scheinbar merkt er es auch gar nicht.

Erst als wir vor dem genannten Büro stehenbleiben, kann ich erleichtert aufatmen. Wenn wir noch eine Weile weitergegangen wären, wäre ich mit Sicherheit irgendwann auf die Schnauze geflogen. Meine kurzen Beine können seinen langen Schritten einfach nicht standhalten.

Die Blondine klopft an der Tür und eine weibliche Stimme ertönt auf der anderen Seite des Raumes, ehe Eloise sie öffnet und uns hereinbittet. Kians Haltung ist angespannt, sein Griff um meine Hand wird fester und seine Kiefermuskeln spielen verrückt. Neugierig schaue ich zwischen ihm und der weiteren Person hin und her, um irgendetwas daraus erschließen zu können.

»Mr. Carter … Willkommen«, begrüßt ihn die ältere Dame an ihrem Schreibtisch, die sich nun erhebt und uns beiden die Hand schüttelt. »Mrs. Sanders«, ergänzt sie noch und stellt sich mir vor.

»Können Sie nun mit der Diagnose anfangen? Meine Zeitspanne ist heute sehr knapp«, gibt Kian angespannt von sich und ich kann überhaupt nicht nachvollziehen, warum er sich nun schon wieder komisch verhält. Er hat schlimmere Stimmungsschwankungen als eine schwangere Frau.

»Natürlich, Mr. Carter«, nickt Mrs. Sanders und nimmt das Klemmbrett von Eloise zur Hand, um dann fortzufahren. »Wie Sie bereits zur Kenntnis genommen haben, hat sich der Zustand von Mrs. Neville verschlechtert. Das bedeutet, dass sie sich nun im Endstadium ihrer Erkrankung befindet«, erklärt sie.

Kian runzelt die Stirn.

»Definieren Sie es bitte genauer, denn ich weiß nicht, was ich mit dieser Information anfangen soll«, grummelt er. Irgendwie habe ich das Gefühl, dass es ihn mehr zu schaffen macht als er es zugeben will. Kian mag nach außen hin der eiskalte Mann sein, den er gerne vorgibt, aber ich vermute, dass dies nur eine aufgebaute Mauer und Fassade ist.

Mrs. Sanders richtet ihre runde Brille und räuspert sich.

»Sie wird sich nach wie vor nicht mehr an Sie erinnern können, Mr. Carter. Die Kommunikationsfähigkeit ihrer Mutter ist kaum bis gar nicht mehr vorhanden und wir nehmen an, dass sie die Außenwelt nur spärlich wahrnimmt. Ganz zu schweigen, dass sie viel an Gewicht verloren hat, seitdem sie die Nahrung nicht mehr selbstständig zu sich nehmen kann«, erläutert Mrs. Sanders. Unmittelbare Stille kehrt ein. Niemand spricht mehr, jeder gefangen in seinen eigenen Gedanken.

Nun verstehe ich langsam den Zusammenhang: Wir befinden uns in einem Senioren-Pflegeheim. Hierbei geht es um Kians Mutter, deren Zustand eine furchtbare Wendung eingenommen hat. Und weil er womöglich davon wusste, wollte er mich bei sich haben. Ich erlebe gerade einen schwachen Augenblick seines Daseins und er will ausgerechnet mich, ein emotionales Wrack, als eine starke Stütze an seiner Seite wissen.

Die Pflegerin unterbricht die bedrückende Stimmung zwischen uns, indem sie weiter von der Diagnose spricht: »Wir geben unser Bestes und versuchen die fortgeschrittene Demenz zu behandeln, damit sie nicht weiter rasant voranschreitet. Dennoch liegt es nicht in unserer Macht, sie vollkommen zu verlangsamen.«

Mein Blick wandert von Mrs. Sanders zu Kian. Er starrt nur ins Leere, wohlgemerkt befindet er sich in einer Art

Schockstarre. Sein Verstand muss die ausgesprochenen Worte verarbeiten, bis sie richtig zu ihm hindurchdringen.

Ich ringe mit mir selbst, die Frage laut aussprechen zu sollen. Es liegt immerhin nicht in meiner Hand, über Kians Kopf hinweg zu entscheiden. Aber wenn er sich doch noch dazu entschließt, von hier verschwinden zu wollen, wird er es später mehr als nur bereuen. Wer weiß, wie lange ihr Zustand es noch mitmacht. Immerhin macht er mir den Eindruck, dass ihm an ihr etwas liegt und sie keine Beziehung führen, wie Samara und ich es getan haben.

»Entschuldigen Sie mich, wenn ich dazwischenfahre. Aber ist es möglich, dass Mr. Carter seiner Mutter *jetzt* einen Besuch abstattet?«, frage ich so höflich wie es nur geht, um diese bedrückende Situation ein wenig umgehen zu können. Ich will mir nicht annähernd vorstellen, was gerade in Kians Kopf geschieht. Zwar kenne ich ihn erst seit ein paar Wochen, jedoch habe ich ihn noch nie schweigend erlebt. Jedenfalls nicht in dieser Art.

»Aber selbstverständlich«, stimmt Mrs. Sanders zu. »Bevor Sie aber das Zimmer betreten, möchte ich Ihnen ein paar Hinweise geben.« Ich nicke, während Kian sich immer noch nicht rührt. »Sie können mit Mrs. Neville ganz normal eine Unterhaltung führen, ihr von Ereignissen erzählen. Nur wird sie womöglich keine Regung zeigen, was Sie aber nicht davon abhalten soll, mit ihr zu sprechen. Ich denke, es würde ihr guttun, ihren Sohn wiederzusehen, auch wenn er für sie wie eine fremde Person erscheinen mag.« Und ich glaube ebenfalls, dass es Kian auch guttun würde, über seinen eigenen Schatten zu springen und so gut es geht, für seine Mutter da zu sein.

Die Pflegerin führt uns aus ihrem Büro und begibt sich zum langen Gang des Flures, ehe wir die Holztreppe nehmen, die uns in die erste Etage der Station bringt. Mrs. Sanders schenkt uns ein warmes Lächeln und lässt uns vor der Zimmertür von Kians Mutter allein.

Einen Augenblick lang bleiben wir regungslos stehen. Ich schaue Kian einfühlsam an, streichle behutsam über seinen Handrücken und will ihm vermitteln, dass ich ihm nicht von seiner Seite weichen werde. So wie er für mich da war, möchte ich für ihn da sein. Es ist das Mindeste, was ich ihm zurückgeben kann.

Ich atme einmal tief durch, klopfe an der braunen Holztür und lege langsam meine andere Hand auf die Türklinke. Noch einmal blicke ich zu Kian, um sicherzugehen, dass er mich vielleicht nicht doch noch daran hindern will und er stattdessen gehen möchte. Aber er tut nichts, schaut mich nicht einmal an.

Wenn ich ihn so sehe, keimen Schuldgefühle in mir auf, dass ich womöglich zu voreilig und selbstbestimmend gehandelt habe. Vielleicht wird er es mir übelnehmen und es mir später verdeutlichen, wenn er wieder bei Sinnen ist. Und möglicherweise bin ich gerade viel zu egozentrisch, um einen Rückzieher zu machen.

Mein Gewissen hängt dennoch am seidenen Faden, dass er mir eines Tages dankbar sein wird.

Die Tür öffnet sich mit einem leisen Knarren, ehe ich die Türschwelle als Erste überschreite und Kian dicht an meinem Rücken hinter mir herziehe. Je mehr ich das Innere des Zimmers betrete, desto präsenter wird ihre Gegenwart.

Der Raum wird durch die zugezogenen Gardinen dunkel gehalten und die Atmosphäre ist zum Ersticken verurteilt. Gezwungenermaßen laufe ich erstmal zu den Fenstern und öffne eines von ihnen, um frischen Luftzug durchzulassen. Dann wende ich mich an Kian, der bereits seine Augen auf seine bettlägerige Mutter gerichtet hat, die wiederum seine Anwesenheit nicht registriert.

Dieses Bild versetzt mir einen Stich ins Herz. Eine Mutter, die geistig nicht zu existieren scheint und ihr Sohn, der nichts dagegen tun und nur dabei zusehen kann, wie ihr Inneres ein Stückchen mehr stirbt. Eines der Dinge, welches ein Kind – egal in welchem Alter – niemals miterleben möchte.

Ich trete etwas näher ans Krankenbett. Kians Mutter hat dieselben Augenfarben wie er, nur hat ihre Leuchtkraft nachgelassen und sie wirken betrübt. Ihr grau meliertes Haar trägt sie in einer wirren Kurzhaarfrisur. Die Mundwinkel hängen schlapp nach unten, die Finger verkrampft übereinander gefaltet, der Blick statuenhaft an die gegenüberliegende Wand gerichtet. Und obwohl ich diese Frau zum ersten Mal in meinem Leben sehe, empfinde ich Leid und Schmerz. Anders als ich es bei Samara getan habe.

»Hallo, Mrs. Neville. Mit Sicherheit kennen Sie mich nicht, aber mein Name ist Saphira«, stelle ich mich trotz dessen vor, auch wenn sie mir nie eine Antwort zurückgeben wird. Ich versuche die deprimierende Stimmung ein wenig zu lockern. Vielleicht schafft es Kian dann, aus seiner Schockstarre zu erwachen.

Plötzlich wandern ihre Iriden in meine Richtung, weshalb ich mich kaum merklich erschrecke. Aber wie Mrs. Sanders bereits erwähnt hat, nimmt sie mich nicht wahr. Sie schaut wohl eher durch mich hindurch. Als sei ich nur eine unsichtbare Hülle.

Meine Augen schweifen kurz zu Kian hinüber. Er ist immer noch sehr angespannt, mit dem Unterschied, dass seine Hände leicht zu zittern angefangen haben. Sein Adamsapfel bewegt sich mit jedem Schlucken und seine Brust hebt sich schneller als zuvor. Ich denke, dass es ihn nervös macht, was ich da gerade versuche zu bewirken.

Vorsichtig setze ich mich an die Kante des Bettes und beobachte mit großen Augen auf die Reaktion von Mrs. Neville. Noch nie habe ich so viel Mut zusammengekratzt und etwas getan, was *nicht* mit mir zu tun hat.

»Ihr Sohn Kian ist auch hier«, lächle ich sanft und will ihre Hand berühren, da ergreift Kian aus dem Nichts mein Handgelenk und stoppt mich bei meinem Vorhaben.

»Tu das nicht«, sagt er leise und dennoch kann ich den drohenden Unterton heraushören, der mir eine Gänsehaut verpasst und mein Herz höherschlagen lässt.

Endlich handelt er. Wer weiß, wie lange es noch gehen würde, wenn ich nicht diesen Schritt gewagt hätte. Wobei ich dann jetzt doch ein mulmiges Gefühl in meiner Magengegend bekomme, bei der Erkenntnis, wie seine Mutter reagieren würde. Ich habe keine Ahnung, wie demenzkranke Menschen sich bei Berührungen verhalten. Irgendwie ist es eine dumme Idee gewesen. Da bin ich froh, dass Kian dazwischengegangen ist und mich aufgehalten hat.

»Entschuldige« murmle ich verlegen und erhebe mich dann von der Bettkante, nachdem er mich wieder losgelassen hat.

Der große, breitgebaute und attraktive Mann wirkt neben seiner zierlichen Mutter wie ein Riese. Fast so wie Big Foot. Er steht neben dem Bettrand und es sieht so aus, als müsste er mit seinem Verstand einen Kampf ausüben, ob er den nächsten Schritt wagen oder doch noch einen Rückzieher machen soll. Ich wäre für Letzteres, denn irgendwie denke ich, dass er seine Mutter kaum besucht, so wie er sich zurückhält. Aber wer bin ich schon, dass ich Kian irgendwelche Anweisungen geben darf, was gut oder schlecht für ihn wäre?

Dann passiert etwas, womit keiner von uns gerechnet hat. Mit angehaltenem Atem und weit aufgerissenen Augen beobachte ich, wie Kian die Hand seiner Mutter in seine nimmt und die alte Frau plötzlich ihren Kopf zu ihm herüberdreht und ihn ansieht. Und dieses Mal scheint sie nicht durch seine Person hindurchzusehen, sondern blickt ihm direkt in seine goldbraunen Augen.

Ihre trüben Augen erhellen und auch ihre Mundwinkel heben sich an. Es gleicht einem Weltwunder, was hier gerade geschieht.

»Hallo … Mutter«, flüstert er kaum hörbar, jedoch dringen die Worte direkt in mein empfindliches Gehör. Mein Herz schmilzt wie heißes Wachs. Tränengerührt fasse ich mit meiner Handfläche auf meine Brust und ringe damit, jetzt nicht loszuheulen.

*Sei nicht so ein Baby,* verspottet mich meine innere Stimme und ich verfluche sie, sie im unpassenden Moment wahrnehmen zu können.

»Preston?« fragt Mrs. Neville mit dünner Stimme. Sie sieht nicht nur kraftlos aus, sie hört sich auch so an.

Kians Gesichtszüge entgleisen, während sein Teint leichenblass wird – kreideweiß wie die Wand hinter ihm. Als hätte er sich am heißen Herd verbrannt, entzieht er ruckartig seine Hand von ihrer und stolpert einen Schritt zurück. Ich kann über seine Handlungsweise nur die Stirn runzeln. Was ist heute bloß los mit ihm? Wo ist der lässige und zugleich skrupellose Kian hin? Diesen hier erkenne ich kaum wieder und ich fange tatsächlich an, mir ernsthafte Sorgen um ihn zu machen.

»Preston« wiederholt seine Mutter, in deren Augen die Hoffnung schimmert. Ich frage mich aber, wer Preston sein soll und wieso sie seinetwegen zum Leben erwacht.

Kian bringt immer mehr Abstand zwischen den beiden auf, während die alte Frau immer wieder denselben Namen erwähnt.

»Preston.« Sie sagt den Namen so, als würde sie ihn manifestieren wollen.

»Preston!« ruft seine Mutter lauter.

Ohne ein Wort reißt Kian die Tür des Zimmers auf, so dass sie gegen die hintere Wand mit einem lauten Knall donnert, ehe er aus dem Raum flüchtet und mich allein zurücklässt.

Überfordert schaue ich ihm hinterher, höre Mrs. Neville immer noch den Namen dieser Person rufen und weiß nun nicht, was ich als Erstes tun soll. Eine der Pflegerinnen rufen und sie nach Kians Mutter schauen lassen oder ihm sofort hinterherrennen?

Meine Entscheidung wird mir dann glücklicherweise abgenommen, als Eloise verwirrt in das Zimmer hereinkommt und ausnahmsweise bin ich ihr dankbar dafür, dass sie im passenden Moment vorbeigekommen ist.

»Was ist …«, fängt sie an, doch ich unterbreche sie schnell, um gleich von hier verschwinden zu können.

»Fragen Sie nicht. Kümmern Sie sich um Mrs. Neville«, weise ich sie hektisch an, als hätte ich überhaupt irgendein Recht dazu, sie herumkommandieren zu können. Aber das ist mir egal. Ich sprinte ebenfalls zur Tür, nachdem ich mich höflicherweise verabschiedet habe.

Ich jogge den Flur entlang und fliege beinahe die Treppen hinunter, halte mich aber an dem hölzernen Geländer fest, sodass ich keinen peinlichen Abgang hinterlasse, ehe ich mich im Erdgeschoss befinde und zum Ausgang steuere. Ich hoffe sehr, dass ich dort Kian vorfinde und nicht weiter nach ihm suchen muss. Denn ich kenne mich in diesem Dorf nicht aus und ich befürchte eher, dass er mich am

Ende von irgendwo aufgabeln muss, weil ich den Weg zurück zum Pflegeheim nicht finden werde.

Ein Stein fällt mir vom Herzen, als ich ihn an seinem Wagen stehen sehe, während er an seiner Zigarette zieht und sich aufgebracht durch seine Locken fährt. Ich lasse keine weitere Sekunde verstreichen und eile auf die andere Straßenseite. Kian bemerkt mich und schnippt achtlos den Zigarettenstummel weg.

»Was sollte das gerade eben?«, hinterfrage ich mit verschränkten Armen. Einen Moment lang habe ich mich wie im Irrenhaus gefühlt. Eine alte Dame, die den Namen eines Mannes wie einen Fluch ausspricht, und der Kerl, den ich für knallhart gehalten habe, flüchtet wie ein emotionsgeladenes Kleinkind davon.

Außer Atem warte ich vergebens auf seine Antwort. Stattdessen fährt er sich über das Gesicht und reibt sich nachdenklich den Nacken. Jetzt hat Kian ausnahmsweise kein Glück, denn meine Geduld ist im Keller und ich verlange eine ausführliche Erklärung.

»Kian« warne ich ihn. »Spiele nicht mit meinen Nerven, denn ich bin verdammt verwirrt.« … und hungrig.

Der Spaß ist endgültig bei mir vorbei. Ich will für alles eine Antwort… und dann etwas Deftiges zu essen. Scheiße, ich glaube meine Periode kündigt sich demnächst an.

»Kian!« gebe ich mit mehr Nachdruck von mir. Er hält es wohl für nicht so wichtig, mir endlich zu sagen, was sein Scheißproblem ist. »Kian, ich schwöre …«

»Halt den Mund!«, fährt er mich schroff an und für einen kurzen Moment sinkt mir mein Herz zu Boden bei seinem lauten Tonfall. Bisher hat er noch nie in dieser Hinsicht mit mir gesprochen, weshalb das Stechen in meinem Inneren immer schmerzhafter wird.

»Entschuldige«, fügt er schnell hinzu und ich könnte mich selbst anschreien, dass mein dummes Herz seine Entschuldigung, ohne zu zögern, angenommen hat. *Scheiß Verräter!*

»Schon gut …«, murmle ich dennoch beleidigt. Soll er doch sehen, dass es mich verletzt hat. Mir doch egal.

»Setz dich ins Auto. Dann erkläre ich dir alles, was du wissen willst.« Nickend gebe ich nach und lasse mich auf dem Beifahrersitz mit verschränkten Armen nieder. Nur weil ich jetzt weich geworden bin, heißt das noch lange nicht, dass ich ihm verziehen habe – ausgenommen mein treuloses Herz.

»Dann leg mal los«, brumme ich unsanft und gucke eingeschnappt aus der Windschutzscheibe. Bloß keinen Blickkontakt zu diesem Mann führen, denn dann bricht selbst der letzte Funke meines Stolzes zusammen. Ein Blick in sein markantes Gesicht und ich schmelze wie Butter auf diesem teuren Ledersitz.

Aus dem Augenwinkel erkenne ich, wie Kian nervös auf dem Lenkrad tippt und aus unerklärlichen Gründen macht es mich nicht weniger entspannt.

»Jahrelang bin ich mit Bravour meiner abgefuckten Vergangenheit ausgewichen. Ich habe sie teilweise schon fast vergessen. Aber es gibt Menschen da draußen, so wie meine Mutter, die mich in diese Zeit zurück katapultieren«, gesteht er nun und ich hebe überrascht die Augenbrauen an. Kian hat bis dato nie etwas von sich erzählt, geschweige denn von seiner Familie. Über seine Ehrlichkeit kann ich nur staunen.

Für einige Sekunden bleibt es still zwischen uns. Ich merke, dass es ihm nicht leichtfällt, darüber zu sprechen. Scheinbar hat er wohl doch keinen guten Draht zu seiner Mutter, oder was auch immer dahinterstecken mag.

»Preston war mein Vater«, spuckt er abfällig, als sei es eine Schande seinen Namen in den Mund zu nehmen. Vielleicht ist es das auch. »Sein Tod veränderte alles. Vor allen Dingen mich«, spricht er weiter. »An diesem Tag starb ebenfalls Jayden Neville, mein damaliges Ich und es erwachte ein skrupelloses Monster.«

Ich schlucke hart. Seine Offenlegung seiner Vergangenheit fühlt sich wie schwerer Blei in meinem Magen an. Hinter diesem düsteren Mann steckt viel mehr als ich glauben kann.

»Erträgst du es, dich in meiner Dunkelheit zu verlieren, kleiner Engel? Denn das, was ich preisgebe, wird vielleicht auch dich zerstören.«

*Und wie es mich zerstören wird …*

# KAPITEL 27

## Kian

*19 Jahre zuvor*

»Denkst du, die Dinger verkaufen sich schnell?«, fragt mich Jesse und hält die kleine Tüte in die Luft, um sie näher zu betrachten.

»Fuck! Pack sie weg, du Idiot!«, fahre ich ihn an und reiße sie ihm aus der Hand, um sie dann in die Seitentasche meiner Lederjacke zu verstauen.

Seitdem Devraj, mein großer Bruder, uns die Aufgabe erteilt hat, seinen Stoff auf den Straßen zu verticken, will Jesse sie schnellstmöglich loswerden. Ich kann es ihm nicht verübeln, denn keiner von uns will je etwas mit den Drogen zu tun haben. Aber weil Dev sie ebenfalls schnell verkaufen muss, zwingt er mich, ihm zu helfen. Ansonsten verpetzt er mich bei Preston, dass ich seit zwei Wochen die Schule geschwänzt habe und der Alte hat sowieso nicht mehr alle Latten am Zaun.

»Chillt doch mal. Wir suchen uns ein paar Junkies und verticken sie dann an sie«, meint Takeo lässig, als würde er sich gerade über das Wetter unterhalten. Der Junge hat gut reden, denn er hat keinen gewalttätigen Vater bei sich zu Hause, der jeden Abend zum Möchtegern-Pitbull mutiert.

»Und wenn wir erwischt werden?«, fragt Jesse leicht panisch.

»Dann sind wir am Arsch«, gestehe ich die Tatsache, die so oder so zum Scheitern verurteilt ist. Entweder kommen wir mit dieser Sache durch, oder wir verbocken es.

An dem Wohnblock angekommen, in dem ich bereits meine Kindheitstage erlebt habe, nehme ich das Gebrüll vom dreizehnten Stock bis zum Vorhof wahr. Ich hasse diesen Wichser und ich hasse es noch mehr, dass ich ein Teil seiner Abstammung bin. Warum Mom bei ihm geblieben ist, obwohl er sie täglich verprügelt, ist mir bis heute noch unklar. Scheißegal, was mit dem Penner passiert, soll er doch allein klarkommen, wie er Bock hat.

»Fliegen erneut die Fetzen?«, will Takeo wissen und sein besorgter Gesichtsausdruck verrät mir, dass es nicht daran liegt, dass er sich vor meinem Erzeuger fürchtet, sondern sich ernsthafte Gedanken um meine Mutter macht. Er hat mit seinen eigenen Augen gesehen, wie übel zugerichtet sie aussah, nachdem er wie ein wildgewordenes Tier auf sie losgegangen ist.

»Geht nur, ich mach das schon.« Was bleibt mir auch anderes übrig, als mich in die Höhle des Löwen zu begeben, der mich ebenfalls zerfleischen kann? Viel lieber stecke ich seine Schläge ein als sie.

»Auf keinen Fall«, meint Jesse selbstbewusst und läuft voraus.

»Er hat recht, *wir* machen das schon«, ermutigt mich Takeo, der Jesse folgt. Ich bin gezwungen, ihnen hinterher zu sprinten, um dann gemeinsam in den Aufzug zu steigen und in den dreizehnten Stock zu fahren.

Ich bin für meine Jungs mehr als dankbar, aber ich muss mich jetzt nicht wie eine Pussy vor ihnen niederknien und ihnen die Schuhe küssen. Die wissen das sicherlich auch so.

Meine Geduld nagt an meinen Grenzen, als wir die Tür der Wohnung erreichen. Es dauert nicht mehr lange, bis die Nachbarn erneut die Bullen rufen. Und wenn sie das tun, ist nicht nur mein Erzeuger dran, sondern auch ich. Die Tüte mit den Drogen habe ich immer noch bei mir, da ich nicht damit gerechnet habe, dass er schon so früh wach ist. Normalerweise pennt er bis zum Mittag.

Nachdem ich den Schlüssel wie ein Irrer ins Schlüsselloch gerammt habe, öffne ich die Tür mit einem Schwung und entdecke Preston, wie er seine Faust um das Shirt meines Bruders gewickelt hat und die andere gerade in Devs Gesicht hält. Der Kopf meines Erzeugers dreht sich ruckartig in meine Richtung und ich erkenne in seinen roten, wilden Augen, dass er immer noch dicht ist.

»Ach, da ist ja der andere Bastard«, spottet er in einem verächtlichen Ton, der mir überhaupt nicht gefällt.

Meine Mutter steht zitternd mit tränenüberströmtem Gesicht in der Ecke und sieht mit ängstlichen Augen dabei zu, wie der Wichser gerade meinen Bruder schlagen wollte. Vielleicht hat Devraj es verdient, endlich entsinnt zu werden. Sein verkacktes Geschäft wird nicht nur ihn ruinieren und das weiß dieser Egoist auch. Aber mein Erzeuger hat sich eine viel größere Prügel erarbeitet – eine, bei dem all seine Sinnesorgane versagen.

»Sieh doch nur, wie du diese Hunde erzogen hast, Agnes. Ist es das, was du wolltest?!«, brüllt er erneut und das so laut, dass meine Mutter vor Schreck zusammenzuckt. »Ein verfickter Junkie und ein verschissener Schulschwänzer«, spuckt er die Worte aus.

Mein Blick wandert zu Dev, der unschuldig seinen Kopf schüttelt.

»Keine Sorge, so heuchlerisch ist dein Bruder wohl doch nicht«, besänftigt Preston mich, nachdem er meinen Augen gefolgt ist und Devs Kopfschütteln entdeckt hat. »Die Schule hat einen wunderbaren Brief zukommen lassen«, erklärt er kurzangebunden.

Der Mann, dessen Ebenbild ich leider bin und es verabscheue, lässt schweigend von meinem Bruder ab, der daraufhin achtlos wie ein Sack voll Reis auf den Boden aufprallt.

»Ihr seid Nichtsnutze, die nur meine Luft verpesten«, keift er weiter. Am liebsten würde ich ihm eins überwischen, damit er ein für alle Mal die Fresse hält.

»Ach ja? Und als was genau willst du dich darstellen, du Wichser?«, kontert plötzlich mein Bruder und ich kann das Fluchen meines Erzeugers bis in mein Gedächtnis hören.

»Du kleiner …« Preston verstummt sofort.

Dev zückt die Waffe aus seinem Hosenbund und richtet sie direkt auf die Stirn unseres Erzeugers. Prestons aufgerissene Augen richten sich auf den Lauf der Glock, während er hart schlucken muss. Seine Stirn wird triefend nass und auch sein fleckiges Unterhemd wird von Schweiß getränkt. Und zum allerersten Mal erkenne ich pure Furcht in seinem sonst so hasserfüllten Blick.

»Devraj, was tust du da?«, schluchzt bitterlich meine Mutter. Seit meiner Ankunft in dieser verfluchten Wohnung hat sie bisher kein einziges Wort gesprochen. Ein Wunder, dass sie genau jetzt ihren Mut zusammengekratzt hat, wenn es um diesen Hurensohn geht.

Ich will Mom nicht als schwach bezeichnen, denn das ist sie ganz und gar nicht. Sie ist emotional abhängig von ihrem Mann, will immer nur das Gute in ihm sehen und deshalb würde sie ihn immer und immer wieder in Schutz nehmen, obwohl er sie sowohl physisch als auch psychisch misshandelt. Sie wird seinetwegen niemals ihren Frieden finden können.

»Ja, Devraj, was tust du da?«, wiederholt Preston Moms Worte.

Sein Leib zittert kaum merklich, womöglich um seine Angst verbergen zu wollen. Selbst dann will er sein loses Mundwerk nicht halten, auch wenn es für ihn brenzlig aussieht.

Mein Bruder lacht. Das süffisante Grinsen gleicht einem Wahnsinnigen, der bereits den Tod vor Augen hatte. Für Dev wäre das nicht üblich, denn ich habe gesehen, mit welchen Leuten er zu tun hat und die sehen nicht sehr harmlos aus. Es war nur eine Frage der Zeit, wann er durchdrehen würde und Preston zur Schnecke macht.

»Das, was ich schon viel eher hätte tun sollen«, murrt er finster. »Langsam wird es Zeit, dass du dich endlich verpisst und Mom in Ruhe leben lässt.«

Das klickende Geräusch erfüllt die Stille des Raumes und ich will mir die Hoffnung nicht nehmen, dass es nicht direkt von der Waffe kam. Aber er hat sie tatsächlich entsichert. Dabei dachte ich, dass er sie nur als eine kleine Drohung nutzen will, nichts Ernstes damit vorhat. Notiz an mich: Mein Bruder meint es todernst.

»Mach keine Scherze, Dev. Leg sie weg«, sage ich ruhig, während ich mich ihm vorsichtig nähere.

Preston aus unserem Leben zu scheuchen ist das Beste, was wir für unsere Mutter tun können. Ihn umzubringen wäre nicht die Lösung. Wir sind keine brutalen Killer.

»Stimmt, du hast recht«, meint mein Bruder locker und nimmt überraschenderweise die Waffe von Prestons Gesicht. »Du kannst das für Mom tun. Schließlich bist du ihr Liebling.« Die Glock drückt er mir selbstsicher in die Hand und will mich dazu animieren, auf Preston zu schießen. Mein Bruder umgreift meine Ellbogen, um sie anzuheben, sodass ich die Waffe direkt auf unseren Erzeuger richten kann.

Das kalte Metall liegt fest in meinem Griff und es fühlt sich schwer an. Noch nie habe ich eine echte geladene Pistole gehalten. Irgendwie ist es ein befreiendes Gefühl, die Macht zu erlangen. Nachdem uns dieser Wichser wie ein

Stück Dreck behandelt hat, lasse ich mich dazu verleiten, seinen Tod gutzureden. Ich genieße es förmlich, wie er unter meiner Position plötzlich mickrig wie eine kleine Maus, die leicht zu zertreten ist, wirkt.

Nur ein Schuss ins Herz oder Hirn und er wäre für immer weg. Keine brutalen Schläge mehr, keine weinende Mom mit Platzwunden oder blauen Flecken, keine Polizei vor der Tür, die jedes Mal den Streit schlichten muss. Alles würde verpuffen und das nur durch eine tödliche Kugel.

*Er hat es verfickt nochmal verdient,* flüstert eine dunkle Stimme in mir, welche ich noch nie zuvor wahrgenommen habe. Ist das überhaupt real oder bilde ich es mir nur ein? Sicher nur eine Wahnvorstellung.

»Jayden« ruft mich Mom und ich lenke meine Aufmerksamkeit auf sie. Ihr braunes, krauses Haar steht ihr wirr auf dem Kopf. Erst jetzt fällt mir ihr frisches Veilchen auf. Preston muss sie zuerst geschlagen haben, bevor Dev sich eingemischt hat. Umso mehr bringt mich diese Tatsache dazu, wütender zu werden.

Meine dunklen Brauen fallen tief in die Augen, meine Nasenlöcher blähen sich auf. Ich bin kurz davor abzudrücken.

*Aber was wäre danach? Kannst du damit umgehen?* fragt mich die andere, vernünftigere Stimme, die mich an meinem Vorhaben zweifeln lässt. Die Frage ist berechtigt, denn ich weiß es nicht, was ich tun würde, wenn ich Preston umbringe. Ich bin nicht dafür gemacht, einen Menschen zu töten und es dann so aussehen zu lassen, als wäre nie etwas passiert. Ich bin kein fucking Killer!

»Tu es nicht, Jayden! Bitte!«, fleht sie mich an.

Mom kniet sich hin und bittet mich darum, Preston zu verschonen. Scheiße, wieso wird auch mir diese gottverdammte Entscheidung überlassen? Wenn ich es nicht tue, wird es Dev beenden. Mein Bruder macht keine halben Sachen und wenn er davon fest überzeugt ist, es tun zu wollen, dann wird er es auch tun.

»Jayden! Tu es jetzt!«, brüllt Devraj und will mir somit mehr Mut zusprechen.

Sein Finger verhakt sich an meinem, der locker um den Abzug geschlungen ist. »Du musst nichts weiter tun, außer zu zielen und abzudrücken«, spricht er nun sanfter, als würde er mir gerade eine Mathe-Aufgabe erklären.

Ich schaue Devs Seitenprofil an, indem ich mein Gesicht leicht zu ihm drehe, und ich erkenne das gewaltige Lodern in seinen Augen. Er macht das definitiv nicht zum ersten Mal. Mein Bruder hat mindestens ein Menschenleben auf dem Gewissen und es macht ihm anscheinend nichts aus. Entweder ist er gut darin, Gefühle zu verbergen, sodass es keiner von uns bisher gemerkt hat, oder es ist ihm scheißegal. Möglicherweise besitzt er nicht einmal ein Gewissen.

So will ich nicht sein. Nicht wie er.

Meine Hand fängt zu zittern an und am liebsten würde ich die Waffe fallen lassen und weglaufen. Meine beiden besten Freunde wirken geistig nicht mehr anwesend –

zwei erstarrte Wesen, die kurzzeitig das Atmen vergessen haben.

Mein Schädel dröhnt von dem lauten Geschrei. Mom und Dev reden durcheinander, wobei ich kein einziges Wort mehr heraushören kann und nicht will. Preston schluchzt ergeben und hält schützend die Hände vor den Kopf. Ein Piepen in meinem Ohr durchschneidet die wirren Stimmen und ich habe das Gefühl, dass mir gleich mein Hirn platzt.

»Hört auf«, sage ich mit etwas Nachdruck, aber es trifft wohl auf taube Ohren. »Haltet die Klappe!«, schreie ich aus dem Halse.

Meine Brust bläht sich hektisch auf und das Atmen fällt mir schwer, als würde man mir die Luftröhre zudrücken.

»Du verfickte Pussy«, beleidigt mich mein Bruder und will mir die Glock aus der Hand reißen, jedoch halte ich sie mit aller Kraft fest, um ihn davon abzuhalten, Preston vor Moms Augen zu erschießen. »Gib die scheiß Waffe her!«, knurrt er gereizt und zerrt weiter an dem Lauf, um sie an sich zu reißen.

»Vergiss es«, krächze ich.

Durch den Kampf um die Pistole wird plötzlich der erste Schuss ausgelöst. Ich erstarre und traue mich nicht zu bewegen. Zum Teufel, was ist gerade passiert?

Meine Mom will aufschreien, doch in nächster Sekunde rennt mein Bruder zu ihr und drückt ihren Mund zu, sodass kein Ton herauskommt. Die Waffe halte ich immer noch fest. Mein starrer Blick weicht davon ab und ich sehe mich im Raum um. Jesse und Takeo geht es gut, doch auch sie sehen verdammt blass aus.

Dann schaue ich zu Preston.

Blutverschmiert und mit einem riesigen Loch an der Seite seiner Brust liegt er auf dem Boden und atmet schwer. Ich bin derjenige gewesen, der an den Abzug gekommen ist und abgedrückt hat. Preston wird *meinetwegen* sterben. *Ich* habe ihn getötet …

Reflexartig schmeiße ich die Waffe weg. Mit aufgerissenen Augen sehe ich meinem Erzeuger dabei zu, wie er immer mehr Blut verliert und noch kaum bei Bewusstsein ist. Das Piepen in meinen Ohren wird lauter und ich drohe in Panik auszubrechen. Um mich herum geschieht etwas, jedoch bin ich nicht dazu im Stande es richtig wahrzunehmen. Ich verfalle in einen nebligen Rauchschwaden, der mich tiefer in sich hineinzieht. Das Einzige, was mir im Kopf hallt, ist der laute Knall des Abzugs.

»Jayden« höre ich jemanden sagen, doch die Stimme kommt mir weit weg vor. »Jay!« Da, erneut jemand, der nach mir ruft. Ich kann mich aber nicht darauf konzentrieren, denn ich bin in dieser abscheulichen Blase der Schockstarre gefangen.

Ein fester Hieb mitten ins Gesicht schleudert mich vom Nebelschwaden direkt in den eiskalten Ozean. Es verursacht ein Gefühlschaos in mir und ich bin verdammt nochmal nicht dazu fähig, damit umzugehen.

»Jetzt reiß dich zusammen, Jay!«, schreit mich mein Bruder an, der mir nebenbei den Faustschlag verpasst hat. Er rüttelt an mir, versucht mich zu entsinnen, doch zu sehr bin ich darauf fokussiert, daran zu denken, dass ich ein Mörder bin.

Die Realität kehrt zurück und vor meinen Augen geht es turbulent zu. Irgendwelche Typen sind in der Wohnung, die die Leiche von Preston entsorgt haben müssen, denn es ist keine Spur von ihm zu sehen. Weder sein lebloser Körper noch der riesige Blutfleck auf dem Boden. Wie lange muss ich weggetreten sein?

Während ich meinen besten Freund Jesse nirgends entdecken kann, sehe ich Takeo mit dieser mörderischen Waffe in der Hand.

»Hol deine verfickten Eier aus dem Leib und sei ein echter Mann!«, knurrt Dev. »Die Jungs kümmern sich um Preston und Takeo wird die Waffe entsorgen.«

»Wo ist Mom?«, bringe ich als erstes heraus.

»Jesse kümmert sich um sie«, erklärt er. »Die Bullen tauchen sicherlich bald auf. Sieh zu, dass du mit den Jungs verschwindest. Geh und überlasse den Rest mir«, weist er mich an und schiebt mich zu unserer Haustür. »Beeil dich«, ist das Letzte, was er mir noch hinterherwirft, ehe er mich auf dem Flur allein stehenlässt und die Tür hinter sich schließt.

Im Treppenhaus höre ich leises Getuschel, sicherlich die Nachbarn, die den Schuss mitbekommen haben. Also beschließe ich die Feuertreppe zu nutzen, damit ich niemandem begegnen muss. Was will ich ihnen auch erklären, was dort oben vor sich ging? Lügen kann ich sowieso nicht, vor allem nicht bei der Tatsache, dass ich meinen eigenen Vater umgebracht habe.

Fuck, wie kann Dev nur so leicht damit umgehen? Wie zum Teufel soll ich je darüber hinwegkommen?

Wenn ich nur gewusst hätte, welchen Weg ich dadurch wählen würde, dann hätte ich niemals an diesem Tag die Wohnung betreten …

# KAPITEL 28

## Saphira

Sprachlos – das bin ich gerade definitiv. Kians Vergangenheit, oder Jayden, wie er eigentlich heißt, hat mich gerade vollkommen aus der Bahn geworfen. Aus den schlimmsten Ereignissen wurde es für ihn zum Verhängnis. Dabei war er doch noch so jung und unschuldig.

Bevor wir losgefahren sind, hat er mir noch weitere Details erzählt, außer die grausamen Einzelheiten, die mir bis jetzt noch unter die Haut gehen. Es ist unbegreiflich zu verstehen, wie sein eigener Bruder ihm das antun konnte.

*»Devraj zwang mich zur Beihilfe der Leichenentsorgung.«*

*»Er hat mich durch die Hölle geschickt.«*

*»Die Tatwaffe wurde Monate später gefunden. Takeo wurde seinetwegen verhaftet.«*

Seine Worte hallen immer noch wie ein Echo in meinen Gedanken und sie wollen mich nicht mehr loslassen. Vor allen Dingen gestand sein bester Freund den Mord an seinem Erzeuger, was für Kian einen heftigen Schlag ins Gesicht verpasste. Er fühlte sich machtlos gegen seinen Bruder. Kian ist sich bis heute noch sicher, dass Devraj es Takeo aufgezwungen hat, es zuzugeben. Doch nun ist es zu spät, die gestohlenen Jahre, in denen sein bester Freund im Knast verbringen musste, rückgängig zu machen. Takeo wurde drei Jahre später von einem Insassen ermordet.

Seitdem ist Kian auf der Suche nach Devraj, der plötzlich spurlos verschwunden und nicht mehr aufzufinden ist. Jedoch muss er irgendwo da draußen sein. Und dann … dann wird er für seine Taten büßen.

Schließlich hat er Kian zu dem gemacht, was er nun heute ist. Einem siebzehnjährigen Jungen aufzuzwingen, Leichen zu entsorgen und da weiterzumachen, wo es angefangen hat, ist räudig und kaltherzig. Deshalb fällt es ihm leicht, den Menschen etwas anzutun, die es verdient haben. Sein Bruder hat es ihm immerhin beigebracht, wie man jemanden verschwinden lässt.

»Geht's dir gut?«, fragt mich Kian nun, nachdem er seine Hand auf meinem Schoß abgelegt und mich aus meinen tiefen Gedanken gerissen hat. Mir ist nicht aufgefallen, dass ich geistesabwesend aus dem Fenster gestarrt habe. Zu sehr hat mich seine Vergangenheit beschäftigt und tut es immer noch. Das Einzige, was ich mir für Kian wünsche, ist Frieden. Und Gerechtigkeit.

»Ja, ich denke schon«, meine ich etwas unsicher, ringe mir aber ein kleines Lächeln ab, um seinen besorgten Blick zu überspielen.

Ich bin wohl nicht die Einzige mit einer beschissenen Vorgeschichte. Dabei ist seine nicht zu übertreffen.

»Warte, nein«, rudere ich zurück. Ich kann an nichts anderes mehr denken. »Wie bist du damit klargekommen, dass, anstatt du, dein bester Freund im Knast war?« Die Worte verlassen schneller meinen Mund, als ich darüber nachdenken kann.

Kian schaut weiterhin nach vorne, sein Blick auf die Straße gerichtet. Seine Hand hinterlässt eine bittere Kälte auf meinem Schenkel, als er sie wieder auf das Lenkrad richtet und dieses fest umklammert, sodass seine Fingerknöchel weiß hervortreten.

»Du musst wissen, dass Takeo ein sturer Hitzkopf gewesen ist. Er beschützt die Menschen, die er gernhat und so hat er es bei mir getan. Er wollte es nicht zulassen, dass ich wegen Devs Fehlern in den Knast wandere. Takeos Meinung bestand darin, dass es die Schuld meines Bruders war und er für seine Taten bezahlen muss. Deshalb stellte er mir die Bedingung auf, die ich ihm versprechen musste. Meinen Bruder hinter Gittern zu bringen«, erklärt er.

Ich kann sehr gut nachvollziehen, was sein bester Freund für ihn getan hat. So eine Freundschaft habe ich mir schon immer gewünscht — jemanden an seiner Seite haben, der dir bis in den Tod folgen wird. Eine Person, die für dich sterben würde, wenn es darauf ankommt.

Takeo bewahrte das Geheimnis bis ins Grab. Bis zu seinem Tod hat er geschwiegen und Kian nicht verraten. Und ich muss seinem besten Freund recht geben, Devraj hat es verdient im Knast zu verrotten.

»Dein Versprechen konntest du aber nicht halten …«, stelle ich bedauernd fest.

»Nein, aber es gibt keinen Grund aufzugeben«, beteuert er. »Ich wollte Takeo da raushelfen und suchte nach jemanden, der illegale Lizenzen ausstellt«, erzählt er weiter und steuert nebenher den Wagen. »Ich wurde zu einem Anwalt, musste Tag und Nacht alle Kenntnisse, Grundlagen und Schwerpunkte lernen. Mich hocharbeiten, um qualifiziert und glaubwürdig zu erscheinen. Ich habe es für ihn getan.«

Kian ist also Anwalt, mehr oder weniger. Es erstaunt mich immer mehr, was ich aus seinem Leben erfahre. Davon abgesehen, dass er sich die Lizenz illegal erkauft hat, während andere jahrelang Jura studieren, faszinieren mich seine Bemühungen. Kian würde durch ein brennendes Haus laufen, nur um seinen besten Freund retten zu können. Er würde sich in die Tiefe stürzen, wenn Takeo fallen sollte. Schlussendlich verkaufte er seine Seele an den Teufel, nur um ihm zu helfen.

Würde Kian auch für mich sterben? Würde er all die Dinge tun, nur um mich in Sicherheit zu wissen? Das werde ich vielleicht nie erfahren …

Das Auto kommt zum Stehen und wir befinden uns auf einem Parkplatz eines Restaurants. Obwohl mir der Appetit vergangen ist, rumort mein Magen ins Unermessliche. Bevor wir aussteigen, hält Kian mich auf, indem er mein Handgelenk umgreift und mich näher an sich heranzieht.

»Dev hat Takeo dafür büßen lassen, weil ich abgehauen bin. Er ist schon immer mächtiger und einflussreicher gewesen. Jetzt befinde ich mich auf derselben Wellenlänge und bin bereit, mich zu rächen. Wenn ich ihn habe, suchst du das Weite. Ich will nicht, dass er je von dir erfährt oder dich je in seine Finger bekommt«, knurrt er bedrohlich. Jedoch gilt die Drohung nicht mir. »Wenn das passiert, werde ich Dinge tun, die ihn von seinem hohen Ross reißen werden.«

»Er ist dein Bruder …«, will ich ihm einreden, bin aber von meiner Aussage nicht selbst überzeugt. Bruder hin oder her, er hat Kian zerstört und das Leben seines besten Freundes auf dem Gewissen. Die familiären Verhältnisse haben dort aufgehört, als Jayden fortgegangen ist.

»Mein Bruder ist tot. Dev hingegen ist nur ein wildes Tier, der die Leute wahllos abschlachtet. Zu seinen Gunsten lässt er die Menschen verschwinden, die ihm schaden. Bedauerlicherweise habe ich viel von diesem Monster gelernt.« Seine goldbraunen Augen färben sich zu einem beängstigenden Schwarz. »Nur ein Monster kann ein anderes Monster besiegen.«

Bei seiner Aussage fühle ich mich nicht sehr wohl. Er hat sich schon damals, nach dem Mord seines Erzeugers, verändert. Wenn er nun auch seinen eigenen Bruder zur Strecke bringt, wird er nie wieder der Kian sein, den ich einst gekannt habe. Und dies will ich verhindern. Egal wie sehr ich mir die Gerechtigkeit für ihn wünsche – in ihm steckt noch so viel Gutes. Etwas, was ihm noch nicht bewusst geworden ist. Er ist nicht das Monster, welches er beschreibt.

Jeder, der ihn für gefährlich hält, versteht nicht, dass er für mich meine Sicherheit bedeutet. Wenn mir dies aus den Händen gerissen wird, verliere ich mich endgültig, denn Kian ist der Einzige, was mir in meinem beschissenen Leben übriggeblieben ist.

»Wir sollten reingehen«, durchdringt seine rauchige Stimme, nachdem ich kein Wort über die Lippen gebracht habe, obwohl ich noch so vieles sagen möchte. Aber mein knurrender Magen hindert mich daran und Kian besteht nun darauf, dass ich jetzt etwas zu mir nehme.

»Na schön«, murmle ich leise vor mich her, ehe er mir die Beifahrertür öffnet und mich aussteigen lässt.

Wir betreten das noble Restaurant und augenblicklich fühle ich mich fehl am Platz. Bei dieser schicken und edlen Einrichtung sind meine Leggins und das verwaschene Shirt nicht gerade sehr vorteilhaft. Das bestätigt mir auch der Empfangsmitarbeiter, der hinter einem Stehpult aufrecht dasteht und mich mit grimmigem Blick mustert.

»Kian, ich glaube nicht …«

»Guten Tag, der Herr. Wie kann ich Ihnen behilflich sein?«, fragt der Mann am Empfang und setzt dabei sein überaus freundliches Lächeln auf.

»Ein Tisch für zwei«, meint Kian tonlos. Seine neutralen Gesichtszüge lassen keine Emotionen durchblitzen.

»Sie und …?«

»Die reizende Dame neben mir«, unterbricht Kian den Mann und legt seine Finger um meine Hüfte.

Ich muss mir mein Kichern verkneifen, denn der Gesichtsausdruck des Mannes ist unbezahlbar. Er ist zwiegespalten durch Kians bedrängende Art und dennoch möchte er höflich und freundlich bleiben. Am liebsten würde er mich hochkant aus dem Restaurant schmeißen, da ich nicht in das Schema des schicken Lokals passe. Eine Schande für die anderen Gäste, die sich sicherlich durch mein freches Auftreten belästigt fühlen.

»Bei allem Respekt, Mr …«

»Mr. Carter«, sagt Kian fast schon viel zu arrogant. »Entweder lassen Sie uns hier in Ruhe unser Abendessen genießen oder ich verklage Sie wegen Diskriminierung und respektlosem Verhalten gegenüber meiner Frau.«

*Meiner Frau?* Hat er mich ernsthaft als seine Frau bezeichnet?!

Nicht nur der Appetit bringt meinen Magen durcheinander, sondern auch die etlichen Schmetterlinge in meinem Unterleib, die wild durcheinander herumschwirren. Ach, du heilige Scheiße, ich habe durch und durch mein Herz an diesen skrupellosen Mann verloren!

Kian drückt dem Kellner eine Visitenkarte in die Hand und in der nächsten Sekunde weicht ihm all die Farbe aus dem Gesicht. Er wird blass und schluckt mehrmals. Die Angst steht ihm ins Gesicht geschrieben. Kians gesetzwidrige Zulassung zahlt sich besser aus als ich gedacht habe. Ein klarer Vorteil, wenn er vorsichtig genug ist.

»Ich möchte mit Ihrer Geschäftsleitung sprechen. Jetzt!«, knurrt er und ich befürchte, er springt dem schlaksigen

Mann gleich an den Hals, wenn er nicht das tut, was ihm befohlen wurde.

»Sch-Schon g-gut, Mr. Carter ... Ein Tisch für zwei, kommt sofort«, stottert er unbeholfen und bittet uns anschließend ihm zu folgen.

»Das hätte echt nicht sein müssen«, flüstere ich Kian zu, nachdem wir dem Kellner gefolgt sind und der große, gutaussehende Mann neben mir mich an sich gezogen hat, damit seine riesige Patschhand an meiner Hüfte ruhen kann. Dabei muss ich insgeheim zugeben, dass ich an dieser Geste einen großen Gefallen gefunden habe.

»War nötig«, gibt er grimmig von sich und ich kann über seine patzige Laune nur schmunzeln. Er hat das nur getan, weil sein Beschützerinstinkt Alarm geschlagen hat. Mittlerweile kann ich ihn in manchen Situationen einschätzen und umso mehr keimt die Hitze in mir auf, bei der Erkenntnis, dass er mich wirklich gernhat. Zumindest glaube ich das.

Der Empfangstyp bleibt vor einem kleinen Tisch für zwei Personen stehen und Kian schiebt mir gentlemanlike den Stuhl zur Seite. Besteck und Gläser sind bereits vorhanden und eine schmale Blumenvase mit einer weißen Kerze schmücken die Tischdekoration. Die Atmosphäre ist sehr angenehm und ruhig. Um uns herum unterhalten sich die Gäste in einer sanften Lautstärke, sodass man untereinander plaudern kann.

Kian setzt sich mir gegenüber und der verängstige Kerl reicht uns beiden eine Menükarte, die ich sofort in die

Hand nehme und durchblättere. Die Preise sind abnormal, weswegen mir beinahe die Augen aus dem Kopf fallen. Welcher Mensch würde für eine Handvoll Miesmuscheln zweihundert Dollar ausgeben? Also ich jedenfalls nicht. Vor allem, da ich sowieso Muscheln widerlich finde.

»Achte nicht auf die Preise. Suche dir das aus, wonach du Lust hast«, meint Kian. Vermutlich hat er meinen geschockten Blick bemerkt.

»Das ist alles viel zu teuer«, spreche ich meine Gedanken aus und es ist mir egal, dass er sich davon so gut wie alles leisten kann. Es ist mir zu schade, für die Häppchen eine Menge Geld auszugeben. Außerdem, wer wird dadurch auch satt? Das ist nur Geldmacherei, sonst nichts.

»Saphira.« Mein Name dröhnt tief aus seiner Kehle heraus und scheiße, wenn er in dieser bedrohlichen Tonlage spricht, pocht ungewollt meine Mitte. *Cool bleiben. Wir sind in einem verdammten Restaurant,* rufe ich mir ins Gedächtnis und drücke meine Schenkel zusammen, um das Gefühl loswerden zu können. Unpassender geht's wohl nicht…

»Okay, okay«, ergebe ich mich und schaue mich weiter nach Gerichten um, die sich einigermaßen gut anhören. Bei den ganzen Fremdwörtern habe ich keinen blassen Schimmer, was das sein soll.

Bœuf Bourguignon, Coq au vin, Escargots de Bourgogne … auf welcher Sprache soll das denn sein? Ich verstehe nichts davon und traue mich nicht, etwas davon bestellen zu wollen.

»Braucht Madame etwa Hilfe?« Meine Augen huschen von der Karte direkt in Kians schelmisches Grinsen. Er findet es also lustig, dass ich keine Ahnung von dem Zeug habe. Super amüsant, wirklich.

»N-Nein, ganz und gar nicht«, lüge ich. »Ich entscheide mich für Cuisses de Grenouille. Hört sich sehr deliziös an.« Was mache ich mir da eigentlich vor? Ich weiß doch gar nicht, was das für ein Gericht ist. Dennoch lege ich selbstsicher die Menükarte beiseite und falte meine Hände zufrieden auf meinem Schoß, um dann Kian mit einem breiten Lächeln anzusehen. So unsicher wie ich mich gerade fühle, will ich ihm nicht zeigen.

Ein Kichern ertönt seinerseits. Er lacht mich aus, oder? Aber was gibt es denn da zu lachen?

»Froschschenkel also? Gekostet habe ich die noch nie, aber ich denke mal, dass sie definitiv eine Köstlichkeit sein müssen.« Sein heiterer Gesichtsausdruck verrät mir, dass er mich auf den Arm nehmen will. Das meint er doch nicht ernst?

»Eww, was?! Das ist ein Scherz, oder?«, frage ich angewidert, aber Kian scheint es ernst zu meinen. Er hält mir sein Handy vor die Augen, den Namen des Gerichts in die Suchleiste eingegeben und tatsächlich, es sind verdammt nochmal Froschschenkel.

Ich könnte im Strahl kotzen.

Gott, wie furchtbar unangenehm ich mir vorkomme. Ich kann von Glück reden, dass der Kellner die Bestellung noch nicht aufgenommen hat. Spätestens, wenn die Froschschenkel mir vor die Nase serviert werden würden, hätte ich es bemerkt, was ich mir da überhaupt ausgesucht habe.

»Fein. Der verehrte Herr darf bestimmen«, übergebe ich die Entscheidung an Kian. Er kennt sich wohl damit besser aus und ich denke kaum, dass er mir irgendeinen Mist andrehen will.

Während er den Kellner herbeiruft, rutsche ich nervös auf meinem Hintern herum. Selbst die ekelerregenden Cuisses de Grenouille konnten meine Erregung nicht dämmen. Das Ziehen in meinem Unterleib wird zunehmend und ich habe das Bedürfnis ins Badezimmer zu verschwinden, solange Kian mit dem Kellner beschäftigt ist. Wenn ich es mir jetzt nicht selbst mache, wird mich dieser unerträgliche Druck noch die ganze Nacht begleiten.

Doch bevor ich etwas sagen kann, kehrt der Kellner uns den Rücken zu und Kian widmet mir seine volle Aufmerksamkeit, indem er wieder zu mir herübersieht und mich genauestens beobachtet. *Bloß keinen Verdacht schöpfen …*

»Alles in Ordnung?«, fragt er mich, wobei er eine seiner dunklen Augenbrauen in die Höhe zieht und meine Reaktion strengstens unter die Lupe nimmt.

»Mhm …« gebe ich nur kleinlaut von mir.

Prüfend mustert er mich, bevor unser Blickkontakt unterbrochen wird und eine junge Dame sich unserem Tisch nähert und uns jeweils ein Glas Rotwein einschenkt. Den kann ich jetzt gut gebrauchen, vielleicht lässt dann das erbärmliche Pochen in meiner Mitte endlich nach.

Sobald die Kellnerin mein Weinglas abgestellt hat, nehme ich es rasch in die Hand und kippe den ganzen Inhalt den Rachen hinunter. Jedoch macht es das nicht besser, denn mir wird augenblicklich warm und ich kann spüren, wie meine Wangen glühen.

Ich ignoriere Kians starrende Augen, die sich in meinen Kopf bohren. Einige Minuten bleibt es still zwischen uns, doch mein Höschen wird immer feuchter, je länger er mich ansieht. Er ahnt es, auf jeden Fall. Kian kann man nicht täuschen oder belügen. Langsam glaube ich daran, dass er dafür den richtigen Riecher hat, um es zu erkennen. Vielleicht kann er *mich* sogar riechen, so nass wie mein Slip nun ist.

*Scheiße, hoffentlich nicht.*

Erleichtert atme ich auf, als der Kellner von vorhin wieder erscheint und unsere Speisen an den Tisch bringt. Jetzt habe ich wenigstens eine gute Ausrede für mein merkwürdiges Verhalten. Das ist ja kaum auszuhalten, selbst für mich.

»Für Mr. Carter eine Zwiebelsuppe nach französischer Art und für Madame ein Rotisseur Salat«, höre ich den Kellner sprechen und begutachte meine Vorspeise, die ziemlich lecker aussieht. Ich wusste doch, dass Kian einen guten Geschmack hat und mir keinen Mist unterjubeln wird.

»Vielen Dank«, bedanke ich mich höflich und greife dann nach der Gabel, um den ersten Bissen zu nehmen.

»Bon Appétit«, wünscht uns der hochgewachsene Kerl mit seinem aufgesetzten Lächeln. Ich kann seine Angespanntheit spüren, die durch Kians Anwesenheit ausgelöst wird. Übelnehmen kann ich es ihm dennoch nicht, denn ich weiß, welche Aura Kian ausstrahlt und wie bedrohlich er wirklich sein kann.

Es vergeht ungefähr eine Stunde, in der wir nach der Vorspeise das Hauptgericht und die Nachspeise serviert bekommen. Zwischenzeitlich kippe ich drei Gläser Wein hinunter, um lockerer zu werden und diesen Gedanken aus meinem Kopf zu schlagen, wie sehr ich von Kian angetörnt bin. Dieser Tumult hat mich sogar vergessen lassen, dass ich vor wenigen Stunden die Wahrheit über ihn erfahren habe und er einen Racheplan gegen seinen Bruder hegt. All das ist in den Hintergrund gerutscht, seitdem wir uns in diesem Restaurant befinden.

Die Probleme lösen sich in Nullkommanichts auf, wenn er einmal mein Hirn in Beschlag nimmt. Kian hat sich tief in meine Gedanken vergraben, nur um mich immer wieder daran zu erinnern, wie atemberaubend und himmlisch der Sex mit ihm sein kann. Bedeutet das, dass ich jetzt sexsüchtig bin? Bin ich schon so weit, abhängig von diesem Mann zu sein, obwohl er rein gar nichts getan hat? Oder hat er einfach nur meine Sinne manipuliert, damit er das bekommt, wonach seine dunkle Seele sich sehnt? Kian zu durchschauen ist aussichtslos.

Das Kribbeln zwischen meinen Beinen kehrt wieder zurück und ich versuche so gut es geht meine Beine zusammenzudrücken, um den Druck zu lindern. Aber alles, was ich vergeblich versuche, scheitert.

Ich nehme den letzten Schluck vom Weinglas und stelle es mit leicht zitternder Hand auf den Tisch ab. Das Essen wurde verspeist und ich bin mehr als bereit, das Restaurant zu verlassen. Meine Geduld ist weit unten bei null und das Einzige, was ich jetzt tun möchte, ist, mich irgendwo einschließen und es mir endlich selbst machen.

»Du wirst jetzt folgendes tun«, ertönt plötzlich Kians dunkle Stimme. Er lehnt sich zurück und lässt mich keine Sekunde aus den Augen. Gespannt darauf, was er von mir verlangt, halte ich den Blickkontakt zwischen uns. »Geh ins Badezimmer und komm mit deinem Höschen in der Hand zurück.« Ich verschlucke mich an meiner eigenen Spucke.

Meine Augen durchforsten die Umgebung, während sich mein Herzschlag verdoppelt. Niemand beobachtet uns und niemand hat seine Worte gehört. Das hoffe ich zumindest.

»Was?!« huste ich. Das kann er unmöglich von mir verlangen.

»Du hast es schon richtig verstanden. Dein Slip … Vorher kommst du nicht zurück«, beharrt er, wobei ich kaum merklich mit dem Kopf schüttle. »Ich weiß ganz genau, welche schmutzigen Gedanken du seit der Ankunft pflegst und ich kann dich förmlich riechen, wie nass deine bedürftige Pussy seitdem ist. Also bring mir dein verdammtes Höschen und dann verschwinden wir.«

Seine ausgesprochenen Worte durchdringen meinen Körper wie heftige Blitzschläge, die direkt in meine bereits feuchte Mitte schießen. Wenn ich also nicht das tue, was er von mir haben will, wird er mich so lange quälen, bis ich nachgebe. Und ich bin verflucht schlecht darin, standhaft zu bleiben. Jedenfalls ist es bei ihm so.

Resigniert erhebe ich mich von meinem Stuhl, schiebe ihn an den Tisch und verschwinde in die Damentoilette. Es ist riskant, was wir hier tun und dennoch aufregend.

Ich betrete die Kabine und schließe sie hinter mir ab. Im Raum höre ich einige Frauen sprechen, die ich aber versuche auszublenden. Ich konzentriere mich einzig und allein auf seine Worte und streife mir meine Leggins von den Beinen, woraufhin mein triefendnasser Slip folgt. Die Leggins ziehe ich mir wieder über den Hintern und knülle mein Höschen in meiner Faust zusammen, sodass kein Mensch erkennen kann, was sich darin befindet.

Durchatmend öffne ich die Tür der Kabine, vermeide es, die Frauen, die sich an den Waschbecken aufhalten, anzusehen und flüchte nahezu aus dem Badezimmer. Meine Augen suchen nach Kian, der immer noch an unserem Tisch sitzt und geduldig auf mich zu warten scheint. Während in meinem Kopf ein riesiges Chaos herrscht, sieht er hingegen ganz entspannt aus. *Er muss ja auch nicht mit einem Slip in der Hand herumlaufen …*

Als ich bei ihm ankomme, drücke ich ihm unauffällig mein Höschen in die Hand, die er sich dann in die Jackentasche steckt.

»Braves Mädchen«, raunt er und steht anschließend auf. Aus seinem Portemonnaie holt er ein paar Scheine heraus und klemmt sie unter seinen Teller.

Mit zügigen Schritten laufe ich voraus und will so schnell wie möglich das Lokal verlassen. Doch bevor ich den Ausgangsbereich erreiche, bemerke ich, dass Kian verschwunden ist. Er ist nicht wie erwartet hinter mir, weshalb ich nach einem braunhaarigen Lockenkopf Ausschau halte, und finde ihn tatsächlich einige Sekunden später an einem fremden Tisch sitzen. Verwundert nähere ich mich ihm und stelle schnell fest, was er da gerade tut.

Neben Kian sitzt ein älterer Mann in einem blauen Anzug, dessen Blick gesenkt auf seinen Teller gerichtet ist. Zwei weitere Männer befinden sich am selben Platz, die nicht gerade entspannt auf mich wirken.

»Kian …« zische ich, halte dann aber inne, als ich die Waffe an dem Schritt des Mannes erkenne und Kian fassungslos anstarre.

»Wage es nicht noch einmal, dich mit den anderen über den Hintern *meiner* Frau zu unterhalten oder ihn auch nur ansatzweise anzuschielen… Sonst serviere ich dir höchstpersönlich deine Eier zur Hauptspeise«, knurrt Kian außer sich und drückt den Lauf dichter an den Schritt der Person. »Haben wir uns da verstanden?«, fragt er mit Nachdruck.

»J-Ja, verstanden«, gibt der Mann schwer schluckend von sich.

»Kian, hör auf!«, pulsiert es aus mir heraus und ich schaue mich um, ob irgendjemand das Geschehen registriert hat, doch scheinbar kümmert es niemanden. Die Gäste unterhalten sich weiter und nehmen wohl die angespannte Atmosphäre zwischen Kian und dem Unbekannten nicht wahr. Besser so.

Mit einem scharfen Blick erkundige ich die Umgebung weiter und gehe dem Gefühl nach, dass ein Augenpaar meine Aufmerksamkeit sucht. Aber ich sehe niemanden, der sich auch nur ansatzweise verdächtig verhält. Dennoch spüre ich etwas Seltsames, was mir sagt, dass ich beobachtet werde.

»Wir gehen«, brummt Kian verärgert und zieht mich augenblicklich, ohne mich darauf einstellen zu können, am Arm mit.

Augenrollend folge ich ihm, nachdem ich mich von ihm losgerissen habe und er mir einen warnenden Blick zugeworfen hat. Dennoch hüpft still und heimlich mein Herz aufgeregt vor Freude und droht vor Glücksgefühlen zu zerplatzen. Seine Eifersucht und sein besitzergreifender Beschützerinstinkt lassen meine Knie weich werden. Noch nie in meinem gesamten Leben hat mich jemand in Schutz genommen. Noch nie wurde ich derartig begehrt und noch nie war ein Mann kurz davor, jemandem die Eier vor Eifersucht wegzuschießen.

*Kian Carter… deine dunkle Aura hat sich verdammt nochmal in mein Herz geschlichen.*

Aber ob mir dies irgendwann zum Verhängnis sein wird? Ich kann nie vorsichtig genug sein – was ich gerade in keiner Weise bin.

»Steig in den Wagen«, grummelt Kian, der meiner Meinung nach viel zu schnell aus dem Restaurant gestürmt ist, nachdem er einen Fremden mit seiner Waffe bedroht hat, weil derjenige mir angeblich auf den Arsch geglotzt hat. Es sieht so aus, als sei er wutgeladen und demnächst wird die Bombe platzen, wenn ich nicht gehorsam seinem Befehl nachgehe. Und einen wütenden Kian will ich nicht erleben … oder doch? Ja, doch, ein bisschen reizen kann ich ihn schon noch.

Trotzig bleibe ich einige Meter vor seinem Auto stehen und wage es, ihn bis auf die Spitze zu provozieren. Kian hält mir die Tür seines Wagens auf, doch ich mache keine Anstalten einzusteigen.

»Steig. Jetzt. Ein«, knurrt er zwischen zusammengebissenen Zähnen. Seine Augen brodeln vor Tobsucht. Ich bin endgültig lebensmüde. Vermutlich hat mich Samara nach der Geburt auf den Kopf fallen lassen. Das würde zumindest mein hirnverbranntes Verhalten erklären.

Aber sein bedrohlicher Blick lässt mich sofort einknicken und ich tue das, was er mal wieder von mir verlangt hat.

Ich setze mich auf die Beifahrerseite und zucke unverzüglich zusammen, als Kian die Tür zuknallt. Seine Laune ist dermaßen im Keller.

Er lässt keine Sekunde verstreichen, ehe er das Auto startet und unverzüglich auf das Gaspedal drückt. Die Reifen geben ein quietschendes Geräusch von sich, weshalb ich mich an dem Türgriff festhalte, als mich die Geschwindigkeit in den Sitz hineindrückt und mir beinahe die Seele aus dem Leib herausgerissen hat. Kian lässt seine Wut deutlich spüren, nur kann sein armes Auto am wenigsten etwas dafür.

Der Tachometer steigt rasant an, als er auf den Highway zusteuert. In mir keimt das Gefühl auf, dass mein Herz mir demnächst aus dem Rachen hüpft, wenn er nicht bald zwei Gänge runterschaltet.

»Kian, könntest du bitte …«

»Bitte, was?!«, fährt er mich barsch an. Seine Grobheit versetzt mir mal wieder ein Stich in mein sensibles Organ, weshalb ich nichts Weiteres von mir gebe und meinen unvollständigen Satz in der Luft hängen lasse.

Aus dem Augenwinkel kann ich erkennen, dass sein Kopf immer wieder in meine Richtung schnellt. *Fühl dich schuldig, du Arsch,* keift mein Verstand.

»Fuck« murrt er leise. Sein nagendes Gewissen setzt womöglich ein – etwas zu spät. »Es tut mir leid, kleiner Engel. Ich wollte nicht …«

»Du wolltest nicht was?!«, fauche ich viel zu grob, wobei ich bewusst den Spieß umdrehen will. »Mich anschreien?

Mich angehen, für eine dumme Sache, wofür ich nichts kann?«

Kian atmet angestrengt aus und fährt sich mit der freien Hand erst durch das Gesicht und dann durch sein welliges Haar.

»Mir tut alles leid, wirklich«, entschuldigt er sich. »Wenn es um dich geht, drehe ich durch, verstehst du?«, erklärt er sich, was mir nicht wirklich neu ist. Mir ist aufgefallen, dass er ein kleines Aggressionsproblem hat, sobald es mit mir zu tun hat. Irgendwie auch heiß … Stopp, jetzt wird nicht nachgegeben!

»Trotzdem kein Grund, um *mich* anzukeifen.« Ich verschränke trotzig die Arme und weiche absichtlich seinem bedauerlichen Hundeblick aus.

Seine Hand wechselt sich, ehe die andere nun zu meinem Schenkel wandert und grob zupackt. Es schmerzt nicht, dennoch ist es fest genug, um mich an Ort und Stelle festhalten zu können. Und – Gott verfluche mich – ich kann an nichts mehr anderes denken als an seine Hand, die nur wenige Zentimeter von meiner heißen Mitte entfernt ist und sehnlich seine Finger in sich wünscht.

»Du solltest-«

»Pscht … Ich weiß genau, was du jetzt brauchst. Und denke nicht einmal daran, es zu leugnen, kleiner Engel«, raunt er und schiebt währenddessen seine große Hand ein Stück weiter höher. Sein Zeigefinger streift über den dünnen Stoff meiner Leggins, genau an meiner empfindlichen

Knospe und ich kann nicht anders als genüsslich die Augen zu schließen und den Mund leicht zu öffnen.

»Du solltest dich lieber auf die Straße konzentrieren«, beende ich fast atemlos meinen Satz. Mein Kopf hat sich bereits nach hinten an die Lehne fallen lassen, meine Gedanken nur reiner Wirrwarr.

»Überlasse mir das Denken, Kleines, und sei für mich ein braves Mädchen«, raunt er mir dicht ans Ohr. Pure Gänsehaut bildet sich auf meinem erhitzten Körper und fiebrig sehne ich mich danach, dass er mich endlich von der Qual erlösen soll.

Nur das eine Mal, danach werde ich wieder bei klarem Verstand sein.

*Oh, wie witzig … Bei klarem Verstand. Wer's glaubt,* verhöhnt mich meine innere Stimme. Bisher war ich nie vernünftig gewesen und habe nur blindlings gehandelt. Oder bin wohl eher meinem Herzen gefolgt.

Kian lenkt mit der einen Hand den Wagen, während die andere unter meine Leggins verschwindet. Seine Fingerspitzen berühren sanft meine glühend heiße Haut, zeitgleich schmelze ich dahin wie flüssiges Wachs. Ich kann es kaum aushalten, drehe bei seiner neckenden Berührung schier durch.

»Bitte« krächze ich flehend.

Meine Pussy pulsiert unerträglich und wenn er jetzt nicht gleich den erlösenden Schritt wagt, werde ich selbst Hand anlegen.

»Bitte was?«, spannt mich Kian auf die Folter und für diesen einen kurzen Moment fange ich an, ihn zu hassen.

Ich bin kurz davor, an seinem Handgelenk zu zerren und ihn von mir zu stoßen, nur um diese dann durch meine Finger ersetzen zu können. Doch Kian hat einen anderen Plan und schiebt zwei Finger in mich hinein. Durch seine überraschende Handlung ziehe ich scharf die Luft ein. Dann entfährt mir doch noch ein erleichterndes Stöhnen aus der Kehle.

»Sage mir, was ich tun soll, und ich werde, ohne zu zögern, deinen Wunsch erfüllen.« Seine Bewegungen verharren und ich atme frustrierend aus. Das ist doch zum Haareraufen!

»Fuck, tu es endlich! Fick mich mit deinen Fingern und erlöse mich«, gebe ich fast schon verbittert von mir. Man könnte meinen, ich wäre untervögelt, so wie ich mich gerade anhöre. Und vielleicht bin ich es auch, obwohl Kian mir vor Kurzem noch die letzten Hirnzellen herausgefickt hat.

»Dein versautes Mundwerk will wohlgemerkt auch noch ordentlich gestopft werden«, raunt er in einer bedrohlich tiefen Stimmlage, die mir ein elektrisierendes Gefühl in den Unterleib schießen lässt.

Dennoch gibt sich Kian mit meiner Antwort zufrieden. Er schiebt erneut seine zwei Finger in meine triefende Spalte hinein und dehnt mich von innen. Mit der rechten Hand schnappe ich nach dem oberen Griff, um Halt zu finden, denn ich drohe in wenigen Momenten zu zerspringen.

Ich nehme die Umgebung kaum wahr, bin darauf konzentriert, meinen kommenden Orgasmus zu begrüßen. Dennoch erkenne ich, dass wir uns nun auf dem Highway befinden, die bei der Dunkelheit kaum befahren ist. Je schneller Kian meine Pussy bearbeitet, desto mehr nimmt die Geschwindigkeit des Wagens an.

Mein Stöhnen durchschneidet die erhitzte Atmosphäre zwischen uns. Sein Rhythmus wird zügiger und treibt mich immer näher an den Abgrund der Erlösung. Noch ein kleines bisschen und ich erlebe gleich meinen ersehnten Höhepunkt.

»Kian …« Bevor ich ihm sagen kann, dass ich kommen werde, zieht er ohne Vorwarnung seine Hand aus meinen Leggins und hinterlässt in mir eine bittere Leere.

»Was zum …« Ich will fluchen, lasse jedoch den Satz in der Luft hängen, nachdem die Scheinwerfer eines anderen Wagens mir durch den Seitenspiegel ins Auge fallen, welcher dicht an uns heranfährt. »Wer ist das?«, frage ich Kian, richte mich wieder aufrecht hin und schaue beängstigt in seine Richtung. Es scheint, als würde uns jemand verfolgen. Aber wieso?

»Ich weiß es nicht«, höre ich ihn angespannt sagen.

Sein Griff um das Lenkrad wird fester, seine Augen finster. Kian wechselt die Spur auf die andere Seite und, siehe da, das andere Auto tut es ebenfalls. Dieser Jemand hat es glasklar auf uns abgesehen.

Mein Kopf schnellt nach hinten zur Rücksitzbank, um irgendetwas von dem fremden Wagen identifizieren zu können, aber das Scheinwerferlicht blendet mein Gesicht, weshalb ich mich wieder nach vorne umdrehe. Währenddessen hat Kian Jesses Nummer auf der Freisprechanlage gewählt, der nach kurzer Zeit den Hörer abnimmt.

»Was gibt's?«, spricht Jesse auf der anderen Leitung. Seine schnelle Atmung lässt mich zweideutig denken, jedoch will ich nicht an etwas Versautes denken, wobei Kian und ich gerade nichts anderes getan haben.

»Ernsthaft, Jesse?«, brummt Kian. Ich muss mir das dämliche Grinsen verkneifen und beiße mir stattdessen auf die Unterlippe. Außerdem gibt es noch eine andere Sorge, die sich direkt hinter uns befindet.

»Ist es Kian?«, höre ich eine Frauenstimme flüstern und erkenne sie auch sofort. Jesse und Naomi?! Wow, ich habe mit vielem gerechnet, aber nicht damit…

»Unterlasst für einen Moment eure Liebschaften. Wir haben gerade ein Problem, welches uns wortwörtlich am Arsch klebt«, meint Kian und wirft einen kurzen Blick in den Rückspiegel. Das Auto ist immer noch sehr nahe an uns dran.

»Sorry, Mann«, entschuldigt sich Jesse bei seinem besten Freund. »Womit kann ich dir behilflich sein?«

Bevor Kian antwortet, beschließt er erneut die Spur zu wechseln und drosselt die Geschwindigkeit, sodass der andere Wagen keine Chance hat, hinter uns her zu schleichen. Nun befinden wir uns auf Augenhöhe, doch die Scheiben sind verdammt nochmal getönt, sodass man nichts erkennen kann.

Als würde sich unser Gegenüber bedroht fühlen, gibt er Vollgas und rauscht an uns vorbei.

»705-NSM San Lewis«, buchstabiert er das Kennzeichen. »Finde heraus, wer der Besitzer des Wagens ist«, erteilt er Jesse den Auftrag, ehe er den Anruf beendet und den Highway verlässt.

Meine Lust von vorhin ist verflogen und ich kann lediglich an diese unbekannte Person denken, die es auf uns abgesehen hat.

Was zur Hölle sollte das, und welche Absichten hatte er oder sie?

Ich habe die Nacht kaum geschlafen, weswegen ich nun im Badezimmer stehe und versuche, die tiefen Augenringe zu verdecken. Gestern ist eindeutig zu viel passiert. Zu viel für meinen bereits überstrapazierten Kopf.

Dennoch bin ich hellwach und mache mich für Moms Beerdigung fertig. Beinahe hätte ich es vergessen, aber das schwarze Kleid, welches Kian mir heute früh auf das Bett gelegt hat, hat mich daran wieder erinnert.

Im Schlafzimmer ziehe ich mir eine schwarze Feinstrumpfhose an, das Etuikleid darüber. Meine Haare habe ich zu einem hohen Zopf gebunden und betrachte mich mit gemischten Gefühlen im Spiegel. In nur wenigen Minuten werde ich mit meiner Vergangenheit abschließen und hoffentlich auf lange und unbestimmte Zeit ruhen lassen. Sie hat mir viel Leid zugefügt. Ich war für sie sowieso nicht präsent. Und dennoch gebe ich ihr den letzten Abschied, den sie — hoffentlich — mit ins Grab nimmt.

Kian kommt leise ins Zimmer herein. Der schwarze Anzug, der perfekt maßgeschneidert ist, lässt ihn wie eh und je attraktiv aussehen.

»Wenn du bereit bist, lass es mich wissen«, spricht er in einer zärtlichen Tonlage.

Leicht nervös streiche ich die Rockfalte glatt, nicke aber dann bestimmend und werfe einen letzten selbstsicheren Blick in den Spiegel. *Ich habe alles allein gemeistert und das wird mich nicht brechen,* spreche ich mir Mut zu und für diesen einen Moment scheint es zu funktionieren.

»Wir können«, lasse ich ihn wissen, ehe er mir seinen Arm ausstreckt und meinen darunter einhakt.

Kian parkt das Auto und hilft mir beim Aussteigen. Der kühle Windzug küsst meine Wangen, während ich die Augen schließe und die frische Luft in mich aufsauge. Nachdem ich mir weiterhin aufbauende Worte in meinen Gedanken zugeflüstert habe, begeben wir uns zu dem Friedhof. Eine Handvoll Angehörige halten sich an den Gräbern ihrer verstorbenen Liebsten auf, die sich liebevoll um die Grabstätten kümmern. Ich weiß, dass ich dies niemals tun werde, denn heute bin ich das erste und das letzte Mal hier. Mehr hat Samara nicht verdient.

Durch den grünen Rasen laufen wir gezielt zu der Bestattung, die ich schon von weiter Ferne sehen kann. Der Sarg wurde auf das Grabloch platziert und der Pfarrer mitsamt zwei weiteren Bestattern warten geduldig auf uns.

Ich atme lange aus, wage den Schritt zu der besagten Trauerfeier, während Kian mir keine Sekunde von der Seite weicht. Nun ruht meine Hand in seiner und ich bin mehr als nur dankbar, dass er dies heute mit mir durchsteht. Seine Anwesenheit, sein Duft und seine zärtlichen Berührungen lassen meinen hohen Puls sinken. Wie eine beruhigende Droge. Nur ist das viel besser als dieser abhängige Scheiß.

Während Kian sich mit dem Pfarrer unterhält, wandern meine müden Augen zu dem Sarg, in dem der leblose Körper von Samara liegt. Ich erinnere mich an den Tag zurück, an dem ich ihre Leiche identifizieren musste. Irgendwie machte es keinen Unterschied zwischen der Drogensucht und dem realen Tod. Ihre grauen Iriden wirkten immer leer und starr. Ihr abgemagerter Körper reglos. Als wäre sie nie dagewesen.

Ich habe nie den Grund erfahren, wie sie überhaupt in die Drogenszene gerutscht ist und wieso sie es *uns* angetan hat. Weshalb sie die Mutter-Tochter-Bindung in den Dreck geworfen hat und es nicht einmal versucht hat, es zu ändern. Sich zu ändern.

Nun möchte ich gar nichts mehr davon wissen. Es ist mir egal, warum sie eine schreckliche Mutter war. Eines kann ich mit Sicherheit garantieren, dass ich niemals so werden will wie sie. Das wird niemals passieren, dafür bin ich viel zu empathisch.

Die große Hand von Kian reißt mich aus meinen Gedanken, als er mich an den Schultern berührt und mich etwas besorgt mustert. Er braucht sich aber keine Sorgen um mich machen, denn ich werde keine weiteren Tränen mehr vergießen. Nie wieder.

»Wir brechen das Ganze ab, wenn es dir zu viel wird.« Sein Daumen fährt über meine Wange und hinterlässt ein kribbelndes Gefühl auf meiner Haut.

»Alles gut. Ich schaffe das schon«, gebe ich ehrlich von mir.

Seine Stirn liegt in Falten, als müsste er überlegen, ob er meinen Worten Glauben schenken kann. Er kennt mich anscheinend doch besser als gedacht, aber dieses Mal ist es nicht mal ansatzweise gelogen.

»Mir geht es gut. Wirklich.« Wie soll es mir denn nicht gut gehen, wenn ich nun endlich frei und friedvoll leben kann?

Schlussendlich gibt er sich damit mehr oder weniger zufrieden. Währenddessen hat Kian blindlings nach meiner Hand gegriffen und hält sie nun in seiner großen Pranke gefangen. Als wüsste er, dass ich seine Unterstützung brauche.

»Wir haben uns heute versammelt, um Abschied von Samara Perkins zu nehmen«, fängt der Pfarrer seine Predigt an. Er spricht über Gott und die Welt, wodurch meine Konzentration nachlässt und meine Ohren in Watte gepackt werden.

Meine Augen beobachten den weißen Sarg, der mit einem großen Straußgesteck geschmückt ist, die eine freundliche Atmosphäre schaffen soll. Statt Trauer und den Tod widerzuspiegeln, wirken die Farben lebendig und tröstlich. Ich hingegen spüre nichts dergleichen. Nur pure Leere.

Meine Lider erheben sich und erkunden die Umgebung. Eine ältere Dame erlangt meine Aufmerksamkeit, die sich einige Meter vor uns aufhält und frische Blumen auf den grünen Rasen legt, direkt neben einen großen, grauen Grabstein. Ich lese einen männlichen Namen heraus, vermutlich ihr verstorbener Ehemann. Sie wirkt nicht sonderlich traurig, weil sie sich wahrscheinlich damit abgefunden hat und es akzeptieren kann, dass das Leben nicht für immer anhält und der Tod zwei geliebte Menschen trennen muss. So ist es nun mal und uns bleibt nichts anderes übrig, als es hinzunehmen.

Aber ich werde nie erfahren, wie es sich anfühlt, eine geliebte Mutter zu verlieren, die für einen selbst das größte Glück bedeutete. Samara war biologisch die Frau, die mich zur Welt gebracht hat, doch sie war nicht die Art von Mutter, die ein Kind gebraucht, geschweige denn geliebt hat.

Kians Tod würde mir sogar mehr zusetzen, als es ihrer je getan hat, so hart es auch klingen mag.

Mein starrender Blick wird unterbrochen, als sich ein silberner Geländewagen auf der Straße in Schritttempo nähert. Das Kennzeichen ist mir ebenfalls fremd und es stammt nicht aus dieser Gegend. Die Scheiben sind schwarz getönt, was mich nervös werden lässt. Außerdem parkt er genau hinter Kians Wagen und es steigt niemand aus. Als würde uns die Person beobachten wollen.

Womöglich bilde ich es mir nur ein und es könnte weiß Gott wer sein, aber ich werde das Gefühl nicht los, dass er wegen uns hier ist. Dass er uns gerade im Blick hat und die Beerdigung aus der Ferne betrachtet.

»Kian?« flüstere ich so leise wie möglich, um den Pfarrer nicht zu unterbrechen. Dabei sind meine Augen weiterhin auf das unbekannte Auto gerichtet, damit ich sichergehen kann, dass dieser nicht gleich wieder verschwinden wird.

»Was ist los, Kleines?«, fragt er mich in einem besorgten Ton. »Willst du doch gehen?«

»Nein, das ist es nicht«, merke ich sofort an. »Der Wagen dort.« Ich nicke unauffällig mit dem Kopf in die besagte Richtung, ehe Kian ihn auch im Visier hat. »Der scheint mir suspekt zu sein. Es steigt niemand aus und die getönten Scheiben sind auch verdächtig.«

Wahrscheinlich klinge ich gerade wie eine Gestörte, die Wahnvorstellungen hat und sich beobachtet fühlt. Nach dem gestrigen Tag bekomme ich bei jeder Auffälligkeit Panik.

»Pfarrer Thompson? Ich bitte Sie Ihre Predigt zu beschleunigen. Uns ist etwas dazwischengekommen«, meint Kian ruhig, während in mir ein reines Durcheinander herrscht. Ich bewundere ihn dafür, dass er in jeder Situation seine Fassung nicht verliert.

»Natürlich, Mr. Carter«, nickt Pfarrer Thompson.

Er lässt einige Teile aus und hält die Abschlussrede, während die zwei Bestatter nun den weißen Sarg in das ausgegrabene Loch sinken lassen. Dabei merke ich, wie schwer mein Herz wird, denn ganz egal wie schlecht meine Beziehung zu Samara war, sie war, wenn auch ungewollt, ein Teil von mir. Aber ich bin ihr auch nicht dankbar, eine herzlose und unbekümmerte Kindheit gehabt zu haben.

»Ich gebe dir eine Minute. In der Zeit gehe ich dort schnell nachsehen«, murmelt Kian mir dicht ans Ohr und küsst anschließend meine Schläfe, ehe er mich allein stehenlässt. Umso besser kann ich nun endgültig mit Samara abschließen. Sie hinter mir lassen.

Der Pfarrer und die Bestatter stehen einige Meter von mir entfernt und lassen mir zu meinem Glück etwas Freiraum. Kurz sehe ich Kian hinterher, der sich dem Wagen nähert. Er wird das sicher schon geregelt bekommen. Immerhin ist er angsteinflößend genug, wenn man ihn nicht genauer kennen würde.

Meine Augen wandern dann zu dem Sarg, der unten abgelegt wurde. Irgendwie fühle ich mich nun leicht komisch. Die Frau, die mich mein ganzes Leben lang ignoriert hat, ist nun fort. Sie wird mir nicht mehr wehtun können. Ich werde sie nie wieder im Rausch auf dem Sofa liegen sehen und ihre Männerbesuche haben auch ein Ende. Kein Denver, der mich seit meiner Jugend belästigt hat. Keine Drogen, die auf dem Couchtisch verteilt herumliegen. Keine offenen Rechnungen mehr, die ich begleichen muss, die meine Mutter verursacht hat. All das hat aufgehört, seitdem sie nicht mehr lebt.

Samara hat mir mehr Leid statt Lebensfreude beigebracht.

»Den Tod hast du eigentlich auch nicht verdient«, spreche ich leise aus und unterdrücke dabei die aufkeimenden Tränen. Es sind keine Tränen der Trauer, sondern der Verletzlichkeit. Der Schmerz des unendlichen Leides. Ich habe genug für diese Frau geweint, selbst dann, als ich ihre Leiche vor Augen hatte. Doch jetzt ist mir nicht danach, auch nur eine einzige Träne an sie zu verschwenden. »Hoffentlich begegnest du Satan, falls ihr nicht schon davor Freundschaft geschlossen habt«, zische ich und spüre dabei, wie mein Herzschlag heftig gegen meinen Brustkorb donnert. Es ist die Wut, die durch meine Adern fließt. Die Wut, die nur Samara gilt. »Adios. Und auf Nimmerwiedersehen.«

Das Quietschen der Reifen reißt mich aus meinem intensiven Jähzorn heraus und ehe ich mich versehe, kommt Kian wieder zurückgelaufen. Das Auto von vorhin rauscht davon und mir wird klar, dass es sein Verdienst gewesen sein muss.

»Hast du mit dieser Person gesprochen?«, frage ich ihn neugierig und kehre Samaras Grab den Rücken zu. Sie ist nicht mehr ein Teil meines Lebens und einen weiteren Gedanken werde ich nun in Zukunft nicht mehr verschwenden. Was nun zählt, ist, wer uns verdammt nochmal verfolgt.

»Nein. Noch bevor ich die Straßenseite gewechselt habe, ist der Wagen losgefahren. Als hätte derjenige es geahnt«, meint Kian. »Aber das Kennzeichen war das von letzter Nacht. Deine Vermutung stimmt also, wir werden beobachtet.«

Wir sehen uns in die Augen, während die Stille einkehrt. Jesse hat womöglich noch nicht herausgefunden, auf wen das Kennzeichen zugelassen ist. Jetzt heißt es abwarten. Und dann … dann haben wir hoffentlich Gewissheit, wer es auf uns abgesehen hat und was derjenige von uns will.

# KAPITEL 31

## Kian

*Eine Woche später*

Saphira hat die Beerdigung von Samara sehr gut weggesteckt. Keine einzige Träne hat sie an diesem und an den darauffolgenden Tagen verschwendet. Ihre Beziehung zu ihrer Mutter war von Anfang an zum Scheitern verurteilt gewesen, vielleicht fiel es ihr daher leicht, sie zu vergessen.

Das Einzige, woran sie sich ihren hübschen Kopf zerbricht, ist, wer uns beschattet. Jesse konnte herausfinden, zu wem das Nummernschild gehört, jedoch ist dies eine Sackgasse gewesen. Ein Geschäftsmann aus San Lewis. Nur hat dieser Kerl ein Alibi, also wissen wir immer noch nicht, wer sich dahinter verbirgt. Seither haben wir auch keine weiteren Auffälligkeiten bemerkt.

Als Trost habe ich Saphira eine Pole-Dance-Stange im Schlafzimmer anbringen lassen. Wie ich festgestellt habe, mochte sie das Tanzen im Pink Paradise sehr gerne. Jedoch bin ich nun der letzte Mann, der sie je an dieser Stange tanzen sehen wird. Für mein Ego ein fantastisches Gefühl.

Gerade verlasse ich das Büro meiner Arbeit, die ich in den letzten Wochen stark vernachlässigt habe. Es ist nicht so, dass meine Mitarbeiter auch ohne mich klarkommen und ich diese ganze Anwaltsscheiße nur wegen Takeo angefangen habe. Außerdem habe ich es auch nicht mehr nötig, diesen Werdegang zu betreiben. Ich habe aber Takeo und Jesse versprochen, dass ich erst zur Ruhe kommen werde, wenn ich meinen Bruder gefunden habe.

Nach elf Stunden Büroaufenthalt freue ich mich umso mehr nach Hause zu fahren, wo mein kleiner Engel bereits auf mich wartet. Nun habe ich einen Grund in meine Penthouse-Wohnung heimzukehren. Und ich muss ehrlich gestehen, dass es sich wunderbar anfühlt, zu wissen, dass es da jemanden gibt, der einen vermisst und sehnlichst auf die Rückkehr wartet.

Ich laufe aus dem Fahrstuhl direkt in meine Wohnung rein und lege mein schwarzes Jackett auf einem der Barhocker ab. Die Lichter sind ausgeschaltet und es ist ungewöhnlich leise hier. Normalerweise lässt Saphira entweder den Fernseher laufen oder die Musik im Hintergrund. Jedoch ist es heute mucksmäuschenstill.

»Saphira?« rufe ich nach ihr, aber sie reagiert nicht. »Kleiner Engel, wo steckst du?«, appelliere ich noch einmal. Irgendwo muss sie sein und will sich nur einen Spaß erlauben. Wenn das der Fall ist, kann sie sich auf einen knallroten Arsch gefasst machen.

Mein Weg verschlägt mich zu den Treppen. Mein Instinkt sagt mir, dass sie sich im Schlafzimmer befindet und als ich die Tür ein wenig zur Seite schiebe, bestätigt sich mein Verdacht.

Saphira räkelt sich an der Stange, probiert neue Figuren aus, die ich bisher noch nicht von ihr gekannt habe. Was mein Augenschein viel mehr anzieht, ist ihre weiße Spitzen-Unterwäsche. Die roten LED-Lichter geben eine erotische Atmosphäre und scheiße, mein Schwanz zuckt verräterisch bei diesem Anblick.

Ich lockere meine Krawatte, die mir langsam zu eng wird, je länger ich sie beim Tanzen beobachte. Wie eine Schlange bewegt sie sich um den Metallstab und hypnotisiert mich mit ihrem atemberaubenden Körper. Ich könnte ihr Stunden dabei zusehen, ohne das Interesse zu verlieren. Aber weil sie sich in meiner Wohnung, in meinem Schlafzimmer aufhält, steht es mir zu, sie observieren zu müssen.

Mit leisen Schritten betrete ich das Zimmer, ohne sie zu stören. Die Knöpfe meines Hemdes öffne ich und entledige es von meinem Leib. Oberkörperfrei setze ich mich auf das Bett, während ich einen heißen Ausblick auf Saphiras halbnackten Körper habe. Sie hat mich noch nicht bemerkt, weshalb ich mich räuspere.

»Kian.« Schüchtern hört sie auf und stellt sich aufrecht auf den Boden hin.

»Meinetwegen musst du nicht aufhören, Kleines. Ich fange gerade erst an, es zu genießen«, brumme ich verführerisch und kann mir ein schiefes Lächeln nicht zurückhalten. Innerlich bin ich bereits am Durchdrehen. Ich stelle mir vor, wie das wilde Biest in mir sich an die Oberfläche kratzt und ich sie über die Schultern werfe, um sie anschließend im Bett entzweizureißen. Und das werde ich tun.

»Wie war die Arbeit?«, versucht sie vom Thema abzulenken, jedoch bin ich gerade viel zu scharf auf sie, um es ruhen zu lassen.

»Anstrengend. Vielleicht kannst du mir dabei helfen zu entspannen?«

»Und wie stellst du dir deine Entspannung vor?« Das kleine Grinsen in ihrem engelsgleichen Gesicht steckt mich an. Sie weiß genau, was ich mir vorstelle. Ihre unschuldigen Augen können täuschen, denn ihren schmutzigen Verstand kann sie sehr gut verbergen. Aber nicht vor mir.

»Tanz für mich, kleiner Engel«, weise ich sie an. *Um den Rest kümmern wir uns später.*

Prüfend, ob ich es ernst meine, sieht sie mir ein letztes Mal in die Augen, kaut nachdenklich auf ihrer Unterlippe und entscheidet sich schlussendlich dafür, ihre kleinen, dünnen Finger um das kalte Metall zu legen und ihre Beine hochzuschwingen. Ihren Schenkel klemmt sie um die Stange, um Halt zu finden, während sie die Hände freigibt und sich kopfüber hängen lässt. Nach drei Umdrehungen greift sie wieder an die Pole-Dance-Stange und spreizt weit ihre Beine auseinander. Mein Blick trifft direkt auf ihre freie Mitte, die sie mir bietet, und es blitzt mir ein hauchdünner Stoff entgegen, der uns voneinander trennt.

Mein Denkvermögen hat mich gerade verlassen. Ich sehe nichts mehr anderes, außer ihre Pussy und ich bin dazu verdammt, die Füße still zu halten. Doch wenn ich ein egoistischer Bastard bin, nehme ich mir das, wonach ich mich schon den ganzen Tag gesehnt habe.

Mein Hintern erhebt sich wie von selbst und wie ein wilder Löwe, der sich seiner Beute langsam nähert, gehe ich jeden Schritt und behalte sie im Auge. Gerade will sie eine neue Figur an der Stange übernehmen, da greife ich nach ihrer schmalen Taille und ziehe sie auf meinen Schoß. Erschrocken umklammert Saphira ihre Arme um mein Hals.

»Kian« keucht sie meinen Namen und durch diesen kleinen Laut verliere ich beinahe meinen Verstand. Es ist nur ein Hauchen, der über ihre zarten, rosa Lippen weht, doch es reicht aus, mich verrückt werden zu lassen. Verrückt nach ihr.

»Ich bin kein scheiß Gentleman, der gerne wartet. Nicht in diesem Schlafzimmer«, knurre ich erregt und presse meine harte Ausbeulung gegen ihre Mitte, um ihr zu verdeutlichen, was sie gerade mit mir anstellt.

Ich habe zu lange auf sie gewartet, habe ihr Zeit gelassen, die sie nötig hatte, doch jetzt werde ich mir alles nehmen, was mir zusteht. Jeden Tag, jede Stunde, jede Minute und sogar jede Sekunde, die ich will. Sie gehört mir und das werde ich ihr immer wieder deutlich machen.

Meine Hände ruhen auf ihrem prachtvollen Arsch, während ich sie hinüber ins Bett trage. Dort lasse ich sie etwas unsanft auf die Matratze fallen und beuge mich mit einem tiefen Knurren über sie. Ich kann fast schon hören, wie laut ihr Herz schlägt.

Meine Zähne lasse ich über ihre erhitzte Haut fahren, sodass sich ihre Härchen auf der Haut aufstellen. Als ich an ihrem Hals stehenbleibe, beiße ich leicht zu und entlocke ihr ein leises, erregtes Keuchen. Danach lecke ich über die Stelle und beiße erneut zu.

»Oh Gott, Kian«, stöhnt sie.

»So ist es richtig, bete mich an, Kleines.«

Mit nur zwei Fingern schnippe ich den Verschluss ihres BHs auf und reiße ihn förmlich von ihren Brüsten. Das Wasser läuft in meinem Mund zusammen und ich lecke mit der Zunge über meine Oberlippe, als sei sie ein köstliches Festmahl. Und genauso werde ich sie vernaschen.

Ihre rosigen Nippel stellen sich durch den kalten Luftzug auf. Meine Zungenspitze streift sanft über ihre empfindliche Knospe und es genügt, um sie zum Stöhnen zu bringen. Saphira biegt ihren Rücken durch und legt ihren Kopf in den Nacken, ehe ich meine Lippen über ihren Nippel stülpe und zu saugen anfange.

»Kian, bitte«, wimmert sie außer Atem. Ihre Finger hat sie in das Bettlaken vergraben, die Augen genüsslich geschlossen.

»Bitte, was?«, necke ich sie, dabei weiß ich genau, was sie gerade braucht.

»Ich halte das nicht mehr aus«, jammert sie weinerlich. Aber es ist nicht die Antwort gewesen, die ich von ihr hören will, also beiße ich sanft in ihren Nippel, weshalb sie erneut stöhnen muss. »Fick mich endlich«, korrigiert sie sofort.

»Mit Vergnügen, kleiner Engel«, gebe ich schmunzelnd von mir.

Meine Finger haken sich unter den Bund ihres Slips und ich zerreiße das Stück Stoff in Fetzen. Saphira zieht scharf die Luft ein und hebt anschließend ihren Kopf an, um mich entsetzt anzustarren. Sie will mich schimpfen, dass ich mal wieder ihre Kleidung zerreiße, aber es interessiert mich nicht.

»Hey …«

»Pscht. Ich kaufe dir einen Neuen«, winke ich gelassen ab. Von mir aus in allen Farben, die sie haben will.

Das schellende Geräusch meines Gürtels durchbricht die kurzzeitige Stille zwischen uns. Gerade fühle ich mich wie ein Teenager, der es kaum abwarten kann, seinen Schwanz in eine triefende Fotze zu stecken, damit der Druck endlich nachlässt.

Nachdem ich mich meiner Hose und meinen Boxershorts entledigt habe und sie achtlos auf den Boden werfe, greife ich nach ihren Schenkeln und schiebe sie weitestgehend auseinander. Ich positioniere mich auf den Knien zwischen ihren Beinen und lasse meinen pulsierenden Schwanz an ihrer nassen Pussy gleiten. Sie ist so bereit für mich. Bereit von mir gefüllt und gedehnt zu werden.

Mit neckenden Bewegungen reibe ich mein hartes Glied weiterhin an ihrer glitschigen Spalte und genieße es, wie sie unter mir mit flehendem Blick wimmert. Ich liebe es, wenn sie bedürftig wird und nach Erlösung bettelt.

Um Saphira nicht weiter auf die Folter zu spannen, da ich selbst mit meiner Beherrschung kämpfen muss, ziehe ich mir ein Kondom über und gleite in ihre Mitte, bis ich sie bis zum Anschlag ausfülle. Ein Keuchen meinerseits und ein Stöhnen ihrerseits hallen durch das Zimmer. Mein Kopf fällt mir in den Nacken und ich schließe sinnlich voller Lust die Augen, während ihre Wärme mich umgibt.

Meine Hände halten an ihren Fußknöcheln fest, um ihre Schenkel weiterhin gespreizt zu halten. Langsam bewege ich mein Becken und werde mit jedem Aufprall kräftiger und härter, bis nur noch das Klatschen von Haut auf Haut zu hören ist. Ihr Stöhnen wird lauter und meine Stöße immer wilder. Ich fühle, wie ihre inneren Wände um meine harte Erektion sich umklammern und melken. Ihr Loch saugt mich in sich ein und will mich verschlingen. Saphira ist kurz davor, ihren Höhepunkt durch ihren Körper jagen zu lassen.

»I-Ich … komme!«, schreit sie aus dem Leib und erzittert in nächster Sekunde, als ich meinen Daumen zusätzlich an ihrer Klit kreisen lassen habe, um ihrer Erlösung die Intensität zu verstärken.

Ich pumpe weiter in sie hinein, bis ich den starken Druck durch meinen Schwanz spüre und augenblicklich das Kondom von meiner Länge ziehe und weiter mit der Hand bearbeite. Es braucht nicht mehr viel und ich ergieße mich auf ihren flachen Bauch. Mein Glied zuckt, bis die letzte Ladung sie erreicht hat.

Fuck, noch nie habe ich mich so befreit gefühlt wie gerade eben. Der Sex mit ihr ist auf eine andere Art und Weise berauschend. Kurz und knapp: Ich liebe es, sie zu ficken.

Saphira liegt erschöpft auf dem Rücken und regt sich kaum noch. Auch bei mir tritt die Müdigkeit auf, weshalb ich schnell ins Badezimmer verschwinde, und ein nasses Handtuch hole. Damit wische ich mein Sperma von ihrer erhitzten Haut und werfe es anschließend in den Wäschekorb.

Bevor ich mich zu ihr lege, schlüpfe ich in eine frische Boxershorts und begebe mich zur Küche, um eine Wasserflasche mit ins Schlafzimmer zu nehmen. Dort treffe ich überraschenderweise auf Jesse, der sich, seit Saphiras Einzug, nicht mehr in meiner Wohnung blicken ließ. Vermutlich war er die Tage bei Naomi und was sie dort getrieben haben, will ich mir nicht vorstellen.

»Das ging aber schnell«, scherzt mein bester Freund und fängt sich einen genervten Blick von mir ein.

»Mein Tag war lang, also halts Maul« meine ich augenrollend und merke aber dann, dass mein Mundwinkel zu zucken beginnt, was er deutlich sehen kann.

Mit dem Rücken lehne ich mich an die Kücheninsel, schraube den Deckel des Flaschenhalses weg und nehme einen erfrischenden Schluck vom Wasser.

»Was ist?«, frage ich Jesse und hebe eine Augenbraue an. So wie er mich ansieht, will er irgendetwas loswerden.

»Wir haben uns in den letzten Wochen nur um die *Arbeit* gekümmert. Die Nacht ist noch jung und Naomi und ich wollten später noch ausgehen.« Ich weiß genau, worauf er hinauswill. »Kommt doch mit. Wir hatten schon lange kein Doppeldate. Ein Abstecher in eine Bar?«

Natürlich. Wann habe ich das letzte Mal jemanden gedatet mit dem ich es nur ansatzweise ernst gemeint habe? Außerdem würde es Saphiras und meiner Beziehung ein wenig guttun. Seit Wochen hängt sie in dieser Penthouse-Wohnung herum und langweilt sich zu Tode. Zudem bin ich direkt bei ihr, was das Ganze weniger gefährlich macht.

»Ich frage sie nachher. Schick mir den Standort und wir sehen uns dort.«

Jesse nickt und ich verabschiede mich von ihm. Bestimmt ist sie schon eingeschlafen, so wie sie kraftlos auf dem Bett lag und sich nicht einmal die Mühe gemacht hat, sich auf das Kissen zu legen.

Als ich das Schlafzimmer betrete, bestätigt sich meine Vermutung. Nackt, ohne sich zugedeckt zu haben, liegt sie mittig auf der Bettdecke, genauso wie ich sie zurückgelassen habe. Ihr Brustkorb hebt sich gleichmäßig und in ruhigen Abstanden. Selbst beim Schlafen sieht sie traumhaft schön aus.

Die Wasserflasche stelle ich auf den Nachttisch ab und ziehe vorsichtig die Tagesdecke von ihrem Hintern weg. Langsam wie nur möglich schiebe ich sie an das Kopfende des Bettes und breite die Decke auf ihrem gänsehautübersäten Körper aus. Sofort schlägt sie müde ihre Lider auf und mustert mich verschlafen an.

»Hey …« flüstert sie kaum hörbar und ringt sich ein kleines Lächeln ab.

»Hey …« mache ich es ihr nach. »Ich wollte dich nicht wecken.«

Eine lose Strähne streiche ich ihr von der Stirn. Ihre grauen Iriden glänzen im nächtlichen Mondschein und ihr intensives Starren entgeht mir dabei nicht.

»Hast du nicht.« Sie lächelt zuckersüß wie eh und je. »Wo warst du überhaupt?«, will sie wissen und dreht sich dann auf die Seite, um mich besser ansehen zu können. Wenn sie mich weiterhin unschuldig mustert, bin ich dazu gezwungen, sie noch einmal ficken zu wollen.

»Wollte nur eine Flasche Wasser holen und bin dann Jesse begegnet«, gebe ich wahrheitsgemäß von mir. »Er wollte mit Naomi in eine Bar und hat uns gefragt, ob wir auch vorbeikommen möchten.« Eigentlich wäre ich dafür, gemeinsam mit Saphira nur im Bett zu verbringen. Nur sie und ich, allein und ungestört.

Doch das Glänzen in ihren Augen nimmt zu und ich kann mir ihre Antwort schon denken. Ich wäre auch ein mieses Arschloch, wenn ich es ihr aus dem Kopf schlagen würde. Und für keine Frau der Welt wollte ich mich je verrenken. Aber Saphira ist anders und macht mich zum Besseren. Zu jemandem, der ich bereits in jungen Jahren war und es mit einem Fingerschnippen aus mir herausbefördert wurde.

»Ich würde gerne Zeit mit deinen Freunden verbringen«, spricht sie das aus, was ich schon geahnt habe. Auch wenn ich mich mit dem Gedanken nicht ganz anfreunden kann, mit ihr in eine Bar zu gehen, wo es nur von alkoholisierten Bastarden wimmelt und ich dazu gezwungen bin, das Biest in mir heraufzubeschwören, wenn es darauf ankommt, werde ich dennoch das tun, was dieser kleine Engel von mir verlangt.

»Dann ruhe dich aus. Ich wecke dich, wenn wir losgehen«, versichere ich ihr und ziehe die Decke noch etwas höher, um ihre Schultern zu bedecken.

Saphira robbt sich zu mir näher hin und vergräbt ihr hübsches Gesicht in meine Brust. Ich hauche ihr einen Kuss auf die Stirn, ehe sie zufrieden seufzt und wieder eindöst.

Ich fasse es nicht, dass ich tatsächlich hier mit ihr stehe und diese verfickte Bar betrete. Es ist gerade mal 23 Uhr und die meisten Gäste rotzevoll. Um keinen Aufstand ihr zuliebe zu machen, schlucke ich meine aufkeimende Wut herunter und schiebe meine Hand an ihre Hüfte, damit jeder Idiot sieht, dass sie zu mir gehört.

»Da hinten sind sie«, freut sich Saphira und winkt dann Naomi zu, die in der hintersten Ecke an einem Tisch sitzt. Neben ihr mein bester Freund Jesse. Irgendwie ein komisches Gefühl, die beiden zusammen zu sehen. Davor hatten sie sich oft in den Haaren und jetzt rammeln sie miteinander.

Tief durchatmend folge ich ihr und begrüße meine beiden Freunde, ehe wir uns zu ihnen setzen und Saphira die Getränkekarte nimmt. Ich nehme sowieso das Übliche, also mache ich mir nicht die Mühe, einen Blick reinzuwerfen.

Eine junge Kellnerin tritt an unseren Tisch, in der Hand ihr Notizblock und Kugelschreiber. »Was darf es für euch sein?«

»Also ich hätte gerne einen Whiskey Sour … Für die Männer den Standard Whisky und … was trinkst du gerne, Saphira?«, fragt Naomi den blonden Engel. Es wundert mich nicht, dass sie genau weiß, was ich trinke. Sie kennt mich eben schon lange genug.

Saphira scheint noch zu überlegen und sieht sich weiterhin die Karte an. »Ähm … ich glaube … ich probiere mal den Tequila Sunrise«, entscheidet sie sich schlussendlich.

Ein Grund mehr, ein Auge auf sie zu werfen. Wer weiß, wie viel sie verträgt. Allein der Tequila wird sie umhauen.

Die Kellnerin schreibt es sich auf und verschwindet dann hinter der Theke, um unsere Getränke anzurichten. In der Zwischenzeit sind Naomi und Saphira in der Damentoilette verschwunden und ich nutze die Gelegenheit mit meinem besten Freund über die Arbeit zu sprechen. Auch wenn wir diesen Abend nicht über die Geschäfte reden wollen, muss ich es ihn einfach fragen.

»Irgendetwas Neues von *Big J*?«

»Nein, noch nicht. Wie es scheint, benutzen er und seine Leute Wegwerfhandys, um unbemerkt Informationen weiterzugeben. Und er hat seinen Standort gewechselt und das

Merkwürdige an dieser Sache ist, es gibt keinerlei Fotos oder Videoaufnahmen von ihm. Er besitzt ein großes Imperium, aber niemand weiß, wer er wirklich ist«, meint Jesse missmutig.

Es kotzt nicht nur ihn an, sondern auch mich. Wer ist dieser Wichser und warum ist er so verdammt vorsichtig?

»Wir geben trotzdem nicht auf. Bleibe an der Sache dran«, sporne ich ihn an. Ich besitze noch den Funken Hoffnung, Big J dranzukriegen. Er und mein großer Bruder stehen ganz oben auf meiner schwarzen Liste und wenn ich diese abgearbeitet habe, gehe ich in Ruhestand. Dann will ich mit dem ganzen Scheiß nichts mehr zu tun haben und verschwinde von der Bildfläche.

Nur mein Engel und ich, ganz allein, in ein fremdes Land.

Ich gebe Jesse das Zeichen, dass er nun seinen Mund halten soll, da die Frauen wieder zurück sind. Zur gleichen Zeit bekommen wir unsere Getränke serviert und stoßen an.

Es ist besser, wenn Saphira von dieser Sache so wenig wie möglich weiß. Denn es besteht die Gefahr, dass es ihr eines Tages zum Verhängnis wird und dafür will ich nicht verantwortlich sein. Schließlich habe ich sie so weit in diese Dunkelheit mitreingezogen, dass es für sie keinen Ausweg mehr geben wird.

Ich bin ein Scheißegoist und das wird sich wohl in dieser Hinsicht niemals ändern.

Es vergeht eine längere Zeit, in der wir einen Drink nach dem anderen bestellen und Saphira sowie auch Naomi gut dabei sind. Ich hingegen bin bei einem Drink geblieben und werde es die restliche Nacht dabei belassen. Immerhin will ich Saphira in Sicherheit wissen und das geht nur, wenn ich nüchtern bleibe.

Ihr steht der Spaß ins Gesicht geschrieben. Sie lacht, singt bei den Songs mit, die sie kennt und blüht zum allerersten Mal, seitdem ich sie kenne, wie eine reife Blume auf. In diesem Moment kommt sie mir unbeschwert vor und ich hoffe inständig, dass es ihr genauso ergeht.

»Weißt du Kian«, lallt sie grinsend. »Ich hätte nie gedacht, dass ich einmal so viel Spaß in meinem verkackten Leben haben werde.« Jetzt kann ich mich auf eine lange Rede gefasst machen. Ehrlich gesagt, liebe ich es, wenn sie von sich spricht. Es gibt nichts Schöneres als ihrer lieblichen Stimme stundenlang zuhören zu können.

Fuck, ich klinge wie ein verknallter Teenie.

»Immer hat es sich um Samara gedreht. Heute dreht sich alles um mich und ich finde es großartig.« Ihr Grinsen geht bis über beide Ohren. Spätestens morgen wird ihr Kater präsenter.

»Das ist auch alles, was ich mir für dich wünsche – glücklich zu sein«, gestehe ich ihr.

»Glücklich« wiederholt sie. »Ja, das bin ich. Aber das verdanke ich auch nur dir.«

Sie legt behutsam ihre Handfläche auf meinen Handrücken und streichelt sanft mit ihrem Daumen über meine raue Haut. Ihre grauen Iriden haben einen trüben Film aufgelegt, dank des Alkohols. Dennoch strahlen sie intensiv in meine dunkle Seele hinein.

»Ich …« Ist es der passende Moment, ihr meine Gefühle zu gestehen? Fuck, sie wird sich morgen noch nicht einmal an irgendetwas erinnern können. Der klare Beweis, dass ich kein Romantiker bin.

Mein schwarzes Herz wird schwach. Sie macht mich schwach und ich kann nicht genau sagen, was ich davon halte. Aber dieses Gefühl, welches sich seit Wochen dort eingenistet hat, lässt mich glauben, dass es etwas mit Liebe zu tun hat. Ich weiß, dass ich anders für sie empfinde, und ich bin bereit dazu, diese Grenze zu überschreiten. Für sie.

»Behalte das für später auf. Ich muss mal ganz dringend.« Ehe ich etwas erwidern kann, springt sie auf und stürmt zu den Damentoiletten.

Das muss wohl Schicksal gewesen sein, dass ich es nicht ausgesprochen habe. Ich weiß noch nicht einmal, ob ich mir sicher sein kann, genau jetzt von Liebe zu sprechen. Schließlich habe ich noch bis vor kurzem geglaubt, nichts dergleichen spüren zu können. Als sei mein Inneres ausgestorben.

Immer wieder starre ich auf mein Uhren-Display und muss feststellen, dass sie sich bereits seit zehn Minuten auf der Toilette befindet. Langsam keimt ein ungutes Gefühl in mir auf.

»Ich glaube, sie ist in der Kloschlüssel ertrunken. Ich sehe mal nach«, kichert Naomi, die sich an Jesse vorbeischiebt und ebenfalls hinter dem Flur verschwindet.

Der Teufel sei mit mir, wenn die beiden jetzt nicht innerhalb von drei Minuten zurückkehren und ich die Damentoilette stürmen muss. Denn dann werden Köpfe rollen, ob schuldig oder nicht.

Ich habe mir geschworen, dass wenn ihr etwas geschieht, ich selbst die ganze Welt in Brand setzen würde. Und ich bin ein Mann, der sein Wort hält.

Scheiße, ich bin sowas von dicht. Alles dreht sich und mein Magen rebelliert auch noch. Zu meinem Glück wird mich keiner beim Kotzen hören, da alle Kabinen leer sind und keine einzige Frau sich am Waschbeckenbereich aufhält. Besser für mich, denn es ist mir verdammt unangenehm. Der Tequila in meinem Cocktail knallt ordentlich rein, oder ich bin einfach nicht trinkfest.

Wie dem auch sei, ich will gerade in eine der Kabinen verschwinden und den Finger in den Hals stecken, um das widerliche Gefühl in meinem Magen loszuwerden, da höre ich die Tür zur Damentoilette aufgehen und verfluche mich innerlich dafür, dass ich es mit dem Alkohol nicht sein gelassen habe.

Dennoch will ich mich von der Person nicht irritieren lassen und beschließe, mich trotz dessen auf den Klodeckel zu setzen und zu warten, bis diejenige verschwunden ist. Ich muss den Alkohol aus mir hinausbefördern, ansonsten kann ich die ganze Nacht neben der Kloschüssel verbringen.

Plötzlich passiert alles so schnell. Ehe ich mich versehe, werde ich mit aller Kraft nach hinten gezogen, wobei ich mich nicht darauf konzentrieren kann, mein Gleichgewicht zu halten. Mein Fußknöchel knickt um und ein schmerzhafter Schrei will aus meiner Kehle dringen, jedoch wird es durch eine eiskalte Hand an meinem Mund abgedämpft.

»Ein Ton und ich zerfetze deine Kehle«, knurrt eine männliche Stimme hinter mir und sofort breitet sich eine schaurige Gänsehaut auf meinem ganzen Körper aus.

Ich kann die Stimme nicht identifizieren, denn sie gehört weder Kian noch Jesse. Außerdem denke ich kaum, dass die beiden, vor allem Kian, mir derartig einen Schrecken einjagen würden.

In meinem Kopf läuten alle Alarmglocken und der Eigenschutzmechanismus schaltet sich ein. Reflexartig beiße ich dem Kerl in die Handfläche und entlocke aus ihm ein tiefes Brummen. Kein Schrei, kein Gejaule. Nur ein bösartiges, summendes Geräusch.

»Schlampe« grummelt er hinter mir, dreht mich zu sich herum, sodass ich ihn ansehen kann und verpasst mir unerwartet eine heftige Ohrfeige. Ich taumle ein Stück nach hinten, werde aber sofort zurück in seine Arme gerissen und dieses Mal hält er mich an Ort und Stelle. Er nimmt mir jede Bewegungsmöglichkeit, weshalb ich mich nicht mehr wehren kann.

»Lass mich los!«, schreie ich ihn an, aber es löst keinerlei Regung in ihm aus. Stattdessen zückt er ein Messer und augenblicklich taucht ein Déjà-vu vor meinem inneren Auge auf. Die Erinnerung katapultiert mich in die Zeit zurück, in der ich mich in der fast derselben Situation mit Denver befunden habe, als er das Messer an meinen Unterleib gehalten hat. Nur ist der hier nicht Denver und auch kein Kerl, den ich je in meinem Leben begegnet bin. Also kann ich es auch nicht einschätzen, was genau er mit mir vorhat.

»Ich wiederhole mich nicht. Ein weiterer Ton aus deinem hübschen Mund und ich schlitze dir die Kehle auf, verstanden?«, droht er mir und ich nicke gezwungenermaßen.

In meinem Kopf rattert es und ich überlege mir schnellstmöglich einen Fluchtweg, um aus seinem Drecksgriff wegzukommen. Leider bin ich viel zu zierlich und zu klein und ich hasse mich dafür, dass ich nichts dagegen tun kann.

Das Messer in seiner Hand macht mich außerdem nervös, da es eine längere und breite Klinge hat und mich im Handumdrehen umlegen kann. Ich kenne mich damit nicht aus, aber ich tippe auf ein Jagdmesser oder sowas. Jedenfalls ist es ausreichend, mir die Kehle durchzuschneiden oder mir ein lebenswichtiges Organ zu beschädigen. Sterben werde ich in dem Fall sowieso.

»Hältst du still, wird es nicht wehtun, Süße. Versuchst du irgendetwas Dummes, bist du erledigt«, kündigt er eine weitere Drohung an. Wenn ich es nicht besser wissen würde, dann könnte ich ihm kein Wort glauben. Aber solche Typen wie er bluffen nicht.

Ich frage mich, wieso ausgerechnet ich? Hat er mich beobachtet und mich deshalb ausgesucht, weil ich eine leichte

Beute bin? Ist es denn so offensichtlich, dass ich zu schwach bin, mich zu wehren? Warum zum Teufel spielt das Schicksal immer nur *gegen* mich, anstatt einmal *für* mich? Womöglich werde ich es nie begreifen …

Jetzt habe ich aber keine Zeit mir darüber Gedanken zu machen, denn ich muss handeln, noch bevor er irgendetwas tun kann, was mir schadet. Ich darf den Glauben an mich nicht verlieren, nicht endgültig.

Mit meinen Armen versuche ich mich mit der ganzen Kraft ein kleines Stück von ihm zu drücken, damit ich mit dem linken Bein ausholen kann. Als es mir nach mehreren Versuchen gelingt, kicke ich mit meinem Knie in seine Weichteile und entlocke aus ihm einen animalischen Schrei. Mein Hintern begrüßt den Fußboden, als der Scheißkerl mich unerwartet von sich schubst. Ich lasse jedoch keine weitere Sekunde verstreichen und blende das fürchterliche Ziehen in meinem Beckenboden aus. In der Zeit, in der er sich seinen Schritt vor Schmerzen festhält, krabble ich zur Tür, um endlich flüchten zu können.

Gerade als ich mich aufrappeln will, werde ich aber an meinem Fußknöchel ruckartig nach hinten gezogen. Das Ziepen an meinem Knöchel macht sich bemerkbar und schießt durch mein ganzes Bein, weshalb ich keine Kraft habe, seine Hände von mir wegzutreten.

»Du verfickter Wichser, lass mich los!«, kreische ich laut und hoffe, dass es irgendjemand vor der Tür hören kann und mir endlich zur Hilfe eilt. Länger halte ich es nicht mehr durch, nur will ich ihm nicht die Genugtuung geben, dass er Macht über meinen Körper erlangt. Ich weiß nicht, was er mit mir vorhat, aber das mulmige Gefühl in meinem Bauch sagt mir, dass er grausame Absichten mir gegenüber hegt.

»Lernt ihr Schlampen denn nie, wann ihr eure Fressen halten solltet? Aber besser für mich, denn schließlich habe ich den größten Spaß daran«, lacht er verachtend.

Seine Aussage lässt das Blut in meinen Adern gefrieren. Er tut dies nicht zum ersten Mal und scheinbar hat er auch noch Gefallen daran. Die Menschheit ist bösartig, nur nett zu sein bringt einen nicht weiter. Ich kann Kian in einer verdrehten Art und Weise verstehen, wieso er die Dinge tut, die er eben tut. Jetzt wäre der perfekte Zeitpunkt, dass er aufkreuzt und dieses widerwärtige und perverse Monster beseitigt.

Mein Körper spannt sich verstärkt an, als er sich über mich beugt und sein abscheulicher Geruch durch meine Nase dringt. Aftershave, Alkohol und Schweiß. Eine Mischung, die meine Nebenhöhlen verätzen lässt. Bei dem Gestank kann ich mich nicht richtig konzentrieren und ich weiß nicht, auf was ich meinen Fokus legen soll: Ihn von mir zu schlagen oder zur Tür zu kriechen.

Seine Zunge fährt plötzlich meinen Hals herunter, er küsst sich den Weg zu meinem Dekolleté und grunzt erregt gegen meine schweißgeperlte Haut. Übelkeit keimt in mir auf. Ich könnte im Strahl auf ihn kotzen, doch das Messer an meiner Brust lässt es nicht zu. Sogar das Atmen habe ich vergessen.

Während er mich mit der anderen Hand am Oberarm festhält, bohren sich seine Finger tief in mein Fleisch und verursachen einen unangenehmen Schmerzgrad. Da wäre es mir lieber, wenn er mir einfach in die Brust sticht, als mich grob anzufassen und an mich sich aufzugeilen. Ein verfickter Sadist, der durch das Leid anderer einen Ständer bekommt. *Gott, nimm mir die Luft zum Atmen.*

»Macht es dich an? Soll ich nachsehen, wie nass du geworden bist?«, raunt er mir ins Ohr und hinterlässt eine scheußliche, feuchte Luft an meiner Ohrmuschel, die ich mir am liebsten sofort wegwischen möchte, es jedoch nicht kann, da er sein Gewicht auf mich gelagert hat.

*Kämpfe weiter, Phie! Gib nicht nach,* flüstert mein Unterbewusstsein. *Es ist* noch *nicht das Ende.*

Was würde Kian jetzt an meiner Stelle tun? Er würde ihn natürlich umbringen. Aber ich bin nicht in der Lage, ein Menschenleben zu beenden. Er würde ihm vorerst viel Leid zufügen und bluten lassen. Das kommt schon eher hin.

»Gut, du hast gewonnen«, lüge ich und hoffe inständig, dass er es mir abkaufen wird. »Küss mich, berühre mich, tu das, was du auch immer vorhast. Aber bringe es schnell hinter dir.« Ich kann nur optimistisch bleiben und beten, dass ich mir keine noch tiefere Scheiße eingebrockt habe.

*Komm schon, beiß zu, du Arschloch.*

»Ist das so?« Er hebt eine Augenbraue und mustert mich verwundert an.

»Ja, ich wehre mich nicht mehr. Hat doch eh keinen Sinn.«

»Na, wenn du es so sagst«, grinst er siegessicher und will mir näherkommen. Dabei platziert er seine grobe Hand auf meine Brust und spitzt seine Lippen, um mich küssen zu können. Noch bevor er aber meinen Mund erreichen kann, schnappe ich nach seiner Unterlippe und beiße so fest ich kann zu, bis ich einen metallischen Geschmack auf meiner Zunge spüre. Ich erlange das Gefühl von Macht und der Adrenalinschub, der durch meine Venen rauscht, gibt mir den nötigen Kick, nicht loslassen zu wollen, während er mit seinen Händen auf mich einschlägt und mich auf allen Sprachen beleidigt.

Das knarzende Geräusch einer Tür lenkt mich aber dann ab, weshalb ich von seiner Lippe ablasse und meine Augen Naomis geschockten Gesichtsausdruck erreichen.

»Was zur Hölle …«, fängt sie an, bricht jedoch ab und greift in ihre Handtasche hinein. Ein Pfefferspray kommt zum Vorschein, ehe ich realisieren kann, was sie damit vorhat. »Augen zu!«, schreit sie und ich tue das, was sie von mir verlangt.

Während wir uns mit den Unterarmen die Augen schützen, drückt Naomi auf Hochdruck auf das Pfefferspray und trifft den Mistkerl ins Gesicht. Wie ein jaulender Wolf reibt er sich die Lider in der Hoffnung, dass das Brennen aufhören wird.

»Wollte er dich gerade …« Sie beendet den Satz nicht und ein kaum merkliches Nicken bestätigt ihr unausgesprochenes Wort. »Du dummer Hurensohn!«, faucht Naomi außer sich.

Mit ihrem Absatz kickt sie immer wieder auf den unbekannten Mann ein, der sich wegen seiner mangelnden Sichtfähigkeit nicht wehren kann und sich deshalb schützend die Arme vor sein erbärmliches Gesicht hält. Wie ein Embryo kauert er auf dem Boden und erträgt Naomis brutale Schläge.

Blut tropft auf den Fußboden und als die Dunkelhaarige einen Schritt zurückgeht, sehe ich seine demolierte Visage, die einige Platzwunden und blutige Schrammen aufweist. Sein Gesicht ist aufgequollen, als hätte er einen allergischen Schockzustand. Naomis wutverzerrte Brauen und ihr hektisches Atmen beweisen mir, wie viel Zorn in ihr steckt. Ich kann mich noch an ihre Geschichte erinnern, die sie mir anvertraut hat und ich will mir nicht annähernd vorstellen, welch ein beängstigendes Feuer in ihrer Seele herrschen muss.

»Er ist ohnmächtig geworden«, durchdringt Naomis kräftige Stimme meine Gedanken.

»Sicher, dass er noch lebt?«, frage ich unsicher und inspiziere den Mann genauer. So wie sie ihn zugerichtet hat, kann ich es mir auch irgendwie vorstellen, dass sie ihn totgeprügelt hat.

»Nein, er atmet noch«, meint sie gelassen und zeigt auf seinen Brustkorb, der sich auf und ab hebt. Okay, zum Glück, denn ich habe noch nie jemandem beim Sterben beobachtet und ich habe es auch in Zukunft nicht vor. »Aber selbst wenn. Es wäre mir durchaus egal«, gibt sie gleichgültig von sich.

»Es wäre wohl nicht dein erster Mord, oder?«, packt mich die Neugier und ich frage mich buchstäblich, wieso ich meine Nase immer und überall hineinstecken muss.

»Nope. Solche Typen wie er gehören abgeschlachtet. Vielleicht hat er es nicht geschafft, dich zu vergewaltigen, aber es wird ihn nicht davon abhalten, sich sein nächstes Opfer auszusuchen.«

Ihre Worte regen mich erneut zum Nachdenken an. Wenn Kian hiervon erfährt, wird er ihn definitiv kaltblütig abschlachten. Aber will ich der Grund dafür sein, dass erneut ein Menschenleben meinetwegen genommen wird? Scheiße, er wollte mich… und ich denke ernsthaft darüber nach, diesen Mistkerl laufen zu lassen. Ich merke, dass ich nicht in diese dunkle Welt gehöre und niemals gnadenlos einer Person etwas antun kann.

»Ich werde ihn anzeigen, aber sage Kian nicht …«

»Erstens, wird die Polizei wegen mangelnder Beweislage nichts dagegen unternehmen. Zweitens, bittest du mich gerade wirklich darum, Kian anzulügen? Willst du mich direkt ins Grab befördern?!«

»Okay, für das Erste gebe ich dir recht. Aber ich werde nicht zulassen, dass Kian dich dafür verantwortlich macht.« Ob ich ihn tatsächlich umstimmen kann, wenn ich ihm die Wahrheit schildere, bleibt wohl in den Sternen geschrieben. Jedoch weiß ich, dass er alles für mich tun würde, also bleibt ihm nichts anderes übrig, als meinem Wunsch nachzukommen.

»Du bist Kian wichtig. Er würde keine Ausnahme machen«, erklärt sie und ich kann ihre Furcht vor Kian nachvollziehen. Er ist ein Mann der düsteren Seite. Einer, der viel Blut an den Händen kleben hat und es ihm nicht einmal ansatzweise etwas ausmacht. Er tut diese Dinge, ohne mit der Wimper zu zucken. Naomi kennt ihn am besten und sie weiß, zu was er fähig ist.

Aber er würde seinen Freunden nichts antun. So will ich ihn nicht einschätzen.

»Es ist trotzdem meine Entscheidung, wann und wie ich es ihm sage. Wenn du mir nicht helfen willst, dann bitte ich dich darum, dass du wenigstens nichts von dem Vorfall erwähnst«, flehe ich sie fast schon an und erhoffe mir, dass sie mir ihr Wort gibt.

Naomi kaut nachdenklich auf ihrer Unterlippe und ich kann förmlich das Gerangel in ihrem Kopf hören. Sie will Kian treu bleiben und andererseits möchte sie mich schützen. Auch wenn sie sich dagegen entscheiden wird, muss ich es akzeptieren. Aber der klitzekleine Funke in mir wünscht sich, dass ich mich auf sie verlassen kann.

»Na schön«, gibt sie nach und ein kleines Lächeln schleicht sich auf meine Lippen. »Wir haben jetzt aber keine Zeit mehr, uns auf irgendetwas vorzubereiten. Tu so, als wärst du total betrunken. Den Rest überlässt du mir.« Super, jetzt muss ich meine spitzen Schauspielkünste hervorholen, da ich seit dem Angriff fast schon wieder nüchtern geworden bin.

Na ja. It's Showtime.

Meinen Arm werfe ich über Naomis Schultern, während sie mich mit der einen Hand an der Taille festhält. Den Kopf senke ich nach unten und lasse ihn leicht baumeln. Nun ist Naomi an der Reihe, die mich aus dem Badezimmer führt, doch bevor wir aus der Türschwelle laufen, erkenne ich ein Paar schwarze Lackschuhe, die sich in mein Sichtfeld schleichen. *Es ist Kian …*

Die Tür hinter uns fällt zu, Naomis Griff um meine Taille wird fester und mein Herzschlag pocht mir bis zum Hals. Noch nie hat mir seine Anwesenheit Angst eingejagt. Was, wenn er den Kerl auf dem Boden liegen sah und wie eine tickende Zeitbombe auf eine Erklärung wartet? Er wird in die Luft gehen und die ganze Bar niederbrennen.

»Was habt ihr so lange in der Toilette getrieben?« Seine brummende, maskuline Stimme geht mir bis unter die Haut. Hätte ich nicht so viel Panik, würde es mich eventuell in die Knie zwingen.

»Ich habe sie vor der Kloschüssel hängen sehen, so wie ich es gesagt habe. Sie ist eindeutig bettreif«, spricht Naomi in einem ruhigen Ton. Sie macht das verdammt gut und lässt sich nicht von seiner einschüchternden Präsenz aus dem Konzept bringen. Ich würde hingegen wie ein blubbernder Fisch dastehen und kein weiteres Wort über die Lippen bringen.

»Ich übernehme.« Kian schlingt seine Arme um mich und trägt mich aus dem Flur heraus.

Ich murmle etwas Unverständliches, damit er nicht Verdacht schöpft, ich wäre doch nüchtern. Anscheinend hat

Kian wirklich nichts gemerkt, denn er verhält sich äußerst ruhig für meinen Geschmack.

Als er mich in seinem Wagen auf den Sitz ablässt und mich anschnallt, fährt er wortlos zu seiner Wohnung und trägt mich dann bis ins Schlafzimmer. Dort angekommen, legt er mich behutsam ins Bett und will mir meine Bluse aufknöpfen. Alarmierend schiebe ich seine Hand von mir und murmle: »Lass mich schlafen.«

Ein furchtbares Gefühl breitet sich in mir aus, doch es ist dringend nötig gewesen, bevor er mich durchschauen kann, dass mir mein Körper schmerzt. Jetzt, nachdem das Adrenalin nachgelassen hat, werden die Schmerzen doller. Dieses Arschloch hat sich Mühe gegeben, hart auf mich einzuschlagen. Das wird sicher blaue Flecken geben.

Trotz quälender Gedanken schlafe ich nach einer Weile ein und ich hätte mir wünschen können, niemals aufzuwachen.

Der nächste Tag ist angebrochen und noch bevor ich richtig wach werde, spüre ich, wie trocken sich mein Rachen anfühlt. Der Alkohol ist für meinen Flüssigkeitsverlust verantwortlich und ich bekomme augenblicklich das Gefühl, etwas trinken zu wollen. Mit geschlossenen Augen will ich die Decke beiseiteschieben, jedoch durchdringt ein heftiger Schmerz meinen Körper, der sich nach Muskelkater anfühlt. Die Schläge von dem Typen gestern sind nicht ohne gewesen, und nun bekomme ich sie zu spüren.

Ich schiele durch das Schlafzimmer von Kian, aber von ihm ist keine Spur zu sehen. Gut, dann habe ich die Chance, mich im Badezimmer zu verkriechen und dort eine ausgiebige Dusche zu nehmen, denn ich nehme den Geruch wahr, dass ich stark nach Restalkohol rieche.

Mit viel Mühe und zusammenbeißenden Zähnen komme ich im Badezimmer an, greife erstmal nach meiner Zahnbürste und putze mir den Mundgeruch weg. Dann, als ich das Wasser aufdrehe, und meine Kleidung, die ich noch von gestern anhabe, ausziehen will, trifft mich der Schock. Im Spiegel betrachte ich mich näher, damit ich mich vergewissern kann, dass meine Augen mich nicht täuschen. Mein Oberarm sowie Brust und Rippenbereich sind mit blauen Blutergüssen übersät. Ich habe es geahnt, hatte aber noch die Hoffnung, dass es dennoch nicht passieren wird. So kann ich mich nicht bei Kian blicken lassen, vor allem dann nicht, wenn wir Sex haben werden.

Ich sammle meine Bluse vom Boden auf und will das Duschen verschieben, da fällt die Tür des Badezimmers krachend auf, sodass ich vor erneutem Schreck die Bluse wieder fallen lasse. Durch den Spiegel blicke ich in Kians tollwütige Augen, die mich am liebsten umbringen würden. Seine Nasenflügel blähen sich auf und sein Körper bebt vor Zorn, während er seine Hände zu Fäusten geballt hat, dessen Haut an den Knöcheln mächtig angespannt ist.

Er ist kurz davor alles kleinzuschlagen, was er in die Hände bekommt.

»K-Kian« stottere ich, kriege dabei kein weiteres Wort aus mir heraus.

»Ich wusste, dass du mich belügst. Es war nur eine Frage der Zeit, wie lange du sie aufrechterhalten willst, ohne dich selbst zu verraten«, knurrt er wütend. Und ein Hauch Verletzlichkeit blitzt in seinen Augen hervor, die nach wenigen Sekunden wieder schwindet.

Ein dicker Kloß bildet sich in meinem Hals und die Tränen brennen bereits in meinen Augen, die ich mühsam zurückhalte. Kian wusste anscheinend schon von Anfang an, dass ich ihm etwas vorgespielt habe. Dabei habe ich es nur zu meinem Eigenschutz getan und ich wollte nicht kurz danach damit konfrontiert werden. Wieso versteht das keiner?

»I-Ich wollte …«

»Du wolltest was? Wann hast du vorgehabt, es mir zu sagen, mh?!« Er erhebt seine Stimme. Gerade fühle ich mich wie ein Kind, das von seinem Vater Ärger bekommt, weil es gelogen hat.

Einerseits kann ich seine Enttäuschung nachvollziehen, aber er muss auch mich verstehen können. Er kann nicht jeden umbringen, der mich auch nur kurz ansieht oder neben mir atmet. Okay, das war dieser Kerl getan hat, ist damit nicht vergleichbar. Dennoch geht es um das Prinzip.

»Es ist nichts passiert«, gebe ich stark von mir. Auch wenn mir gerade zu Weinen zumute ist. »Ich hätte es dir schon erzählt, nur … nicht jetzt«, sage ich dann kleinlaut. Ich will stark sein, für mich, aber das bin ich im Moment nicht.

Kian lacht. Nur ist sein Lachen freudlos und ohne jegliche Emotionen, was mir einen Schlag ins Gesicht verpasst. »Vertraust du mir etwa nicht? Gebe ich dir denn einen Grund dafür, mir es nicht sagen zu wollen?!«, fragt er in einer eiskalten Tonlage.

»Nein, das ist es nicht. Es hat nichts mit dem Vertrauen zu tun«, meine ich fast schon verzweifelt. Warum muss er so stur sein?

Sein durchbohrender Blick verrät mir, dass er keine Einsicht zeigen will. Er wird darauf bestehen, dass ich ihn angelogen und hintergangen habe, obwohl *ich* das verdammte Opfer bin!

»Kian.« Sein Name kommt mit einem flehenden Ton aus meinem Mund. »Es ist meine Entscheidung, wie ich damit umgehe und wen ich daran teilhaben lassen will.« Fuck, in meinem Kopf hat es nicht so hart geklungen. Dabei will ich ihn gar nicht von mir stoßen.

Mein Herz sinkt wie ein steinharter Brocken in meinen Magen, als ich realisiere, wie verletzlich meine ausgesprochenen Worte sich anhören. Seine emotionslose Miene will mir nicht offenbaren, wie es innerlich in ihm aussieht. Scheißegal, ob er sich als kaltblütiger Killer ausgibt, tief in ihm drin habe ich ein kleines Lichtlein in seiner Dunkelheit gefunden, die geliebt und gesehen werden möchte. Kian ist kein Monster, so wie ihn alle anderen bezeichnen würden.

Er hat genauso einen Wert wie alle Menschen auf dieser Welt und ich bin die Einzige, die ihm diesen Wert zurückgegeben hat. Und jetzt bin ich viel zu egoistisch, um diese Wärme in ihm aufrechtzuerhalten.

Da kehrt auch wieder der Selbsthass in mir zurück und macht sich präsenter denn je.

»Tut mir leid«, flüstere ich kaum hörbar. Jedoch schüttelt Kian seinen Kopf, was so viel bedeutet, dass er meine Entschuldigung nicht hören will.

»Das muss es nicht. Du hast vollkommen recht«, sagt er monoton. »Ich bin nicht derjenige, der dich schlecht behandelt. Meine grenzenlose Liebe zu dir wird mich aber nicht davon abhalten, anderen Menschen wehzutun, die dir wehtun. Merke dir das.« Das ist das Letzte, was er mir zu sagen hat, ehe er die Tür hinter sich schließt und mich einsam und verlassen im Badezimmer stehenlässt.

Hat er mir gerade seine Liebe gestanden? Habe ich das gerade richtig verstanden? Oder will mir mein Verstand nur Streiche spielen? *Meine grenzenlose Liebe zu dir.*

Ich habe es vermasselt. Verflucht, warum muss ich alles Gute um mich herum kaputtmachen?

Leise kullern mir die Tränen die Wangen hinunter, die ich zuvor zurückgehalten habe. Eine bedrückende Stimmung nimmt zwischen uns ein, nachdem er gegangen ist, und aus dem Grund fühle ich mich auch noch dafür verantwortlich. Seine goldbraunen Iriden haben für diesen einen Moment den Glanz verloren, den ich an ihm gemocht habe.

Wieso verfickt nochmal kann mir das Universum kein ruhiges Leben schenken? Habe ich es denn so sehr verdient zu leiden? Das erste Mal, seitdem ich existiere, interessiert sich jemand für mich und kümmert sich um mein Wohlbefinden und was tue ich? Ich stoße ihn von mir. Und das alles nur, weil ich nicht weiß, wie man damit am besten umgehen kann.

Langsam verliere ich den Glauben an mich selbst, mich noch irgendwie retten zu können.

Ich brauche einen klaren Kopf, sonst versinke ich erneut in meiner Selbstmitleidstour. Zum einen kann ich von Glück sprechen, dass ich nicht mehr die alte Saphira bin, die sich in ihrem alten Kinderzimmer eingeschlossen und sich selbst mehr Schmerzen zugefügt hat als es alle anderen getan haben. Ich habe mir geschworen, nie wieder in die Versuchung zu geraten. Deshalb beschließe ich, jetzt die Penthouse-Wohnung zu verlassen und frische Luft zu schnappen.

Einen klaren Kopf werde ich gebrauchen, wenn ich mit ihm vernünftig reden will. Währenddessen kann ich mir auch Gedanken machen, wie ich ihm am besten *meine* Gefühle erkläre. Dass ich dasselbe für ihn empfinde. Irgendwie.

Erstmal braucht Kian seine Zeit, um herunterzukommen. Sowohl er als auch ich sind durcheinander und das Gespräch funktioniert nur dann, wenn wir uns beide beruhigt haben.

Wenn ich zurückkomme, gestehe ich ihm alles.

Die Bluse ziehe ich mir über, schalte die Dusche ab und schleiche mich aus Kians Schlafzimmer, um von oben in das Wohnzimmer zu schauen, ob sich Kian in der Nähe aufhält. Doch wie es aussieht, ist er nirgendwo aufzufinden, womöglich hat er sich in seinem Büro verschanzt. Mit leisen Schritten gehe ich die Treppen hinunter, schnappe meine Schuhe und rufe den Aufzug per Knopfdruck. Bevor ich der Wohnung den Rücken zukehre, vernehme ich Stimmen aus Kians Büro.

Es geht mich nichts an, mit wem und was er bespricht. Wahrscheinlich geht es um seine Geschäfte, in die ich meine Nase nicht reinstecken soll. Deshalb steige ich in den Aufzug und drücke auf den Kopf, der mich in das Erdgeschoss bringt.

Ich habe keinen blassen Schimmer, wohin ich gehen soll, schließlich kenne ich mich in dieser Gegend nicht aus. Dennoch entscheide ich mich dazu, ein Taxi zu rufen, das mich einfach nur irgendwohin bringt, wo ich meine Gedanken und Gefühle sammeln kann. Die Rechnung muss dann wohl oder übel auf Kian gehen. *Sorry dafür …*

Einige Minuten vergehen, in denen ich auf das gelbe Fahrzeug warte. Dann steige ich ein, ohne einen richtigen Plan zu haben. Es ist nicht richtig, mich aus Kians Wohnung geschlichen zu haben, aber ich bin darüber im Klaren, dass er mich niemals allein durch die Stadt fahren lassen würde. Das ist mein einziger Ausweg gewesen, um nicht innerlich zu ersticken.

»Guten Tag, Miss. Wohin soll die Fahrt gehen?« Ein Mann mittleren Alters blickt durch den Rückspiegel direkt zu mir. Er sieht freundlich aus, so wie der Herr, aus dessen Taxi ich neulich geflüchtet bin, da ich kein Geld bei mir hatte. Jetzt ist es aber nicht anders… ich bin immer noch arm.

Außerdem kann jeder gutherzig erscheinen, deshalb möchte ich keine voreiligen Schlüsse ziehen. Mittlerweile traue ich keinem mehr über den Weg, außer Kian.

»Am besten raus aus der Stadt«, antworte ich und erzwinge mir ein kleines Lächeln, als er verständlich nickt und den Wagen zum Rollen bringt.

Gedankenversunken starre ich aus dem Fenster und beobachte die vorbeiziehenden Häuser und die Landschaft. Kian wird richtig sauer sein, wenn er herausfindet, dass ich mich nicht mehr in seiner Wohnung befinde. Er muss aber akzeptieren, dass er mich nicht ständig kontrollieren und beaufsichtigen kann. Ich bin immer noch eine eigenständige Person, die es gerade nicht leicht hat. Vielleicht muss ich eine Selbstfindungsphase durchleben, damit ich endlich weiß, was ich mit mir anfangen soll. Um zu erkennen, wer ich wirklich bin.

Und auf Kians Geldbeutel möchte ich auch nicht auf Dauer hängenbleiben, auch wenn es ihm nichts auszumachen scheint. Ich will unabhängig leben. Ein eigenständiger Mensch sein.

Das Summen meines Handys lässt mich leicht aufschrecken. Wow, ich sollte langsam damit aufhören, schreckhaft zu sein. Kopfschüttelnd über mich selbst, greife ich in meine hintere Hosentasche. Auf dem Display leuchtet eine unbekannte Nummer auf, doch bevor ich mit rasendem Herzschlag rangehen kann, werde ich heftig nach vorne geschleudert.

»Was zum Henker«, flucht der Taxifahrer, wird aber von einem erneuten Knall unterbrochen.

Ich drehe mich um, erkenne einen schwarzen SUV, der das Taxi zweimal gerammt haben muss. Er fährt ziemlich dicht hinter uns her, als würde er uns verfolgen. *Das ist nicht Kian,* denke ich mir sofort, schlussendlich würde er es nie zulassen, dass ich dadurch zu Schaden komme. Er würde eine andere Methode wählen, um das Taxi zu stoppen.

Aber wer ist es dann?!

Der SUV gibt erneut Gas und fährt gewaltig in den Hintern des Taxis hinein. Mein Körper wird gegen den Sitz vor mir geschleudert, weil ich mich nicht angeschnallt habe. Sofort greife ich zitternd nach dem Gurt und schließe ihn am Gurtschloss an, denn mein Bauchgefühl deutet mir an, dass das Ganze nicht gut enden wird.

»Versuchen Sie ihn abzuschütteln!«, rufe ich dem Mann zu, der seinen Griff um das Lenkrad verstärkt.

»Was denkst du denn, was ich hier mache?!«, meint er aufgelöst, doch das Taxi hat nicht genug PS, um denjenigen hinter uns abzuwimmeln.

Scheiße, was tue ich jetzt?! Wenn das hier so weitergeht, landen wir noch in einem Graben. Wahrscheinlich ist es auch seine Mission, uns von der Straße zu holen.

Das laute Motorengeräusch lenkt meine Aufmerksamkeit auf sich, als mir bewusstwird, dass der schwarze SUV uns überholen will. Aber zu meiner Verwunderung bleibt er auf Augenhöhe und passt die Geschwindigkeit des Taxis an.

»Was will er? Ist er etwa hinter *dir* her?!«, brabbelt er schnell, wobei ich ihm keine Antwort liefern kann. Ich habe doch selbst keine Ahnung, wer dahintersteckt und was die Person will.

Mein Mund öffnet sich, bereit dazu, ihm meine ehrliche Meinung zu geigen, da ich es mir nicht gefallen lasse, dass er mir die Schuld an dieser Verfolgungsjagd zuschieben möchte, da wird die Scheibe des Wagens heruntergekurbelt, ehe eine Waffe aus dem Fenster gehalten und auf den Taxifahrer gezielt wird.

»Passen Sie-« Ein lauter Knall. Noch einer und noch einer.

Meine hysterischen Schreie übertönen die Schüsse kaum. Es ist ohrenbetäubend laut. Mein Puls beschleunigt sich und ich befürchte, gleich an einem Herzinfarkt zu sterben. Ich habe Angst und Panik und ich wünschte mir, dass ich nie Kians Wohnung verlassen hätte. Ist das mein Karma?

Der Fahrer lässt von dem Lenkrad los. Sein Körper gibt nach, und als ich realisiere, was mit ihm geschehen ist, stelle ich schnell fest, dass er tot ist … und ich gleich auch.

Das Taxi fährt mit hoher Geschwindigkeit weiter die Straße entlang, doch dann verlieren wir plötzlich die Spur und das Fahrzeug überschlägt sich mehrmals. Wie kann ein Leben nur in wenigen Sekunden vorbei sein? Ist das nun mein Ende? Noch bevor ich Kian meine wahren Gefühle gestehen kann, wird er diese jetzt wohl nie mehr erfahren …

Um mich herum wird es plötzlich still, der Wagen kommt zum Stehen. Ich spüre kaum noch mein Dasein. Mein Schädel brummt und mein Leib fühlt sich schwer an. Irgendwie ist es nicht real, nicht existent. Meine Gefühle und Emotionen sind nicht mehr präsent, das Piepen in meinen Ohren umso deutlicher. Ich glaube, ich verliere gleich mein Bewusstsein und … und sterbe dann?

Ich vernehme ein leises Klopfen … Oder ein Rascheln? Jedenfalls nehme ich die Außenwelt anders wahr als sei ich unter Wasser und ertrinke gerade. Die Realität gerät in ein schwarzes Loch und saugt mich in den endlosen Sog mit hinein.

Bevor meine Sicht endgültig verschwimmt, erkenne ich graue Iriden, die mich undefinierbar anstarren. Doch dann wird alles dunkel um mich herum, und ich kann meinen Geist endlich freilassen.

*Zur selben Zeit*

Ich bin verdammt wütend. Wütend auf sie und vor allen Dingen auf mich selbst. Was muss ich für ein dämlicher Arsch sein, der kein Einfühlungsvermögen besitzen kann? Saphira muss erneut einen Schicksalsschlag durchleben und mir fällt nichts Besseres ein, als ihr noch mehr Schuldgefühle zuzufügen.

Außerdem wollte ich sie nicht mit meinem Geständnis überrumpeln. Was in dem Moment in mich gefahren ist, kann ich mir nicht einmal selbst erklären. Ein verdammt unpassender Zeitpunkt für eine *Liebeserklärung*. Die Worte haben meinen Mund schneller verlassen als ich nachdenken konnte. Sie sprudelten ungewollt aus mir heraus und dennoch will ich es nicht mehr rückgängig machen.

Was sie gerade jetzt wohl denkt? Fühlt sie genau dasselbe?

Gerade befinde ich mich in meinem Büro und will es schon wieder verlassen, um mich für mein dummes Verhalten zu entschuldigen. Das tue ich in letzter Zeit sehr oft.

Da kommt dann aber Jesse in mein Büro hereinspaziert, der mich bei meinem Vorhaben hindert, und er platziert seinen Laptop auf meinen Schreibtisch.

»Was soll das jetzt?«, frage ich ihn gereizt. Ich habe genau jetzt keinen Nerv für die Arbeit. Aber so wie mein bester Freund mich ansieht, muss es ernsthaft dringend sein.

Verflucht.

»Du wirst es nicht glauben.« Er tippt auf seinem Laptop und sofort springen einige Dateien heraus, die er dank seiner Hacking-App besitzt. »Ich habe herausgefunden, wer euch die letzten Male aufgelauert hat.«

Die Neugier packt mich und ich sehe genauer auf den Bildschirm hin. Das Bild, welches herausspringt, lässt mich glauben, in einer Parallelwelt zu leben.

»Das kann doch nicht-«

»Oh doch, dass ist durchaus möglich. Ihr richtiger Name lautet Cheryl Graves.«

Ich kann meinen eigenen Augen nicht mehr trauen. Das muss ein billiger Streich sein, oder? Die Frau, von der ich dachte, sie sei für immer fort, taucht nun plötzlich auf einem Foto auf und will Chaos verursachen. Jetzt, wo unsere Beziehung – oder was auch immer Saphira und ich führen – einen weiteren Schritt voraus ist, wird diese mit einer Präsenz einer unerwünschten Person zerstört.

Und vor allem, wie soll ich es Saphira erklären?

»Hast du ihren genauen Standort? Ich muss wissen, was sie hier zu suchen hat. Sie spielt definitiv irgendein falsches Spiel«, mutmaße ich. Deshalb hat sie auch unsere Nähe gesucht, um etwas im Schilde zu führen. Aber ich werde es nicht zulassen, nicht einmal über meine eigene Leiche.

»Das letzte Mal, vor zwei Tagen, da hat sie ein Hotel hier in der Nähe gebucht.« Jesse tippt weiter und sofort wird uns ein Überwachungsvideo von dem Hotel angezeigt, wie Cheryl in ihr Zimmer eincheckt.

Meine Vermutung verstärkt sich und mittlerweile weiß ich sogar, was sie erreichen will.

»Orte sie und finde heraus, wo sie sich genau jetzt befindet. Ich muss ein Wörtchen mit ihr wechseln«, meine ich angespannt und greife in die Schublade meines Schreibtisches, um dort eine Zigarette herauszunehmen. Irgendwann bekomme ich noch richtige Stressfalten von dem ganzen Trubel, der mich umgibt.

»Bevor ich das tu, muss ich dir noch etwas zeigen …« Jesses Gesichtsausdruck ist steinhart, fast schon viel zu emotionslos für sein Babygesicht.

»Spuck es schon aus!«, sage ich viel zu aufgekratzt. Das Nikotin bewirkt rein gar nichts, weshalb ich die Zigarette achtlos in den Aschenbecher hineinwerfe. Wann habe ich schon mal stressfrei gelebt? Mittlerweile ist der *Stress* mein zweiter Vorname.

Mein bester Freund kämpft selbst mit seiner Beherrschung. Das Mahlen seines Kiefers macht es mir deutlich und das Feuer in seinen blauen Iriden würden am liebsten alles niederbrennen. Jesse kommt jedoch nicht dazu, mir zu beichten, was er gerne loswerden will. Das laute Poltern in meiner Wohnung lenkt mich ab und sofort wandern meine Gedanken zu Saphira.

»Check die Kameras«, flüstere ich Jesse zu, der auf der Stelle seinen Job erledigt.

»Ich habe zwei Meldungen an deinem Laptop. Einmal am Ausgang und einmal in der Garage«, spricht er so leise wie möglich, dennoch gut hörbar, sodass ich ihn verstehen kann.

»Muss ich es dir aus der Nase ziehen, oder willst du mir nun sagen, was da los ist?«, fauche ich Jesse an und spüre den zunehmenden Zorn in mir, der bald zu explodieren droht.

»Zum Ersten … Es sind irgendwelche Männer in deiner Wohnung ... Das Zweite … Saphira hat sich vor wenigen Minuten hinausgeschlichen.«

Jegliche Farbe weicht aus meinem Gesicht, als mein bester Freund *meinen* kleinen Engel erwähnt. Sie ist nicht hier in meinem Schlafzimmer und auch nicht mehr in der Wohnung, sondern irgendwo, wo sie nicht sicher ist.

Mein Geduldsfaden ist endgültig gerissen. In meinem Hirn herrscht ein riesengroßes Inferno, welches ich auch vor Augen habe, wenn ich alles in Schutt und Asche verbrennen lasse. Instinktiv reiße ich fast die andere Schubladenseite beim Öffnen heraus, um dann nach meiner Waffe zu greifen und diese mit Munition vollzuladen.

»Finde sie, während ich mich um die Bastarde kümmere!«, knurre ich blindwütig, ehe Jesse verstehend nickt und seine Finger und Augen auf seinen Laptop gerichtet sind.

Ich weiß, dass ich ihm vertrauen kann und er alles dafür tun wird, um mir Saphira zurückzubringen. Jesse ist ein wahrer Freund, bei dem ich noch nie meine Zweifel hatte. Und auch jetzt wird er mich nicht im Stich lassen, da bin ich mir mehr als nur sicher.

Die Tür meines Büros schwinge ich mit einem lauten Knall auf und erlange die Aufmerksamkeit der Männer, die etwas überraschend in meine Wohnung eingedrungen sind. Keiner von ihnen kommt mir auch nur ansatzweise bekannt vor, weshalb ich mich frage, was sie hier wollen.

Ich richte meine geladene und entsicherte SIG Sauer auf die vier Typen, die auch ihre eigenen Waffen gezückt haben und auf mich zielen. Sie sind in der Mehrzahl, weshalb ich keine Chance habe zu überleben, falls sie abdrücken sollten. Die Tatsache, dass ich nicht einmal Angst davor habe, erschossen zu werden, ist Gewohnheitssache. Ich bin dem Tod schon viel näher gewesen, als sie es sich nur annähernd vorstellen können. Dagegen ist dieses Szenario rein gar nichts.

»Wie verfickt nochmal seid ihr reingekommen?«, lautet meine Frage. Nur ein Sicherheitscode, der mehrfach verschlüsselt ist, führt in diese Penthouse-Wohnung. Also wie zum Teufel haben sie es geschafft, hier einzudringen?

»Du scheinst wohl doch kein schlauer Bursche zu sein. Da hatte Big J recht behalten«, lacht einer der vier Bastarde.

Sie sind also wegen Big J hier. Das beantwortet zwar nicht meine Frage, jedoch hat es mit diesen Ochsen keinen Sinn. Außerdem wundert es mich sowieso nicht, dass nicht

Big J auf meinem glanzpolierten Marmorboden steht, sondern seine Lackaffen. Dem Pisser flattern anscheinend die Eier vor Panik, sodass er mir seine vier Hampelmänner auf Koks hergeschickt hat.

»Wirft euer Herrchen euch gerne zum Fraß vor?«, provoziere ich die Idioten und erreiche genau das, was ich schon die ganze Zeit befürchtet habe. Verwirrt schauen sie sich gegenseitig an, verstehen nicht, was ich mit meiner Frage bewirken will, und dies bestätigt mir nur, dass ich mit Dummköpfen zu tun habe.

»Der Teufel sei mit euch. Meine Fresse, schickt er immer zuerst seine Mitläufer aus seinem Loch, oder wieso will der leibhaftige Big Boss nicht selbst erscheinen?«

»Weil er es nicht nötig hat. Du wirst deinen Arsch zu ihm bewegen«, meint ein anderer, der dümmlich vor sich her grinst, als hätte er gerade etwas Schlaues von sich gegeben.

*Big Idiot* ist also auch noch eine kleine Diva und bestellt seine *Pussycats* zu mir, weil er seinen fetten, faulen Bärenarsch nicht bewegen will. Naja, immerhin ein Vorteil für mich. Wenn ich draufgehe, reiße ich ihn mit in die Hölle – zu Satan höchstpersönlich.

»Ach, ist das so?«, schmunzle ich selbstgefällig. »Na dann bringt mich zu euren Daddy Big Boss, wenn er mich schon sehnlichst erwartet«, sage ich laut, sodass es bis zu meinem Büro rüberreicht. Ein Zeichen für Jesse, dass ich verschwinde und wenn ich nach vierundzwanzig Stunden nicht zurückkehre, weiß er was zu tun ist.

»Kein Grund, um zu schreien«, meint ein Dritter leicht genervt.

»Ich will mich nur vergewissern, dass es auch bei tauben Ohren angekommen ist«, lache ich, obwohl mir gar nicht danach ist. Ich würde liebend gerne alles in Stücke zerfetzen, sodass nichts mehr davon übrigbleibt. Alles, was ich will, ist, meinen Engel bei mir zu haben. Sie in Sicherheit zu wissen und mit ihr gemeinsam für das restliche Leben irgendwo im Nirgendwo verbringen.

Dabei frage ich mich, ob sie mich wegen des Geständnisses verlassen hat. Bin *ich* der Grund, warum sie von mir abgehauen ist? Ich muss es wissen und das werde ich, wenn ich zurückkomme.

*Fuck, Jesse, ich verlasse mich auf deine verdammten Hacking-Künste.*

# KAPITEL 34
## Saphira

Ein lautes Piepen durchdringt die Dunkelheit, in der ich mich gerade befunden habe. Wie lange ich hier schon in diesem ruhigen, schwarzen Nebel festsitze, ist unklar. Aber langsam taucht das klare Licht vor meinen Augen auf und leitet mich in eine andere Dimension. Zurück in die reale Welt.

Meine Lider flattern auf, das piepende Geräusch wird immer zunehmender. Weiße Umrisse kann ich erkennen und der Geruch von Desinfektionsmittel sticht mir penetrant in die Nase. Mein Körper regt sich endlich und ehe ich mir mit meiner Hand durch das Gesicht fahren will, spüre ich irgendwelche Schläuche und Kabel an mir haften. Es ist wie ein dumpfer Fausthieb, der mich realisieren lässt, wo ich mich gerade befinde. Ich reiße die Augen auf und schrecke hoch. Doch das Stechen in meinem Leib lässt mich wie ein steifes Brett zurückfallen. *Scheiße, was verfickt nochmal ist bitte passiert?!*

»Hey, hey, hey … schön langsam«, vernehme ich eine unbekannte Stimme neben mir. Mein Blick schielt in die Richtung, in der ich jemanden sprechen höre.

Ich will etwas sagen, aber die Worte bleiben mir im Hals stecken, nachdem ich die Frau genauer angesehen habe. Nein, scheiße nein! Das kann unmöglich sein. Ich bin noch in diesem beschissenen Traum gefangen, denn das kann niemals real sein.

»D-Du?«, stottere ich unbeholfen, der Schock sitzt viel zu tief.

»Bevor du etwas sagst, will ich es dir erklären«, sagt sie ruhig. Wie will sie das bitte erklären?!

Meine Gedanken sind wie leergefegt und das Einzige, was geblieben ist, ist das riesengroße „Warum".

Sie will ihre Hand behutsam auf meinen Arm legen, doch ich weiche mit einem schockierten Gesichtsausdruck zurück. Ich kann es noch nicht einmal verbergen, wenn ich es wollen würde. Diese Frau hat in mir meine alten, fast verheilten Narben wieder aufgerissen und zusätzlich Salz in die Wunde gestreut. Demgegenüber sind die körperlichen Schmerzen nichts.

»Ich ... stelle mich erst einmal vor. Mein Name ist Cheryl. Cheryl Graves.«

Ihre verfickte Vorstellungsrunde kann sie sich sonst wohin schieben. Will sie mich eigentlich für dumm verkaufen? Als ob ich nicht weiß, wer sie ist. Und dieser gefakte Name. Denkt sie, ich sei auf den Kopf gefallen und hätte mir dabei all meine Erinnerungen gelöscht? Vielleicht sollte ich es mal in Erwägung ziehen, um den hässlichen Teil meiner Vergangenheit zu vergessen. Dann wäre ich endgültig frei.

»Hör auf mit den Spielchen, Samara«, hauche ich kraftlos über die Lippen. »Versuche mich gar nicht erst in die Irre zu führen.«

»Ich bin nicht Samara. Nicht einmal ansatzweise«, versucht sie mich zu überzeugen, aber ich glaube ihr kein Wort. »Sie *war* meine Zwillingsschwester.«

Ihre was?! Das hat sich gerade wie eine harte Ohrfeige angefühlt, denn schlussendlich habe ich nie die Familie meiner Mutter kennengelernt. Und jetzt, wo ich sie mir detaillierter unter die Lupe nehme, schaut sie anders aus. Gesund, um genau zu sein. Keine Spur von Drogen, eine wohlgeformte Figur und ihre blonden Haare glänzen natürlich. Das ist keinesfalls Samara, obwohl Cheryl ihr wie aus dem Gesicht geschnitten identisch aussieht. *Kein Wunder, sie waren Zwillinge.*

»Wie hast du mich gefunden?«, frage ich leise. Es ist verdammt anstrengend zu sprechen, neben dem pochenden Schmerz in meinem Schädel. Wahrscheinlich habe ich mir doch den Kopf gestoßen.

»Das französische Restaurant, in dem du neulich warst. Dort habe ich dich das erste Mal gesehen.« Ihre einfühlsame Stimme beruhigt mich. Irgendwie. »Samara hat mir nie Fotos von dir gezeigt.« *Weil sie ihre Drogen bevorzugt hatte und mit dem Ficken beschäftigt war.* »Aber ich habe diese magische Bindung gespürt, die mich zu dir geführt hat. Ich habe dich stehen sehen und irgendwie gewusst, dass ich dich kenne. Es klingt bescheuert, aber um sicher zu gehen, dass mein Gefühl recht hatte, bin ich dir und dem Mann gefolgt.«

Nun kehrt Licht ins Dunkel. Cheryl ist diejenige gewesen, die uns verfolgt hat. Sie ist es gewesen, die am Friedhof hinter Kians Wagen geparkt und uns beobachtet hat.

Wie hoch ist die Wahrscheinlichkeit, dass sich der Weg des Zufalls kreuzt? Wenn ich niemals mit Kian in dem Restaurant essen gegangen wäre, dann würde Cheryl nicht hier sitzen und mir beichten, dass sie meine Tante ist.

»Wir haben so viele Jahre verloren, Saphira.« Der bedauerliche Ton in ihrer brüchigen Stimme schnürt mir die Kehle zu. Wenn ich Cheryl vorher gekannt hätte, dann wäre ich schon lange aus der Stadt geflüchtet. Verdammt, es wühlt einiges in mir auf und diese Erkenntnis tut mir im Herzen weh …

»Mom war eine Egoistin. Aus welchem Grund auch immer sie mich von ihrer Familie ferngehalten hat, jetzt kann sie es nicht mehr verhindern«, meine ich entschlossen.

Trotzdem ist die Situation für mich nicht ganz koscher. Sie ist immer noch eine Fremde, die mich scheinbar beobachtet und verfolgt hat. Ich werde das Gefühl nicht los, dass da noch etwas dahinterstecken muss.

»Da wären wir bei dem Thema.« Ihre Lider senken sich und sie starrt bedrückt auf den Boden. »Samara hätte dir das niemals erzählt, aber ich will, dass du die ganze Wahrheit kennst.« Ich schlucke den Kloß in meinem Hals herunter. Welche Wahrheit denn?

Dieses Mal greift sie vorsichtig nach meiner Hand und ich lasse es nur zögerlich zu. Das mulmige Gefühl in meinem Magen sagt mir, dass es sich hierbei um keine schöne Nachricht handelt. Irgendwas muss zwischen ihnen vorgefallen sein, was Samara jahrelang versucht hat zu verbergen. Vor mir.

»Okay, ich will es wissen. Schieß los.« *Drücke mir die Wahrheit ins Gesicht. Die Wahrheit über Samara und dir.*

»Samara« Sie macht eine lange Pause und sucht in Gedanken nach den passenden Worten.

»Was ist mit Samara? Nun sag schon«, hake ich ungeduldig nach. Was verdammt nochmal hat diese Frau zu verbergen gehabt?

Cheryl atmet tief durch die Nase und sagt: »Sie war nie deine Mutter …« Stille. »Ich bin es.«

Verwirrt und verständnislos starre ich in ihre grauen Augen, die mich mit viel Schmerz und Leid ansehen. Ihre Worte verpassen mir einen gewaltigen Faustschlag mitten ins Gesicht. Mir ist kotzübel und die Kopfschmerzen nehmen zu. *Ich bin es,* hallt der knappe Satz in Dauerschleife in meinen Gedanken. Cheryl soll meine Mutter sein? Meine leibliche Mutter?!

Ich glaube, ich werde gleich nochmals ohnmächtig, denn das setzt mir gerade ziemlich heftig zu.

Jahrelang habe ich geglaubt, dass Samara mich als ihre Tochter wegstößt, weil sie mich nicht lieben kann. Weil sie nur Drogen, Sex und Geld im Kopf hatte. Dabei stellt sich heraus, dass ich gar nicht ihre Tochter bin, sondern bloß ihre Nichte?

Der Schock sitzt tief und ich kann nur ernüchternd den Kopf schütteln. Ich erwache aus meiner Paralyse und entreiße meine Hand aus ihrem Griff. Wie konnte sie mich nur bei dieser Frau, ihrer kranken Schwester, wohnen lassen, ohne ein schlechtes Gewissen zu haben? Gott, ich will ihr alles Mögliche an den Kopf werfen, doch das Einzige, was ich tue, ist, nur dazusitzen und sie anzustarren.

»Es ist nicht das, was du denkst«, wirft sie sofort ein, nachdem ich mich von ihr gelöst habe.

»Ach ja? Was denke ich denn?«, gebe ich viel zu impulsiv von mir. Wut und Enttäuschung überkommen mich wie eine Flutwelle. Ich will weinen und zeitgleich schreien.

»… Dass ich dich mit Absicht bei ihr gelassen habe, obwohl das nicht stimmt«, verteidigt sie sich. Cheryls graue Augen glitzern im Tränenschleier und ich bin mir nicht sicher, ob sie mir nur etwas vormachen will. Mitleid ist das Letzte, welches sie von mir bekommt.

»Wie ist es dann gewesen, mh? Erklär es mir.« Der Ton in meiner Stimme trieft vor Kälte und es ist mir egal, wie sie sich dadurch fühlt. All die Jahre, seitdem ich denken kann, war es eine Qual für mich. Ich bin wortwörtlich durch die Hölle gegangen, wurde in der Dunkelheit zurückgelassen und war auf mich allein gestellt. Eine gottverdammte Kindheit hatte ich nicht, war dazu gezwungen, irgendwie zu überleben, während Samara sich nicht um mich kümmern wollte.

Es ist aussichtslos, was sie zu versuchen scheint. Meine Gleichgültigkeit wird sich nicht ändern. Dadurch werde ich die hässlichen Jahre nicht ersetzt bekommen.

»Wir waren erst Anfang zwanzig«

»Ich will keine erinnerungsschwelgenden Geschichten hören. Sage mir verdammt nochmal, wieso du mich bei Samara leben lassen hast?!«, knurre ich in meiner wutgeladenen Stimmung. Meine Geduld ist am Ende. Ich war zu allen viel zu gnädig und was hat es mir im Endeffekt gebracht? Nichts. Nur eine gebrochene Seele und eine kaputte Psyche.

»Sie war schon damals in dieser Szene mit drin. Samara verlangte nach Geld, wobei sie wusste, dass wir kaum welches zur Verfügung hatten. Ich war alleinerziehend, weil dein Erzeuger es nicht für nötig gehalten hat, für dich zu sorgen. Es war schon schwer, ein Kleinkind großzuziehen, da konnte ich eine drogensüchtige Samara nicht auch noch durchfüttern.« Cheryl schnieft. »Weil ich mich weigerte, drohte sie mir, dich von mir wegnehmen zu lassen. Dabei habe ich es nie wahrnehmen wollen, dass sie es jemals ihrer eigenen Schwester antun würde. Du warst erst vier und hattest noch gar keine Ahnung, was vor sich ging.« Tränen kullern ihr die Wangen hinunter, während sie zu schluchzen anfängt. »Sie hat mir das genommen, was ich am meisten geliebt habe und immer noch liebe. Als ich die Polizei informieren wollte, gab Samara mir zu wissen, dass du bereits bei einem Drogen-Ring untergebracht wurdest und sie mit dir Sachen anstellen werden, wenn ich sie anzeige. Ich war jung und machtlos, Saphira.«

»Du hast es zugelassen, dass sie mir mein Leben versaut. Weißt du, wie erbärmlich ich mich gefühlt habe?! Ich musste früh genug lernen, um mich selbst zu sorgen. Ich habe meine Anziehsachen in Containern gesucht, weil mir Samara keine kaufen wollte, da sie ihre Scheißdrogen im Kopf hatte. Gegessen habe ich hinter den Imbissläden, was bereits im Müll lag. Wie ein verdammtes Wrack bin ich durch die Hölle gegangen und du willst mir sagen, dass du nichts dagegen tun konntest? Siebzehn verfickte Jahre?!«

Mein Herz zerspringt in tausend Teile. Meine Kindheit war das Furchtbarste, was einer unschuldigen Seele wie mir widerfahren konnte. Kein Kind dieser Welt hat es jemals verdient, derart zu leiden.

»Es tut mir leid …«, haucht sie unter Tränen. Nur kann eine Entschuldigung mir nicht das zurückgeben, was mir genommen wurde. Niemand kann mir meine Kindheit jemals in eine schönere Version ersetzen.

»Ich will nichts mehr hören, Cheryl.«

Das ist eindeutig zu viel für mich. Auch der Monitor, der meine Vitalwerte anscheinend misst, fängt laut zu piepsen an. Wenn ich nicht gleich an einem Herzinfarkt sterbe, dann springe ich freiwillig aus dem Fenster, denn weitere Details ertrage ich nicht.

Als sei dies ein Zeichen gewesen, nicht weiter darüber reden zu müssen, wird die Tür des Krankenzimmers geöffnet. Aber dass stattdessen eine Krankenschwester oder ein

Arzt hereinspazieren, sind es zwei dunkel angezogene Männer, die mein Zimmer betreten.

»Wer-«

»Mund halten«, unterbricht der Kerl Cheryl und zückt in nächster Sekunde eine Waffe aus seinem schwarzen Mantel. Die beiden sehen wie Schwerverbrecher aus und ich vermute auch, dass sie es sind.

»Ihr zwei kommt jetzt mit und verhaltet euch unauffällig«, gibt der andere den Ton an und fuchtelt mit seiner Pistole zwischen uns hin und her. »Abmachen!« spricht er tonlos und deutet auf die Schläuche an meinem Arm.

Ich versuche mich ruhig zu verhalten, um nicht gleich in Panik auszubrechen. Wie der Typ es befohlen hat, ziehe ich mir die Schläuche heraus und unerwartet spritzt Blut überall hin.

»Warte, ich helfe dir.« Cheryl erhebt sich vom Stuhl, der neben meinem Krankenbett steht und will zu den Schubläden gehen, die sich hinter ihr befinden, da wird sie von einem lauten Knurren aufgehalten. »Bleib wo du bist!«

Abwehrend hebt sie beide Arme nach oben und kehrt zu ihrem Platz zurück. »Sie verliert Blut. Das muss versorgt werden!« Ihr Blick ist flehend, doch ich weiß nicht so recht, ob die Männer jemals einfühlsam gewesen sind. Ihnen interessiert es nicht, ob jemand verblutet oder Schmerzen hat. Sie sind darauf fokussiert, ihre Pflichten zu erfüllen. Wenn sie sagen „Spring!", dann springst du gefälligst oder sie jagen dir eine Kugel in den Schädel.

»Nimm ein Tuch oder sowas und binde es fest«, sagt der grimmige Kerl, dessen Augen vor Dunkelheit triefen. Seine Iriden sind tiefschwarz, sodass ich seine Pupillen nicht einmal erkennen kann.

Die Furche zwischen seinen Augenbrauen vertieft sich, als Cheryl hektisch nach irgendeinem Stück Stoff sucht und schlussendlich mit einem Verband in der Hand zu mir zurückkommt. Er findet es wohl nicht in Ordnung, so wie er sie böse anstarrt, doch anscheinend will er nichts Weiteres dazu sagen und lässt Cheryl ihre Arbeit erledigen.

»Danke« hauche ich ihr leise zu, während sie mich nur warm anlächelt.

Cheryl hilft mir aufzustehen, nachdem sie mit ihrem Erste-Hilfe-Einsatz fertig geworden ist. Die Schmerzen sind immer noch präsent, doch ich beiße mir bei jeder Bewegung die Zähne zusammen, um keinen Mucks von mir zu geben. Ich will die Situation nicht verschlimmern, deshalb schlucke ich jedes aufkeimende Gestöhne hinunter.

»Los, raus hier!«, pöbelt erneut der grimmige Typ und schubst uns grob aus der Tür heraus, sodass wir fast über unsere eigenen Beine stolpern.

»Keine Angst«, flüstert mir Cheryl zu und schlingt ihren Arm durch meinen, um mir den nötigen Trost zu spenden. Ich kann nicht genau sagen, ob ich wirklich Angst empfinde, aber gut fühle ich mich genauso wenig. Vielleicht ein Zwischending? Jedenfalls spüre ich meinen Herzschlag stark pochen, aber da ist die leise Stimme in mir, die mir einflößt, dass Kian mich schon finden wird. Bisher hat er das immer getan.

Irgendwie ist es selbstverständlich geworden, dass Kian mich aus jeder Scheiße herausholt.

Als wir das Krankenhaus verlassen und durch den Hinterausgang zu einem schwarzen Van gehen, überkommt mich ein Flashback zum Unfall des Taxis. Was wenn es einer von ihnen gewesen ist? Die beiden Männer oder… Cheryl? Ist sie denn fähig dazu, mich fast umzubringen? Immerhin gibt es noch einige ungeklärte Fragen, die immer noch in mir herumschwirren und nach Antworten suchen.

*Woher weiß sie, dass ich im Krankenhaus bin?*

*Wer war in dem schwarzen SUV?*

*Wieso haben sie mich nicht mitgenommen nach dem Unfall?*

*War noch jemand an dem Ort und hat mich gerettet?*

Ich hasse es, wenn mir niemand meine Fragen ehrlich beantworten kann. Und ich bin mir auch nicht sicher, ob Cheryl mir jemals die Wahrheit sagen würde. Ich kenne sie gar nicht und vertraue ihr auch nicht, auch wenn sie behauptet, meine leibliche Mutter zu sein. Sie ist für mich eine Fremde und wird es vorerst bleiben.

Die Schiebetür des Vans wird aufgezogen und es befinden sich noch zwei weitere Mitfahrer auf der Rücksitzbank, die alles andere als freundlich aussehen. Jeder beherrscht denselben Blick – kaltblütig und unmenschlich.

»Einsteigen« höre ich jemanden im Van sprechen. Ein südländischer Mann, der seine Waffe auf uns gerichtet hat, blickt uns eiskalt an und deutet auf die freien Sitze, die ihm gegenüber liegen. »Wir haben nicht den ganzen Tag Zeit«, gibt er nochmals mit mehr Nachdruck von sich, weshalb Cheryl den ersten Schritt wagt und sich hinsetzt.

»Mach schon«, brummt der grimmige Kerl neben mir und schubst mich erneut nach vorne, nachdem er mein Zögern wahrgenommen hat. Das klickende Geräusch einer entsicherten Waffe lässt mich hart schlucken. Also tue ich das, was schon wieder von mir verlangt wird und steige ebenfalls in den Van ein.

Egal wie die ganze Geschichte hier enden wird, mein letzter Gedanke bleibt immer an Kian haften. An dem Mann, der mir nach kürzester Zeit gezeigt hat, wie es sich anfühlt, gebraucht zu werden. Wie es sich anfühlt, jemandem etwas zu bedeuten – eine wichtige Rolle in seinem Leben zu spielen.

*Deine dunkle Seele hat mich in den Nächten gewärmt und meine tiefsten Narben geküsst. Genau dann, als ich es für unmöglich gehalten habe. Aber du machst das Unmögliche möglich.*

*Kian, finde mich. Und wenn du dies getan hast, verspreche ich dir, nie mehr von deiner Seite zu weichen, solange ich lebe.*

# KAPITEL 35
## Kian

Meine Beine tragen mich den ellenlangen Weg entlang, der mir nebenbei wie ein Pilgerweg vorkommt, während ein verfickter Sack über meinen Kopf gezogen wurde. Keine Ahnung, was sie sich eigentlich dabei gedacht haben. Gehen sie davon aus, dass ich verfolgt werde, nachdem sie mich „entführt“ haben? Der größte Bullshit, den ich seit langem erlebt habe.

Lächerlicher wurde es, als sie mein Handy beschlagnahmt haben und es, kurz bevor wir losgefahren sind, vor meiner Nase zerstört haben. Wirklich unnötig, denn Jesse könnte mich auch ohne Handy orten, was diese Idioten ja nicht wissen.

Ich weiß nicht, wo wir uns befinden, schließlich kann ich nichts sehen, aber der Geruch nach modriger Luft durchdringt den Stoff und erreicht meine empfindliche Nase. Als würden wir uns irgendwo in einem Keller aufhalten.

Während wir weiterlaufen, bohrt sich der Lauf einer Waffe in meinen Rücken, vermutlich weil sie damit rechnen würden, ich könnte mich wehren. Das kann ich, ja, aber ich will kein Blutbad veranstalten, noch bevor ich Big Js Visage vor Augen hatte. Es ist die Ruhe vor dem Sturm.

»Bleib stehen«, murrt mich einer an und ich halte in meiner Bewegung inne. Dann reißt er mir ruckartig das Stück Stoff vom Kopf und ehe sich meine Augen an die Helligkeit gewöhnen können, erkenne ich die Umrisse einer großen Metalltür vor meiner Nase.

Mein Geruchssinn hat recht gehabt, wir befinden uns tatsächlich in einem versifften Keller. Ich frage mich, was sich oberhalb von dem Keller befindet und wo genau ich mich aufhalte. Big Js Standort ist bisher unbekannt gewesen und es interessiert mich brennend, wo er sich die ganze Zeit versteckt hat.

Einer der Typen klopft fünfmal in einem Rhythmus hintereinander, wahrscheinlich ihr Geheimcode. *Das wird immer absurder.* Big J braucht also extra einen speziellen Code, weil er ein verfickter Schisser ist. Ganz *Big* ist er dann wohl doch nicht.

Ich kann hören, wie jemand auf der anderen Seite drei Schlösser öffnet, um dann die schwere Metalltür aufzuschieben. Dabei dachte ich, dass der Geheimcode hirnverbrannt ist, aber das übertrifft alles.

»Rein mit dir!«, meckert der dämliche Idiot hinter mir und drückt mir seine Waffe noch tiefer in den Rücken, um seinen Worten mehr Nachdruck zu verleihen. Die aufkeimende Wut versuche ich herunterzuschlucken, denn sonst kann ich für nichts garantieren. Wenn ich etwas anfange, beende ich es auch, indem ich jeden Wichser hier drinnen mit in den Tod reißen werde.

Der Tag der Abrechnung ist gekommen und ich bin zwar unvorbereitet in diese Scheiße hineingeraten, aber umso wilder wird mein inneres Biest, dessen Dunkelheit meine Augen verschleiert und den Weg in die Freiheit hinaufkriecht, um seine Klauen auszubreiten. Seine Mordgelüste steigen, je näher wir an die Tür herantreten.

Es ist nur eine Frage der Zeit gewesen, wann ich endlich vor diesem Hurensohn gegenüberstehen werde. Jetzt kann er sich wünschen, mir nie zu begegnen. Denn wenn er glaubt, dass er der Mächtigere von uns ist, nur weil er seine Gefolgschaft bei sich hat, wird er schnell merken, dass ich niemanden außer mich selbst brauchen werde, um es in einem Massaker enden zu lassen.

Schweigend folge ich seiner Anweisung und betrete eine völlig andere Welt. Die rote Belichtung sowie die riesige Parfümwolke mit anderen Substanzen gemischt und die unzähligen nackten Frauen, die sich an den notgeilen Männern reiben, hinterlassen mir den Beigeschmack, dass ich in einem verdammten Puff gelandet bin. Denn die vögelnden Paare neben mir lassen mich nichts anderes vermuten. Anscheinend ist es ihnen scheißegal, dass sie vor öffentlichem Publikum ficken. Und den anderen geht es wohl auch am Arsch vorbei, denn sie kümmern sich um ihre Nebengeschäfte oder ihren geliebten Schnee auf den Tischen.

Also hatte Denver recht, Big J betreibt hier sein geheimes Bordell, der abgefuckter zu sein scheint, als ich es mir vorgestellt habe. Als ich weiter in das Geschehen hineingerate, bietet sich mir ein Szenario, welches ich am liebsten für immer aus meinem Gedächtnis löschen wollen würde.

Während die junge Frau, die nebenbei in Saphiras Alter sein könnte, zugedröhnt und nackt auf einem Billardtisch liegt, geilt sich eine Gruppe von Geschäftsmännern daran auf, beim Sex-Akt sie übel zuzurichten. Keine Ahnung, was sie zu sich genommen hat, aber sie nimmt es scheinbar nicht einmal wahr, was diese Hurensöhne ihr antun. Ihre leeren Augen starren nur an die Decke und wagen es nicht einmal zu blinzeln. *Atmet sie überhaupt?!*

Ich gebe zu, dass ich einen gewissen „Kink" für dominanten, harten Sex habe, aber das hier ist selbst für mich weitestgehend zu übertrieben. Der Gedanke, Saphira beim Ficken zu verprügeln, zwingt meinen Schwanz in Ruhestand zu gehen. Die Vorstellung macht mich weder geil noch will ich es jemals in Erwägung ziehen.

An der Gruppe werde ich weitergeführt, weg von diesem krankhaften Schaubild, welches sich in diesem Keller abspielt und ich bleibe erneut vor einer schwarzen Tür stehen. Ich bete, dass sich dahinter der Hurensohn-Boss verbirgt und keine weiteren kranken Liebschaften.

»Klopf an, er erwartet dich schon«, durchdringt das Gebrumme von dem Lackaffen, der mir dann den Rücken zukehrt und verschwindet. Sehr ungewöhnlich, schließlich bin ich davon ausgegangen, dass er sich auch im Raum aufhalten wird, so wie alle Drogenbosse es tun.

Meine Faust führe ich an die Tür, um anklopfen zu wollen, da ertönt die Stimme aus dem Zimmer und bittet mich herein. Er hat sicher gehört, dass wir dort stehen, anders kann ich es mir nicht erklären.

Ich drehe an dem Knauf und betrete den dunklen Raum. Nur eine schwach beleuchtete Stehlampe erhellt den Platz, an dem Big J sitzt. Sein schattiges Gesicht möchte mir nicht viel preisgeben. Das Einzige, was mir auffällt, ist, dass er eine Narbe an seiner Visage trägt.

»Schließe die Tür und setz dich, Kian«, dröhnt seine tiefe Stimme durch den Raum. »Oder soll ich dich doch besser Jayden nennen?«, fragt er mich und steht dabei in seiner vollen Größe auf.

Meine Muskeln spannen sich an und ich presse meinen Kiefer stark zusammen, nachdem er meinen richtigen Namen ausgesprochen hat. Woher will dieser Wichser es wissen, dass Kian nicht mein gebürtiger Name ist? Nicht einmal Jesse hat ihn nach all den Jahren in den Mund genommen. Jayden existiert nicht und das ist gut so. Ich muss also besser aufpassen, was ich von mir gebe, denn ich habe nicht die leiseste Ahnung, mit wem ich es gerade zu tun habe.

»Dafür, dass du ein No-Name bist und ich bis vor Denvers Tod deine Existenz nicht kannte, weißt du anscheinend mehr über mich als meine demenzkranke Mutter.«

Big J bleibt wie angewurzelt stehen und ich lege über sein Verhalten die Stirn in tiefe Falten. *Was ist sein fucking Problem?*

»Mom hat also Demenz? Ist mir neu«, murmelt er leise, dennoch deutlich genug, dass ich jedes gesagte Wort verstanden habe. Aber ich will für den einen Moment glauben, mich verhört zu haben. *Mom?*

»Bin ich hier, um über das Familienleben zu quatschen oder willst du mir endlich dein dämliches Gesicht zeigen, *Big Schlappschwanz*?!«, werde ich lauter. Ich habe da so eine Vermutung und wenn mich mein Bauchgefühl nicht im Stich gelassen hat, weiß ich nicht, was ich mit dieser neuen Offenbarung anfangen soll.

»Du bist ganz schön vorlaut geworden, findest du nicht, kleiner Bruder?« Big J, oder zu meinem Erstaunen Dev, tritt nun in voller Präsenz ins Licht und präsentiert mir seine entstellte Visage.

Mein Kopf ist wie leergefegt. Ich kann weder an etwas denken noch weiß ich wie ich handeln soll. Will ich ihn umbringen? Ihm furchtbar wehtun, oder doch nichts tun? Es ist schon eine Schande, dass wir dieselbe Luft einatmen.

Nach all den Jahren traut er sich wirklich, mich noch als seinen Bruder zu bezeichnen. Dabei ist er für mich nach Takeos Tod gestorben. Meinen Bruder habe ich an einen Dealer verloren, der irgendwann zum Mörder wurde und mich zu dem gemacht hat, was ich jetzt bin.

Tja, ich habe vom Besten gelernt und dies werde ich nun gegen ihn selbst anwenden.

»Big J also ... Hältst dich für den Größten, was?«, lenke ich das „Gespräch“ in eine andere Richtung. Ich habe keinen Bock, mit ihm in alte Zeiten zu schwelgen. Diese Zeiten sind vorbei und nicht mehr existent.

»Nach deinem Verschwinden ist einiges geschehen«, meint er nur und zuckt mit den Schultern, als sei es keine große Sache.

Ich muss leider zugeben, eines haben wir gemeinsam: Wir schweben auf derselben Wellenlänge. Zwei abgefuckte Brüder — einer schlimmer als der andere. Also bin ich nicht besser als er.

»Ich hoffe, dir haben meine Scheine geschmeckt, die du mir gestohlen hast. Wie ich sehe, hast du auch etwas Großes aus dir gemacht. Bravo, Kleiner.«

»Wie ich sehe, hast du deine Seele endgültig an den Teufel verkauft. Bravo, willkommen in der Hölle«, mache ich es ihm nach.

Devraj lacht, als hätte ich einen urwitzigen Spruch von mir gelassen. Während meine Miene sich um keinen Millimeter bewegt hat, verblasst sein schmieriges Grinsen auf seinem vernarbten Gesicht. Bei jeder Mimik kräuselt und spannt sich das Gewebe seiner Haut an und wenn ich ihn genauer beobachte, erkenne ich, dass sein linker Mundwinkel leicht hängt. Es ist schwer zu definieren, was mit Dev passiert ist — und es ist mir auch relativ scheißegal —, aber ich empfinde es als eine erfolgreiche Belehrung, die er sich verdient hat. Aber auch eine Nahtoderfahrung wäre nicht schlecht gewesen, vielleicht würde er eines Tages sich von seinen besessenen Machenschaften entsinnen.

»Dir sind über die Jahre tatsächlich Eier gewachsen«, schmunzelt er. Ich könnte meinen, er sei stolz auf mich.

»Du bist ein abgefuckter Drecksack, weist du das?« Seine Nähe raubt mir die Luft zum Atmen. Mein Hass ihm gegenüber vergrößert sich von Minute zu Minute und am liebsten würde ich es schnell beenden. Aber da gibt es etwas, was mich davon abhält.

Dev will etwas erwidern, wird aber durch das Klopfen an der Tür unterbrochen und brüllt ein »Herein!« durch sein Büro. Es ist einer seiner Lackaffen.

»Boss, sie sind da«, hält er sich knapp und senkt dabei seinen Blick wie ein gehorsamer Hund.

»Ach, wir haben Gäste. Perfektes Timing.« Dev klatscht sich aufregend in die Hände. Das letzte Mal, als er sich für etwas gefreut hat, war es seine Hot Wheel Bahn, wofür Mom eine Menge Geld blechen musste, nur um ihren ältesten Sohn glücklich sehen zu können. Jetzt ist er ein undankbarer Wichser, der sie damals einfach im Stich gelassen hat, nachdem ich abgehauen bin.

Devraj kommt mir näher und tätschelt mich an meiner Schulter. Wenn er kein egoistisches Arschloch wäre, würde ich seine Berührung akzeptieren. Aber das tue ich nicht, weshalb ich seine Hand wegreiße und den Abstand wieder vergrößere.

Er ignoriert es gekonnt.

»Lass uns gehen, Kian. Oder Jayden? Wie soll ich dich nun eigentlich nennen?«

*Sprich mich am besten gar nicht an.*

»Kian« gebe ich monoton von mir.

»Okay, *Kian*. Dann lass uns unsere neuen Gäste begrüßen und wir fahren unser Gespräch dort fort.«

*Oder ich kille dich einfach und erspare mir dein Scheißgelaber.*

Doch selbst den Tod hat Dev nicht verdient. Es wäre der einfachste Weg und für Takeo gäbe es keine Gerechtigkeit.

Jetzt, wo ich weiß, wer Big J ist und dass es sich überraschenderweise um meinen Bruder handelt, nach dem ich vergebens gesucht habe, werde ich sein Schicksal besiegeln.

Dagegen ist seine Narbe im Gesicht noch harmlos.

Es möge das bessere Monster gewinnen.

# KAPITEL 36

## Saphira

Wir sind in einem Raum eingesperrt, der nach Tod und anderen Fäkalien stinkt. Mitunter sind die beiden Arschlöcher dabei, die die ganze Zeit zur Tür starren. Ist es für sie denn nicht unangenehm, jedes Mal diesen widerlichen Gestank in der Nase zu haben, wenn sie ihren Job erledigen? Wie ätzend muss es sein, der Handlanger für einen anderen zu spielen, bei dem du seine Drecksarbeit erledigen musst? Warum tut man es überhaupt freiwillig? Wegen des Geldes? Eines wurde ich des Besseren belehrt: Verkaufe niemals deine Seele für ein Stück Papier.

Die Kabelbinder an meinem Handgelenk reiben unangenehm an meiner Haut und je mehr ich mich bewege, desto mehr wird das zarte Gewebe gereizt. Cheryl flucht leise neben mir, als sie versucht, die Dinger mit viel Druck aufzureißen. Aber es wird ihr nicht gelingen, sie zu lösen, da das Material hartnäckig und widerstandsfähig ist.

»Du tust dir nur selbst weh, Cheryl«, flüstere ich ihr leise zu, wobei mein Blick an den zwei Miesepetern haften bleibt, die uns ihren Rücken zugewandt haben. Sie machen mir den Eindruck, dass sie auf etwas warten, oder auf jemanden, der diese Tür betreten soll.

»Ich habe nicht vor, dass diese kriminellen Wichser uns zu Frischfleisch verarbeiten«, zischt sie leicht angespannt.

»Woher willst du wissen, was sie mit uns vorhaben?!«, frage ich skeptisch. Sie muss wohl mehr wissen als sie es mir nur vorgibt. Irgendetwas stimmt hier nicht, und ich will die Wahrheit wissen.

»Ich weiß es einfach.«

Bevor ich weitere Fragen stellen kann, wird die Tür aufgeschoben und ein großer Kerl mit einer Narbe im Gesicht stolziert in den Raum, gefolgt von weiteren Männern ... und Kian?

Mein Mund öffnet sich, aber kein Ton kommt mir über die Lippen. Was zum Teufel macht er hier und was hat er mit diesen Leuten zu tun? Oder noch besser, was geht bitte hier vor sich?!

»Wunderbar. Dann sind wir nun vollzählig«, dröhnt die rauchige Stimme von diesem angsteinflößenden Mann, dessen Augen an mir hängenbleiben. »Wie wunderschön du doch geworden bist.« Sein Lächeln wirkt böse, fast schon hinterhältig.

»Wage es nicht, sie noch einmal anzusehen, Devraj.« Es ist Cheryl, die den gewissen Devraj anfaucht.

»Was dann?«, provoziert er sie arglistig. Er hat definitiv Spaß daran, jemanden in den Wahnsinn zu treiben.

»Was macht sie hier?«, höre ich Kian fragen, dessen Iriden sich verdunkelt haben. Die Wut steht ihm ins Gesicht geschrieben. Die goldenen Sprenkel werden durch seine geweiteten Pupillen eingenommen und seine Nasenflügel beben vor Zorn. Er ist kurz davor zu explodieren und ich kann nicht dabei zusehen, wie er sich selbst von der Wut geleitet in den Abgrund reißt.

»Kenne ich Sie?«, frage ich und versuche das Thema wieder auf mich zu lenken. Kian darf nichts Dummes und Unüberlegtes tun. Ich will nicht mitansehen, wie ihm das Leben aus den Augen weicht, wenn einer von ihnen ihm eine Kugel in den Kopf jagt. Denn ich erkenne, wie die Anhängsel von Devraj ihre Hände nach unten gleiten lassen, um nach ihren Waffen zu greifen, die sie in ihrem Hosenbund geklemmt haben.

»Wie unhöflich von mir. Mein Name ist Devraj Neville, Kians Bruder.« Er kommt mir näher und will mir seine Hand reichen, da fällt ihm aber ein, dass ich gefesselt bin. »Ach, wie dumm von mir … Landon, mach sie frei«, weist er einen seiner Männer an, der seiner Aufforderung sofort nachkommt. Das tun sie alle. Wenn Devraj pfeift, springen die Köter.

Bei seinem indirekten Geständnis kann ich an nichts anderes mehr denken als an die Geschichte, die mir Kian über seine Kindheit erzählt hat. Es ist ein Kopfkino, das in mir herrscht, sobald ich in Devrajs mörderische Augen sehe. Sie sind nicht wie die von Kian, eher leblos und gleichgültig. Ich kann mir sehr gut vorstellen, dass dieser Mann keinen Funken Empathie in sich trägt.

Als Devraj meine Hand überraschenderweise ergreift, reißt er mich aus meiner Gedankenwelt heraus und das tiefe Knurren von Kian lenkt meine Aufmerksamkeit auf ihn zurück.

»Mein Bruder ist ziemlich eifersüchtig. Ihm liegt tatsächlich was an dir«, haucht er mir zu und das typische boshafte Grinsen schleicht sich erneut auf seine Lippen.

Dieser widerwärtige Kerl ist ein sadistischer Psychopath. Auch wenn ich nicht sehr gut darin bin, Menschen zu lesen, steht es ihm jedoch fettgedruckt auf der Stirn.

»Nimm deine Dreckspfoten von ihr!« Cheryl zerrt erneut an den Kabelbindern, tritt blindwütig mit ihren Beinen nach ihm, woraufhin das leise Kichern aus Devrajs Mund dringt. »Wann lernst du es endlich, Cheryl? Du hast keine Chance gegen mich. Niemand hat es.«

»Fick dich«, spuckt sie ihm entgegen. »Du bist ein Heuchler. Ein Kindesentführer. Wenn Samara dich niemals getroffen hätte, dann wäre unser Leben friedlich und unbeschwert gewesen!« *Kindesentführer?*

Mein Herz wird schwer und als könnte ich das Knacken in meiner Brust hören, spüre ich das unerträgliche Stechen in meinem Inneren. Kians Bruder, der nicht nur sein Leben, sondern auch meins zerstört hat. Die eine und dieselbe Person. Und Samara, die ich als meine Mutter gehalten habe, hat dafür gesorgt, dass dies alles zustande gekommen ist. Sie und Devraj haben unter einer Decke gesteckt und durch seine Hilfe ist es ihr gelungen, ihren Plan zu vollbringen. Sie sind beide Monster, zwei herzlose Gestalten, die das Leben anderer in Luft zerfetzten, ohne jegliche Gnade gespürt zu haben. Und um welchen Preis?

Gott, ich fühle mich wie der letzte Dreck. Ich habe meinen Körper für diese kaltherzige Frau verkauft, nur um dann erfahren zu müssen, dass sie sich tatsächlich einen Dreck um mich geschert hat. Mein Dasein war nichts weiter als ein lästiger Störenfried, den sie nie haben wollte. Ich war nur ein Druckmittel, ein Mittel zum Zweck, nichts weiter.

Mit Tränen in den Augen entreiße ich Devraj meine Hand. Während er mich anstarrt, senke ich meinen Blick und schaue zu Boden. Denn alles ist besser, als diesem Widerling in die Augen zu sehen.

»Bist du denn immer noch nachtragend, dass deine eigene Schwester dich auf diese Weise hintergangen hat? Ich denke aber, dass sie dir nicht die ganze Wahrheit erzählt hat. Über ihren glorreichen Plan, den sie mit deiner Tochter vorhatte.«

Was kommt denn noch? Verfickt nochmal, wie viel soll ich heute noch aushalten? Anscheinend ist es dem Universum nicht genug, mich am Boden liegen zu sehen. Nein, denn ich sinke weiter, bis in den Höllenabgrund, der mich brennen lässt.

Ich schiele zu Kian, erkenne aber kaum etwas durch meinen Tränenschleier, doch sein bebender Körper verrät mir, dass er jeden in diesem Raum umbringen wird. Schließlich kann ich seine Gedanken bis hierher hören, die in ihm wild durcheinanderschreien.

»Was gibt es denn Schlimmeres als eine Kindesentführung und den Mord an deinem Erzeuger? Oder dass du deinem kleinen Bruder die Kindheit ruiniert und ihm seinen besten Freund genommen hast? Das Abscheuliche daran ist, dass du immer noch frei herumläufst und weitermachst, als wärst du kein blutrünstiges Monster«, sprudelt es aus mir heraus, ohne darüber nachzudenken, was ich da gerade von mir gebe.

Ich habe es satt, den Mund zu halten. Und es ist mir scheißegal, ob ich dadurch draufgehe. Vielleicht finde ich dann endlich meinen Frieden, denn langsam glaube ich, dass es keinen weiteren Ausweg aus diesen Höllenqualen gibt.

Devraj kichert.

»Du hast recht. Mit allem, was du aufgezählt hast, liegst du vollkommen richtig.« Er läuft in langsamen Schritten durch den Raum, wobei mich seine ruhige Gelassenheit nervös macht. »Ich war an deiner Entführung beteiligt, gleich zweimal. Mein Erzeuger starb aber nicht durch Kians, sondern durch meine Hand, weil *ich* den Abzug gedrückt habe. Jaja, ich bin ein grausamer großer Bruder und habe ihn dies glauben lassen. Aber zurück zum Thema …«

»Du hast was?!« Kian bäumt sich in seiner vollen Größe auf und tritt seinem Bruder näher. Jedoch wird er von den drei Gorillas hinter ihm zurückgezogen und festgehalten. Einer von ihnen hält ihm die Waffe an die Schläfe, aber anscheinend interessiert es Kian nicht. Er sieht eher so aus, als will er seinem Bruder die Kehle aufschlitzen.

»Unterbrich mich noch einmal, dann fliegt die Kugel in deine Schlaubirne. Ich bin mit meiner Erzählung noch nicht fertig«, knurrt Devraj und wendet sich dann wieder an mich. »Also, wo waren wir? Ach ja, Takeo wurde durch meinen Auftrag im Knast ermordet, das stimmt auch. Samara war meine persönliche Nutte, das wollte ich auch nur kurz erwähnen. Allerdings war sie schon viel zu alt, weshalb du ihre Position einnehmen solltest«, offenbart er lässig, als würde er mir eine Geschichte über den Weihnachtsmann erzählen.

Bevor ich überhaupt registriere, was er da gerade gesagt hat, schreit Cheryl aus lautem Halse und kippt beinahe mit dem Stuhl um, was ich jedoch reflexartig verhindere. Meine Sinne funktionieren noch, doch mein Hirn hat sich endgültig verabschiedet. Es weigert sich, weitere Information in sich aufzunehmen und zu verarbeiten.

Keine Ahnung, woher ich plötzlich diese schnelle Reaktion herhabe, aber ich ziehe die Waffe von diesem Landon aus seinem Hosenbund und richte sie auf Kians Bruder. Klickende Geräusche umgeben mich und ich realisiere, dass das Dreifache auf mich gezielt wird. Nur geht es mir am Arsch vorbei. Ob lebendig oder tot, ich werde diesem Wichser das Hirn wegpusten.

»Sei nicht so leichtsinnig, Kleines. Deine Chance zu überleben, liegt gleich bei null.«

Seine Worte erreichen mich nicht. Sie machen mir keine Angst, wie er sich es erhofft hat. Mein Hass auf ihn nimmt meinen ganzen Körper und meinen Geist ein, der sich schnell und rasant, wie ein Virus, in mir ausgebreitet hat.

»Es ist mir verfickt nochmal egal, wer du bist und welche Macht du ausübst. Sterbe ich, so stirbst auch du«, mache ich ihm klar.

Natürlich nimmt er mich nicht ernst, und grinst dämlich. In seinen Augen bin ich immer noch das kleine, wehrlose Mädchen. Doch der Unterschied zu meinem heutigen Ich ist, dass ich mit dem, was ich erlebt habe, gewachsen bin. Zwar habe ich immer behauptet, dass ich nicht fähig dazu bin, jemanden durch meine Hand sterben zu lassen, aber durch die jetzige Situation haben sich meine Ansichten geändert. Was danach mit mir geschieht, bleibt ungewiss.

Ihn sterben zu sehen, ist das Einzige, was ich gerade vor Augen habe.

»Ich glaube, die versuchte Vergewaltigung hat dir nicht genug geschmeckt. Du scheinst mir immer noch viel zu kratzbürstig zu sein.«

Ein lauter Knall ertönt, weshalb ich schreckhaft die Waffe fallen lasse und meine Augen sofort zu Kian wandern, der sich von den drei Typen losgerissen hat und einen von ihnen gegen die Wand geschleudert hat. Wie ein wildgewordenes Tier stürmt er auf Devraj zu und will ihm seine Faust in seine Visage jagen, jedoch wird er davon abgehalten, als ein anderer Kerl einschreitet und ihn mit einer Elektroschockpistole zu Fall bringt.

»Kian!« rufe ich erschrocken. Sein Körper zittert, jedoch befürchte ich, dass er irgendetwas von dem Geschehen wahrnimmt. Sein Anblick bereitet mir Sorgen, weshalb mich meine Beine zu ihm tragen. Scheiß auf seinen Bruder oder die anderen Möchtegern-Zyklopen, ich will bei ihm sein und mich nach seinem Wohlergehen erkundigen.

»Stehen bleiben!«, ruft derjenige, der für Kian angegriffen hat. Sofort hebe ich ergebend meine Hände hoch, mein Blick auf Kian gerichtet, der schlaff auf dem Boden liegt.

»Wir haben genug gehört«, sagt ein anderer. »FCPD! Devraj Neville, Sie sind verhaftet.«

Die Tür wird eingeschlagen und eine Horde Einsatzkräfte betritt bewaffnet den Raum. Devraj werden Handschellen angelegt sowie die anderen Männer, die für ihn arbeiten. Cheryl wird von den Kabelbindern befreit. Und ich? Ich stehe da wie ein Haufen Elend und weiß nicht, was ich mit meinen Gefühlen und Emotionen anfangen soll. Bin ich erleichtert? Wütend? Aufgelöst? Irgendwie fühle ich im Moment … nichts.

»Miss?« Mein Kopf schnellt zu dem Mann, der Kian außer Gefecht gesetzt hat. »Ich sage es gerade ungern, aber wir müssen Sie mit aufs Revier nehmen«, meint er, wobei mein Puls in die Höhe schnellt.

»Ich habe nichts getan«, verteidige ich mich schnell. Ich habe weder geschossen noch jemanden umgebracht. Werde ich jetzt wegen der Waffe verhaftet?

»Das weiß ich. Wir müssen Ihre Zeugenaussage aufnehmen, nichts weiter, Miss«, will er mich beruhigen. Und das gelingt ihm auch. Ich tue alles, nur will ich nicht in den Knast für etwas, das ich nicht begangen habe.

»Sie geht nicht ohne mich«, schreitet Cheryl ein, die sich ihre geröteten Handgelenke reibt und sich zu uns gesellt. »Mrs. Graves, Saphiras Mutter«, stellt sie sich dem Mann vor.

»Detective Hudson«, macht er es ihr nach. »Sie sind also unsere Informantin, richtig?«

Cheryl nickt. »Ja, das stimmt.«

Ich sehe zwischen dem Detective und Cheryl mit einem riesengroßen Fragezeichen in meinem Gesicht hin und her und verstehe nur noch Bahnhof. Langsam glaube ich, dass sich die ganze Welt gegen mich verschwört. Ständig tappe ich im Dunkeln und werde mit einer gewaltigen Bombe nach der anderen beworfen.

Die blondhaarige Frau neben mir, die mir unheimlich ähnlich sieht, bemerkt meine Verzweiflung und reibt einfühlsam meinen Rücken. »Ich arbeite seit fast zwei Jahren mit dem Police Department von Florida. Verdeckte Ermittler haben uns bei dem Einsatz unterstützt und obwohl es meine Aufgabe war, Devraj auszuquetschen, warst du schneller. Dank dir haben wir endlich die Beweise, die uns gefehlt haben«, gesteht sie mir, wobei mir ihr erleichterter Blick nicht entgeht. »Als Mutter habe ich versagt, das weiß ich, jedoch wollte ich dich nicht ganz aufgeben und habe mich heimlich an die Polizei gewendet. Und so wie es sich herausgestellt hat, war Devraj Neville bereits auf der „Meist-Gesuchten-Liste“.«

Irgendwie ist es einerseits schön zu hören, dass sie sich doch Mühe gemacht hat, den Verantwortlichen zu fassen.

Aber es ist nicht ausreichend genug, die gestohlenen Jahre rückgängig zu machen. Meine traumatische Erinnerung an meine verlorene Kindheit wird bleiben und das Einzige, was ich tun kann, ist damit lernen umzugehen. Ob ich Cheryl je verzeihen kann? Nun, das kann ich vorerst nicht und ich brauche Zeit, um alles zu verarbeiten.

»Devraj Neville zu fassen, stellte sich als eine große Herausforderung dar, weil er geübt und durchdacht an seine Machenschaften heranging. Es gab bisher keine Leichenfunde der vermissten Personen, außer den Mord an Takeo Nakashima. Auch hierfür gab es nicht genug Beweise, dass Mr. Neville dafür verantwortlich war«, erklärt Detective Hudson.

Doch jetzt durch sein Geständnis ist Devraj endlich gefasst worden und wird hoffentlich für immer hinter Gittern verbringen. Jedenfalls denke ich, dass er einige Anklagepunkte gesammelt hat, die gegen eine schnelle Freilassung sprechen. Ich kenne mich damit zwar nicht aus, aber selbst ein Idiot würde behaupten, dass er lebenslänglich eingesperrt wird.

Automatisch gehen meine Gedanken wieder zurück zu Kian. Die Sache hätte auch anders enden können, wenn Devraj erwähnt hätte, dass Kian bei der Leichenentsorgung anwesend und somit Mittäter war. Keine Ahnung wie ich es verhindern hätte können und ich bin zutiefst dankbar, dass es so gekommen ist, wie es ist. Ich hoffe nur, dass Kian nicht verhaftet wird, weil er auf seinen Bruder losgehen wollte.

»Was ist eigentlich mit Kian Carter? Ihn betrifft die Sache nicht, oder?«, frage ich leicht nervös und schaue mich zu dem Mann um, an den ich nonstop denken muss. Selbst bei seiner Anwesenheit kann ich nicht anders.

»Ich wüsste nicht, was Mr. Carter damit zu tun hat?« Detective Hudson mustert mich skeptisch.

»Ich frage nur, weil ich mir etwas Sorgen mache. Immerhin ist er der Bruder von Mr. Neville.«, lenke ich schnell ab. Detective Hudson mustert mich prüfend, sagt jedoch nichts dazu.

»Es könnte sein, dass Mr. Carter bei einigen Befragungen in das Revier kommen muss. Und eventuell eine Vorladung für die Verhandlungen erhält. Das betrifft aber auch Sie, Miss.«

Ob ich dabei sein möchte, wenn das Urteil von Devraj ausgesprochen wird? Ich denke, das will ich. Und ich hoffe, dass auch Kian dafür bereit ist, mit seiner Vergangenheit abzuschließen, wenn das Ganze sein Ende gefunden hat und er friedlich weiterleben kann, ohne einen Gedanken daran zu verschwenden. Sein Bruder hat es verdient, sogar mehr als das.

Wenn die Justiz darin versagt, ihn im Gefängnis zu behalten, wird Kian sich darum kümmern. Das weiß ich.

»Ich würde Sie bitten dann mitzukommen.« Der Detective möchte vorauslaufen, da hält ihn aber Cheryl kurz auf.

»Ist es in Ordnung, wenn ich mit meiner Tochter einen Moment unter vier Augen spreche?« Bittend sieht sie den Mann an, der daraufhin verständlich nickt.

Cheryl, oder auch meine Mutter – wobei ich immer noch nicht ganz realisieren kann, dass sie tatsächlich meine Mutter ist – wendet sich an mich und legt behutsam ihre Hände auf meine Schultern ab.

»Kian also ... Ist er dein Freund?«, will sie neugierig wissen. Ich wusste bisher gar nicht, wie unangenehm ein Mutter-Tochter-Gespräch sein kann, wenn es um die Liebe und einen festen Partner geht.

»Ähm … nun ja …«

»Ich werde nicht urteilen, das verspreche ich. Nur möchte ich gerne wissen, ob du glücklich damit bist?«

»Das bin ich«, versichere ich ihr. »All das um uns herum beeinflusst unsere Bindung nicht. Ich fühle mich zum ersten Mal sehr wohl und ich kann mit Sicherheit sagen, dass er mir guttut.« Die Wahrheit auszusprechen, lässt mein Herz aufgehen. Es tut gut, mit jemanden darüber zu sprechen und den Gefühlen freien Lauf zu lassen. Auch wenn meine Mutter viele Fehler begangen hat, ist sie immer noch meine Mutter, wobei ich immer geglaubt habe, eine andere Frau wäre es gewesen. Genaugenommen, ihre eigene Schwester.

Dennoch fühlt es sich anders an. Anders als es bei Samara war, die sich einen Scheiß für mich interessiert hat. Cheryl hingegen möchte sich in mein Leben integrieren und der Anfang wirkt nicht schlecht. Aber auch nicht einfach. Vielleicht mit ein bisschen mehr Mühe, Zeit und Vertrauen werden wir eines Tages eine richtige Bindung zueinander aufbauen. Das würde ich mir jedenfalls wünschen.

»Du wirst ihn mögen. Kian ist ein wahrer Gentleman, wenn es um mich geht«, grinse ich verliebt.

Cheryl zieht mich in eine Umarmung, ich erwidere sie leicht überrumpelt und genieße anschließend die Nähe, nach der ich mich gesehnt habe. Das ist es, was mir – nach Kian – gefehlt hat. Eine richtige Mutter. Und die habe ich jetzt.

»Wir werden das schon hinkriegen. Da bin ich mir sicher«, nuschelt sie in die Umarmung hinein und ich kann nicht anders, als die Augen zu schließen und ihre Worte auf mich wirken zu lassen.

Ich hoffe nur, dass das Leben es jetzt endlich mit mir gut meint und mir keinen weiteren harten Brocken vor die Füße legt, den ich bewältigen muss.

Neben uns vernehme ich ein leises Räuspern und ich entdecke Kian hinter Cheryl stehen. Erleichtert darüber, dass es ihm gut geht, falle ich ihm in die Arme und atme seinen herben Duft nach Sandelholz und Parfüm ein. Ich merke auch, wie sehr er mir gefehlt hat und wie dumm ich mir vorkomme, einfach abgehauen zu sein.

»Hör zu, Kleines, es tut mir-«

»Ich liebe dich, Kian«, platzt es aus mir heraus und hindere ihn daran, sich für mein Verhalten zu entschuldigen. Ich lege den Kopf leicht in den Nacken, um ihn in die Augen sehen zu können, während ich den nächsten Satz ausspreche: »Ich habe nie erfahren, wie es ist, jemanden aufrichtig zu lieben oder geschweige denn geliebt zu werden. Aber du hast es mir gezeigt.« Ein kleines Lächeln schleicht sich auf seine vollen Lippen, die ich nur zu gerne küssen will. »Du bist der Teil, der mir im Leben gefehlt hat und egal ob es nun Zufall war oder nicht, ich will es nicht mehr rückgängig machen. Du hast mir mein Herz gestohlen, also pass gut darauf auf.«

Kian überbrückt den Abstand zwischen uns und beugt sich zu mir herunter, um genau das tun zu wollen, wonach ich mich gesehnt habe. Er küsst mich leidenschaftlich und zart.

»Dito, Kleines.«

# EPILOG

## Kian

*Zwei Jahre später*

Ich richte meine Krawatte vor dem Spiegel und betrachte mein eigenes Spiegelbild. Es hat sich nach zwei Jahren vieles verändert seit Devs Verhaftung. Seither haben wir auf das Gerichtsverfahren gewartet. Und heute ist endlich der Tag, an dem der Prozess stattfinden wird.

Saphira hat mich über Monate hinweg versucht zu überreden, im Gericht zu erscheinen, nur um anzuhören, welches Urteil er ausgesprochen bekommt. Nächtelang habe ich mir den Kopf damit zerbrochen, weil es auch für sie wichtig ist. Mein Bruder ist auch für ihr Leid verantwortlich, die durch seine Hand aus dem Leben ihrer Mutter gerissen wurde. Und weil ich sie nicht im Stich lassen kann, habe ich mich dazu entschieden, sie zu begleiten.

Meinetwegen hätte ich Devraj abgeschlachtet, nachdem ich erfahren habe, was er getan hat. Nicht nur wegen mir, sondern auch wegen ihr. Ich konnte in ihren Augen sehen, dass sie es niemals zugelassen hätte. Und ich kann es irgendwie verstehen. Wenn ich es getan hätte, dann würde der letzte Teil in mir endgültig sterben. Dabei hat Saphira mich auf den richtigen Weg geführt, ohne dass ich es gemerkt habe. Ihretwegen will ich besser sein. Besser als Devraj und all die anderen auf dieser gottverdammten Welt.

Der schwarze Anzug schmiegt sich perfekt an meinen breiten Körper. Die Muskelmasse hat sich noch um einiges vermehrt, seitdem ich wieder Sport treibe. Die Kanzlei habe ich ganz aufgegeben und verkauft. Es war nie mein Ding, das ganze Strafrecht zu verfolgen. Nur wegen Takeo habe ich es ins Rollen gebracht, um für seine Gerechtigkeit zu sorgen. Nachdem bewiesen wurde, dass mein Bruder an seinem Tod dazu beigetragen hat, habe ich die Strafverteidigung der Nakashimas übernommen.

Die Verhandlungen für die Morde an Takeo, unseren Erzeuger und auch Denver sind bereits abgeschlossen. Durch den Befund der abgetrennten Finger wurde Dev des Mordes an Denver Fox beschuldigt, den er überraschenderweise auch nicht verleugnet hat. Wenn er glaubt, mir einen Gefallen damit getan zu haben, liegt er falsch.

Den Pink Paradise Club habe ich an Blaze weitergegeben. Es war nur ein weiterer Zeitvertreib für mich gewesen, den ich nun nicht mehr brauchen werde.

»Kann ich so gehen?«, ertönt die liebliche Stimme meines Engels und ehe ich mich umdrehe, kann ich nichts gegen mein schnell pochendes Herz tun, der bei ihrem Anblick verrücktspielt.

Diese Frau haut mich jedes Mal aufs Neue um. Und ich liebe es.

Saphira trägt einen grauen Bleistiftrock mit einem Schlitz, der viel Spielraum für meine wilden Fantasien übrigIässt. Oben trägt sie einen Longsleeve, den sie locker in den Rock gesteckt hat. Seit sie nun offiziell bei mir wohnt, probiert sie gerne neue Outfits aus, in denen sie sich wohlfühlen möchte. Für mich sieht sie in allen wunderschön aus. Ob in meinem verwaschenen T-Shirt, in einer Jogginghose oder nackt.

Auch wenn ich jedem auf diesem Planeten die Augen ausstechen und die Erde niederbrennen will, gebe ich mich mit der Genugtuung zufrieden, dass nur ich sie im Bett beanspruchen darf. Dass nur *ich* der einzige Mann bin, dessen Namen sie jedes Mal genüsslich stöhnt.

»Du siehst wunderschön aus«, kommentiere ich ihren Aufzug und entlocke aus ihr ein süßes, schüchternes Lächeln.

»Dann wäre ich jetzt bereit zu gehen«, meint sie, wobei ich ihre Unsicherheit aus ihrem Gesicht herauslesen kann. Sie hat Angst, dass Dev nicht genug Jahre bekommt, für das, was er ihr angetan hat. Immerhin hat er ihr siebzehn Jahre gestohlen.

Ich ziehe sie zu mir näher heran und schlinge meine Arme um sie. »Er wird seine gerechte Strafe bekommen. Wenn das vorbei ist, verschwinden wir von hier, so wie wir es geplant haben«, versichere ich ihr und hauche ihr anschließend einen Kuss auf die Stirn.

Nachdem ein wenig „Normalität" in unser Leben einkehrte, war die große Frage, was als Nächstes passieren wird. Irgendwann kam der Wunsch, der sich von Monat zu Monat verstärkte, auszuwandern und ein vollkommen neues Leben anzufangen. Ohne Sorgen und Probleme, die uns ständig plagen. Nur sie und ich und ein wunderschöner Ausblick aufs Meer.

Aus dem Wunsch wurde Realität, die ich ihr ermöglicht habe. In zwei Wochen ziehen wir endgültig nach Australien. Bluehill sowie Nordamerika werden wir hinter uns lassen und nach vorne blicken.

Saphira löst sich aus meiner Umarmung und schiebt ihre kleine, zierliche Hand unter meine riesige Pranke, ehe wir die Treppen nach unten laufen und auf Jesse und Naomi treffen, die bereits auf uns gewartet haben.

## Saphira

Nervös kaue ich auf meiner Unterlippe und kann es nicht lassen, aufgeregt mein linkes Bein zu wippen. Sanft legt Kian seine Hand auf meinen Schenkel, wodurch ich mit dem Gezappel aufhöre.

»Ich bin da«, versichert er mir. Etwas erleichtert nicke ich und flüstere leise „Danke".

Für mich ist es nicht selbstverständlich, dass er mit mir gemeinsam im Gerichtssaal sitzt und seinem Bruder dadurch erzwungenermaßen erneut unter die Augen treten muss. Deshalb bin ich ihm mehr als dankbar.

Unsere Beziehung ist seither stärker und intensiver denn je geworden. Es hat ungefähr ein halbes Jahr gedauert, bis ich mich daran gewöhnen konnte, einen festen Freund zu haben, der nebenbei ein Killer *war*.

Nachdem Devraj eingebuchtet wurde, habe ich einige Therapiesitzungen besucht, bei denen mich Kian mit voller Unterstützung begleitet hat. Auch Cheryl war anwesend, um an unserer Mutter-Tochter-Beziehung zu arbeiten.

Kian und ich sind ein unschlagbares Team. Wenn er mich damals nicht vor meiner Wohnung abgefangen hätte, würde ich jetzt nicht hier neben ihm sitzen und ich hätte nie erfahren, wie es ist, geliebt zu werden. Zufall oder nicht, es interessiert mich nicht mehr.

In diesem Gerichtssaal sitzt eine neue Version von mir. Eine, die sich nicht mehr so leicht unterkriegen und demütigen lässt. Ich habe in den zwei Jahren viel Neues dazugelernt. Selbstverteidigung beherrsche ich mittlerweile sehr gut und kann sagen, dass ich mich kaum vor etwas fürchte. Der Kampfgeist von Kian hat mir die nötige Kraft gegeben, die mir lange gefehlt hat.

*Du schaffst auch diese letzte Hürde,* flüstert mein Verstand und ich bin mir sicher, dass ich es werde.

Naomi und Jesse haben sich dazugesellt sowie Cheryl, die gerade den Saal betritt. In wenigen Minuten findet die Verhandlung statt und je mehr Zeit vergeht, desto lauter klopft mein Herz.

Ich habe keine Angst, Devraj wiederzusehen, sondern eher davor, dass meine damalige Entführung nicht genug

Gerechtigkeit bekommt. Außerdem haben wir erfahren, dass ich wohl nicht das einzige Kind war, das er verschwinden ließ. Er und Samara haben es öfter getan und da meine Tante nicht mehr unter uns weilt, fallen die Strafanzeigen nur noch auf ihn zurück.

Kian meint, dass er sich damit abgefunden hat, dass er niemals lebend aus dem Knast kommt. Woher er diese Information hat, hat er mir nicht verraten. Das ist aber auch nicht wichtig, denn mein Vertrauen wird dadurch nicht beeinflusst.

Meine Aufmerksamkeit wird auf die Polizisten gelenkt, die zusammen mit diesem *Monster* den Saal betreten. Er trägt einen orangenen Overall und seine Knöchel und Handgelenke sind mit Handschellen verbunden, die ihn noch gefährlicher wirken lassen. Sein Blick schweift durch den Raum und als sein Blick auf Kian und mich fällt, bildet sich ein dicker Kloß in meinem Hals. In seinen Augen verbirgt sich immer noch das Böse, und das dreckige Grinsen auf seinem vernarbten Gesicht hinterlässt einen unangenehmen Schauer in mir.

»Lass dich von ihm nicht provozieren«, flüstert mir Kian zu. »Er will dich nur einschüchtern.« Ja, das sehe ich …

Während er sich neben seinen Verteidiger setzt, richtet er seinen Blick immer noch auf mich. Selbst in Handschellen gefesselt will er es nicht sein lassen. Wie ein penetranter Parasit, den man nicht so schnell loswird. Aber sobald diese Verhandlung abgeschlossen ist, muss ich ihn nie wieder sehen. Und Kian auch nicht.

Der Richter betritt anschließend als Letzter den Saal und nimmt vorne an seinem Pult Platz. Die Anwesenden erheben sich, ehe er mit einem Hammerschlag die Gerichtssitzung eröffnet.

Es kommt mir so vor, als würde es sich in die Länge ziehen, dabei sind nur zwei Stunden vergangen. Nach stundenlangem Zuhören und dem Warten während des Beratungsgesprächs wird nun endlich das Urteil ausgesprochen. Kian hält immer noch meine Hand, wobei ich mich durch die ganze Aufregung eher an ihn festgeklammert habe.

Weil sich Devraj für schuldig bekennt und alle Beweise dafürsprechen, geht der Prozess zügig voran. *Gott sei Dank.*

Alle Anwesenden erheben sich erneut, als der Richter zu seinem Platz zurückkehrt und gebannt warte ich darauf, dass er nun endlich das ausspricht, was jeder hier hören will.

»Es wird folgendes Urteil bekanntgegeben …«, fängt der Mann an zu sprechen, und alle meine Muskeln spannen sich durch die Ungeduld und Nervosität an. »Für die Schuldbekennung des Beschuldigten Devraj Neville haben die Geschworenen und ich nach einer eindeutigen Abstimmung uns auf Folgendes geeinigt.« Es herrscht eine kurze Pause, die sich für mich nach einer Ewigkeit anfühlt.

»Durch die Vorstrafen des Angeklagten wird die Haftstrafe auf weitere fünf Jahre verlängert. Es werden wie folgt alle Anträge abgelehnt ... Hiermit beende ich den Strafprozess.«

Fünf Jahre ... fünf verdammte Jahre für die Kindesentführungen? Dafür, dass ich nicht das einzige Opfer war, bekommt er weitere fünf Jahre hochgesetzt. Es macht mich sprachlos.

»Alles okay?«, fragt mich Cheryl. Ich schüttle kaum merklich den Kopf. »Hey, nicht okay zu sein, ist auch in Ordnung.«

»Er hätte viel mehr bekommen sollen.«

»Dev wird bis auf Weiteres nicht mehr aus dem Knast kommen. Bis an sein Lebensende wird er dort verrotten«, meint Naomi, die an mich gerückt ist und mich tröstlich in ihre Arme gezogen hat.

Sie hat ja recht. Es muss ein Wunder geschehen, wenn er plötzlich auf freien Fuß kommt. Außerdem glaube ich eher weniger, dass er es je schafft, aus dem Gefängnis auszubrechen. Da er für besonders gefährlich eingestuft wird, bekommt er folglich eine Einzelzelle ohne Ausgangsmöglichkeit. Vierundzwanzig Stunden und das für eine sehr lange Zeit. In einem engen Raum eingesperrt zu sein, wird er sich hoffentlich von seinem eigenen Wahnsinn das Leben nehmen.

Ich bin zwar kein Mensch, der jemandem den Tod höchstpersönlich wünscht, aber Devraj ist in meinen Augen kein Mensch. Nicht einmal annähernd.

Zusammen verlassen wir den Gerichtssaal und begeben uns nach draußen an die frische Luft. Langsam kehrt der Herbst ein. Die Sonne strahlt angenehm auf meine Haut und ich genieße das letzte Mal das Klima in Bluehill.

Während Kian schützend seinen Arm um meine Taille geschlungen hat, sehen Naomi und Cheryl lächelnd in unsere Richtung. »Wir werden euch schrecklich vermissen«, meint meine mittlerweile gute Freundin Naomi.

Ich habe sie gerne ins Herz geschlossen. Über die Jahre sind wir uns nähergekommen und haben öfter etwas gemeinsam unternommen. Wer hätte das gedacht, dass ich eines Tages eine beste Freundin haben werde, mit der ich mich über belanglose Themen unterhalten kann. Mein früheres Ich würde es mir niemals glauben.

Heute kann ich sagen, dass ich viel erreicht habe. Und dass nur dank dem Mann, der zufällig einen Narren an mir gefunden hat. Ohne den Pink Paradise Club würden wir jetzt nicht hier zusammenstehen.

Bei Naomis Worten schießen mir die Tränen in die Augen. Einerseits freue ich mich auf das neue Leben am anderen Ende der Welt. Aber andererseits werde ich meine Mutter und meine neu gewonnene Freundin sehnlichst vermissen.

»Wir werden euch auch vermissen … Sehr sogar.« Es auszusprechen fällt mir unheimlich schwer, weil unser Abschied sich immer mehr nähert. Sobald der Tag angebrochen ist, werde ich definitiv unzählige Tränen verlieren.

Jetzt heißt es: Nach vorne blicken. Die Vergangenheit wird nicht mehr Teil meines Lebens sein, denn es zählt nur noch die Zukunft. Und die steht direkt neben mir.

Kian Carter – der Mann, in den ich mich Hals über Kopf verliebt habe.

»Aber da ihr noch einige Tage bleibt, lade ich euch auf ein Dinner zu uns nach Hause ein. Henry hat sich einen neuen Grill zugelegt und den würden wir gerne austesten, solange das Wetter noch gut ist. Na, was sagt ihr?« Henry, mein Stiefvater, habe ich neulich erst kennengelernt. Er scheint ein netter Kerl zu sein. Ein Grillabend als eine Art Abschiedsparty, klingt verlockend. Cheryl schaut abwechselnd zu Kian und mir und wartet gespannt darauf, was wir zu ihrem Vorschlag sagen werden.

Kians Blick wandert zu mir und ich kann mir bereits denken, was ihm in seinem Kopf schwirrt. Er will mir die Entscheidung überlassen, denn egal wie ich mich entscheide, er würde es tun.

»Na klar. Dazu sage ich nicht Nein«, grinse ich über beide Ohren und wir verabreden uns in einer Stunde.

Nun sind Kian und ich allein und wir beschließen ins Auto zu steigen. Bevor ich aber einsteigen kann, hält mich der große Mann auf und legt seine Hände an meine Wangen. Dann küsst er mich leidenschaftlich und mit viel Hingabe. Anschließend löst er sich von mir und flüstert mir zu: »Wir haben genau eine Stunde. Bis dahin will ich dich spüren.«

Hitze steigt in mir auf und ich kann nicht anders als verlegen auf seine Brust zu hauen. Wir befinden uns immer noch vor dem Gebäude des Gerichts, haben bis vor wenigen Minuten dabei zugehört, wie das Urteil zu seinem mörderischen Bruder ausgesprochen wurde und dieser unverschämte Kerl besitzt die Dreistigkeit, mir offenzulegen, dass er mich vögeln will.

»Du bist echt unmöglich, Kian.« Meine Wangen sind gerötet, jedoch nicht vor Scham. Und dieser gutaussehende Mann weiß es wohl am besten, was er gerade in mir ausgelöst hat. Für diese maßlose Wirkung auf mich will ich ihn verfluchen.

»Ich mache nur das Unmögliche möglich«, grinst er schelmisch und zieht mich erneut in einen Kuss, der fordernder und heiß wird.

Nun kann ich die pochende Stelle in meinem Unterleib, die dank ihm ausgelöst wurde, nicht mehr unterdrücken.

»Eine Stunde und nicht länger«, ermahne ich ihn, wobei er nur lachend die Tür zuschlägt, nachdem ich mich ins Auto gesetzt und ihm einen warnenden Blick geschenkt habe.

»Ich liebe dich auch«, schmunzelt er, während er sich im Sitz niederlässt und mir einen flüchtigen Kuss zuhaucht, ehe er schmunzelnd losfährt und ich nur über seine Art mit einem kleinen Lächeln im Gesicht die Augen rollen kann.

Ich weiß jetzt schon, dass es nicht bei einer Runde bleiben wird. Und kann mit Sicherheit sagen, dass er sich schon einen geeigneten Platz ausgedacht hat, der mich sehr viel Überwindung kosten wird. An der Klippe der Bluehill Mountains.

Aber so habe ich ihn lieben gelernt und ich würde es für nichts auf der Welt tauschen wollen. Es ist immer noch unglaublich, wie sehr mich dieser Mann begehrt. Wie am ersten Tag. Umso vernarrter bin ich, mit ihm die verrücktesten Dinge zu erleben, die ich sicherlich nie tun würde, wenn es ihn nicht gäbe.

Kian hat mich aufblühen lassen. Er hat mir gezeigt, wie es ist, richtig zu leben. Jetzt will ich nichts anderes mehr tun und das nur mit ihm gemeinsam.

Am besten für immer.

***Ende.***

# DANKSAGUNG

Ich weiß gar nicht, wo ich anfangen soll. Saphiras und Kians Geschichte entstand unter einem anderen Namen auf einer Social-Reading-Plattform. Nach zwei Jahren, mit einer neuen Version, habe ich den Schritt gewagt, ihre Story auf dem Papier zu verewigen. Der Weg bis hierher war alles andere als leicht und hat mich unendliche viele Nerven gekostet. Heute kann ich sagen: Ich habe es geschafft und bin stolz darauf!

In erster Linie möchte ich mich bei dir bedanken, liebe Adriana. Ohne dich, hätte ich nicht den nötigen Mut dazu gefunden, mein allererstes Buchbaby zu veröffentlichen. Ich danke dir außerdem für deinen Rat, der mir sehr weiter geholfen hat und für dein offenes Ohr, wenn meine Nerven blank waren. Viel Liebe an dich, Momma. <3

Außerdem geht mein Dank auch an meinen Freund, der mich von Anfang an ermutigt und unterstützt hat. Auch deinetwegen habe ich mich herangetraut und meine Leidenschaft in die Welt hinausgetragen.

Ein großes Dankeschön gilt ebenfalls an meine wundervollen Testleserinnen Sabine, Laura, Sophija, Enesa, Melanie und Katelynn, die sich die Zeit genommen und mir den Feinschliff für meine Geschichte gegeben haben. Ihr wart mir eine besonders große Hilfe! Ohne euch hätte ich es anhand meiner Unsicherheit und Verzweiflung, sehr wahrscheinlich in den Sand gesetzt.

Für die Mühe und großartige Arbeit für mein Cover bedanke ich mich bei Jenn von Schattmaier-Design. Du hast meinem Buch ein wunderschönes Kleid gezaubert und dank dir, wirkt das Äußerliche viel anschaulicher und ansprechend.

Auch bei dir Can, meinem Lektor, bedanke ich mich genauso herzlich, der den Lesefluss des Inhalts verbessert und es auf dem richtigen Niveau gebracht hat.

Das Beste kommt zum Schluss. Ich möchte mich vom ganzen Herzen bei meinen Lesern bedanken, die das Buch gekauft haben. Danke, dass du *Lost in his Darkness* eine Chance gegeben und es gelesen hast.

Ohne euch, wäre ich nicht da, wo ich jetzt bin. Ich freue mich auf weitere Unterstützung, Kritik und Rückmeldungen.

Hugs and Kisses an euch alle da draußen!

Eure

Maluna

# ÜBER DIE AUTORIN

Geboren wurde Maluna Asteria im Januar 1997 und lebt mit ihrer vierköpfigen Familie in Baden-Württemberg. Sie ist eine deutsche Jungautorin, die ihre Leidenschaft für das Schreiben Ende 2021 entdeckt hat. Seither widmet sie sich dem Genre Dark Romance und erschafft spannende Geschichten, die düster, herzzerreißend und geheimnisvoll sind – gewürzt mit einer guten Priese Spice. Dabei integriert sie die Tabuthemen kraftvoll in ihre Romanen, die nicht fehlen dürfen.

Du findest mich auf folgende Social-Media-Kanäle:

malunaasteria

maluna.asteria

www.malunaasteria.com